TRAIÇÕES

LIVRO DOIS

Tatiana Amaral

PandorgA

Todos os direitos reservados
Copyright © 2017 by Editora Pandorga

Direção Editorial
Silvia Vasconcelos
Produção Editorial
Equipe Editorial Pandorga
Preparação
Martinha Fagundes
Revisão
Martinha Fagundes
Diagramação
Vanúcia Santos (Design Editorial)
Capa
Marina Ávila

Texto de acordo com as normas do Novo Acordo Ortográfico da Língua Portuguesa
(Decreto Legislativo nº 54, de 1995)

Dados Internacionais de Catalogação na Publicação (CIP
Bibliotecária responsável: Aline Graziele Benitez CRB-1/3129

A518t Amaral, Tatiana

1.ed.   Traições / Tatiana Amaral. – 1.ed. – São Paulo: Pandorga, 2019.
304 p.; 16 x 23 cm.

ISBN: 978-85-8442-373-6

1. Literatura brasileira. 2. Romance. 3. Ficção. 4. Relacionamento. I. Título.

CDD 869.93

Índice para catálogo sistemática:
1. Literatura brasileira: romance

2019
IMPRESSO NO BRASIL
PRINTED IN BRAZIL
DIREITOS CEDIDOS PARA ESTA EDIÇÃO À
EDITORA PANDORGA
RODOVIA RAPOSO TAVARES, KM 22
GRANJA VIANA – COTIA – SP
Tel. (11) 4612-6404
www.editorapandorga.com.br

À Adriana Gardênia, por me ensinar todos os dias que quando o amor é verdadeiro, não existe tempo nem distância que nos impeça de abraçar a pessoa amada.

"O amor tem dessas coisas, não precisa de palavras, sons ou cheiros para se expressar, apenas gestos e sensações. O suficiente para que duas pessoas que se amam de verdade derrubem todas as barreiras que os separam. Nenhuma história, diferença ou acontecimento é capaz de impedi-lo. Quando existe amor verdadeiro, nenhum tempo é o suficiente para vivê-lo e cada segundo faz toda a diferença".

CAPÍTULO 1
Comemorando a Vida

Visão de
CATHY

Acordei sozinha deitada sobre pétalas de rosas vermelhas. De imediato sorri para as lembranças da noite anterior. Thomas havia feito uma linda surpresa para comemorarmos nosso primeiro ano de namoro.

No dia 18 de junho de 2000, decidimos ficar juntos; foi quando ele descobriu sobre a minha virgindade. Ri comigo mesma relembrando todos os acontecimentos que me fizeram romper as barreiras e me entregar ao amor. Foram circunstâncias difíceis, mas como dizem: há males que vêm para o bem.

Levantei me sentindo leve. Feliz! As lembranças da noite anterior me fascinavam ainda pela manhã, mesmo percebendo a ausência de Thomas na cama e, pelo visto, no quarto.

Estávamos no apartamento do pai dele, onde um dia meu noivo me levou para demonstrar o quanto me via de maneira especial em sua vida. Lembrava muito bem da vontade que sentia de voltar e compartilhar os seus momentos.

Thomas havia organizado uma comemoração maravilhosa para o nosso aniversário com direito a jantar romântico, músicos, rosas, joias e algumas brincadeirinhas. Claro que o que mais me interessou foi o nosso momento íntimo, quando nos amamos e uma chuva de pétalas vermelhas foi jogada sobre meu corpo.

Foi fantástico!

Despedimo-nos da nossa rotina agitada de divulgação e promoção do novo trabalho, alguns dias antes, em Cannes, exibindo o filme que lhe renderia mais notoriedade. Sem concorrer a nada, fizemos só uma exibição, entretanto, uma grande honra.

Depois a correria normal da carreira de ator, como a de Thomas, agitada, no auge, aclamado pelos melhores diretores e amado por milhares de fãs.

Meu trabalho ao lado dele aumentou, pois com a ausência da Helen que preferiu se afastar de vez para ter mais tempo com sua filha Sophia, passei a acumular as duas tarefas. Dyo também assumiu as atividades antes de responsabilidade de Lauren, ficando assim com mais atribuições. Meu amigo se desdobrava com o aumento das localidades que deveria cobrir como agente.

Por esses motivos implorávamos todos por alguns dias de paz e descanso. Eu e Thomas já tínhamos tudo planejado: férias merecidas, apenas nós dois.

Levantei da cama puxando o lençol cinza de seda pura, que meu noivo providenciou para a nossa grande noite, e cobri o meu corpo. Depois dei risada para mim mesma. Para que me cobrir se estávamos sozinhos? Larguei o lençol e levantei de vez me deparando com minha imagem no imenso espelho colocado num lugar estratégico, proporcionando a visão de um longo ângulo da cama.

Perguntei-me se aquilo teria sido ideia do pai de Thomas. Se foi, já me sentia envergonhada só de pensar em seus motivos. Ou talvez tenha sido mais uma grande ideia do meu noivo para apimentar a nossa noite. Fiquei envergonhada do mesmo jeito ao imaginá-lo nos assistindo durante a nossa longa sessão de amor.

Fui até o banheiro e lavei o rosto.

Tomei como missão descobrir o que Thomas aprontava, pois havia desaparecido do quarto sem me avisar. Coloquei um roupão e desci as escadas em direção à sala. Passei pelos sofás enormes e convidativos, reconhecendo, largada em um dos seus cantos, a camisa que ele usava na noite anterior quando começamos a nos empolgar.

Encontrei meu noivo na varanda, assistindo ao nascer do sol. Vestindo apenas uma bermuda verde, descalço e sem camisa, a encarnação da beleza. Havia um cigarro em uma de suas mãos, o que me desagradou um pouco.

Ele sentiu a minha presença antes mesmo de alcançá-lo e virou-se para me receber. Suspirei ao ver o sorriso maravilhoso que exibia.

— O que faz aqui sozinho?

— Desculpe! Não queria que sentisse a minha falta. — Beijou meus lábios com carinho me envolvendo em seus braços.

— Posso desculpar, dependendo do tempo que vai demorar a voltar para a cama. — Levantei meu rosto exigindo mais dos lábios dele.

— Posso voltar agora mesmo. Já estou aqui há algum tempo.

— Alguma decisão difícil? — Eu me lembrei da primeira vez em que estive no apartamento, quando Thomas revelou que ia para lá quando precisava pensar ou tomar alguma decisão.

— Na verdade, não. Estava pensando... Ontem fizemos um ano juntos...

— E?

— Estamos noivos há mais ou menos o mesmo tempo...

— Aonde quer chegar, Thomas? Seja direto.

— Ainda não marcamos a data do casamento.

— Isso é muito importante para você?

— E para você não?

— Claro que é! — respondi de pronto. — A falta de tempo colaborou para esta falha. Podemos fazer isso agora. É só você me dizer a sua preferência.

— Se fosse tão simples assim. — Brincou. — Precisamos decidir primeiro qual tipo de festa queremos para depois definir a melhor época do ano para realizá-la.

"Nossa!", pensei aflita.

Começava a sentir que os papéis se invertiam: eu era o homem, sendo mais prático, e Thomas, a noiva ansiosa, preocupada com os mínimos detalhes. Tive que rir dos meus pensamentos. Ao mesmo tempo me entristeci, seria ótimo ter uma mãe que me apoiasse e ajudasse para tornar esse momento especial de verdade.

Minha mãe me deixou antes que pudesse viver essas coisas comigo e o que tive depois dela passava muito longe de ser qualquer coisa materna, até Sam entrar em minha vida.

— Essa ideia nem passou pela minha cabeça. — Admiti. —. O ideal seria escolhermos uma data que nos agrade e então decidirmos qual o tipo de festa mais adequado. Na verdade, nem consigo pensar em uma festa de verdade. Queria que fosse pequena, simples, sem chamar a atenção da mídia. O que você sugere?

— Novembro me agrada.

— Vou pensar em uma data.

— Não demore. — Ah, sim! Ele era a noiva ansiosa. Tive que segurar uma gargalhada.

— Para que tanta pressa? Nós já vivemos tudo o que existe dentro de um casamento. Moramos juntos, trabalhamos juntos, dormimos juntos... — Enlacei sua cintura com meus braços insinuando o meu real interesse no momento.

— Claro que existe! Mas o que importa de verdade não é isso. Quero oficializar a nossa relação. Contar para o mundo que esta mulher maravilhosa já tem um dono.

— Outra vez com esta história de dono?

Ele riu alto e começou a me beijar de maneira mais ousada. Como sempre, meu corpo se entregou sem reservas. Fomos para o quarto e fizemos amor. Depois dormimos.

Voltamos à realidade no final da tarde. Thomas queria permanecer no apartamento por mais alguns dias, porém eu precisava voltar para nossa casa e verificar os detalhes dos últimos compromissos. Além disso, logo teria que abandoná-lo por algumas horas. iria encontrar com minhas amigas: Mia, Anna, Daphne e Stella.

Como havíamos retornado de uma longa viagem de divulgação do seu último filme, queríamos passar algum tempo longe de tudo antes de começarmos um novo trabalho. Algumas propostas surgiram, contudo, nada que precisássemos decidir com urgência.

Iríamos dedicar alguns meses ao nosso amor e aos preparativos do casamento. Por esse motivo ansiava por rever as minhas amigas, já que nossos encontros nos últimos meses foram escassos, excetuando com Mia. Com as férias ao lado do Thomas, ficaria outro bom tempo sem encontrá-las.

Optamos por um restaurante francês bastante aconchegante em uma rua próxima à casa onde eu vivia com meu noivo. Desde o atentado da Lauren, eu estar longe e sem a presença dos seguranças deixava Thomas desconfortável. Como se fizesse alguma diferença caso Lauren resolvesse fugir do manicômio onde estava encarcerada. Só de pensar nisso minha pele se arrepiava de medo.

Encontrei minhas amigas no restaurante e a alegria nos dominou por completo. Sentia muita falta delas e a recíproca era verdadeira, constatei satisfeita. Conversamos animadas por bastante tempo. Contei sobre a viagem e os lugares por onde passamos. Falei sobre a vontade do Thomas de marcar logo a data e a minha felicidade com o casamento.

Mia nos contou sobre uma pessoa que conheceu. Um rapaz interessante, dono de uma pequena empresa de *softwares* que começava a se destacar no mercado. Tudo indicava que poderiam engatar um romance a qualquer momento, o que a deixava bastante entusiasmada.

Stella encontrava-se envolvida com uma proposta de mestrado em Londres. Eu me empenhei em incentivá-la pois compreendia o quanto significava dar continuidade aos estudos. Para ser bem sincera, eu também gostaria de poder me dedicar aos meus, contudo a minha vida com Thomas abortava meus planos, pelo menos por hora.

Daphne recebeu uma promoção na empresa de marketing em que trabalhava e passou a viajar bastante, o que fez com que também se afastasse do nosso grupo. Porém minha amiga estava muito feliz e satisfeita com o seu desempenho profissional, o que contava bastante e fazia com que todas compreendêssemos a sua constante ausência, principalmente eu, que nos últimos tempos estive mais ausente do que qualquer uma delas.

Anna passava por um momento difícil em sua carreira profissional e nós tentávamos ajudá-la. Foi demitida da empresa de publicidade em que trabalhava e desde então não conseguiu encontrar outro emprego. Ninguém sabia ao certo o que ocorreu, no entanto, respeitávamos o seu silêncio, quando estivesse pronta com certeza nos contaria.

Só que, por causa das dificuldades que passava, Anna demonstrava-se cada vez mais arredia e agressiva, comigo em especial.

— Nem todo mundo consegue ganhar na loteria, Cathy. Muito menos tantas vezes seguidas, como você. — Buscava maneiras de rebater as minhas tentativas de ajudá-la.

— Não sei do que está falando. — Evitei uma discussão maior.

— Tá legal, Cathy! Você consegue o emprego perfeito, o namorado perfeito, a herança perfeita e acha que engana quem com essa conversa de que as coisas não são bem assim?

— Desculpe, Anna! A minha felicidade te incomodava tanto assim? Só gostaria que se lembrasse de que precisei vencer muitas batalhas para conseguir o emprego perfeito, quase perdi a minha vida para ficar com o namorado perfeito e, para receber a herança perfeita, precisei perder meu pai.

— Pai com cuja existência você nunca se importou.

Senti as lágrimas se formarem com as recordações difíceis. Anna foi muito cruel e sem necessidade. Achei melhor ir embora.

— Bom... Acho que chegou minha hora. — Olhei para minhas outras amigas que pareciam constrangidas com a pequena discussão.

— Ah, Cathy! Ainda é cedo! — Stella demonstrou estar sentida com a minha ida.

— Meia-noite, Stella. Se eu não voltar para casa agora, a mágica se desfaz e volto a ser a gata borralheira. Meu carro vai virar abóbora e o Arnold um ratinho. — Sorri já sentindo o amargo da despedida. — Teremos tempo. Thomas ainda tem alguns compromissos para cumprir. Só viajaremos daqui a vinte dias.

Assim que terminei de falar meu celular vibrou. Atendi já sabendo ser Thomas. Sorri para elas com a constatação.

— Está na hora mesmo. — Mia afirmou um pouco desanimada.

— Já estou voltando, amor. — Revirei os olhos.

— Está tarde, Cathy, você sabe como eu fico...

— Eu sei, Thomas. Estou me despedindo das meninas.

— Estarei esperando. Te amo!

— Também.

Desliguei o celular já me desculpando. Thomas ficou meio que superprotetor depois do incidente. Às vezes me sentia um pouco sufocada com o excesso de atenção, apesar de saber que meu noivo tinha motivos reais.

Abracei minhas amigas, inclusive Anna, e fui. Combinamos de nos encontrar em alguns dias, com exceção da Daphne, que estaria viajando a trabalho.

Quando cheguei em casa, Thomas me esperava na entrada. Suspirei, incomodada com os seus cuidados, mesmo me controlando para impedi-lo de perceber.

— Voltei inteirinha. Não falta nenhum pedaço.

— Fico muito feliz por isso.

Meu noivo sorriu de forma esplêndida e entendi o porquê de esquecer o incômodo pela atenção exagerada quando. Joguei-me de maneira teatral em seus braços e levantei uma perna, como as divas do cinema, oferecendo meus lábios e fechando os olhos enquanto aguardava pelo beijo. Ele riu ao satisfazer a minha vontade.

— Sentiria falta de qualquer pedacinho seu. Te amo inteirinha, sem tirar nada. — Beijou meu pescoço provocando arrepios pela minha pele. — Como foi o seu encontro?

— Ótimo! Apesar da Anna, senti muita saudade das meninas.

— Sei. — Segurou minha mão ao andar em direção a sala. — Por que apesar da Anna?

— Ela está com todos os problemas do mundo e resolveu me fazer de sua válvula de escape. — Sentei no sofá para abrir as fivelas que prendiam minhas sandálias ao calcanhar.

— Como assim?

— Disse alguma coisa sobre eu ter toda a sorte do mundo e ela nenhuma. Evitei entra no clima e vim embora.

— Fez bem. O horário é inapropriado para uma mulher comprometida ficar na rua. Em especial, com amigas solteiras — brincou.

— Mia não é mais solteira.

— Ah, não? Quem é o sortudo?

— Algum cara muito especial para merecê-la. Pensei em convidá-los para jantar, o que você acha?

— Acho ótimo!

— Vou fazer isso.

— Sam ligou para seu celular?

— Não. Por quê?

— Ela ligou, eu disse que você saiu para encontrar com as garotas e ela disse que tentaria o celular. Fiquei um pouco preocupado pelo horário e Sam parecia nervosa.

Olhei para o relógio, quase uma hora da madrugada.

— Amanhã bem cedo ligo para ela.

Pela manhã, assim que Thomas resolveu me deixar sair da cama, fui à procura do telefone para tentar falar com Samantha. Ela não atendia o celular e já havia saído de casa. Liguei para o escritório tentando obter alguma informação sobre o seu paradeiro e foi lá que a encontrei.

— Sam, o que aconteceu? Thomas disse que você queria falar comigo?

— Sempre quero falar com você, minha querida, qual a novidade nisso?

Respirei aliviada. A tranquilidade de Samantha me permitiu tirar qualquer problema sério dos pensamentos.

— Você me deixou preocupada. Achei que alguma coisa aconteceu.

— Na verdade aconteceu, mas já temos tudo sob controle.

— Temos? É algo relacionado às empresas?

— Sim. Peter sofreu um infarto ontem à noite, já está tudo bem com ele, apesar de permanecer internado e de ainda necessitar de cuidados. Os médicos disseram que ele precisa se afastar por um tempo. Ficamos um pouco perdidos. Só temos você da família para substituí-lo.

— Ai, meu Deus, Sam! Você sabe detesto tudo ligado aos negócios, como poderei fazer alguma coisa? Também tenho meus compromissos com Thomas. Sinto muito, mas não posso te ajudar.

— Imaginei que diria isso. — Sua voz calma aliviou a minha tensão de imediato. — Acabei de sair de uma reunião com o conselho administrativo. Foi o que tentei te avisar ontem à noite. Por causa da nossa falta de contato decidi que faríamos a reunião sem a sua presença.

— Tudo bem! O que vocês decidiram?

— Tivemos que definir um monte de coisas, inclusive a sua participação. Peter tinha diversas reuniões agendadas e de extrema importância, além de vantajosas para as empresas. Não podemos adiar ou deixar passar essas oportunidades. Elegemos uma pessoa para substituí-lo. O trabalho será facilitado, porque dividimos o cargo em dois. É aí que precisaremos de você.

— Não posso assumir o cargo, Sam...

— Nunca te pediria isso. Faremos da seguinte maneira: uma sede será a de Nova York. Sei que é difícil acompanhar os acontecimentos, mas precisaremos de você em alguns momentos, até porque a outra será em Los Angeles. Já temos a pessoa que irá coordenar os cargos da presidência, só precisamos que você o acompanhe em algumas ocasiões e seja um pouco mais presente. Nada que vá te atrapalhar.

— Em vinte dias viajarei com Thomas para a Suíça, para nossas merecidas férias.

— Cathy, precisamos de você. Nossas empresas são respeitadas e conhecidas por mantermos nossa ética familiar à frente das decisões. Os investidores vão cobrar, os fornecedores também. Será que vale correr o risco? Uma representante legítima da família apaziguará os ânimos. Em nada ajudará estarmos em meio a uma crise e os noticiários mostrando a dona de tudo curtindo férias. Desculpe, você terá que adiar seus planos. Sinto muito! — Deliberei sobre o que deveria responder. Optei por aceitar o que Sam me pedia, afinal, eu era a dona e precisava apoiá-los nesse momento difícil.

— Isso vai me render um problemão com Thomas. — Suspirei cansada. — Darei um jeito. Quem ocupará o cargo?

— Um jovem que há algum tempo está dirigindo uma de nossas empresas. Tem muito talento e como estava em constante contato com Peter, tem uma grande experiência com o que vai encontrar pela frente. O nome é Roger Turner.

Parei um tempo para assimilar o que Sam me dizia. Roger Turner. Só podia ser uma brincadeira do destino. Era o nome de meu ex-namorado. Seria a mesma pessoa? A sua simples menção me fez, de forma involuntária, reviver muitos anos da minha adolescência, quando podia contar apenas com Roger.

Depois que nos separamos nunca mais nos vimos. Ele entendeu os meus motivos para querer o fim do relacionamento, contudo, foi impossível evitar a mágoa que ficou. E assim nos perdemos um do outro. Até aquele momento.

— Cathy! Você está aí?

— Oi! Desculpe! — Ri sem graça. — Fui pega de surpresa. Conheci um Roger Turner.

— Se for o mesmo será de muita utilidade. Ao menos vocês pularão a fase de adaptação.

— Espero que sim.

Desliguei o telefone já pensando no tamanho do problema que teria com Thomas por causa das últimas novidades. Primeiro, a necessidade de adiarmos a nossa tão aguardada viagem, mesmo que por pouco tempo. Segundo, pelo reaparecimento de mais aquele ponto do meu passado.

Roger não foi um fardo para mim, muito pelo contrário, foi um grande companheiro, meu melhor amigo e também namorado. Entretanto este era o grande problema. Com o fim do namoro e a distância que tomamos um do outro, nunca contei sobre a sua existência. Agora conjecturava a reação do meu noivo por ter guardado aquele segredo só para mim.

CAPÍTULO 2
Explicações

Visão de CATHY

Três dias depois, convidei Mia e seu novo namorado para jantar em nossa casa. Thomas convidou Dyo, devido à afinidade dos dois. Nosso amigo perguntou se poderia levar um amigo. E assim, seríamos um grupo animado de seis pessoas.

Henry Dahmer, o namorado de Mia, um homem de trinta anos, elegante, do tipo que dava gosto de olhar. Alto, moreno, olhos azuis, pele bronzeada, um verdadeiro deus grego. Fascinada com a atenção que recebia e com a facilidade de sua adaptação ao grupo, Mia suspirada apaixonada.

O amigo do Dyo, Maurício Lecter, era baixinho, corpo bastante definido, cabelo castanho, em um corte moderno e olhos que acompanhavam a mesma cor. Possuía sobrancelhas grossas que quase se tocavam, o que dava ao seu rosto, arredondado com sutileza, a ideia da masculinidade. Aparentava ser mais velho do que Dyo e também mais maduro, centrado. Inconfundivelmente gay.

Depois do jantar ficamos na área da piscina conversando sobre nossas vidas. Dyo e Thomas se ocuparam em narrar para Henry e Maurício a minha história de amor, sem deixar para trás os episódios mais constrangedores. Enquanto eu e Mia ríamos dos comentários e fazíamos alguns acréscimos às histórias contadas.

Mia dizia que Thomas teve muita sorte em me encontrar, ressaltando que existia uma longa fila aguardando uma oportunidade. Meu noivo, apesar de disfarçar bem, se incomodava com as declarações dela. Ele nunca escondeu o seu lado ciumento.

A conversa começou de uma forma que me pegou despreparada. Em algum momento entre eles se divertirem com o meu medo de ser a namorada do chefe e aceitar me casar com o chefe, Thomas começou a se gabar de ser o meu primeiro namorado, destacando a palavra "namorado", para que não houvesse dúvidas, além de falar do quanto lutei contra o que sentia por medo do sentimento desconhecido. A resposta saiu tanto de mim quanto de Mia, simultaneamente e sem pensar.

— Nada disso! — Eu me arrependi de imediato e, a julgar pelo olhar que Thomas me lançou, entendi que a sorte fora lançada.

— Isso é novidade para mim. — Ninguém percebeu, porém eu conhecia meu noivo muito bem para reconhecer o seu aborrecimento. — Por que você nunca me falou? Eu imaginava que você já tivesse ficado com outros caras, mas namorado mesmo... — Riu sem graça. Pude ver o fogo por trás dos seus olhos. Eu estava em apuros. Fato.

— Porque você nunca me perguntou. E nunca afirmei que você foi o meu primeiro namorado.

Thomas ficou calado por um tempo, depois continuou conversando como se nada tivesse acontecido. Estremeci pensando no que viria depois que todos fossem embora, quando poderia demonstrar o que sentia.

A reunião continuou até a madrugada. Mia, após entender que sem querer colaborou com a minha mancada, fez de tudo para entreter Thomas, acreditando que assim amenizaria o meu problema, sem saber que, quando meu noivo implicava com uma coisa, ia até o fim.

Após muito vinho e risadas, eles decidiram ir embora. Foi quando aumentou o meu tormento. Depois das despedidas, usei a desculpa de que precisava recolher as coisas para levar à cozinha. Thomas ficou na varanda fumando um cigarro.

Demorei o máximo que pude, evitando o confronto. Sem querer que Thomas se aborrecesse comigo, preferi ter aquela conversa quando já estivesse com todas as justificativas preparadas e os argumentos centrados.

Quando saí da cozinha, todo o andar de baixo encontrava-se com as luzes apagadas. Fui direto para a escada esperando encontrar Thomas já dormindo no nosso quarto.

— Cathy! — Estremeci com o som de sua voz vindo da varanda. — Está fugindo de mim? — Virei em sua direção sem muita vontade enquanto tentava recompor minha feição de desespero, sem conseguir.

— E eu tenho motivos para isso? — Sorri, falhando na tentativa de parecer tranquila. Pisquei sem parar e enruguei as sobrancelhas.

— Você me deve uma explicação.

— Sério? Sobre o quê?

Foi ridículo fingir, embora não conseguisse pensar em nada melhor para dizer. Correr e me trancar no quarto, mesmo sendo uma ideia absurda e infantil, chegou a ser uma opção. O que havia de errado com o fato de eu ter um ex-namorado? Mesmo nunca tendo tocado no assunto ou dado a entender que ele existiu algum dia, continuava sendo só um detalhe. Ao menos esperei convencer Thomas com esse argumento.

— Sobre o seu ex-namorado. Aquele que eu nunca soube da existência. — Apesar de calmo eu já podia antever o fim daquela conversa.

— Isso é um problema para você? — Por algum motivo desconhecido, continuei tentando bancar a idiota.

— Claro! — Ele me encarou com severidade.

— Pois não deveria. Você teve um monte de ex-namoradas, algumas com instinto assassino e nunca fiz disso um problema para nós dois.

— Não?

Tudo bem. Eu fiz. Inclusive me proibi de ficar com Thomas por causa das suas aventuras amorosas. E infernizei a sua vida devido ao seu romance com Lauren, o que quase nos separou.

Desisti de fugir do assunto e encarar a situação de frente.

— Amor, eu nunca achei necessário contar. Aliás, nem me lembrava mais disso. Não teve qualquer peso, o mais importante vivi com você. — Thomas avaliou a minha mudança súbita, porém sem se contentar. Seria ridículo dizer que nem me lembrava de ter um ex-namorado?

— Quando foi? Quando terminou? Quanto tempo ficaram juntos?

Respirei fundo sem saber como responder sem irritá-lo ainda mais. Thomas percebeu a minha relutância.

— Cathy já deixamos a fase dos segredos para trás.

— Seis anos. — Minhas mãos começaram a suar.

— Seis anos? — Thomas gritou surpreso. — E você diz que não teve importância?

— Thomas, pare! — Sentei na poltrona e coloquei o rosto entre as mãos.

— É inacreditável! Se eu escondesse algo assim, você estaria furiosa comigo!

— Você está furioso comigo. Além do mais, você escondeu a sua história de mim por bastante tempo.

— Nem sei o que dizer. Quem é esse cara? De onde vocês se conhecem? O que aconteceu? Há mais alguém que eu precise saber ou vou continuar sendo surpreendido com as suas revelações?

— Calma, Thomas! — Puxei o ar e levantei para sentar na poltrona próxima a ele. — O que você quer saber?

— Tudo!

— Conheci Roger quando fui morar com minha tia, depois da morte da minha mãe. Na época eu tinha doze anos e ele dezessete. Nós nos tornamos amigos de imediato. Ele foi a única pessoa em quem eu confiava. Estudávamos na mesma escola e íamos juntos todos os dias, até ele ir para a faculdade. Quando fiz quinze anos ele se declarou. Achei ser o mais lógico a fazer.

— O mais lógico?

— Preciso mesmo explicar mais uma vez que antes de você, nunca amei outra pessoa? Eu gostava do Roger. Ele foi um grande companheiro e para o momento que eu vivia, foi reconfortante ter alguém que gostava muito de me ter por perto. Eu me sentia segura ao lado dele. Mas não passou disso.

— E você quer que eu acredite que ficou seis anos com uma pessoa, sem amá-la?

— Quero sim! Você só tem duas opções: acreditar ou não acreditar. E estou te dizendo que a única coisa que senti pelo Roger foi amizade e gratidão. Pensei que poderia se tornar algo mais forte, afinal todo mundo sempre falou que a convivência pode levar ao amor, com o tempo percebi que nunca aconteceria.

— Depois de seis anos?

— Não! Antes. Faltou coragem para terminar. Na verdade nem queria. Como disse: Roger foi um grande companheiro que me fazia feliz.

— E por que se separaram? Foi ele quem te deixou?

— Você sabe sobre a minha virgindade. Manter um relacionamento com uma pessoa cheia de bloqueios como eu não foi nada fácil. Apesar de ele ser carinhoso, atencioso, romântico, nada me fazia eliminar os traumas que me impediam de ser uma mulher... Você sabe. — Engoli com dificuldade. — No início ele aceitou e foi bastante compreensivo, com o tempo passou a pressionar... E me dei conta de que seria impossível acontecer. Então terminei o relacionamento.

Fiz uma pausa para observar a sua reação. Meu noivo ficou mais tranquilo. A minha deixa para tentar apaziguar o clima.

— Thomas, eu te amo! Nunca amei outra pessoa, só você. — Eu me ajoelhei diante dele, buscando por seus olhos. — Para que ficar cismado com essa história do meu passado? Nada do que te contei... nada do que vivi com ele, foi mais importante do que tudo o que vivi com você.

Sorriu ainda um pouco resistente, o fato de eu estar reafirmando o que sentia ajudava a diminuir sua incerteza e insegurança.

— Vocês nunca mais tiveram contato? Ele sumiu de sua vida? — Por que aquela conversa tinha que continuar? Por que Thomas precisava descobrir até a última parte? Minha cabeça doeu com a iminência de mais problemas.

— Sim... Até agora...

— Como assim até agora, Cathy? — A tensão voltou à nossa conversa.

— Eu precisava ter esta conversar com você, só gostaria que fosse em circunstâncias diferentes.

— Manda logo a bomba! — Thomas passou os dedos com força pelo cabelo.

— Então... Quando a Sam ligou informando sobre os problemas... Ela falou o nome da pessoa que assumiria a direção das empresas.

— E? Não vá me dizer que é o mesmo cara! — Bingo! Podia sentir meu coração insistindo em escapar do peito.

— Ainda não sei, só que seria muita coincidência. O mesmo nome, sobrenome e...

— Vamos ver se entendi: você vai passar o tempo que nós teríamos para curtir juntos, trabalhando ao lado do seu ex-namorado?

— Nós nem sabemos se é a mesma pessoa.

— E se for? — Cruzou os braços no peito e me encarou em desafio.

— Qual o problema?

— Você terá o seu ex-namorado na sua cola o tempo inteiro e...

— Thomas, você teve uma ex-namorada em nossa cola durante um bom tempo. Convivo sempre com ex-namoradas suas. Como pode me cobrar?

— Que ex-namoradas? Você foi a única namorada que eu tive.

— Que seja!

— Você viu no que deu permitir que uma pessoa do meu passado convivesse com a gente. Não quero que a história se repita. — Um calafrio percorreu minha espinha. Thomas parecia profetizar.

— Pelo amor de Deus! Quem disse que vai se repetir? Roger aceitou o fim do nosso relacionamento de forma bastante digna. Nunca me procurou nesses anos todos. Com certeza teria como me encontrar, sabe que sou a dona da empresa em que trabalha e nem por isso resolveu aparecer. Bem diferente do que aconteceu com a Lauren.

— Tudo bem, Cathy, faça como você quiser.

Thomas me deu as costas e foi embora para o nosso quarto. Fiquei na varanda por um tempo tentando esfriar a cabeça para não recomeçarmos a briga. Quando fui para o quarto, ele já dormia. A única coisa que podia fazer era dormir também, sem o calor do seu corpo e do nosso amor.

CAPÍTULO 3
Reencontros

Visão de
CATHY

Dois dias depois concordei em me encontrar com Samantha e Roger Turner no escritório da empresa, no World Trade Center. Thomas ainda se sentia desconfortável com a existência de um ex-namorado e piorou ainda mais com o seu reaparecimento. Por esse motivo quis abreviar as coisas e verificar de uma vez se o profissional com quem iria trabalhar seria a mesma pessoa com quem me relacionei no passado.

Apesar da insistência do Thomas em ir junto, não cedi. Primeiro por ser uma reunião de trabalho nada relacionada a sua carreira. Segundo, porque achei melhor tê-lo distante caso o tal profissional fosse de fato o meu ex-namorado. No entanto, concordei que me acompanhasse a Nova York.

Entrar no World Trade Center me trouxe uma sensação há muito esquecida: a de ser uma pessoa normal. Sem necessidade de seguranças, nem a possibilidade de fãs correndo e gritando, como costumava ser a minha rotina ao lado do Thomas. Toda a amplitude do seu interior e a movimentação de pessoas apressadas rumo a algum objetivo, sem se dar conta da minha presença, trouxe novos ares à minha vida.

Foi ótimo ser eu mesma outra vez, constatei sem entender ao certo o porquê daquela sensação me confortar, afinal de contas me sentia feliz ao lado de Thomas. Peguei o elevador ainda tentando ordenar os pensamentos.

Assim que cheguei ao escritório fui encaminhada por uma secretária, que sorria com educação, a uma sala onde já me aguardavam. A mulher um pouco baixa, compensava sua estatura com saltos altíssimos. Seu corpo magro, muito bem apresentável em suas roupas profissionais: saia azul, justa ao corpo, que se estendia até quase os joelhos e uma camisa branca de mangas compridas com um laçarote enfeitando o pescoço, caminhava com desenvoltura.

Ela indicou com a mão a porta da sala onde me aguardavam. Parei indecisa. Se fosse mesmo o meu Roger, como seria? Respirei fundo juntando coragem para abrir a porta.

A sala imensa e muito bem arrumada, com móveis modernos e de alta qualidade, logo ganhou a minha atenção. As paredes brancas, com exceção de uma na cor verde-musgo, bem clara, dando-lhe um aspecto *clean*, equilibrando o ambiente. Havia no seu interior alguns jarros de plantas com cerâmicas bonitas e muito bem escolhidas.

Samantha, sentada em uma poltrona preta, próxima ao sofá branco de três lugares que dava à sala um ar mais aconchegante, segurava uma xícara e sorria para mim.

— Cathy. Que alegria em revê-la. — Sam colocou a xícara de lado, levantando-se para me abraçar. — Linda como sempre! — Afastou-se me olhando como uma mãe faria. — Como vai Thomas?

Eu gostava de retribuir o carinho que Sam nutria por mim. Nós nos tornamos muito próximas, como mãe e filha, desde a morte do meu pai. Eu a amava de verdade, sendo sempre grata por seu amor.

— Ótimo como sempre! — Procurei pela figura que responderia aos meus conflitos entretanto a sala vazia me deixou mais aliviada.

— Boa tarde! Desculpem o atraso. A reunião durou um pouco mais do que deveria. Com a ausência do Peter os investidores estão inquietos.

Virei-me na direção da voz que me assegurava ser o mesmo Roger da minha adolescência. Não precisava olhá-lo para reconhecê-lo. De uma maneira inexplicável meu coração acelerou, de maneira diferente da de como acontecia quando Thomas se aproximava, contudo de forma confortável, segura, como me sentia quando éramos adolescentes e ele a única pessoa com quem eu podia contar em meio a tantos problemas.

— Roger!

— Cathy!

Foi como se o tempo tivesse parado. Roger foi meu único e melhor amigo durante todos os anos em que estive cercada de dramas e tristezas. Ele, por muito tempo, foi a única alegria em minha vida. A única segurança. Existia uma relação sólida entre nós.

Éramos mais do que amigos, éramos confidentes, cúmplices. A separação não foi fácil. Senti falta dele, da amizade e do companheirismo. Deixei passar, pois havia a certeza de que jamais o amaria como amante, então precisava lhe dar a chance de seguir em frente.

— Então vocês se conhecem realmente? — Samantha interrompeu meus pensamentos. — Isso é ótimo! Pelo menos a convivência será mais fácil.

— Sim. Nós nos conhecemos há bastante tempo. Na verdade desde a infância.

Sorri ao me lembrar da nossa amizade e ele retribuiu vindo em minha direção e me tomando num abraço carinhoso. Foi como se eu estivesse em casa, confortável e segura.

— Já faz alguns anos que nos vimos a última vez. Você está muito bem, Cathy! Mais bonita do que nunca.

Fiquei sem graça com a sua afirmação e Roger fez questão de desfazer o mal-estar rapidamente.

— Então está noiva? Que maravilha! Acompanhei pelos jornais o problema que teve com a garota. Fiquei muito preocupado, mas... Você está aqui, recuperada e bem. Fico feliz!

— É. Foram tempos difíceis.

— Vocês poderão conversar e recuperar o tempo perdido depois. Agora podemos falar sobre os assuntos da empresa? Pretendo voltar para a Pensilvânia ainda hoje.

A reunião durou bastante tempo. Confesso a minha surpresa com a capacidade do Roger para administrar os negócios com tanta facilidade. Não que fosse incompetente antes, só que nunca pensei nele ocupando um cargo como aquele.

Após cinco longas horas conversando sobre investimentos, contratos e outros assuntos, sentia-me acabada de cansaço. Antes de encerrarmos Samantha precisou ir embora, aliviada por deixar a resolução dos problemas em nossas mãos.

Eu e Roger ficamos mais algum tempo juntos enquanto ele me apresentava os balancetes e à atual situação. Só quando meu celular tocou me dei conta da hora.

Thomas.

— *Você ainda está em reunião?* — Forçava uma calma que me assustava.

— Sim, já estamos terminando. Logo estarei em casa.

— *Espero para jantarmos juntos?*

— Sim, claro! Vou adorar!

— *Ficarei aguardando então. Te amo!*

— Eu também.

Desliguei o telefone sob o olhar atento do Roger.

— Desculpe! Thomas tem sido muito protetor depois do incidente. — Sorri sem graça.

— Entendo. Deve ter sido muito difícil quase te perder.

— De fato.

— Não precisa ficar sem graça, Cathy. — Colocou sua mão sobre a minha. — Fico muito contente em saber que você se rendeu ao amor, ainda mais porque é retribuída. Você é uma pessoa incrível, merece ser feliz.

Meu coração aqueceu com suas palavras. Ainda existia em mim a culpa pela nossa separação. Saber que se sentia feliz por mim me deixava feliz também.

— Obrigada, Roger! — Tirei minha mão da dele. — E você, casou?

— Não. Na verdade eu fui noivo, o trabalho acabou atrapalhando tudo e resolvemos nos separar há algumas semanas. Faltou tempo para avaliar se devo sofrer por isso. — Sorriu demonstrando a mesma alegria de quando éramos jovens.

— É uma pena. Espero que você fique bem, se é que devo desejar isso mesmo, já que você nem mesmo sabe o que está sentindo. — Dei risada me sentindo tranquila. — Acho que devo ir agora. — Levantei enquanto Roger organizava alguns papéis em sua mesa.

— Talvez devêssemos jantar qualquer dia desses. Você leva seu noivo, assim poderei conhecê-lo e colocaremos as novidades em dia.

— Claro! Será ótimo! Vamos nos encontrar daqui a três dias, certo?

— Sim. Para a reunião com o pessoal da indústria de aço.

— Ótimo! Podemos marcar alguma coisa depois.

— Por mim tudo bem.

Voltei para Thomas que me aguardava no apartamento que compramos para evitar as longas permanências em hotéis quando estivéssemos em Nova York.

Cheguei sem saber ao certo o que encontraria. Thomas fora especialmente difícil nos últimos dias, após descobrir a existência do Roger. Cansada, não desejava uma nova discussão com meu noivo. Assim que entrei fui recepcionada com um abraço caloroso acompanhado de um beijo apaixonado. Bem diferente do que esperava.

— Seja bem-vinda ao lar, meu amor! — Estendeu em oferta uma taça de vinho tinto.

— Obrigada!

— Como foi a reunião? — Estremeci, pois entendia muito bem o que ele queria saber e tive medo de contar.

— Cansativa. E você? Fez o que o dia todo?

— Visitei alguns amigos. Você sabia que Dyo está na cidade?

— Sério? Não sabia. O que ele está fazendo aqui?

— Não sei, mas o encontrei com o Maurício quando no caminho para a casa do Adam.

— Vou ligar para ele depois. Talvez eu queira fazer compras amanhã antes de voltarmos para casa.

— Vamos voltar amanhã mesmo? Achei que você teria mais coisas para resolver.

— Sam já retornou para casa e terei mais uma reunião em Los Angeles, daqui a três dias.

— Com quem? — Completou nossas taças com mais vinho. Um pretexto para entrar no assunto.

— Com um pessoal de uma indústria de aço e... com o Roger.

Thomas colocou uma mão no bolso e encostou-se à mesa de jantar. Ansiava pela minha resposta sem saber como me perguntar sem causar mais atritos entre nós dois.

— É a mesma pessoa, Thomas — Falei. Ele ficou em silêncio, me encarando. Seu semblante duro, o maxilar rígido. — Amor, não existe nenhum problema. Roger foi tão natural! Nós dois fomos.

— Como você se sentiu? — Com o olhar fixo ao meu, me deixava desconfortável.

— O quê?

— Como você se sentiu em relação a ele? — Respirei fundo antes de responder.

— Como se estivesse reencontrando um velho amigo. Por quê? — Fiquei nervosa sem conseguir evitar. Como dizer ao meu noivo que me sentia feliz por ter encontrado meu ex-namorado?

— Meu Deus, Cathy! Estou tão confuso! – falou por fim após uma breve avaliação da minha resposta. Passou as mãos em seu cabelo fechando os olhos com força.

— Não fique. Por favor!

— Como? — Sua voz permanecia calma, sem raiva e sim com medo. — Esse cara surgiu do nada. Nunca ouvi falar sobre ele. Como você quer que eu me sinta? Ele é seu ex-namorado e agora seu funcionário. Vocês vão conviver mais tempo do que estou preparado para suportar e não sei como reagir a tudo isso. — Suplicava.

— Desculpe! Também fui pega de surpresa. Você precisa entender, não planejei nada disso. Muito pelo contrário, jamais imaginei que o reencontraria. Nunca mais fizemos contato depois que terminamos.

— Eu sei. Acredito em você, só que nada me impede de ficar inseguro. — Puxou o ar com força. — Você acha que esse cara ainda nutre algum sentimento por você?

— Não! Roger foi bastante convincente em relação a isso. Disse até que estava feliz por mim e que gostaria de te conhecer.

Thomas balançou a cabeça como se negasse essa possibilidade.

— Preciso que me prometa que se ele tentar qualquer coisa, ou demonstrar qualquer sentimento em relação ao que viveram, você vai me contar. — Pegou meu rosto em suas mãos e me encarou, se certificando de que eu entendia o seu pedindo.

— Eu prometo, mas...

— Apenas prometa, Cathy!

— Eu prometo.

Ele me beijou com tensão. Tentei transmitir toda a minha certeza de que nada nos atrapalharia. Eu o amava e nada, nem ninguém mudaria essa realidade. Tudo o que vivemos para chegar até aquele ponto era a maior prova da força do nosso amor. Sobrevivemos a tantas dificuldades, superamos diferenças, incertezas e, principalmente, todos os segredos que nos impediam de consolidar nosso amor.

Como uma pessoa do meu passado, em especial uma que nunca foi mais do que um amigo, poderia modificar o que sentíamos e queríamos?

Thomas retribuiu o meu abraço afagando minhas costas e beijando meu rosto com carinho.

— Amo tanto você, Cathy!

Com certeza ele queria dizer mais do que isso. Afirmar o seu amor naquele momento foi a maneira que encontrou de revelar o seu medo de me perder. Por esse motivo tomei uma decisão que poderia acalmar um pouco seu coração.

— Estive pensando sobre o nosso casamento e consegui escolher um mês que me agrada. — Deu certo. Os olhos de Thomas brilharam e ele logo se mostrou interessado no assunto.

— Ah, é? E quando seria? — Abriu seu lindo sorriso. Meu coração se enterneceu.

— Setembro.

— Setembro? Pensei que você quisesse mais tempo para organizar tudo. Teremos apenas dois meses.

— Nada será empecilho para a minha "liga do casamento".

Ri pensando no apelido que arranjei para a pressão da Sam, Mia e Melissa para o planejamento e realização do casamento. Thomas entendeu a minha brincadeira e sorriu satisfeito.

— Por que setembro? Algum motivo especial para a escolha desse mês?

— Nada especial, só acho que não precisamos esperar tanto. — Passei a mão em seu peitoral e sorri para ele. — Nós nos amamos e temos certeza disso. — pisquei travessa. — E setembro é um mês bom, quente e agradável.

— Gostei. Aprovo a sua decisão.

— Também já pensei em mais alguns detalhes a respeito da festa, mas antes gostaria de jantar. Estou faminta!

CAPÍTULO 4
O Início da Tempestade

Visão de
CATHY

No dia seguinte consegui entrar em contato com Dyo e combinamos nossa tarde de compras, a companhia perfeita para essa atividade. Seu senso de moda incrível sempre conseguia combinar peças básicas com outras cabíveis e tudo acabava na mais perfeita harmonia.

Conversamos muito sobre o mundo artístico, claro, afinal de contas, Dyo trabalhava como agente do meu noivo e cuidava da carreira dele como da própria vida. Meu amigo, em uma ótima fase, irradiava alegria. A presença do Maurício causava esse efeito nele.

— Então está ficando sério?

— Acho que sim. Ele me convidou para vir. Posso dizer que estamos seguindo este caminho.

— E o que estão fazendo em Nova York? É um passeio romântico?

— Na verdade era para ser uma viagem a trabalho, mas não posso negar que tem sido muito romântico. — Rimos juntos.

— Engraçada a vida e o rumo que ela toma.

— Como assim?

— Eu e Thomas, você e Maurício... Você nunca pensou que eles não eram o que nós procurávamos? Digo... Thomas se assumia um mulherengo, e queria só me levar para a cama. O típico homem de quem fugi a vida toda e agora estamos noivos. Maurício se parece com o que você descrevia como preferência e agora você está aí, com os olhos brilhando ao falar dos seus momentos românticos.

— Tem razão, eu acho que esta é a parte mais importante do amor. Você não sabe o que esperar dele. Acontece justamente da forma que menos se espera, no entanto, quando acontece é usurpador. — Meu amigo olhou para mim com um sorriso sem graça. — Maurício é maduro, muito gentil, cuidadoso, carinhoso, tão preocupado comigo que às vezes fico sem jeito, sem saber como retribuir tanta atenção.

— E você está apaixonado.

— Como não estar?

Concordei porque me sentia da mesma forma com Thomas, ou como me sentia antes de ele implicar tanto com a história do Roger. Tá certo que esconder tal detalhe foi ruim, por outro lado, nunca tive motivos para contar, na verdade, nem me lembrava do fato para dar tanta importância.

Tive a oportunidade de desabafar sobre os problemas que enfrentava com Thomas, por causa do aparecimento repentino do meu ex-namorado.

— Em parte ele tem razão de ficar aborrecido. Você nunca contou que o tal Roger existia e agora, além de existir, também trabalha para você e, para piorar ainda mais a situação, vocês precisam estar juntos para enfrentar as dificuldades que a empresa está passando. Entendo como Thomas está se sentindo.

— E o meu lado? Nunca me passou pela cabeça que isso fosse acontecer. Não foi só Thomas que foi surpreendido e, quer saber? Thomas me deixou na ignorância sobre a vida dele por muito tempo também. Acabou me dando este direito. O segredo dele sobre a loucura da Lauren, permitindo que ela permanecesse ao nosso lado, quase me tirou a vida.

— Eu sei. Foi por isso que disse "em parte". Você também tem razão. Tenha um pouco de paciência com Thomas! Competição não é o forte dele, já que desde o início sabia que seria único em sua vida. Agora precisa conviver com mais alguém, mesmo que seja do seu passado.

— Que competição? Roger está tranquilo e até gostou de saber do meu noivado. Tudo ficou muito bem resolvido entre nós dois. Cada coisa está em seu devido lugar.

— Bom... Isso só o tempo dirá.

Caminhamos a tarde toda e no final estávamos entupidos de sacolas e exaustos. Meus pés doíam tanto que eu já implorava para sentar e arrancar os sapatos.

— Vamos comer alguma coisa? — Dyo propôs. — Tem um restaurante logo ali em frente que eu adoro. Costuma ficar um pouco cheio neste horário, mas acredito que conseguiremos uma mesa.

— Não sei não, Dyo. Combinei com Thomas que voltaria antes do jantar, você sabe como ele ficou paranoico depois do que Lauren aprontou.

— Vamos fazer o seguinte: ligamos para Thomas e Maurício convidando-os para nos encontrar, assim todos ficarão satisfeitos.

Adorei a ideia. Nova York era tão encantadora e surpreendente, tão cheia de coisas interessantes para fazer. E suas maravilhas continuam mesmo após o pôr do sol, o que me fazia ter mais vontade ainda de aceitar a sugestão do Dyo e estender um pouco mais o nosso passeio.

Combinei com Thomas de nos encontrarmos, porém meu noivo chegaria mais tarde. Um dos grandes problemas da fama consistia em não poder ir a qualquer lugar, em qualquer horário. Enquanto aguardávamos a chegada dos dois, comeríamos alguns petiscos.

Caminhamos até o restaurante, muito bom gosto e discreto, por sinal. As luzes do ambiente davam a ilusão de privacidade, apesar das mesas estarem expostas sem nenhum tipo de barreira, e mesmo com o âmbar da iluminação as pessoas ainda conseguiam se ver. Havia lâmpadas embutidas e velas espalhadas em lugares estratégicos. O clima muito apropriado para um encontro romântico.

Como Dyo dissera, conseguimos uma das poucas mesas vazias. Acomodamo-nos e começamos a estudar o cardápio.

— Cathy?

Mal consegui sentar quando ouvi a voz de Roger meio distante chamando por mim. Levantei o olhar surpresa com a coincidência. Apesar da pouca luz entre o espaço que nos separava, dava para enxergá-lo. Foi inevitável o sorriso que se formou em meus lábios.

— Roger! — Beijou meu rosto demonstrando a existência de intimidade entre nós. Confesso que não fiquei incomodada com sua proximidade, pelo contrário, dentro de mim havia felicidade por podermos nos comportar de forma natural, sem que houvesse algum inconveniente. — O que faz aqui?

— Vim encontrar uns amigos. Tive um dia agitado e aceitei o convite deles para relaxar um pouco — apontou para uma mesa logo à frente com algumas pessoas reunidas. — E você? Pensei que já tivesse voltado para Los Angeles.

— Desisti de voltar hoje. Vamos embora amanhã pela manhã. Este é Dyo, meu amigo e colega de trabalho. Um dos agentes do Thomas. — Eles se cumprimentaram como mandava a etiqueta. — Quer sentar um pouco? Estamos escolhendo algo para comer enquanto os outros não chegam.

Para minha surpresa ele aceitou, sentando-se ao meu lado. Na mesma hora a tensão me dominou. Thomas chegaria a qualquer momento.

— E então? Estaremos juntos em alguns dias? — Tentou puxar conversa.

— Claro! Sam quer muito que eu participe mais dos negócios. Vou tentar me inteirar ao máximo enquanto Peter estiver afastado. Porém, confesso que espero com ansiedade que seja por pouco tempo.

— Mal me reencontrou e já quer se livrar de mim? — Riu deixando-me constrangida.

— Não é isso. É que já tenho uma carreira profissional que adoro. Minha vida com Thomas toma todo o meu tempo, impossibilitando conciliar com um emprego. E você não precisa sumir. Somos amigos.

— Eu entendo, Cathy. E não vou sumir. — Pegou em minha mão sobre a mesa. Ficamos nos olhando por um espaço curto de tempo.

— Cathy!

Thomas surgiu do nada.

Olhei para o meu noivo, sem reagir à sua chegada repentina. Muito devagar seus olhos deixaram os meus para encarar a minha mão envolvida pela do meu ex-namorado. Senti meu sangue gelar. Puxei a mão com pressa, olhando em seu rosto que se voltava para Roger. Thomas exalava puro ódio.

— Thomas! Amor... não vi você chegar... — Lutava contra a minha própria voz evitando gaguejar ou falhar.

— Percebi. — Continuou sério encarando Roger.

— Thomas este é Roger Turner. Nós nos encontramos aqui por acaso, o que é ótimo, assim vocês dois se conhecem de uma vez. — Atropelei minhas palavras o tempo todo devido ao nervosismo.

— Thomas, é um prazer conhecer o homem que conseguiu desbravar o coração desta garota.

Roger falou cheio de charme, sendo o mais agradável possível e lhe estendeu a mão. Thomas ainda ficou alguns segundos encarando-o até que, por fim, ergueu a sua e apertou a dele com cordialidade.

Respirei aliviada.

— Bem, eu já vou. Cathy, foi um enorme prazer te encontrar. Dyo e Thomas, prazer em conhecer vocês. — Roger se afastou dando espaço para que Thomas sentasse ao meu lado.

Ele sentou, mantendo-se calado. Os olhos fechados, as mãos cobriam parte do seu rosto. Eu e Dyo trocamos um olhar e ficamos aguardando que se recuperasse. Meu noivo estava transtornado e eu péssima, apesar de me isentar da culpa pelo ocorrido e nem ver problema no fato de encontrar um amigo por acaso, mesmo sendo um ex-namorado.

O silêncio prolongado alimentava ainda mais a minha necessidade de me explicar e justificar.

— Boa noite! Desculpem a demora. Tive algumas coisas para resolver antes de sair. — Maurício chegou e, sem perceber o clima pesado na mesa, foi falando e sentando. Tentei sorrir, no entanto, acredito que meu sorriso foi quase inexistente. — Vocês já pediram? Estou mesmo com fome.

— Na verdade ainda estamos estudando o cardápio. — Dyo se adiantou a responder. — Você tem alguma sugestão? Alguma preferência?

— Apenas faço questão de carne. A daqui é maravilhosa! — Maurício respondeu ainda alheio à nossa situação.

— E você, Cathy? — Dyo tentou quebrar o silêncio embaraçoso.

— Posso experimentar a carne. O que Maurício pedir para mim está bom. — Eu comeria qualquer coisa desde que Thomas superasse a situação que estávamos vivendo.

— Thomas?

Dyo seguiu tentando amenizar o clima entre nós dois. Meu noivo levantou a cabeça, perdido, consumido pela incerteza, insegurança e também pelo ciúme.

— Perdi o apetite. Desculpe!

Thomas levantou e foi embora tão rápido quanto entrou. Em momento algum olhou para trás ou sinalizou para que o seguisse. Como se eu não existisse. Paralisei sentada em minha cadeira, incapaz de reagir. Aquilo foi estranho demais para ser assimilado.

— Meu Deus! Foi alguma coisa que falei? — Maurício perguntou preocupado, assustado com a reação exagerada do meu noivo.

— Não, Maurício. Desculpe por isso. Dyo vai te explicar. Vou atrás dele.

Recolhi minhas sacolas e corri em direção à rua sem encontrar qualquer vestígio do Thomas. Voltei para casa de táxi. A incerteza e insegurança do meu noivo também me acompanhavam.

Cheguei em casa procurando por ele. Sem fazer ideia do que encontraria, a situação me deixou nervosa e insegura. Thomas tinha motivos para estar aborrecido, contudo não daquele jeito. Roger só foi gentil, assim como agiu com o próprio Thomas.

Parei na sala recuperando o fôlego, buscando calma para ter aquela conversa. Precisava reunir todos os argumentos possíveis para tentar convencê-lo da inutilidade daquela insegurança. Ao mesmo tempo me sentia uma tola. O que mais faltava fazer para que se certificasse dos meus sentimentos?

A sala escura e as portas de acesso à varanda abertas, fazendo com que as cortinas esvoaçassem para dentro da sala, compunham um cenário fantasmagórico.

O cheiro do cigarro me fez deduzir onde ele estava. Caminhei em sua direção. Mesmo consciente da minha presença, Thomas permaneceu de costas para mim. Parei ao seu lado e aguardei. Sem qualquer manifesto da parte dele, continuando a encarar o nada à sua frente, resolvi iniciar a conversa.

— O que aconteceu?

— Preciso mesmo responder? — Sua voz fria e firme. — Por que me chamou para aquele jantar? Por que escondeu que seu amiguinho foi convidado?

— Ele não deveria estar lá. Foi coincidência! — Ele riu com sarcasmo. — Thomas, o que está pensando? O que acha que eu faria?

— Não sei mais o que pensar.

Apagou o cigarro no cinzeiro próximo, depois colocou as mãos nos bolsos, voltando o seu olhar para o horizonte. Para mim foi como um tapa no rosto. A sua impossibilidade de ter uma ideia definida a meu respeito era no mínimo constrangedor. Thomas parecia disposto a ir até o fundo em sua mágoa injustificada.

— Você é mesmo inacreditável, Thomas! — As lágrimas se formaram me deixando com raiva por chorar.

Decidida a não ter aquela briga, virei em direção à sala. Thomas me segurou pelo braço me fazendo olhar em seus olhos que faiscavam de raiva e ao mesmo tempo buscavam algum indício do que se passava em minha cabeça.

— Ele ainda ama você, Cathy! — Sua mão apertava meu braço com força.

— Não seja ridículo! Ele está...

— Sei quando um homem olha uma mulher com desejo, amor ou amizade. Vi a forma como te olhava. Ele ama você.

Olhei nos olhos de Thomas e só conseguia enxergar medo. A raiva anterior cedeu lugar ao que ele tentou o tempo todo esconder de mim: medo.

Fui atingida pela culpa por provocar aquela situação, contudo, muito rápido, seus olhos conseguiram ocultar seus reais sentimentos e a raiva voltou. O que falou a seguir saiu com mais força e mais determinação do que fui capaz de imaginar. Então fui atingida pela fúria.

— E você está deixando que ele se sinta assim! — Fiquei perplexa. Sua mão abandonou o meu braço.

— O quê?

Thomas fechou os olhos com força, passando uma mão pelo cabelo. Sua respiração irregular e pesada, assim como o ar entre nós dois, pesado e difícil de ser absorvido

— Você está permitindo que isso aconteça. Eu só queria entender o motivo.

Eu não podia acreditar que Thomas deixaria as coisas chegarem àquele ponto. E o pior, que fizesse tanta questão de dividir a sua dor comigo de forma tão infantil e irresponsável. Meu noivo queria me ferir. Certamente por acreditar que eu o havia ferido.

— Você está me ofendendo. — Deixei as lágrimas caírem. — Fico muito admirada em saber que é essa a ideia que faz de mim. Você tem dúvidas, Thomas? Então vou acrescentar mais algumas. Tem certeza que é com essa mulher que quer casar? Uma mulher que sente prazer em ter um admirador? Que gosta que outro homem sinta amor por ela? Pois vou te dizer o que acho: eu não quero me casar com um homem que controla os meus passos. Não quero me casar com um homem que não vê nunca o meu lado, que não consegue me enxergar como sou de verdade. Que me conhece tão pouco ao ponto de fazer esta ideia de mim. Mesmo eu tendo um relacionamento de seis anos com outra pessoa, foi você quem escolhi. Foi você quem acreditei que merecia o meu amor. Pelo visto me enganei.

Cada palavra foi dita com raiva, mágoa e tristeza. Assim que acabei de falar, segui em direção ao quarto. Desta vez ele nada tentou para me impedir, incapacitado pela minha reação.

Tranquei a porta como quando ainda não éramos namorados. Naquela noite eu queria dormir sozinha, nem que para isso tivesse que dormir em um hotel.

Sem querer pensar em mais nada, me joguei na cama e chorei toda a minha dor. "Quando tudo começou a dar tão errado?". Minha mente passava e repassava a nossa briga, tentando encontrar justificativas para sua reação exagerada.

Ouvi os passos de Thomas e depois suas mãos forçando a maçaneta. Ele parou hesitante diante da porta trancada, depois seus passos se afastaram na direção do quarto ao lado. Deitei desolada. No dia seguinte aquele pesadelo deixaria de existir.

Assim eu esperava.

CAPÍTULO 5
O Inexplicável

Visão de
THOMAS

Dormi muito tarde e acordei bem cedo. Foi estranho dormir sem Cathy ao meu lado. Levei um tempo revivendo suas palavras. Confesso que o medo de que fosse verdade me forçava a recuar. Por outro lado havia a certeza de que nos amávamos.

Todos os casais passam por momentos difíceis.

— Nosso problema é que sempre estamos passando por momentos ruins — falei para mim mesmo ao lembrar de tudo que já passamos em apenas um ano de namoro.

A minha ideia de amor não se parecia em nada com aquele quadro. Claro que imaginei que teríamos desentendimentos, o problema estava em sempre atrairmos problemas e mais problemas.

Tudo bem, eu reconheço que boa parte deles foram causados por mim e pela minha total incapacidade de enxergar o lado dela. Sinceramente? Aquilo tudo destruía a minha capacidade de pensar. Que homem admitiria uma situação como aquela?

Levantei da cama ansioso. Precisava saber se Cathy continuava lá, ou se havia me abandonado de vez. Esta dúvida me fez acelerar o passo para ter certeza de que tudo fora um pesadelo. Desejei com fervor que ela fosse menos cabeça-dura e fizesse, ao menos uma vez, as coisas do meu jeito.

Tudo parecia um sonho ruim.

— Um inesperado e assustador pesadelo chamado Roger Turner — falei sozinho como se procurasse apoio nas paredes para os meus aborrecimentos.

Cathy precisava compreender os meus motivos para me incomodar com aquela situação. Ao mesmo tempo eu conseguia enxergar o quanto errei tomando as atitudes absurdas dos últimos dias. Apesar de defender o meu lado, eu precisava lembrar que minha noiva foi jogada naquela confusão, que agia por obrigação e não por vontade própria.

— Deus, por que meu lado racional some quando estou com raiva? — Caminhei em direção ao nosso quarto. — Parece uma eternidade. — Suspirei em frente à porta.

Tentei abrir, vi que continuava trancada. Fiquei aliviado, pelo menos ela ainda estava lá. Levantei a mão para bater. Desisti. Se Cathy permanecia trancada seria mais prudente aguardar o seu momento. Eu me forcei a aceitar isso, apesar de o meu lado egoísta ter se recusado a sair de lá.

— Ok então! Vou aguardar. Como um cão de guarda. — Cruzei os braços, apoiando-me na parede.

Algum tempo depois comecei a ouvir barulhos vindos do quarto. Mais um tempo e então a porta abriu e nos encaramos. Cathy pareceu surpresa com a minha presença.

— Bom dia!

— Bom dia, Thomas! — Fechou a porta atrás de si sem demonstrar querer fazer as pazes. Andou pelo corredor em direção à escada. Fui atrás.

— Não vai falar comigo?

O pânico tentou invadir meus pensamentos. Deus! Aquela reação era tão adolescente! Por que não conseguia encontrar algo mais apropriado para dizer?

— Acabei de falar. — Cathy nem olhou para trás.

— Perdão por ontem. — Ela parou antes de descer as escadas me permitindo ganhar fôlego. — Você está certa, tenho que confiar em você. Perdão! Fui difícil mesmo sabendo que você não merece passar por tudo isso. — Seu semblante suavizou apesar de ainda lutar contra a entrega. Aproveitei para me aproximar mais. — Eu amo você, Cathy! Estou morrendo de medo de te perder.

— Por que acredita nisso?

— Não sei. Já estive tantas vezes a ponto de te perder que estou meio paranoico. — Seu riso doce aqueceu meu coração.

— Nunca, em toda a minha vida, tive tanta certeza do que quero. Mesmo que Roger sinta amor por mim, como você disse, mesmo que meu envolvimento com ele tivesse sido diferente, ainda assim, o que sinto por você não vai mudar. Ser sua é a única certeza que tenho nesta vida e nada nem ninguém tem o poder de modificar isso.

Abracei seu corpo puxando-a para mim e a beijei. Um beijo longo e intenso. No mesmo instante meu corpo reagiu à falta do dela. Parecia que estávamos separados havia uma eternidade.

— Nunca mais tranque a porta do quarto! — rosnei entre nossos beijos. — Minha noite foi horrível! Virei dependente de você ao meu lado. — Passei as mãos em sua cintura, apertando meu corpo ao dela. Cathy deixou escapar um gemido de prazer.

— Thomas... Assim vamos perder o voo.

— Esqueça! Podemos ir à noite. — Continuei com as carícias enquanto nos conduzia de volta ao quarto. — Agora só quero passar um tempo com a minha futura esposa.

❦

Fizemos amor durante uma boa parte do dia e foi maravilhoso. Como sempre, me maravilhava com como conseguia reagir ao seu toque, seus gemidos, seus sussurros, sempre querendo mais.

Linda, esplêndida e única, eu a endeusava sem pudor, demonstrando o quanto a admirava e sem me importar em ser só um humilde servo a seus pés, desde que fosse apenas minha.

No final da tarde estávamos em nossa imensa cama, transpassados e envoltos em um lençol que cobria um pouco nossa nudez. Brinquei com a pele dela, fazendo carícias com as pontas dos dedos e assoprando fraquinho para me deslumbrar vendo-a ficar arrepiada.

— Caramba, Thomas! Esqueci de ligar o celular.

Cathy levantou para pegar o aparelho sobre a cabeceira da cama. Admirei mais uma vez seu corpo. Nunca cansaria de observá-la, era como encarar a perfeição. Uma vez minha noiva me falou sobre as várias formas de enxergar Deus. Pode até ser uma heresia, mas vê-la nua me dava a certeza de que Deus existia. Do contrário como ela poderia ser tão perfeita?

— Está com a cabeça nas nuvens, Cathy? — Levantei para beijar suas costas.

— Passei o dia inteiro nas nuvens. — Sorriu com doçura enquanto ligava o celular. — Dezoito ligações perdidas! — Olhou-me preocupada. No mesmo instante o celular tocou.

— Roger — informou.

Impedi o meu aborrecimento de se exibir, quando o fato foi que achei o sujeitinho muito abusado.

— Oi, Roger! — falou com pouca empolgação. Observei minha noiva enquanto escutava o que dizia. Seu rosto ficou sério, então ela respirou fundo. — Ah, é? É... estive ocupada o dia todo, meu celular ficou desligado. Não vamos embora hoje... Sim, acho que é possível me encontrar com você e Sam... Tá certo, em meia hora estarei aí. — E desligou.

❦

— Vai sair?

— Sim. Parece que teremos uma reunião do conselho administrativo. Eles tentaram me avisar durante o dia todo. Alguns investidores querem retirar o capital e o conselho está se reunindo para tomar as providências e decisões necessárias.

— Bem, então acho que terei que arranjar o que fazer. Você vai sair e provavelmente vai voltar tarde, por causa do horário e gravidade do problema.

— É verdade. Você deveria ligar para o Dyo e marcar alguma coisa. Aproveita para se desculpar com o Maurício. Foi horrível o que fez ontem.

— Vou providenciar que seja assim. Pode ficar tranquila.

— Não tem mesmo problema eu precisar sair?

— Pode ir, amor. Ficarei aguardando.

Fui obrigado a assistir Cathy se arrumar para ir ao encontro do ex-namorado. Sinceramente? Detestei a ideia, mas precisava apoiá-la, sem sufocá-la com a minha insegurança.

Assim que saiu, peguei o telefone e liguei para Dyo. Precisava mesmo me desculpar com eles pelo meu comportamento. Marcamos de nos encontrarmos em um bar próximo ao meu apartamento. Costumava ir lá com Kendel, Raffaello e Dyo, quando solteiro, e nos encontrávamos para falar besteiras sobre as mulheres, ou até mesmo para encontrarmos algumas.

Quando cheguei Dyo e Maurício já me aguardavam. Foi fácil me desculpar, eles foram receptivos e meu agente, como sempre, muito sensato.

— Tenho certeza de que ele ainda gosta da Cathy. Sabe quando você percebe que algo está errado? Foi este o meu sentimento quando o vi segurando a mão dela.

— Talvez você esteja exagerando no ciúme.

— Não é só ciúme, Dyo. É que... Foi estranho. Não sei como explicar. Ele a olhava de uma forma diferente... Havia algo estranho naquele olhar, tenho certeza.

— Cathy está irritada de verdade com a sua atitude. Você precisa pegar mais leve.

— Eu sei. Estou tentando. Juro que estou.

— Você precisa ser mais compreensivo, Thomas. — Maurício me observava com atenção. — Cathy é uma ótima pessoa. Ela jamais vai permitir que alguém estrague o que vocês têm.

— Vou esquecer essa história e deixar Cathy resolver as coisas da maneira dela.

"Como sempre faço no final das contas", pensei amargurado.

Passamos o final da tarde e boa parte da noite conversando sobre diversos assuntos. Mesmo me sentindo bem com meus amigos e feliz por dedicar um tempo a mim, ainda conferia o meu celular de vez em quando para verificar a hora e me certificar se havia alguma ligação da Cathy avisando ter chegado em casa.

Nada.

Entrei no apartamento vazio e fui direto para o nosso quarto. A cama ainda estava desarrumada. Tirei a roupa, tomei uma chuveirada, liguei a TV para aguardar e acabei pegando no sono.

Acordei um tempo depois com o barulho do chuveiro. Olhei para o relógio: duas e quinze da madrugada. Sentei na cama, aguardando até que ela saiu do banheiro.

— Desculpe. Eu te acordei? — Subiu na cama.

— O que aconteceu? — Lutei contra a irritação. — Sabe que horas são?

— Sei. Fiquei presa em uma reunião interminável. Para piorar as coisas, Roger sugeriu que fôssemos todos jantar. Não tive como fugir. Estou exausta! Sam e Roger insistem em me envolver nestes assuntos. De verdade, essas reuniões, são chatas e maçantes... Eu detesto! – Riu baixinho enquanto conversava relaxada como se nada tivesse acontecido.

— Por que não ligou, mandou uma mensagem?

— Porque era uma reunião. Acabou bem tarde. Imaginei que você já estivesse dormindo. Não queria te acordar só para dizer que ia demorar.

Olhei para a minha noiva sem acreditar. Aquilo se tornava cada vez mais sério e incontrolável. Pensei no que aconteceu no dia anterior, e só por isso optei por me calar, ou correria o risco de passar outra noite no quarto ao lado. Cathy deitou ao meu lado e me abraçou pelas costas.

— Não fique irritado. Foi impossível fazer diferente.

— Boa noite, Cathy!

— Tem mais uma coisa que gostaria de falar.

— São duas da madrugada — protestei.

— Marquei um jantar aqui amanhã. Queria acabar com esse mal-estar entre vocês. Como você se mostrou arrependido, convidei O Roger. A Sam também virá e estou pensando em convidar Dyo e Maurício. Posso contar com sua boa vontade?

Apertei bem os olhos impedindo minha raiva de explodir. No fundo eu tinha consciência que ela estava certa. De novo. Era melhor acabarmos de uma vez por todas com esse problema. Porém, só de imaginar aquele cara na minha casa, conversando e brincando com a minha Cathy, a raiva me inundava.

Havia concordado em ser mais compreensivo, o que abrangia o seu direito de convidar quem quisesse para a nossa casa.

— Tudo bem. Faça como quiser.
— Sério? Nossa! Pensei que seria muito mais complicado. Então tá! Boa noite, amor!

Achei que ela ficou animada demais, ou então eu estava irritado demais e imaginando coisas. O fato é que não me sentia confortável.

Cathy passou o dia todo organizando o "tal" jantar, me fazendo prometer várias vezes que eu seria agradável com Roger. Devo confessar que a cada juramento que fui obrigado a fazer, menos vontade tinha de ser uma boa pessoa para o ex-namorado da minha noiva. Reconheço que parte da minha irritação era por implicância.

Nem o conhecia direito e já deixava que meu ciúme me impedisse de dar uma chance ao cara de me provar o contrário. Mesmo ciente, a situação continuava me incomodando. Pressentia que havia algo errado, apesar de saber que o erro ao invés de estar nele, poderia estar em mim.

Peguei o controle da TV e procurei algo para me distrair. Achei um filme antigo com um ator que eu adorava. Serviu para me fazer parar de prestar atenção em tudo o que Cathy falava e fazia pela casa. Só voltei a pensar nela quando ouvi a sua voz me chamando do segundo andar.

— Thomas, você vai se atrasar. Os convidados vão chegar e encontrá-lo de *short* e camiseta.

Suspirei de volta ao pesadelo e em breve estaria em meu calvário. Subi sem muita vontade quando me deparei com um conjunto de calça e camisa em cima da cama.

— Eu escolhi. Você demorava para subir então procurei adiantar o máximo o seu lado.

— Está ótimo. — Dei um beijo leve em seu rosto e saí para o banho.

Só quando saí do banheiro prestei atenção ao que Cathy usava. Um vestido de alças, curto, bastante justo ao corpo, revelando suas belas formas, as pernas maravilhosas, que por sinal ela tentava disfarçar com meias pretas o que, em minha opinião, a deixava ainda mais provocante.

— Você precisa realmente se vestir assim?

— O que tem de errado com a minha roupa? — Virou-se para verificar no espelho se havia algo errado.

— Para começar é curta demais, justa demais, provocante e tudo o que tem de mais — finalizei já frustrado.

— O vestido não é justo! Uso roupas bem mais coladas quando te acompanho nas *premières*. Está ajustado ao corpo com sutileza, sem revelar nada. Já me vesti assim várias vezes.

— Mesmo quando o seu ex-namorado vem jantar em nossa casa? — Ela parou me encarando com desaprovação. — Tá bom! Vista o que você quiser.

Aquela era uma batalha perdida. Cathy nunca me escutava quando falávamos de suas roupas. Peguei as minhas e me vesti com pressa, enquanto minha linda noiva calçava seus sapatos de saltos finos, que acentuavam ainda mais seus tornozelos bem torneados. Ao mesmo tempo, Cathy colocava atrás da orelha uma mecha do cabelo que caía com insistência em seu rosto.

Uma cena perfeita para admirar. Como eu podia ser tão vulnerável a ela? Pequenos gestos como aqueles eram o suficiente para me deixar louco de desejo. Em segundos toda a minha raiva e frustração evaporaram.

— Quanto tempo temos? — Senti meu corpo reagir aos meus pensamentos luxuriosos.

— Uns vinte minutos, caso alguém resolva chegar no horário. — Sem conseguir resistir, abracei minha noiva pela cintura, puxando-a contra meu corpo.

— De jeito nenhum, Thomas! Estou usando meias finas. Você vai estragar toda a minha produção.

Minhas mãos já corriam o seu corpo e com os lábios em seu pescoço à mostra, devido ao penteado. Percebi sua pele arrepiada e investi um pouco mais, forçando minha mão no decote. Cathy gemeu com manha.

— Você ficou o dia todo longe de mim. Estou em crise de abstinência. — Mordi seu ombro com uma leve pressão.

— Isso lá é hora de sentir a minha falta?

— E tem hora certa? — Ouvi a campainha e entendi que teríamos que parar. — Pelo visto sim.

Mais uma vez a raiva se instalou em minha cabeça de forma generalizada, passei a detestar todo o evento e as pessoas que chegavam para arrancar minha Cathy dos meus braços. Por mais absurdo que possa parecer, era como eu me sentia.

— Os convidados estão chegando. — Cathy se adiantou para arrumar o vestido. Segurei seu pulso, puxando-a de volta para beijá-la.

— Espero que passe bem rápido. Não vejo a hora de ter você em meus braços. — Sorriu feliz e saiu do quarto para recepcionar quem quer que tivesse chegado para nos atrapalhar.

Quando desci encontrei Dyo e Maurício na sala, com seus respectivos copos de uísque.

— Cheguei mais cedo para te dar apoio moral. — Dyo brincou com a minha pouca vontade de participar do jantar.

— Obrigado! Tenho certeza de que vou precisar. — Aproveitei a deixa e me servi de um pouco de uísque também.

— Quanto pessimismo!

Começamos uma conversa sobre a "imensa boa vontade" da Cathy em promover aquele encontro. Dyo e Maurício tentavam a todo custo me animar, seus esforços eram inúteis. Eu sabia ser implicante quando queria, como ela sempre me dizia, e naquele momento eu começava a acreditar.

Quando Samantha chegou acompanhada de Roger o ambiente ficou um pouco mais tenso. Todos tentavam desfazer o clima ruim entre mim e o ex-namorado da minha noiva. Cathy segurou no braço do rapaz com animação, muito sorridente para o meu gosto, conduzindo-o em minha direção. Podia jurar que os olhos dele brilharam quando ela o abraçou.

— Thomas! Como vai? — Apertamos as mãos. Aquele sorriso que ostentava, todo simpático, não me ajudava a romper a barreira entre nós. Ainda mais com Cathy tão atenciosa.

— Bem, obrigado! Seja bem-vindo e sinta-se à vontade.

Forcei a minha elegância. Apesar de aquele ser um papel difícil de interpretar, o faria por Cathy. Roger atraiu a atenção de todos se apresentando de maneira muito agradável e simpática, o que só fez aumentar a minha antipatia por ele.

Enquanto falava, explicando para meus amigos o porquê da fuga de investimentos nas empresas de Cathy, eu observava a maneira como minha noiva olhava para o ex: com admiração. Algumas vezes a assisti sorrir como uma namorada orgulhosa.

Senti meu estômago embrulhar com a cena, mesmo assim tentei me convencer de que tudo acontecia aos meus olhos possuídos pelo ciúme ao ponto de distorcer a verdade.

Cathy... A minha Cathy, nunca faria isso. Ela podia até se orgulhar de um amigo, bem típico dela, porém nunca com devoção, isso reservava para mim. Esta afirmação me deixou um pouco abalado, pois percebi a natureza possessiva, prepotente e orgulhosa que me dominava, ou seja, me permitia ser eu mesmo.

Ela podia muito bem se interessar por alguém. Por qualquer outra pessoa menos arrogante do que eu, ou que a sufocasse menos, como ela mesma disse quando brigamos. Roger poderia ser este homem. Outra vez senti meu estômago dar voltas.

— Como aconteceu de você chegar tão longe e tão rápido numa empresa como essa? Eu imagino que as pessoas levem anos trabalhando em cada área para só então adquirir a experiência necessária. — Maurício parecia tão admirado quanto os demais convidados, dando ao carinha toda a atenção. Difícil aguentar.

Dei a desculpa do cigarro e fui para varanda me afastando de todos para ficar o mais longe possível daquela cena absurda. Então me permiti dar vazão aos meus pensamentos conflitantes.

Aquilo poderia de fato acontecer? Cathy estava mais madura, mais decidida... bem diferente da mulher insegura e inexperiente que conheci há um ano. E se ela percebesse a importância de cuidar de seu patrimônio sobrepondo-se a de cuidar da minha carreira? Se entendesse que para isso precisaria mais ainda do apoio de Roger e talvez assim aceitasse ser ele o mais adequado em vários outros pontos?

Meu Deus, vou enlouquecer com tantos "e se".

Acendi mais um cigarro, consciente de que estava extrapolando com a minha saúde. Quando todos saíssem, daria um jeito de convencer Cathy de que precisávamos dos nossos dias de descanso. Iria me esconder com minha noiva na Suíça até que Roger esquecesse que a minha futura esposa existia, ou que voltasse para o lugar de onde nunca deveria ter saído: o passado.

— Posso te fazer companhia?

Olhei para o lado sem acreditar no que via. O cara de pau estava na minha varanda, ocupando o meu espaço e meu tempo, pedindo para dividir meu momento com ele? Respirei fundo tentando colocar a máscara do bom anfitrião. Depois de tantos pensamentos e dúvidas, me segurar por muito mais tempo seria uma tarefa árdua. Deus sabe o quanto eu tentava.

— Claro! — Engoli as palavras que lutavam para sair da minha boca e estirei a carteira de cigarros para ele.

— Não, obrigado, eu tenho meus.

Enfiou a mão no bolso do paletó tirando uma cigarreira. Não conseguia acreditar que Cathy um dia gostou de um "almofadinha" como aquele. Sorri com sarcasmo, balançando a cabeça. Roger acendeu um cigarro e ficou em silêncio. Talvez essa atitude tenha sido o que mais me incomodou na presença dele.

— Coincidência, não é? Você e Cathy se reencontrarem?

— Ah! Sim. Nem tanta. Eu trabalho na empresa que pertencia ao pai dela e agora pertence a ela. Em algum momento acabaríamos nos encontrando.

— É. — Viajei em pensamentos por um curto espaço de tempo. — Com certeza iriam. — A parte mais triste da história. Cathy uma hora ou outra daria de cara com ele. — Ela me falou que vocês não se viam há muito tempo.

— Verdade. Desde que terminamos. — Tive o cuidado de manter os cigarros longe da minha raiva por ele tocar naquele assunto comigo. — Confesso que fiquei surpreso quando a encontrei. Cathy está muito diferente. Mais madura, bonita... Mais... — procurou pela palavra certa — mulher. — Abriu um sorriso cheio de significados e seus olhos pareciam viajar em pensamentos impróprios para serem ditos em voz alta.

— Talvez porque agora seja mesmo uma mulher. — Imaginei se havia entendido o meu recado.

— Pode ser. — Riu baixo. — Porém quando estamos juntos ainda consigo ver nela a mesma Cathy de antes. Principalmente quando sorri com os olhos brilhando. Ela é inacreditável! — Mais uma vez olhou para o horizonte, pensativo.

— Essa Cathy deixou de existir e aquela Cathy... — Apontei para a direção em que minha noiva conversava com nossos amigos, alheia à nossa conversa particular. — Será minha esposa.

— Sim, eu sei.

— Você não parece estar a favor disso.

Busquei algo em sua atitude que pudesse utilizar como justificativa. Eu de fato estava certo. Ele ainda a amava e, pelo que podia ler nas entrelinhas, não aceitaria assim tão fácil o nosso relacionamento.

— Não posso mandar nas escolhas dela. Nunca pude. Ninguém pode. Cathy só aparenta ser frágil, mas é forte e decidida, sem contar que é muito teimosa também. Por isso sempre respeitei as decisões dela, mesmo em situações nada favoráveis para mim. Para a Cathy, o respeito às suas vontades, ou aos seus objetivos, sempre estará acima de qualquer sentimento. Não que não valorize o amor, não é o que estou dizendo. Cathy é uma romântica sonhadora, no entanto sua tolerância quando incompreendida ou quando suas decisões são desrespeitadas, mesmo quando erradas, o que quase nunca acontece, é bem curta e severa. Ela é sensata e racional e isso a ajuda bastante na hora de agir.

Percebi meu equilíbrio por um fio. Aquele sujeito abusava da minha hospitalidade, falando da minha Cathy com intimidade... Com tanta familiaridade que roubava o que restava de educação e sanidade. Para piorar, o cara só falou a verdade. Cathy era como ele descreveu, o que me irritava ainda mais. Dcía de encarar o fato de que ele conseguia enxergar com facilidade o que demorei tanto tempo para perceber e entender nela.

— Se ela é feliz, ou se acha que é feliz assim... — Deu de ombros e se calou.

— O que você quer dizer com isso?

Minha paciência chegou ao fim e toda a acidez dos meus pensamentos foi transportada para a minha voz que perdeu a polidez que tentei com bravura manter.

— Sinceramente, Thomas? Não acho que você seja a pessoa certa para Cathy. — Dei risada. Era demais para mim.

— E quem seria? Você? — falei com desprezo, porém meu coração acelerou com a possibilidade desta ser a verdade. Ele a conhecia tão bem...

— Não sei. Mas nada modifica o fato de eu acreditar que escolheu a pessoa errada para fazê-la feliz. Cathy precisa de alguém que esteja ao seu lado, não que a mantenha atrás, cuidando da vida dele. Muito menos de alguém que a proíba de ter vida própria.

— É muita cara de pau!

— Olhe para ela — apontou para Cathy que conversava com nossos amigos, séria, preocupada, como se algo a estivesse incomodando. — Veja como fica tensa, como tem medo de fazer o que tem vontade. Percebe? Você a está sufocando com sua possessividade. Qualquer pessoa poderá te dizer a mesma coisa. Cathy não é uma mercadoria. Muito menos um brinquedinho que você pode moldar da maneira que quiser. Ela é uma mulher esplêndida, linda, forte. Feita para ser seguida, nunca para seguir. Você está minando a capacidade dela. Está...

— Saia da minha casa, Roger. E dê-se por satisfeito por eu mesmo não o colocar daqui para fora.

Levantei a voz sem me importar com as outras pessoas. Naquele momento nada me impediria de chutá-lo dali, nem mesmo com Cathy. Ele me deu todas as cartas e eu as utilizaria. Depois correria atrás do prejuízo e daria um jeito de confortar Cathy. Ela me compreenderia.

— Cathy ficará mais insatisfeita com sua atitude. — Mudou a voz para um tom de confidência. — Nos braços de quem você acha que ela vai chorar? — disse baixinho enquanto formava um sorriso debochado nos lábios.

Incapaz de me conter, antes de o seu sorriso terminar, acertei seu rosto com um soco que continha toda a minha raiva acumulada.

CAPÍTULO 6
A Gota D'água

Visão de
THOMAS

Roger foi lançado para trás, no chão, levando consigo uma cadeira. O barulho foi grande, mas insuficiente para me deter. Eu queria mais. Queria arrancar aquele sorrisinho cretino do rosto dele com as minhas próprias mãos.

Quando caminhei em sua direção para terminar o trabalho, vi nossos convidados na porta da varanda, horrorizados. Meus olhos encontraram com os de Cathy e captaram a sua fúria.

Olhei para Roger e ainda consegui ver um sorriso cínico em seu rosto, mesmo com o sangue escorrendo pelo canto dos lábios. No mesmo segundo entendi tudo: aquele era o seu objetivo. Que eu perdesse a cabeça dando a Cathy motivos para brigar comigo. Que droga! Meu gênio de merda! Como não percebi antes?

— O que você fez? — Andou em minha direção com tamanha fúria que temi ser atingido por socos. — Você... Você é absurdo! — Então se virou para ajudar o canalha a se levantar do chão. Como ele previra, Cathy choraria em seus braços.

— Ai, meu Deus, Roger! Perdão! Eu não imaginava... — Cathy tremia enquanto tentava encontrar a maneira correta de corrigir o meu erro. Erro? Aquilo foi de matar!

— Tudo bem! Estou bem. Fique tranquila. — Passou a mão na boca limpando o sangue que escorria.

— Por favor, alguém pegue gelo e um pano limpo! — Cathy pediu enquanto o ajudava a limpar o ferimento. Eu queria gritar para ela se afastar dele. — Satisfeito? Você conseguiu, Thomas!

— O que? Foi ele quem me provocou. Você nem faz ideia das coisas que esse idiota me disse! — Pelo olhar dela eu já sabia que de nada adiantaria me justificar. Desviei os olhos da cena patética diante de mim.

— Ah, Cathy, tudo bem! Acho melhor eu ir embora. Seu noivo parece ser muito esquentado e ciumento. — Roger tentou levantar aceitando ser amparado pela ex-namorada. Desejei que ele fosse logo embora, ou eu perderia a cabeça e o colocaria para fora com um chute.

    Sam entregou um pano limpo com gelo para Cathy sem olhar em minha direção. Minha noiva de imediato tratou de cuidar do crápula. Passei as mãos no cabelo, impacientemente. Quanto tempo ela levaria cuidando dele sem ao menos conversar comigo? O fato de minha noiva tocar naquele cara com cuidado, se preocupando com o seu estado, me deixava louco.

    — Thomas, cara, o que foi isso? — Dyo ficou ao meu lado, no entanto não me interessei em me explicar para o meu amigo e sim resolver meu problema com a minha noiva.

    — Cathy, nós precisamos conversar.

    Acreditei que, apesar da raiva, ela se livraria daquele maldito e iria ao meu encontro, mesmo que fosse para mais uma discussão. Até para mais uma noite em quartos separados. Não me importava. Só queria Cathy longe dele, ou o mais importante: ele longe dela.

    — Precisamos mesmo conversar, só que em outro momento. — Sem se importar com a minha situação, dirigiu-se aos convidados, decidida. — Não temos mais nada a fazer aqui. Thomas precisa de um tempo para pensar em suas atitudes, e nós precisamos comer. Sugiro irmos a um restaurante enquanto ele esfria a cabeça e reflete sobre o que fez. — Seu olhar congelante me incapacitou. — Espero que se arrependa e consiga se desculpar a tempo.

    — A tempo de que?

    — Reflita, Thomas! Eu tenho um jantar me aguardando. — Cathy saiu em direção à porta, onde o próprio Roger a aguardava.

    — Você só pode estar brincando! — Deixei a raiva me dominar novamente. — Roger falou coisas absurdas e eu só reagi. Não estou errado. Deveria ter feito muito pior.

    —Eu não vou conversar com você agora. Vou dar atenção ao Roger e aos meus convidados, que não têm culpa do seu ciúme descabido.

    —Você vai sair com esse cara e me deixar sozinho?

    — Vou! E não me espere. Vou passar a noite com Sam. Quem sabe assim você entende o que quero dizer de uma vez por todas.

    Os convidados, envergonhados pelo ocorrido, foram para a sala, de forma a nos dar mais privacidade. Mesmo assim nossa discussão poderia ser ouvida de qualquer lugar daquele apartamento. Cathy estava alterada e eu, enfurecido.

— Não posso permitir que faça isso. — Minhas palavras saíram estranguladas pela raiva.

— Você não tem que permitir nada. Eu estou cansada, sufocada... — Lágrimas rolaram de seus olhos. Roger tinha razão mais uma vez. Cathy se sentia assim ao meu lado.

— Ele me provocou. Quantas vezes preciso repetir? Você prefere acreditar nele?

— Você já me deu motivos suficientes para pensar desse jeito. — Outra vez tentou se retirar. Meu coração disparou com a possibilidade de deixá-la partir.

— E você todas as vezes que surge um problema foge sem antes tentar resolver comigo. Foi assim todas as vezes. Quando descobriu o que aconteceu entre mim e Lauren. Preferiu se trancar e só concordou em me escutar depois que outras pessoas te contaram o que sabiam a respeito. Meu Deus, Cathy! Você nunca vai confiar em mim? — Deixei que toda a minha mágoa extravasasse. Cathy também precisava ouvir algumas verdades. Eu podia estar errado, mas não era o único naquela história.

— Você ceifa as minhas escolhas.

— Foi você quem escondeu de mim essa história! — Consegui gritar, antes de ouvir a porta bater e minha noiva sair sem se preocupar com o que eu dizia.

Fiquei paralisado. Cathy foi embora junto com o canalha do Roger Turner. Minha mente repetia o tempo inteiro as nossas últimas palavras. Cathy não confiava em mim, na verdade nunca confiou. Se fosse diferente ficaria ao meu lado.

Como sempre ficou.

Peguei a carteira de cigarros e acendi um.

Ela não voltaria para casa, passaria a noite com Samantha, ou não. Fechei os olhos para esquecer a pequena semente que brotou em minha cabeça e impossível evitar. A cada segundo que passava, mais a minha angústia aumentava.

"E se o que Roger disse for verdade? Que ela choraria nos braços dele? Droga, Cathy! Por que você tem que ser tão complicada?"

Minha mente trabalhava sem parar, ao mesmo tempo um vazio me dominava, meus raciocínio incoerente me confundia. Cathy foi embora. Não... Ela saiu com nossos amigos. Nada aconteceria.

Por mais que eu quisesse acreditar, a única imagem que se formava em minha cabeça era a da minha noiva nos braços do Roger. Seus olhos brilhando de carinho e admiração, como aconteceu pouco antes.

Andei pela sala, transtornado e perdido em minha raiva. Sem pensar peguei a carteira, a chave do carro e saí de casa. Precisava espairecer, pensar ou esquecer. Dirigi até um bar que costumava frequentar quando queria beber com tranquilidade sem me deparar com fãs ou com *paparazzi* ávidos por imagens inadequadas. Sentei em um banco mais ao fundo do estabelecimento vazio.

— Vamos fechar em meia hora — avisou o *barman*.

"Perfeito", pensei, "nem beber à vontade eu posso". Balancei a cabeça concordando e apontei para o litro de uísque que queria sem me preocupar com a qualidade da bebida. O cara pegou um copo e me serviu uma dose.

— Dupla, por favor!.

Encarei o copo em minha mão e me perguntei o que Cathy fazia naquele momento. Senti minha raiva aumentar quando imaginei que poderia estar chorando nos braços daquele canalha. Tomei minha bebida de uma só vez.

— Por favor! — Gesticulei para que servisse mais uma rodada.

Peguei o copo enquanto analisava a minha situação. Como foi que deixamos a nossa relação chegar a aquele ponto? Amava Cathy, disso não tinha dúvidas. Por que aquilo tudo aconteceu então? Por que Cathy permitiu que acontecesse? Será que ela deixou de me amar?

Respirei fundo. Em outra época ela faria qualquer coisa para nos manter bem, mas nos últimos tempos minha noiva comprava qualquer briga para sustentar a sua posição. As palavras de Roger voltavam o tempo todo a minha mente.

E se, de fato, a estivesse sufocando? Existia esta possibilidade? Sim existia. Cathy escondeu de mim a existência dele. Nem ao menos fez questão de marcar a data do casamento, mesmo depois de quase um ano de noivado.

"Droga, Cathy! Quando foi que comecei a te perder?"

— Dia difícil? — Fui retirado dos meus pensamentos pela voz familiar. Dei de cara com Anna ao meu lado.

Definitivamente, aquele não era mesmo o meu dia.

— Muito difícil! — Tomei um pequeno gole da minha bebida.

— Com a Cathy? — Respirei fundo outra vez, evitando ser grosseiro, afinal, Anna não foi a culpada pelo ocorrido. Mesmo assim não queria conversar, menos ainda com uma amiga da Cathy. Queria ficar quieto e calado, com a minha bebida.

— Também.

— É. A vida não é um conto de fadas.

Tive que rir daquela realidade. Cathy me fez acreditar, porém nos últimos dias ela me fazia enxergar a realidade crua e dura. A vida não era mesmo um conto de fadas, muito menos eu um príncipe encantado, no máximo um idiota tão corroído pelo ciúme que não conseguiu entender e impedir o que aquele imbecil armava.

— E o que você faz em Nova York? Cathy sabe que está aqui? — Tentei quebrar meus pensamentos como se assim pudesse evitar uma dor maior.

— Não. Cheguei hoje. Recebi uma proposta de trabalho, nada como eu queria, volto para Los Angeles amanhã.

Suas roupas diziam o contrário. Anna usava um vestido cor de ameixa, justo ao corpo, com um decote imenso, além de maquiagem pesada. Também não aparentava estar decepcionada com mais uma desilusão profissional. Balancei a cabeça me negando a pensar no assunto. Voltei a atenção para a bebida em minha mão.

— E como veio parar neste bar? Nova York tem tantos lugares interessantes. Você acabou justo aqui? — Ela sorriu com vontade.

Anna era bonita.

Uma beleza perigosa.

No entanto havia algo nela que ao invés de atrair, repelia. Acho por causa da impressão ruim que deixou em nosso primeiro contato, em Los Angeles, quando tentou desmerecer Cathy por ainda ser virgem.

Aquele dia me fez enxergar uma Anna diferente de como os outros enxergavam, com sua atitude invejosa. Minha rejeição piorou ainda mais com a sua atitude, quando seus planos começaram a dar errado e, sem motivos aparentes, passou a culpar minha noiva por seu fracasso e infelicidade.

— Vi você entrando. — Fiquei desconfiado. O que Anna queria? — Achei que Cathy estivesse com você — completou mudando a direção da conversa.

"Sei", pensei comigo. Duvido muito que estivesse interessada em encontrar Cathy. E mesmo que quisesse, aquele jamais seria o melhor dia. Minha noiva se divertia com seu novo amiguinho.

— Não. Ela não está.

— Hum! Acho que vocês estão mesmo com problemas. — Sinalizou para o garçom servi-la.

Eu precisava ficar só, então decidi que iria embora. Voltaria ao apartamento. Lá havia bebida suficiente.

Ou então iria até o apartamento da Sam e imploraria a Cathy que me escutasse. O mais provável depois de algumas doses.

— Como você disse: a vida não é um conto de fadas. — Bebi o que restava no copo e chamei o garçom que logo me serviu outra dose dupla. — Vou ao banheiro. Com licença. — Queria sair dali, molhar o rosto, demorar um pouco na esperança de que Anna me deixasse em paz.

Precisava me recompor, coordenar meus pensamentos e pensar no que fazer. No dia seguinte, quando Cathy chegasse, precisaria ter um plano pronto. Isto se conseguisse esperar até o dia seguinte.

Voltei para o balcão, vendo que Anna continuava lá. Peguei meu copo e tomei mais um longo gole. A minha deixa para sair.

— Sinto muito por vocês, Thomas. Tem alguma coisa que eu possa fazer...

Olhei para a amiga da minha noiva tão cheia de "boas intenções" e pensei em dizer que ela poderia ser uma amiga melhor para Cathy, para começar, e depois, se ainda quisesse fazer algo por mim, poderia ir embora e me deixar em paz.

Tomei outro gole, sentindo um gosto amargo na boca. Quando olhei outra vez para Anna, vi que ela falava sem que eu conseguisse entender o que dizia. Eu precisava mesmo voltar para casa. Bebi o restante de uma vez. Senti minha cabeça rodar.

— Droga! Bebi rápido demais. Estou um pouco tonto e... — Puxei o ar, logo senti minha respiração irregular. — Melhor voltar para casa.

Comecei a levantar, mas fiquei tonto muito rápido. Precisei me apoiar no balcão para não cair. Ouvi o risinho nervoso da minha acompanhante forçada, quase ao mesmo tempo em que senti suas mãos em meus braços.

— Vou te ajudar, Thomas. Você não pode dirigir nesse estado. — Não podia, apesar de querer, recusar a sua ajuda. Com certeza chegar em casa sozinho seria impossível.

— Tudo bem.

Olhei para o garçom, com minha conta na mão, sem saber como agir. Peguei qualquer nota, tudo meio embaçado, entreguei a ele e guardei o recibo no bolso.

— Pode ficar com o troco. E seu uísque é uma droga!

Deixei Anna me levar até o carro, depois disso apaguei.

CAPÍTULO 7
Rompendo os Laços

Visão de
CATHY

Rolei na cama sem alcançar o sono reparador. Por que Thomas estragou tudo? Inconformada, permiti que o sofrimento me atingisse durante toda a noite. Pedi tanto a ele para se comportar, deixar as coisas se acertarem e o que ele fez? Agrediu o Roger, e o pior, por um ciúme sem fundamento.

Roger foi fantástico! Compreendeu e até ficou feliz com a minha relação com Thomas. Que droga!

As lágrimas derrubadas durante a noite toda foram insuficientes para me fazer aceitar a terrível situação em que me encontrava. Como conseguiria equilibrar a minha vida pessoal e profissional depois de tudo o que aconteceu?

Precisava trabalhar com as empresas. Era minha obrigação, além de ter dado a minha palavra de que ficaria com eles até a situação se normalizar. Thomas, sem conseguir me apoiar me limitava, interferindo em minhas escolhas.

Entretanto, o que mais me magoava não se relacionava a nenhum destes pontos e sim em reconhecer a sua falta confiava em mim, desacreditando as minhas decisões e desrespeitando o que eu queria. Difícil de entender. Quantas vezes já provei que sabia o que estava fazendo? Mesmo assim meu noivo insistia na sua falta de apoio e aceitação.

Levantei da cama bem cedo e caminhei pelo apartamento sem querer perturbar o sossego da Sam, que voltaria para a Pensilvânia pela manhã e não precisava levar mais preocupação na bagagem.

Ainda pensando no que fazer para minimizar os problemas que encontraria em casa, decidi tomar um banho e me vestir. Aquela história precisava ter um fim. Meu noivo teria que aceitar que fiz a minha escolha e nada me faria voltar atrás, até porque eu nunca agia de forma impensada ou egoísta, ao contrário dele.

Por que tinha que ser tão difícil. Como podíamos nos amar tanto e mesmo assim deixarmos que situações como aquela nos afastasse cada vez mais. Depois de tudo o que vivemos ainda éramos fracos ao ponto de deixarmos os obstáculos abalarem nosso relacionamento?

Eu não tinha dúvidas do meu amor. Continuava certa do que queria para mim, para nós dois, no entanto, jamais poderia permitir que Thomas conduzisse nossas vidas daquela maneira. O que me levava a pensar se o amor dele por mim continuava o mesmo. Eram tantas dúvidas que precisavam ser sanadas o mais rápido possível. Por esse motivo voltei a nossa casa.

Assim que cheguei, percebi com estranheza alguns objetos fora dos seus respectivos lugares, nada anormal, mas estavam espalhados e não deslocados. Lembrei da noite anterior, das pessoas pela casa e da pequena confusão que ocorreu, então relevei.

Subi as escadas em direção ao meu quarto com passos lentos. Pelo silêncio, Thomas ainda dormia. Parei antes de entrar, organizando em minha cabeça tudo o que queria dizer.

Eu tremia, como se houvesse alguma coisa muito errada ali. Imaginei ser mais uma vez o meu lado covarde tentando calar todos os meus argumentos.

Encontrei a porta entreaberta e a empurrei para entrar sem fazer barulho. Da soleira já dava para sentir o cheiro forte de bebida.

"Thomas deve ter bebido até dormir", constatei pensando em como conseguiria acordá-lo para termos uma conversa saudável. Seria mais difícil do que imaginei.

Entrei no quarto ainda escuro, por causa das cortinas que bloqueavam a entrada do sol e acendi as luzes.

Fiquei paralisada.

Quando penso em luz adentrando um lugar de pura escuridão, reflito sobre coisas boas acontecendo. Mas não foi o que encontrei. O que meus olhos me mostravam, o que a luz revelava, ia contra qualquer ideia harmoniosa.

Permaneci imóvel, meu corpo não encontrava uma reação adequada para a situação. Fui obrigada a contemplar Thomas deitado, um pouco coberto, contudo, sem roupas, e, ao seu lado, aninhada em seu corpo, uma mulher nua.

A dor veio antes mesmo da compreensão da imagem diante de mim. Avassaladora, forte e sufocante de uma forma inacreditável. Como se quisesse me matar. E deve ter matado. Na verdade matou. Eu morri por dentro naquele momento, no entanto, por algum motivo desconhecido e inexplicável, eu permanecia viva, estática.

Senti que minhas pernas iriam falhar. Precisei me apoiar no pequeno aparador próximo da porta. Sem querer, deixei cair um porta-retratos fazendo barulho. Então, a mulher na minha cama, acordou olhando em minha direção.

Ficamos nos encarando por um instante que a mim pareceu uma eternidade. Minhas primeiras lágrimas escorreram naquele momento. Inacreditável! Terrível demais para ser verdade, doloroso demais para ser suportado. Impossível descrever a minha dor.

— Anna?

Foi só um murmúrio, contudo alto o suficiente para soar no silêncio como uma explosão. Fechei os olhos e esperei pelas chamas, que não me consumiram. Como implorei para que acontecesse, ao menos voltaria a ter paz.

— Cathy? — Disse ainda sonolenta, então percebeu o quadro que nos cercava.

— Ai, meu Deus, Cathy! — Puxou a coberta tentando me alcançar. — Não é o que você está pensando. Nós bebemos um pouco e...

Levantei minha mão sinalizando para que parasse com a tentativa de se justificar. Anna começou a chorar. Eu não queria ouvir, nada precisava ser dito. Tudo estava muito bem explicado. Uma sensação estranha me impedia de sentir raiva, nem mágoa, nem ódio... nada além da dor que pressionava cada vez mais, me impedindo de respirar.

Meu mundo foi destruído em segundos, deixando-me perdida, flutuando no limbo. Desejei que o nada dentro de mim me engolisse e que nunca mais precisasse voltar à realidade.

— Cathy, por favor, me deixe explicar...

Anna falou alto demais, fazendo com que Thomas se movesse ao seu lado. Meu noivo acordou ainda aparentando estar bêbado, ou com uma forte ressaca. A princípio sem entender o que acontecia no quarto. Nada daquilo amenizou o que eu via. Nenhuma justificativa seria suficiente me fazer entender. Nada mais importava.

Thomas olhou para Anna, bastante confuso, depois de algum tempo olhou para mim. Nossos olhos se encontraram e então ele compreendeu o que fez.

Perscrutei seu olhar tentando encontrar aquele Thomas que jurava me amar. O mesmo Thomas que me fez enxergar o quanto eu necessitava do seu amor, que me provou que este sentimento seria capaz de derrubar qualquer barreira. Que me fez acreditar e desejar que fosse possível.

Enquanto o encarava, revivi todos os nossos momentos, nosso primeiro encontro, nosso primeiro beijo, nossa primeira noite de amor e então, o nosso fim. Tão amargo e infeliz. Difícil de acreditar.

Eu vi quando o desespero transformou seu olhar, e foi naquele exato momento que meu corpo conseguiu reagir. Pensei que morreria, ou que desmaiaria. Então, sem pensar duas vezes, saí do quarto, do apartamento e da vida do Thomas... Para sempre.

Corri o máximo que meu corpo aguentou. Desci as escadas pulando os degraus e saí do prédio sem saber qual direção seguir. Corri sem destino certo, me afastando o suficiente para que ninguém me encontrasse. Pouco me importava se as pessoas me olhavam, se havia alguém em meu caminho. Nada me impediria de partir.

Parei indecisa sobre o que fazer. Olhei ao redor tentando me situar. Sentei em um banco de praça e lá fiquei contemplando o nada, por tempo indeterminado. Chorei, lamentei todo o tempo perdido me sentindo enganada, acreditando que Thomas mudou por mim. Que o nosso amor era o bastante, que pertencíamos um ao outro.

Como eu estava enganada!

O ódio que eu sentia era de mim. Eu fui a idiota que acreditou que um dia um príncipe me resgataria de uma torre.

O príncipe chegou, o problema é que ele se transformou num sapo. Ri da minha constatação. "Foi assim que Lauren se sentiu? Thomas se cansou de mim, como ela disse que aconteceria". Fui dominada por uma imensa tristeza, não só pela traição, nem mesmo por ter sido com a minha amiga. Era a tristeza da derrota. A tristeza de uma vida terminava ali, no instante em que os vi. O gosto amargo dos sonhos destruídos e planos que nunca seriam realizados. A melancolia de um amor que precisava morrer e que eu não sabia como matá-lo.

Cansada de esperar, levantei e recomecei a caminhar sem imaginar para onde poderia ir. No meu desespero a bolsa com documentos ficou lá, caída no chão do apartamento. Sem rumo, perdida em Nova York, e sem a menor vontade de ser encontrada me deixei levar.

Eu era ninguém.

Nada.

Era mais uma pessoa perdida em meio à multidão. Voltaria a ser como antes de Thomas entrar em minha vida... Nada.

Minha cabeça trabalhava a todo vapor, ao mesmo tempo, nenhum pensamento me tirava daquele transe. Pensei em mim e em Thomas. Senti uma imensa dor no peito. Meu psicológico causava as piores sensações, contudo meu corpo reagia como se fosse muito real, e doía como uma enorme ferida aberta.

Eu ofegava. O ar estava escasso ou era a minha imaginação? O que era a realidade, sonho, ou melhor, pesadelo? Eu queria tantas coisas: correr, gritar até se esvair toda a minha força, chorar o meu desespero. Deitar no chão e deixar que a chuva me levasse, queria dormir e nunca mais acordar.

— Deus, isso vai me matar!

A chuva escorria em meu rosto. Olhei o céu cinza de Nova York e minhas lágrimas se juntaram às derramadas pelas nuvens. Tudo ao meu redor era triste. Como se a vida também chorasse a minha dor.

— Me ajude! — Gritei para o céu. — Me ajude, por favor! Eu não vou suportar!

Meu corpo inteiro doía como se eu tivesse andado o dia inteiro. Ou será que andei o dia inteiro mesmo? Não fazia ideia. Minha vida perdeu o rumo. O tempo tornou-se indiferente para mim. Nada mais fazia sentido.

Enquanto andava, tive a sensação de que o mundo ficou pequeno e sufocante enquanto a minha dor se tornava cada vez maior. Lembrei de minha mãe e de todo o seu sofrimento por causa do meu pai.

— Que ironia do destino! — Ri de mim mesma.

Como fui me tornar o que tanto lutei contra? Passei minha vida inteira me protegendo daquele sofrimento. Do amor absurdo e sem limites. E o que aconteceu? O mesmo que aconteceu com ela. Eu choraria a vida inteira por uma pessoa que não merecia o meu amor.

Sim, apesar de ter flagrado Thomas na cama com a minha amiga, mesmo ele fazendo da minha vida um inferno nos últimos dias, eu ainda o amava com todas as forças e desejava que tudo aquilo fosse um pesadelo, que pudesse acordar e constatar que nada havia mudado.

Para meu desespero isso não aconteceria. Nunca mais. Outra vez o vazio e o desespero me assolaram. Thomas se tornara passado e o passado nunca volta.

Precisava matar Thomas dentro de mim. Isso, com certeza me mataria também, mas correria o risco. Talvez fosse melhor morrer. Sem que eu precisasse passar o resto dos meus dias carregando aquela dor avassaladora.

No limite das minhas forças, avistei o que parecia improvável em uma cidade como Nova York. Roger Turner parado a alguns metros de mim, encostado no seu carro e falando ao telefone. Parecia nervoso. Comecei a caminhar em sua direção. Quando Roger me avistou, desligou e correu para me amparar. Assim que me alcançou fui envolvida por seus braços. A sensação de segurança me desarmou.

— Cathy, graças a Deus! Estava tão preocupado!

— Por quê?

— Samantha me ligou, falou que você teve um problema com Thomas e que desapareceu desde cedo.

— Samantha? Como ela soube? Que horas são?

— Parece que Thomas também passou o dia inteiro tentando te encontrar. Samantha está na Pensilvânia, ela ficou muito preocupada e acabou me ligando. — Ouvir o nome dele fez com que meu coração batesse mais forte. Senti o nó se formando em minha garganta e as lágrimas ganharam força.

Recomecei a chorar e, pela primeira vez durante todo o dia, senti o peso real dos acontecimentos. Minha cabeça e meus pés doíam. Eu queria dormir, sem nunca precisar acordar e encarar o que me aguardava. Encostei no seu peito sem me preocupar em ser frágil ou despertar a sua compaixão. Eu mesma sentia pena de mim.

— Você está péssima. Vamos sair daqui. O que quer fazer? Posso te levar de volta para casa.

— Não tenho mais casa. Não tenho mais nada.

— Sinto muito, Cathy! Sinto tanto! — Meu coração reconheceu o meu amigo de infância, como éramos no passado. — Posso te levar para a Samantha, ela saberá cuidar de você.

Pensilvânia. Era isso! Precisava ir embora e a casa da Sam era o lugar ideal para esquecer do mundo e o mundo se esquecer de mim.

— Deixei meus documentos no apartamento e também estou sem dinheiro...

— Tudo bem! Posso pedir para alguém buscar as suas coisas...

— Não! Eu não quero!

Meu coração acelerou com a simples possibilidade de um reencontro. Se Thomas me procurava, com certeza ixigiria de quem quer que fosse buscar minha bolsa, que revelasse o meu paradeiro.

Thomas destruiu o meu conto de fadas e o transformou em um filme de terror. Naquele momento eu só desejava ser a mulher invisível e desaparecer da vida dele.

— Vamos de carro então.

Concordei. Entramos no carro no mesmo instante, como se já existisse aquele plano de fuga. Sem condições de pensar, fechei os olhos assim que o carro partiu e ganhou a estrada.

Não havia nada para me despedir, nem para olhar para trás.

Roger respeitou o meu silêncio e se manteve calado, como quando éramos namorados e eu passava por algum problema. Ele ficava ao meu lado até que me sentisse melhor e me apoiava sem qualquer cobrança.

Contudo, por mais que tentasse, pensar em Thomas era inevitável. À medida que me afastava de Nova York, dele, de nossa casa, sentia desespero e ao mesmo tempo uma saudade imensa, pois sabia que a cada quilômetro vencido, mais distante ficava dele, dos nossos sonhos, além de entender que se tornava mais real a nossa separação.

Quando me lembrava que não o veria mais, meu desespero aumentava. Uma parte da minha mente entendia que o melhor seria me afastar para sempre, tentar esquecê-lo, a outra se desesperava com a possibilidade de nunca mais poder olhar em seus olhos, ver seu sorriso perfeito.

Suspirei me sentindo absurda por pensar assim. Thomas me traiu e c pior, com a minha amiga. Era inadmissível e inaceitável.

Como ainda podia pensar nele com saudade quando deveria sentir ódio? Mas odiá-lo era uma tarefa complicada! Eu só sentia pena de mim, dele, de nós dois. Nós vivemos momentos inesquecíveis. Assistir tudo ser jogado ao vento e arrastado para longe me machucava.

Será que ele se sentia do mesmo jeito? Não. Ele fez as próprias escolhas. Deixou claro a pouca importância que dava ao nosso relacionamento. Doía até saber que sofria por precisar esquecê-lo, quando Thomas já havia me esquecido, me substituído. Lágrimas rolaram pelo meu rosto e um soluço escapou.

Imersa em meus pensamentos senti Roger pegar minha mão e apertar com força.

— Você sabe que estou aqui, não é? Sempre estarei por perto quando precisar.

— Eu sei. Obrigada!

— Se não quiser me contar o que aconteceu, tudo bem. Só quero que saiba que farei o impossível para que essa dor deixe de existir. — Acariciou meu rosto, como um irmão mais velho, tentando me confortar.

— Como nos velhos tempos.

Ri sem nenhum humor para a infeliz realidade. Estávamos de volta ao passado. Fiquei um pouco aliviada, ao menos aquilo me restava.

— Sim. Como nos velhos tempos, Cathy.

Roger voltou a se calar. Fechei os olhos e deixei a enormidade do nada me dominar. Já estávamos na Pensilvânia quando ele falou novamente.

— Posso ligar para Samantha e avisar que estamos chegando? Ela estava bastante preocupada.

— Eu ligo.

Sem hesitar, Roger tirou o celular do bolso e me entregou. Sim, tudo voltara a ser como antes. Roger ainda confiava em mim e em minhas decisões sem contestar.

Respirei fundo e disquei o número da casa de Sam.

— Alô! — Reconheci sua voz aflita.

— Sam...

— Cathy! Graças a Deus! Onde você está? Estamos todos preocupados. O que aconteceu? Thomas... — meu coração acelerou.

— Sam, tem alguém aí com você? — Fui invadida pelo desespero. Havia a possibilidade de alguém ter pensado na Pensilvânia também?

— Não. Ninguém além dos empregados. Por quê?

— Por favor, não diga a ninguém que eu entrei em contato. Não quero que saibam onde estou. Você pode fazer isso por mim?

— O que aconteceu, filha?

Sua voz se tornou reconfortante, como a mãe que sabe que o filho está com problemas e tenta ajudá-lo ao invés de repreendê-lo.

— Prometa. Por favor!

— Claro! Não direi nada a ninguém. Mas...

— Ótimo! Estou perto da sua casa. Vou ficar com você por algum tempo, por favor... Ninguém pode saber. Ninguém mesmo, Sam.

— Já entendi, querida. Thomas vai continuar sem saber onde te encontrar.

— É... É isso mesmo. — Algumas lágrimas voltaram a correr pelo meu rosto, ao ser atingida pelas lembranças de Thomas em nossa cama com Anna. — É muito importante que ele não me encontre... Nunca mais.

— Parece que foi mais grave do que eu imaginava. — Fiquei calada sentindo as lágrimas. Thomas não contou a ela. Covarde! — Tudo bem. Aguardo você.

CAPÍTULO 8
O Tempo é o Melhor Remédio

Visão de
CATHY

Assim que cheguei, fui recepcionada por uma Sam abalada pelos acontecimentos. Ela não me fez um monte de perguntas, como esperado, só me abraçou forte e me deixou chorar em seu ombro. Usufruí do seu carinho o máximo de tempo.

Quando me senti melhor fui para meu quarto e tomei um banho demorado. Procurei no *closet* pelas roupas que deixei na minha última visita. Graças a Deus! Ao menos teria calcinhas limpas. Sam levou para mim uma camisola e um roupão de seda.

— E Roger?

— Vai ficar até manhã.

— Bom. Seria ruim pegar a estrada à noite.

Mesmo já passadas algumas horas a minha dor permanecia me lembrando a todo o momento que "nós" não existíamos mais. Era assustador.

Esperei pela raiva que deveria estar ali, afinal de contas, fui traída e humilhada de maneira covarde. No entanto, este sentimento não se apresentou, mesmo o desejando, na esperança de sofrer menos. Seria mais fácil do que sentir a dor e a tristeza da ausência dele. Como se Thomas tivesse arrancado o meu coração com as próprias mãos.

— Não vai comer nada?

— Não, Sam. Mas não vou me matar de inanição. Prometo que comerei amanhã.

—Vai me contar o que aconteceu? Thomas ligou várias vezes, não sei mais o que dizer a ele.

— Só não diga que estou aqui. — O desespero me tomou outra vez, tirando o meu ar. Sentei à beira da cama e fechei os olhos procurando forças para continuar.

— Tudo bem! E Mia? Ela também está muito preocupada. Sem contar com Sara, Dyo, todos. É difícil mentir para eles. Eles estão apavorados com medo que você faça alguma besteira.

— Ligarei para eles depois. No momento preciso ficar afastada. — Olhei para Sam, que sofria sem nada dizer. — Vou te contar o que aconteceu.

Relatei o ocorrido, desde a minha chegada ao apartamento até o meu encontro com Roger e sua sugestão de me levar até ela.

— Imaginei algo parecido. — Sorriu com tristeza. — Você jamais fugiria por causa de uma briga qualquer. Thomas teria que te ferir de verdade para que quisesse ficar longe dele. — Ficou constrangida por dizer o que pensava.

— Agora preciso fugir, Sam. Se eu continuar nesta vida... Neste mundo que criei e que Thomas destruiu... não sobreviverei. Preciso tirá-lo do meu coração.

Chorei imaginando o que seria necessário para conseguir aquela façanha, para mim, até então, impossível. Thomas não estava só em minha mente, mas em cada célula do meu corpo, em todos os meus movimentos e pensamentos. Em meu passado, em meu presente... Por isso precisava arrumar uma forma de impedir que fizesse parte do meu futuro, ainda que fosse só através de lembranças e sentimentos.

— E o que pretende fazer?

— Ainda não sei. Mas Thomas precisa continuar sem notícias minhas.

Minha primeira semana sem Thomas foi terrível.

Em alguns momentos pensei que enlouqueceria de tanto sofrimento. Oscilava entre dormir e sonhar com algo relacionado a ele, o que sempre resultava em choros frenéticos no meio da noite, ou ficava acordada. Ainda assim eu continuava à parte do mundo, consumida por um sofrimento tão grande que me impedia de participar da minha própria vida.

Cada vez que o telefone tocava eu tremia imaginando ser ele, o que na maioria das vezes era verdade. A dor em meu peito se intensificava à medida que Sam inventava mais e mais desculpas para manter minha localização em segredo.

Roger modificou a rotina para poder ficar mais tempo comigo e, com a permissão da Sam, passou a voltar todas as noites para a Pensilvânia e me fazer companhia, já que a viagem só durava alguns minutos de avião.

Com todos muito preocupados, permiti que Sam dissesse que liguei e que estava tudo bem, porém ela mentiu sobre a minha localização. Ouvi quando minha madrasta disse a Sara minha incapacidade de conversar com as pessoas, por isso a falta de contato. Senti minha garganta apertar quando perguntou por Thomas, saí da sala para evitando ouvir sobre sua felicidade ao lado de Anna.

Apesar de toda a atenção recebida, ainda preferia sentar no banco do jardim, o mesmo em que estive há algum tempo com meu pai, falando sobre meu amor por Thomas e nosso provável casamento. Ali o tempo corria sem precisar de mais ninguém além das minhas recordações dolorosas.

Na segunda semana eu ainda sonhava com Thomas e acordava chorando no meio da noite. Parte deste desespero se deu ao fato das ligações ficarem cada vez mais espaçadas. Ele parou de perguntar sobre meu paradeiro. Só conversava com Sam para saber sobre mim.

Sam e Mia disseram que fiz contato, e que não tinham permissão para contar nada. Então ele parou de me procurar.

No meu coração existia a certeza de que isso aconteceria em algum momento, afinal, Thomas me traiu, o que significava que nosso amor acabou, pelo menos para ele. Dentro de mim, para o meu azar, continuava igual e a cada dia tornava-me mais convicta de que aquela condição permaneceria.

Por mais absurda que fosse a forma como me sentia e por mais imperdoável que fosse o motivo de ter fugido dele, a verdade continuava sendo uma só: quanto mais o tempo passava, mais me conscientizava de que daria qualquer coisa para que tudo fosse uma grande mentira.

Eu desejava que Thomas entrasse pela porta da casa com provas de que tudo foi um engano e que nós poderíamos voltar a viver o nosso amor. Quando o dia ia embora e a noite chegava, me forçando a entender que meu desejo nunca se realizaria. Nada poderia apagar o que ele fez, o que vi. Então a certeza do fim caía sobre mim como uma âncora pesada, me afundando cada vez mais.

Eu nunca quis um amor em minha vida. O problema foi que quando tal sentimento chegou o agarrei como se dele dependesse minha existência. Este foi o meu maior erro, passei a viver em função dele, sem levar em consideração que toda história de amor, todo conto de fadas, tem um final.

Acreditei que quando duas pessoas se amavam não precisavam de mais nada. Ser um do outro deveria ser o suficiente. Aprendi de uma forma bastante dolorosa que o amor é muito mais do que um sentimento, que a vontade de ficar juntos. É também, e principalmente, o companheirismo, a compreensão e a aceitação um do outro.

Quando eu era criança, minha mãe afirmava que a vida era repleta de créditos, que as pessoas os ganhavam pelas suas boas ações, o que ajudava a solidificar os relacionamentos, sejam eles entre marido e mulher, mãe e filha ou amigos. Quando fazia algo de ruim, os créditos que a pessoa possuía impediam o fim do relacionamento.

Com o tempo entendi ser esta a forma que encontrou para justificar sua permanência ao lado do meu pai. Confesso que nunca aceitei essa justificativa. No entanto, vi Sam usar o mesmo argumento ao escolher continuar com meu pai e me aceitar como parte da família.

Eu me pergunto se estes créditos existem mesmo. Se existissem, Thomas jamais teria feito o que fez. Por mais complicado que fosse o nosso relacionamento, faltava-me créditos para que ele permanecesse ao meu lado? Para que rejeitasse e expulsasse seu desejo pela minha amiga, ou até mesmo para se sentir culpado por seus sentimentos?

E sem esses créditos, de que valeu todo o meu amor? De que valeu todo o tempo dedicado à nossa felicidade? E por que minha decepção permanecia imutável, sem se transformar numa verdade absoluta, arrancando-o, de uma vez por todas, da minha cabeça e do meu coração?

A tristeza e a dor eram mais intensas, contudo meu corpo começava a se adaptar me causando menos danos a cada dia. A sensação de que uma pedra pesava sobre o meu peito me impedindo de respirar continuava constante, porém o choro cessou, pelo menos na frente das outras pessoas, nem dormia mais tanto quanto antes, o que me mantinha mais atenta e participante da realidade.

Conversando com Roger percebi que precisava tomar uma decisão, me desvincular de uma vez por todas das amarras que me prendiam a Thomas. Criei coragem e liguei para Sara. Ela ficou muito emocionada. Foi através dela que eu soube que Thomas também sofria.

— Não sei o que te dizer — continuou cautelosa. — Ele está muito abalado. Parece que os dias deixaram de passar. Tudo é feito da maneira mais complicada possível. Thomas deixou de corresponder às nossas tentativas de fazê-lo voltar à vida. Estou preocupada. Se existisse uma forma de trazê-la de volta, Cathy, eu me agarraria a ela com todas as forças. De verdade, não entendo o que passou pela cabeça de Thomas quando...

Devo confessar que saber que ele também sofria amenizava parte da minha própria dor.

— Precisamos acertar alguns detalhes. — Impedi que ela continuasse. Seria demasiado doloroso saber que Thomas e Anna continuavam juntos, apesar de que, caso fosse verdade, acabaria sabendo de uma forma ou de outra.

Os *paparazzi* eram implacáveis.

Cortei a conversa e comuniquei a Sara sobre a minha decisão de me demitir. Como ela já esperava, foi mais fácil do que eu imaginava.

— Eu sinto tanto! Vai ser bem complicado. Todos nos afeiçoamos a você. Nunca mais será a mesma coisa. — Sorri afetada, lutando contra as lágrimas.

No dia seguinte, pedi a Roger que enviasse um fax para a agência de Sara com o meu pedido de demissão. Uma burocracia necessária.

Seria o corte final das minhas relações com Thomas. Quando Roger me ligou avisando que todas as providências foram tomadas, me tranquei no quarto e chorei o restante da tarde. Foi o último punhado de terra sobre o caixão que enterrava a minha história ao lado do único homem que amei.

Na terceira semana, Mia conseguiu três dias de folga e viajou à Pensilvânia para me encontrar. Nossa conversa conseguiu ser saudável. Falei da minha decepção e tristeza com o desfecho da minha fracassada história de amor.

Minha amiga me ajudou muito, me incentivando a encontrar forças para reconstruir a minha vida. Já começava a me sentir melhor para começar uma nova história, sem amor, talvez este fosse impossível para mim, no entanto quem sabe de sucesso na carreira profissional?

A empresa precisava de mim e eu de algo para ocupar o meu tempo. Durante as três semanas que passaram permiti que o vazio me dominasse. Com o passar dos dias percebi que parte dele se devia ao fato de eu, por algum tempo, ter mantido a minha vida em segundo plano.

Passei tanto tempo me dedicando ao Thomas e a sua carreira, que a minha própria vida ficou estagnada. Sem ele para ocupar o meu tempo, sem o nosso amor e sem a sua carreira para alimentar o meu lado profissional, fiquei vazia. Totalmente desacostumada comigo mesma e tendo apenas a mim para cuidar.

Apesar de evitar ao máximo o assunto Thomas e Anna, quando percebi que aquele era o último dia de Mia comigo, acabei fraquejando.

— E Anna? Ela disse alguma coisa sobre o que aconteceu? — Mia e Anna moravam no mesmo apartamento. Impossível as outras meninas não conversarem sobre a traição.

— Você quer mesmo saber? — Assenti pedindo que continuasse, mesmo em pânico. Antes saber através dela do que por revistas de fofocas. — Ela ficou bastante abalada. Nos primeiros dias ela ficava sempre na rua, ou se trancava no quarto. Quando soubemos que ela havia... — Parou para observar a minha reação. — Quando soubemos o que aconteceu, e só soubemos porque liguei para Dyo e exigi que me contasse, ficamos todas enfurecidas. — Fez uma nova pausa, como não me manifestei, continuou. — Droga, Cathy! Somos amigas, somos todas amigas, ela não tinha esse direito! Mesmo que Thomas tivesse tentado alguma coisa, Anna tinha que forte, ela te devia isso, pela nossa amizade.

— Thomas também tem culpa, Mia. Com tantas mulheres na rua ele escolheu logo uma amiga minha...

— Eu sei. Não existe perdão para o que ele fez, mas Anna... Ela foi tão...

— Vamos deixar o tempo se encarregar dela, certo? — Impedi minha amiga de alimentar a dor que ameaçava me dominar.

— Nós exigimos que ela saísse do apartamento.

— O quê?

— Foi o certo. Não confiamos mais nela e preferimos a sua amizade. Se Anna permanecesse, você sumiria, o que é injusto com a gente. Além do mais, a traidora provou que não é nossa amiga.

Confesso que fiquei aliviada em poder tirar Anna da minha vida também. Por outro lado, sem ela por perto, eu ficaria no escuro sobre o que poderia estar acontecendo entre os dois. Mordi os lábios expulsando aqueles pensamentos.

Quem Thomas levava para a cama deveria ser um problema só dele.

A quem eu queria enganar? Eu estava mordida pelo ciúme e a mínima possibilidade dos dois juntos já me atirava ao fundo do poço outra vez.

— Cathy, você está bem?

— Mia, você acha que...

Eu não deveria cavar mais fundo aquele buraco, no entanto sentia uma necessidade quase masoquista de me magoar ainda mais. Respirei fundo e soltei a pergunta.

— Você acha que tem alguma chance de eles...

— Não! — Mia respondeu sem nem refletir. — Realmente desconheço as motivações de Thomas para que tudo terminasse desse jeito. Minha intuição diz que esta história está muito mal contada. Thomas está desesperado! Chorou sem qualquer vergonha e implorou por notícias suas. Anna está tão deprimida com o que aconteceu que nem levanta a cabeça.

Desejei com todas as minhas forças que fosse verdade. Doeria demais ter a felicidade deles esfregada em minha cara. O que aconteceu foi o suficiente para me fazer infeliz pelo resto da vida.

Na quarta semana, as lembranças ainda eram fortes, assim como a dor e a tristeza, mas parecia que cada coisa começava a ocupar o seu devido lugar em minha vida e eu já me habituava com a presença delas.

Todos os dias quando acordava e contemplava a cama vazia, lembrava do motivo de achá-la tão grande. Mesmo assim me forçava a levantar pela manhã e a deitar todas as noites. Apesar de tanto sofrimento, consegui me sentir forte o suficiente para ir embora, afinal, já me escondia há quase um mês e minha vida deveria seguir em frente.

Thomas deixou de ligar, até mesmo para saber como eu estava e, apesar da dor que isto me causava, era melhor assim. Com o tempo ele seria só uma lembrança incômoda do passado.

Com a ajuda de Roger, eu me adaptava bem às minhas funções na empresa e logo deixou de ser tão complicado. Todas as noites, nos reuníamos e trabalhávamos até a exaustão para eu entender como funcionava a máquina administrativa. Por este motivo decidi voltar à Nova York e fazer de lá a minha nova casa. Seria mais fácil, tanto para mim quanto para Roger, já que continuaríamos trabalhando juntos.

Foi ele quem escolheu o apartamento e cuidou de todos os detalhes. Mesmo lutando contra, muitas vezes a apatia me dominava, tornando-me incapaz de decidir qualquer coisa. Era hora de dar início a essa nova etapa da minha vida.

Iria morar em Manhattan, em Uptown, de frente para o Central Park, num apartamento enorme e luxuoso. Esta parte foi por conta da Sam, que dizia querer o que existia de melhor para mim e disse que me visitaria muitas vezes.

Mia conseguiu uma transferência temporária para Nova York. Eu teria as pessoas que mais amava ao meu lado neste recomeço. Quer dizer... Quase todas.

Thomas nunca estaria à margem dos meus sentimentos. Meu amor permanecia tão forte quanto antes e tão intenso como sempre.

Com tudo certo para a mudança, me enchi de coragem para a última decisão a ser tomada no longo processo de apagar de uma vez por todas qualquer vestígio da presença de Thomas em minha vida.

Seria uma missão difícil, no entanto Mia daria conta do recado. Liguei para minha amiga ciente de que ela teria que enfrentar uma barra para me ajudar com mais este problema.

CAPÍTULO 9

Um ponto final algumas vezes pode se transformar em um ponto de continuação.

Visão de
THO
MAS

Quatro semanas passaram me deixando a cada dia mais destruído e arrasado. Cathy foi embora, coberta de razão. Eu teria que me conformar em passar o resto da minha vida chafurdando na infelicidade.

Tudo acabou, deixando-me apenas com as doces lembranças.

Cada dia era pior do que o outro. Cheguei a acreditar que a dor teria fim, no entanto, esta ideia parecia cada vez mais distante. Com o tempo passei a aceitar a realidade. Seria o meu castigo, a minha sentença.

No momento em que descobri o que fiz, sem compreender como, uma vez que me fugiram as lembranças, percebi que perdi Cathy para sempre.

Anna, desesperada, pegou suas roupas espalhadas pelo quarto e foi embora. Confuso para cobrar qualquer explicação e, sinceramente, louco para que ela desaparecesse da minha frente, acabei perdendo a oportunidade.

Parece errado, mas canalizei toda a raiva nela. Bebi demais, muito além da conta para ter uma amnésia alcoólica. Já Anna nem terminou a primeira dose, disso eu lembrava. O que aconteceu entre nós dois foi sem nenhuma noção da minha parte, mas, com toda certeza, com total consciência dela. Ela sabia o que fazia, eu não.

Olhos de Cathy naquele dia ficaram registrado em minha memória para sempre. Havia tanto sofrimento neles! Todas as vezes que essa lembrança me invadia, e eram muitas vezes, sentia vontade de arrancar meu coração do peito. Eu deixei de ser digno do amor dela. Havia decepcionado a minha noiva, a mulher da minha vida, de forma trágica e irreversível... Cathy não merecia.

Passei a primeira semana procurando por minha noiva. Fiquei desesperado.

Queria a qualquer custo me ajoelhar aos seus pés, implorar seu perdão e pedir que voltasse para casa. Faria qualquer coisa para tê-la de volta.

O tempo passou e percebi que isso nunca aconteceria. Jamais conseguiria apagar o que fiz, logo jamais conquistaria o seu perdão.

Na segunda semana fui surpreendido com o fax que Sara recebeu, informando a demissão da Cathy. Tive esperança de conseguir localizá-la através do documento, porém o endereço de Nova York, do escritório onde o imbecil do Roger trabalhava, jogou um balde de água gelada em mim. Imaginei que ele se aproveitaria da situação. Eu me estraçalhava com o mínimo pensamento dos dois juntos outra vez.

Na terceira semana, mesmo com a ajuda dos meus amigos, eu ainda era um fantasma que perambulava pela casa, sempre com um cigarro em uma mão e um copo de qualquer bebida na outra. Havia voltado para Los Angeles, para a nossa casa. Permanecer ali, com todas as recordações que me perseguiam o tempo todo, servia como uma espécie de martírio.

Naquela casa vivi tudo com Cathy. Aprendi a amá-la, entendi o quanto era feliz ao seu lado, também a perdi e recuperei inúmeras vezes. Nada disso nunca mais voltaria a acontecer.

Foi na quarta semana sem Cathy que recebi a notícia que tanto temia. Dyo me ligou logo cedo para dizer que minha noiva... Ex-noiva... pediu a Mia para recolher as coisas que ficaram em nossa casa.

Imaginava que aquilo aconteceria, no entanto, sem me preparar para o momento. Nos primeiros dias até desejei que fosse buscar seus pertences. Seria a minha chance de encontrá-la e implorar pelo perdão, então os dias se passaram e nada aconteceu.

Acabei me acostumando com a ideia de que esse seria o meu castigo, ficar com tudo, para que minhas recordações fossem fortes e jamais me abandonassem. Por isso quando Dyo ligou, eu nada disse. Desliguei o telefone e desatei a chorar. Depois tomei um banho e fui para a sala aguardar a chegada de Mia.

Não queria estar no quarto quando ela começasse a arrumar as coisas em malas e caixas, como se Cathy estivesse morta. Talvez esse fosse o recado dela: que estava morta para mim.

Sentei na poltrona da sala, em frente à imensa porta de vidro que guardava tantas recordações boas e também outras terríveis, como os tiros de Lauren. "Eu sempre a machuquei, de um jeito ou de outro", repetia para mim mesmo enquanto sentia as lágrimas escorrerem em meu rosto. "Hoje terei que me despedir de você."

Fechei os olhos e de imediato a lembrança do seu lindo rosto surgiu em minha mente. Recordei o dia em que pensei que ela iria embora para sempre. Sorri com a lembrança dela segurando meu rosto dizendo que voltaria. "Eu não quero te perder. Não quero ficar longe de você", eu falava desesperado. "Não vai me perder."

Apertei a mão em meu peito desejando voltar a ouvir dela aquela afirmação. Lembrei do seu risinho fraco e do contato gostoso da sua pele na minha. "Espere por mim", ela suplicou no dia em que partiu para resolver seus problemas com o pai. "Sempre", respondi emocionado. Eu passaria o resto da vida esperando por ela.

— Será que algum dia isso ainda será possível? — perguntei em voz alta perdido em minhas lembranças.

— O quê? — Eu me sobressaltei com a presença da melhor amiga de Cathy.

— Mia? Desculpe, não te vi. — Comecei a levantar, ela se adiantou me impedindo e sentou-se no chão me olhando nos olhos. — Tudo pronto? — Engoli o choro que insistia em continuar. A garota fez que sim com a cabeça. Permaneci calado absorvendo a dor.

— Você está péssimo.

— Nada além do que mereço. — Mia respirou fundo, como se buscasse controle para falar só o permitido. — Pode ficar tranquila. Sei muito bem o que você pensa de mim, e posso garantir que concordo com tudo o que pensa.

— Não estou aqui para te culpar de nada.

— Nem precisaria. A minha consciência já me acusa o tempo todo sem me dar trégua um único segundo.

— Só queria entender...

— O quê? O que eu fazia com Anna? Entre para o clube. Também gostaria de descobrir. Uma hora estava sozinho no bar, então ela apareceu, em seguida fiquei chapado e depois acabou. As lembranças foram embora, o que não me torna inocente. — Baixei a cabeça e passei as mãos pelo cabelo implorando por um minuto daquela amnésia. — O pior é que todos os dias bebo muito mais do que bebi naquela noite e a dádiva de me esquecer daquele momento me é negada. — Levantei e andei até a porta de vidro. — Como Cathy está?

— Tão mal quanto você! — Encostei a cabeça no vidro me condenando ao inferno por causar dor à mulher da minha vida. — Thomas, eu sinto muito! — Ri sendo irônico. — É verdade. Admito que senti muita raiva quando vi o sofrimento da minha amiga, porém te encontrar deste jeito... Só consigo sentir pena, de você, da Cathy... É muito triste! Vocês dois se amam tanto, como podem ter destruído tudo?

— Eu destruí. Cathy é inocente. Esqueceu que eu fui para a cama com a amiga dela?

— Não. Nem poderia. Impossível esquecer.

— Parece que só eu esqueço as coisas.

Mia levantou para ir embora. Meu coração acelerou. Seria aquele o meu último contato com Cathy?

— Mia? Diga a Cathy que...

O que eu poderia dizer? Que sentia muito? Que ainda a amava? Não. Nada mais havia para ser dito. Faltava-se este direito. Cathy recomeçava a sua vida, e eu precisava partir de vez.

— Nada. Deixe pra lá.

Ela entendeu o motivo do meu silêncio e concordou com a minha decisão. Meu coração discordava, batia enfurecido, desesperado para que eu me agarrasse a chance. Mia foi embora me deixando com a solidão.

Sentei em minha poltrona e só levantei quando o dia terminou. O tempo passava de maneira imperceptível quando eu me trancava em meu sofrimento. Um piscar de olhos e a empregada da casa foi me chamar para jantar. Como eu poderia pensar em comida em um momento como aquele?

— A Sra. Sara ligou e me pediu para fazer com que o senhor se alimente. — Olhei para a mulher com raiva. Queria poder ficar sozinho. Baixei a cabeça e a enterrei entre as mãos. — O senhor está bem?

— Não, mas vai ficar. — Levantei os olhos para meu agente e amigo Kendel. Ele estava de ótimo humor e eu, um lixo.

Senti raiva da sua felicidade. Era injusto me sentir assim, no entanto, foi inevitável. Voltei a enterrar a cabeça em minhas mãos. A empregada saiu da sala sem acrescentar mais nada.

— Thomas, você precisa levantar, tomar um banho e comer alguma coisa.

— O que faz aqui Kendel? Estamos de férias.

— Você está de férias! Eu continuo trabalhando. Agora em jornada dupla.

— Como assim? — Levantei a cabeça para olhar meu amigo diante de mim, os braços cruzados como um soldado.

— Sara me mandou ficar aqui por um tempo. Falou que você está enlouquecendo com a separação. Precisamos do nosso astro em perfeito estado para as premiações.

Fechei os olhos imaginando o inferno que a minha vida se tornaria com todo mundo querendo me salvar do fundo do poço, aonde eu merecia estar e de onde passei a lutar permanecer. Queria esquecer as premiações, o trabalho... nada disso me atraía sem Cathy ao meu lado. Tudo perdeu o sentido, o prazer.

— Vocês não entendem... — repeti o que vinha afirmando durantes as últimas quatro semanas.

— Entendo sim. Sei que você está mal porque fez besteira e perdeu Cathy, porém a vida continua. Todos ficamos tristes porque ela se demitiu e acabou saindo da vida de todo mundo não só da sua. — Pelo olhar que ele me lançou, percebi que me escondia algo.

Kendel não sabe mentir, esta é uma das suas maiores virtudes, apesar de eu sempre censurar a sua mania de ser sincero com as pessoas e sempre acabar falando demais.

— É. Sou culpado disso também.

— Não estou te culpando por nada. Na verdade estou preocupado com você. Para ser sincero, jamais passou pela minha cabeça que você fosse capaz de trair Cathy, até porque a marcação era cerrada. — Riu, me deixando aborrecido. Minha vida sentimental virou piada? — Sem brincadeira, Thomas. — Levantou as mãos alegando inocência. Desviei meu olhar encarando o mar diante de nós. — Cara, é sério, nunca imaginei que você fosse capaz, mesmo bêbado. Isso destruiu Cathy.

— Eu estava lá, esqueceu? — Rosnei com raiva.

— Não. Quem esquece as coisas é você. — Voltou a rir. Minha paciência chegando ao limite.

— Diga a Sara que prometo que vou comer todos os dias, vou tomar banho e me barbear, também vou deixar de andar pela casa como um alucinado, mas, pelo amor de Deus, vá embora.

— Então imagino que você não vai querer saber que falei com a Cathy hoje. — Parei de imediato. Pela primeira vez, desde que tudo aconteceu, alguém me dava notícias sem que eu precisasse implorar. — Que foi? Achou mesmo que ela iria nos cortar da vida dela por sua causa? — Riu alto.

— E você quer me contar qual novidade? Que Cathy está morando na Pensilvânia com Samantha? Ou que está de mudança para um apartamento em Nova York? — Observei sua cara de surpresa e quase me diverti.

— Como você sabe? Quem mais está furando o bloqueio da Cathy e te passando informações? — Olhei incrédulo para meu amigo.

— Ninguém, Kendel. Só você seria capaz de fazer uma coisa dessas. Acontece que seria demais achar que eu ficaria quieto. Logo nos primeiros dias coloquei um detetive atrás dela e descobri tudo.

— E por que diabos ainda não foi implorar o amor dela de volta? Pensei que no momento em que te contasse onde Cathy estava você sairia correndo para procurá-la.

— Porque não sou digno dela. — Pela primeira vez no dia, meu amigo não encontrava as palavras. — Se houvesse a menor possibilidade de esta história ser uma farsa, com certeza eu estaria aos pés dela, mas é real. Aconteceu. — Fechei os olhos com raiva. — Aquela garota tinha que aparecer na minha frente. Se fosse qualquer outra eu poderia argumentar, prometer... Cathy já teve sofrimento demais. Por isso me mantive longe, acompanhando os passos dela e aumentando a minha própria dor.

— É verdade. — Conseguiu falar depois de ficar em silêncio pensando nas minhas palavras. — Também acho que ela seria incapaz de perdoar. — Seu olhar de pena me deixava aflito. — Sinto muito, cara! Eu gostava de vocês dois juntos.

— Eu também. — Ri do meu infortúnio, constatando o quanto de verdade tinha naquela frase.

Nunca mais conseguiria viver o que vivi com Cathy. De certo me recuperaria, a vida se encarregaria disso, porém, bem lá no fundo, sempre me lembraria da felicidade que um dia deixei escapar. Nenhum outro relacionamento seria como o que tive com Cathy, tão intenso, perfeito e completo.

Suspirei sentindo o buraco que ocupava o lugar do meu coração se expandir. Ele fazia isso quando meu sofrimento aumentava. Eu agradecia. Era uma forma de tê-la comigo, mesmo que fosse pelo sofrimento.

— E sobre o que vocês conversaram? — Estiquei o assunto esperando possíveis novidades enquanto acendia um cigarro, o milésimo do dia.

— Bem... Um pouco de tudo. Ela está animada com o novo emprego.

— Novo emprego?

Cathy em um novo emprego? Com quem? Algum artista? Estava entusiasmada? Mesmo sendo egoísmo meu, saber que ela já se recuperava me doía ainda mais, apesar desejar a sua superação.

— Sim. Está fazendo uma espécie de estágio na empresa que herdou do pai. Está se inteirando melhor dos negócios e passando por todos os setores. Eu acho que esse papel de executiva não tem nada a ver com Cathy e que ela está fazendo isso para fugir da própria história, mergulhando no trabalho para te esquecer. O ambiente é muito diferente do que vocês viveram, por isso está se dedicando ao máximo, já que nada nele lembra vocês.

— Ela disse isso? — Minha esperança infundada se apresentou.

— Nem precisava. — Dei risada. — Vou te dizer uma coisa, Thomas. Esse Roger não joga para perder.

— O que tem ele? — No mesmo instante lembrei que, se Cathy trabalhava na sua empresa, com certeza "o almofadinha" estaria por perto.

Então foi por isso que decidiu morar em Nova York? Para ficar ao lado dele? Fechei as mãos em punho tentando afugentar os pensamentos. Cathy nunca me esqueceria. Ou esqueceria? Puxei o ar com algum sacrifício. Poderia se quisesse. Sua mágoa e ódio pelo que fiz poderiam jogá-la nos braços dele.

— Está tentando conquistá-la. Só um cego não vê. Esse papo de amigo de infância é pura enrolação. Cathy está cercada e nem está percebendo. Pense bem: quando uma mulher se decepciona com um amor, o que faz? — Não respondi. Minha mente confusa me impediu de forma um argumento coerente. — Fica com um ex-namorado ou um amigo — disse como se estivesse decifrando uma grande charada. — Esse Roger é as duas coisas. Logo Cathy acaba cedendo.

— Cala a boca, Kendel! — Levantei da poltrona, enfurecido. — Droga! – Gritei. — Por que tem que ser assim?

— Desculpa, cara! — Respirei fundo tentando recuperar o que sobrou do meu equilíbrio.

— Ela falou alguma coisa? Qualquer coisa em relação aos dois?

— Não, mas...

— Ela dá a entender que está interessada nele?

— Thomas, veja bem...

— Por favor, Kendel, chega de me esconder a verdade. Você é meu amigo!

— Cathy não disse nada! Eu que acho essa baboseira toda. É só você pensar sobre o que se vê por aí. A Lauren, por exemplo, quando ficou decepcionada com você, o que fez?

— Dormiu com você. — Kendel ficou calado me observando, deixando que eu me desse conta do óbvio. — Droga! — Segurei minha cabeça entre as mãos, fechando os olhos com força, para afugentar de minha mente todas as possibilidades. — Por que bebi tanto naquele dia? O que deu em mim para agir daquele jeito?

Meu desespero voltou com força total. A possibilidade de perder Cathy, de vê-la recomeçar ao lado de outro, me jogou de volta aos sentimentos conflituosos. No mesmo instante comecei a desistir de respeitar o espaço dela, cogitando a possibilidade de encontrá-la e implorar seu perdão, mesmo sabendo que nunca me perdoaria. Todo o questionamento voltava à minha cabeça.

— Sabe que andei pensando nisso? Não entendo o que aconteceu.

— Junte-se ao clube, você é mais um em busca da compreensão. Eu bebi além da conta e acabei levando a amiga de Cathy para a cama. Ponto final.

— Sim, eu sei. Mas por que você teve amnésia?? E como você pôde ter uma ressaca como aquela?

— Eu bebi, Kendel! Demais! Isso acontece com quem bebe de forma irresponsável. Estava puto da vida com Cathy e acabei extrapolando.

— Eu sei dessa porcaria toda. Você repetiu sem cansar essas palavras nestas últimas semanas. Deixa eu perguntar uma coisa: quantas cervejas você bebeu hoje?

— Não sei. Umas sete. Por quê?

— E uísque?

— Umas quatro doses. Aonde pretende chegar?

— Você misturou uísque e cerveja em grande quantidade e nem por isso está bêbado ou apagado. Nesses últimos dias, você bebeu muito mais. Também já tivemos noites memoráveis, regadas à bebida e em quantidade muito maior. Apesar disso, nunca te vi bêbado ao ponto de ter amnésia. Daí fico me perguntando: como pôde ficar tão bêbado com três doses duplas de uísque vagabundo?

Fiquei sem reação. De repente fui puxado para uma verdade que nem sonhei em cogitar. Eu lembrava do bar, das doses, da Anna e do momento em que comecei a ficar tonto e ela se ofereceu para me ajudar.

— Como sabe que foram três doses duplas?

— A nota do bar estava no bolso da sua calça. Eu a peguei no dia em que tudo aconteceu e Sara me mandou voar para Nova York para te ajudar.

— E o que você fez com a nota? — Meu coração batia descompassado com a existência da prova que eu precisava para correr em busca do perdão da Cathy.

— Entreguei ao Dyo.

— Obrigado, Kendel! Você salvou a minha vida. — Pulei em meu amigo, surpreendendo-o com um abraço apertado e um beijo no rosto.

Peguei o telefone e liguei para Dyo que concordou em ir até a minha casa.

Esperei por meu amigo durante longos minutos. Intermináveis! Angustiado. E se fosse verdade? Será que Cathy me aceitaria de volta?

☙❧

— Eu entendo aonde você quer chegar, Thomas, e acredito que esta sua teoria seja bastante plausível, visto que Kendel tem toda a razão. Mas, antes de correr atrás da Cathy, seria prudente conseguir mais provas, afinal de contas, você e Anna foram surpreendidos nus na cama. E a própria Cathy os encontrou.

— Dyo, eu preciso encontrar estas provas. E tem que ser rápido!

— Ainda não temos nada para correr atrás. Você precisa se acalmar.

— Não posso. Preciso recuperar Cathy antes que seja tarde demais! — Vi a troca de olhares entre meus amigos e percebi que Dyo repreendia Kendel pela revelação.

Que se danem os dois! Eu iria atrás das provas e de Cathy, com ou sem a ajuda deles.

— Thomas, quatro semanas se passaram desde o ocorrido. Depois de tanto tempo nenhum exame poderá comprovar se alguma substância foi colocada em sua bebida. Mesmo tendo certeza de que três doses duplas de uísque jamais te derrubariam, continuamos sem provas. Você acha que Cathy vai acreditar na sua palavra com tanta facilidade?

— Então o que devo fazer?

Começava a perder a esperança de novo. Por um momento acreditei ter encontrado uma saída que, no entanto, foi só mais um empurrão em direção ao fundo do buraco em que me encontrava.

— Vou tentar encontrar a nota do bar. Vou pedir ao pessoal da contabilidade, mas pode demorar para encontrá-la.

— E o que essa nota será capaz de fazer? Vocês acham que uma nota será o suficiente para fazer Cathy acreditar nele? — Kendel mais uma vez conseguia colaborar com o meu raciocínio, fazendo uma observação sensata.

— Ele tem razão, Dyo. Que importância esta nota terá?

— Servirá de prova. Não para Cathy. Você tem que encontrar Anna. Ela é a única pessoa capaz de esclarecer todos os fatos.

Anna? Claro! Ela não bebeu quase nada naquela noite, com certeza estava envolvida até o pescoço na confusão. Só precisava saber o porquê. E só poderia procurar Cathy depois que conseguisse a confissão de Anna.

— Isso é simples. Anna mora no mesmo apartamento que Mia. Vou até lá agora mesmo.

— Anna mudou faz algum tempo. Vou ligar para Mia e perguntar se sabe alguma coisa sobre o novo endereço.

— É lógico que sabe. São amigas.

— Nem tanto. Elas brigaram por causa desta confusão entre vocês dois.

Mia atendeu rápido, impedindo que Dyo continuasse falando. Observei com atenção os dois conversarem por um tempo.

Pelo que entendi, Mia se recusava a dar qualquer informação a respeito da Anna porque não queria se envolver no meu problema com a amiga, ou ex-amiga. Pedi o telefone, para que pudesse eu mesmo convencê-la a me ajudar. Após contar todos os detalhes e deixar claro que iria lutar pelo amor de Cathy, ela continuava insegura.

— Não sei, Thomas! Cathy me mata se descobrir que estou envolvida neste seu plano maluco.

— É a minha única chance. Você há de convir que Kendel tem razão quanto a minha tolerância ao álcool. Até Cathy vai entender esta parte. Só preciso encontrar a Anna e fazê-la contar o que aconteceu.

— E se Anna confirmar que vocês transaram? E se naquele dia seu organismo reagiu de uma forma diferente? Tenho dúvidas! Não quero causar mais dor a minha amiga cavando esta história mais a fundo.

— Mia, por favor! Eu amo a Cathy e você sabe que ela ainda me ama. E se nós ficarmos separados para sempre por causa de uma mentira?

— Tudo bem. Com uma condição...

Mia nos ajudaria a esclarecer aquela confusão, no entanto eu teria que deixar Cathy em paz até ter o máximo de provas possíveis. Era o mínimo que eu poderia fazer. Ela prezava pela amiga, evitando que se machucasse mais, ou que se enchesse de esperança por algo que sem garantias. Concordei, pois compartilhava os mesmo temores. Não podia mais machucar a mulher da minha vida.

Mia contou que Anna conseguiu um emprego em Nova York e que se mudou para lá. Sem o novo endereço da amiga, acreditava que Stella poderia saber. Ficou de ligar mais tarde, assim que tivesse as informações. Mais uma vez precisei aguardar contando os intermináveis segundos.

Enquanto isso Dyo e Kendel ligaram para Sara e explicaram tudo, pois precisaríamos viajar para Nova York, se possível no mesmo dia. Minha empresária nos apoiou, pois via naquela tentativa de esclarecer as coisas, uma forma de me resgatar, porém me advertiu de que existia uma grande chance de Cathy não querer reatar, uma vez que a ferida já estava aberta.

Eu não pensaria nesta possibilidade. Se conseguisse provar que nada aconteceu entre mim e Anna, ou pelo menos que foi armação de alguém, poderia voltar a lutar pelo amor de Cathy.

Dyo foi fazer as malas enquanto aguardávamos e Kendel providenciou tudo para a nossa viagem. Pegaríamos o último voo, assim Mia teria tempo para conseguir a informação necessária.

Eu caminhava de um lado para o outro, aguardando com ansiedade pelo momento em que poderia colocar tudo em pratos limpos e com isso, recomeçar, ou resgatar, a vida que levava ao lado de Cathy.

— Mia ligou. Estou com o endereço e tenho uma notícia boa: ela também vai para Nova York. Parece que vai ficar um tempo com Cathy. — Dyo entrou em casa com um grande e esperançoso sorriso nos lábios que logo me contagiou. — Ela vai nos ajudar no que for possível, que pensou melhor sobre o que conversamos e chegou à conclusão de que é possível que Anna tenha de fato aprontado. Relatou uma discussão entre Cathy e Anna na última vez que se encontraram e disse que achou que a "traidora", como a denominou, estava muito incomodada com a vida da nossa princesa.

— Você acha que Anna pode ter feito algo por inveja? — Perguntei admirado. Depois acabei aceitando este motivo.

As mulheres eram estranhas. Quando sentiam amor e ódio, suas reações eram as mais absurdas. Foi o caso de Lauren e poderia ser o de Anna também. Ela pode ter feito aquela armação para prejudicar Cathy, para acabar com o seu conto de fadas. Fiquei furioso com essa constatação. Anna não tinha o direito de entrar em minha vida e destruir tudo.

— Não sei o que pensar, meu caro — Dyo disse por fim, me tirando do devaneio que me consumia.

Com o endereço em mãos, partimos para Nova York numa cruzada pela verdade. Convencido de que nada aconteceu naquela fatídica noite, eu não pouparia esforços para reunir todas as provas. Quando aquele inferno acabasse, teria minha Cathy de volta.

CAPÍTULO 10
Surpresas e Constatações

Visão de
THOMAS

Cheguei a Nova York debaixo de uma constante chuva fina. Voltar ao apartamento me causava uma imensa dor. Ali fomos felizes e ali nossa felicidade chegou ao fim. "Eu devia ter sido mais tolerante", pensei deixando a saudade me invadir. "Espere por mim, Cathy! Vou conseguir desfazer todas as besteiras que fiz", afirmei para mim mesmo buscando forças para continuar aquela jornada.

Entrei no quarto me esforçando para não perceber seus detalhes. Tudo lá era a Cathy: a cor, os móveis, a arrumação... Tudo! Coloquei a mala na poltrona sem coragem de olhar para a cama. "E se for verdade? Se eu transei com Anna?" Abri a mala, procurando por algo que pudesse usar para dormir. "Se for verdade, Dexarei Cathy em paz. Confirmando aquela história a faria sofrer ainda mais."

Sentindo-me indigno de deitar na cama, precisei controlar o desejo de atear fogo na peça, optando então por substitui-la. Providenciaria uma nova cama para uma nova vida ao lado de Cathy.

Suspirei decidindo deitar no chão. Dormiria ali aquela noite. A cama, apesar de ter sido nossa, transpirava recordações ruins. Olhá-la me lembrava do dia em que Cathy foi embora.

Foi uma noite péssima, assim como todas desde que Cathy me abandonou. Sempre muito frio e meus sonhos agitados e extenuantes. Amanhecia mais cansado do que quando me deitei.

Apesar do corpo dolorido, com a tristeza pela constatação de mais uma noite sem o calor do corpo dela e com a saudade me sufocando, acordei mais animado, com esperança de conseguir encontrar Anna e resolver todos os meus problemas. Desci para a sala, ansioso para dar início a nossa busca. Dyo já me aguardava.

— E Kendel?

— Já está descendo. Ele precisa fazer uma coisa no seu celular.

— O quê?

— Vou verificar se ele consegue gravar sua conversa com Anna. — Kendel descia as escadas com ar de ansiedade e divertimento. — Se não conseguir, ou o tempo for curto demais, trocaremos os nossos aparelhos.

— Você usa um celular de espião?

— Tenho motivos para gostar de gravar coisas com meu celular. — Piscou e deu risada, revirei os olhos para a sua imaturidade, apesar de estar muito grato. Após confirmar que meu celular não possuía a capacidade necessária para armazenar uma conversa que poderia durar horas, Kendel colocou o dele no bolso do meu casaco, depois de me mostrar como fazer antes de entrar no apartamento e me garantir que eu conseguiria gravar a confissão de Anna.

Paramos o carro um pouco depois do prédio indicado e ficamos aguardando o momento adequado, enquanto reconhecíamos o terreno. Eu me sentia em uma guerra, onde o inimigo precisava ser analisado e abatido com frieza. Era eu ou ela. Para ser sincero, eu preferia que fosse ela. Necessitava que fosse ela.

Para minha surpresa o celular de Kendel tocou no meu bolso e por hábito peguei para atender. Ela falou antes de mim.

— Kendel? — Reconheci a voz e meu coração disparou. "Cathy!" Tão próxima e tão distante ao mesmo tempo. — Alô? — Eu queria responder, porém faltava-me palavras. — Kendel, você está aí?

Fechei os olhos, respirei fundo, guardando em minha memória o som de sua voz, e passei o telefone para Kendel. Aguardei atento à conversa deles que foi curta. Queria informá-lo sobre já estar morando em Nova York e pediu ele que avisasse quando estivesse na cidade para um encontro. Assim que Kendel desligou, o celular de Dyo começou a tocar. Cathy fazia questão de comunicar aos amigos. Eu não pertencia a este grupo.

— Vamos nos concentrar no que viemos fazer, ok? Kendel devolva o celular para Thomas, e Thomas, concentre-se. Lembre-se de que, se tudo der certo, você poderá ter Cathy de volta.

Dyo tentava me fazer voltar ao estado de espírito de quando saímos, porém me deixei abater. Durante as últimas quatro semanas eu soube só o que o detetive me informou sobre ela, nada mais. Ouvir sua voz me fez voltar no tempo, quando ainda éramos felizes.

— Quer desistir?

— Em absoluto! Vou continuar com o que planejamos. — Peguei o celular da mão do Kendel, saí para a rua em meio à chuva e entrei no prédio onde Stella falou que Anna morava.

Um prédio luxuoso demais para passou um longo período desempregada e sem condições de se sustentar.

Guardei esta informação na mente para discutir com meus amigos mais tarde. Precisava dar um jeito de entrar sem chamar atenção ou sem precisar ser anunciado, o que poderia colocar tudo a perder. Para minha sorte um casal entrava na mesma hora que eu, e quando segurei a porta para eles, fui reconhecido com entusiasmo. O porteiro achou que estávamos todos juntos.

Aproveitei e puxei conversa falando da chuva e do frio repentino. Aguardamos o elevador enquanto conversávamos sobre o tempo. Era incrível como ser famoso podia abrir portas. Tudo aconteceu como planejei, pois sem imaginar os motivos de Anna para fazer o que fez, seria impossível prever a sua reação ao me encontrar em sua porta.

Desci no décimo segundo andar e procurei o apartamento. Bati na porta com cuidado. Aguardei. De fora ouvi movimentos pela casa, passos se aproximando da porta e depois a imagem de Anna surpresa ao me encarar. Puxei o ar com força impedindo a raiva me dominar. Teria que ser gentil, ao menos no início.

— Thomas? — murmurou.

— Posso entrar? Precisamos conversar.

Ela ficou parada à porta me encarando com cuidado, depois acabou concordando. Aproveitei o momento em que me deu as costas e enfiei a mão no bolso do casaco acionando a tecla que iniciaria a gravação da nossa conversa.

— O que você quer?

— A sua ajuda. Preciso saber o que aconteceu naquela noite.

Procurei manter o tom calmo, avaliando o terreno que pisava. Anna deu uma risada sarcástica. Olhei ao meu redor constatando o luxo no interior do apartamento. Aquilo não estava certo.

— Precisa mesmo que eu diga o que aconteceu? Não consegue deduzir sozinho?

A maneira como falava fez com que toda a minha atenção se voltasse para ela. Olhei em seus olhos e foi neste momento que a garota mostrou um pouco de fragilidade. Muito rápido percebeu sua fraqueza e desviou os olhos se resguardando.

— Consigo até imaginar. Só desacredito. — Mantive minha postura segura, olhando sempre em seus olhos. — Você mente, Anna. — No mesmo instante captei a sua tensão. Aproveitei o momento para jogar com ela. — Tenho como provar que você colocou uma droga em minha bebida para me apagar. Depois me levou para o apartamento e simulou que transamos. Só preciso saber o porquê.

— É esta a versão que você quer que eu conte à Cathy? Foi para isso que veio aqui? Para combinar comigo uma história absurda? — Riu desviando o rosto para evitando que alguma informação escapasse. — É errado subestimá-la. Ela é inteligente. Nunca vai acreditar em você, não importa o que diga. No fundo o que aconteceu foi bom para a garotinha mimada amadurecer e enxergar que a vida não é tão perfeita quanto acreditava. — O brilho nos seus olhos confirmou as minhas suspeitas.

Perdi a paciência e segurei com força seu braço, puxando-a para bem perto.

— Você fez tudo isso por inveja? Queria que Cathy sofresse? Destruiu as nossas vidas, e o que ganhou? Um apartamento de luxo? Quem está por trás desta monstruosidade? É dinheiro o que você quer? Valeu a pena destruir a vida de sua amiga por tão pouco? — Seu rosto demonstrou um vestígio de tristeza, no entanto, Anna sabia disfarçar muito bem seus sentimentos.

— Não tenho culpa se você bebeu demais, e... Eu também. Nós perdemos a cabeça. — Riu com cinismo.

— Essa história é ridícula. Eu não bebi demais e tenho como provar. Você colocou uma droga em minha bebida enquanto fui ao banheiro. Por quê? O estado de embriagues em que eu me encontrava elimina a possibilidade de eu conseguir transar com qualquer mulher, muito menos com você — falei com desprezo.

Todas as vezes que dizia que havia como provar, podia ver em seus olhos o terror de ser desmascarada.

— Por que fez isso? O que você queria? Dinheiro?

— Não tenho mais nada a dizer. Se você não quer acreditar problema seu. — Anna se debateu tentando se livrar das minhas mãos.

— Tudo bem então. — Larguei seu braço e me afastei um pouco enquanto buscava um argumento melhor. — Vou sair e registrar uma queixa contra você na primeira delegacia que encontrar. Vou descobrir a verdade e te mandar para a cadeia, e juro, Anna, que vou fazer de tudo para passe o resto da vida trancafiada, nem que para isso tenha que gastar toda a minha fortuna. Não brinque comigo, estou disposto a qualquer coisa para ter Cathy de volta, até mesmo a passar por cima de você. — Minhas palavras a assustaram. — Irei até as últimas consequências.

Fingi desistir da conversa. Foi nesta hora que Anna, desesperada, impediu a minha saída.

— Por favor, Thomas, não faça isso!

— A verdade, Anna! Apenas a verdade.

— Thomas eu... — Encostou-se à parede e passou a mão pelo cabelo, nervosa.

Ela tremia. Achei estranha aquela reação. — Eu me apaixonei por você. Foi isso! Estava com raiva de Cathy. Ela sempre conseguia tudo, enquanto eu... Quando o encontrei, sem conseguir resistir, acabei aceitando, mesmo sabendo das suas condições. — Riu nervosa. — Não queria machucar ninguém. Eu ignorei as consequências e me permiti viver o que sentia, nem pensei que Cathy poderia descobrir. Você disse que ela passaria a noite fora, então eu quis ficar só um pouco, aí as coisas foram acontecendo e... Você sabe.

— É mentira.

— Eu amo você! Não fiz por mal. — Sua voz baixa, envergonhada e aflita ganhou a minha atenção. Aproximei-me dela deixando nossos corpos se tocarem e coloquei meus braços ao lado do seu rosto impedindo que fugisse de mim.

— Você se apaixonou por mim? Fez tudo por amor? — Com os lábios quase nos dela, percebi um sorriso vitorioso se formar. Era tudo o que eu precisava. — MEN-TI-RO-SA! — gritei, segurando-a com força e empurrando-a contra a parede. — EU QUERO A VERDADE! — Anna começou a choramingar.

— Não me machuque, por favor! — Deixei que se afastasse de mim. — Vá embora! Essa conversa acabou. Juro que me arrependi. Diga isso a Cathy — suplicou.

Eu ia avançar em sua direção para arrancar a verdade à força quando a campainha tocou. Anna aproveitou a oportunidade para me impedir de agir, dando assim abertura para um homem, alto e forte, encostado à porta como se a sua presença ali fosse normal. Sua camisa dobrada até os cotovelos dava a visão das tatuagens que subiam por seu braço. O cabelo escuro, cortado para frente e rente ao couro cabeludo, e um cavanhaque bizarro compunham a sua imagem.

Anna olhou para o homem depois para mim, aterrorizada, sem qualquer traço de alegria ou confiança. Como se estivesse perdida, acuada, envolvida em uma história que complicava a sua vida e sem nenhuma possibilidade de fuga.

— Nossa conversa termina aqui. Diga a Cathy que sinto muito! — Foi estranho. De alguma forma tive a sensação de que Anna tentava dar um aviso e me senti em perigo. Aquele homem de alguma forma a amedrontava muito mais do que eu.

— Ainda não acabamos. — Passei pelos dois sem demonstrar medo — Irei até o fim.

Assim que a porta fechou atrás de mim, desci pelas escadas. Alguma coisa me avisava que o melhor a fazer era correr o mais rápido possível. Foi o que fiz. Saí na chuva, que insistia em cair, e continuei em direção ao carro onde meus amigos me aguardavam.

— Conseguiu? — Kendel perguntou assim que entrei.

— Acho que sim. — Passei o celular para ele verificar se a conversa foi gravada.

— O que ela disse? — Dyo questionou.

— Podemos escutar a conversa agora. — Kendel mexia no aparelho procurando a gravação.

— Não. Prefiro ir para casa.

— Aconteceu alguma coisa? — Indagou Dyo.

— Um homem estranho apareceu no apartamento no momento em que, acredito, ela confessaria tudo. Aquele homem me pareceu sinistro demais. Tenho certeza de que não é nenhum namorado ou amante dela. Não corresponde a nada do que já ouvi falar em relação às preferências da garota. Sequer aparentava ser rico, como sempre deixou claro que deveria ser para ter alguma chance.

No apartamento pudemos ouvir toda a conversa várias vezes. Contudo, sem chegarmos a nenhuma decisão que aliviasse a minha ansiedade.

— Anna em nenhum momento falou que nada aconteceu entre vocês. — Dyo concluiu depois de muito pensar.

— Mas a conversa dá a entender isso. — Kendel acrescentou, enchendo-me de esperança.

— Só que é insuficiente para convencer Cathy. Precisamos de algo mais consistente. Que ela diga com todas as palavras.

— Pela conversa é possível deduzir que foi uma farsa. Talvez Cathy acredite em minha teoria se eu conseguir fazê-la escutar a gravação. Ela pode se convencer de que Anna armou tudo para nos prejudicar.

— Seja mais prudente. Anna precisa afirmar que nada aconteceu entre vocês, mas ela só demonstrou sentir inveja e insinuou que foi uma armação, ou seja, nada de concreto. Você não pode correr para Cathy sem ter certeza. Só vai magoá-la mais. Lembre-se da sua promessa.

Peguei minha carteira de cigarros e fui para a varanda. Apesar de contrariado entendia que Dyo tinha razão. Cathy não acreditaria com tanta facilidade depois de me encontrar na cama com Anna. Uma imagem como aquela não se apaga de uma hora para a outra.

— Tenha um pouco mais de paciência. — Kendel encostou ao meu lado admirando a paisagem. — Nós vamos conseguir as provas e você vai ter Cathy de volta. — Sorri para meu amigo agradecendo sua ajuda.

— Amanhã, eu mesmo terei uma conversa com Anna. Acredito que conseguirei ser mais persuasivo. — Riu de alguma coisa que passou pela sua cabeça.

Imaginar ser possível ter Cathy de volta, aumentou a saudade que eu sentia dela, me deixando mais angustiado e desejoso de seu amor. Vê-la passou a ser uma necessidade física que me corroía e sufocava.

— O que Dyo está fazendo? — Voltei minha atenção para o que acontecia ao meu redor. Assim ocuparia as horas que me afastavam da mulher que eu amava.

— Conversando com Mia. Ela pediu que ele a mantivesse informada para poder colaborar de alguma forma e nos manterá cientes de tudo relacionado à Cathy.

— Por que relacionado a Cathy?

— Porque Mia também acha que Roger está investindo pesado e isso pode atrapalhar os nossos planos.

Apertei a carteira de cigarros com tanta força que acabei por destruir todos que restavam. Tentei manter o foco na necessidade de encontrar as provas, mas o desespero acabou por me convencer que já tínhamos o suficiente. Voltei à sala procurando as chaves do carro.

— Aonde você vai? — Dyo me olhou confuso.

— Vou pegar Anna, levá-la até a casa da Cathy e obrigá-la a contar a verdade. Não aguento mais! — Kendel correu em minha direção tentando tirar as chaves das minhas mãos.

— Não faça isso, cara! Você vai arruinar tudo!

— Por quê? O que temos é o suficiente para provar que Anna está envolvida até o pescoço. A cada passo que deixo de dar, aquele idiota do Roger avança. Enquanto ele tenta conquistar Cathy, eu fico aqui assistindo, aguardando mais provas, sem fazer nada para impedir.

— E se Anna mentir? E se na hora ela confirmar que aconteceu e foi você quem forçou? Já pensou? — Dyo parou diante de mim com os braços cruzados.

O que eu faria se isso acontecesse? Cathy com certeza acreditaria em Anna, pois a ferida aberta a impediria de me perdoar. Uma mão em meus ombros chamou a minha atenção, encarei Kendel.

— Seja forte, se não por você, que seja pela Cathy. Ela já sofreu demais.

Eu me rendi à sensatez do meu amigo. Derrotado, subi ao quarto e me joguei no sofá desejando que o tempo voasse para que o amanhã chegasse logo.

CAPÍTULO II
E quando recomeçar não é possível?

Visão de
CATHY

Consegui finalizar a mudança. Morar em Nova York nunca fez parte dos meus planos, no entanto, voltar para Los Angeles significava enfrentar um possível reencontro com Thomas. Também estava fora de cogitação continuar morando na Pensilvânia.

Se decidi recomeçar a vida e carreira profissional, foi porque precisava ocupar o meu tempo, e encontrei no trabalho a melhor maneira de conseguir. Nova York foi a escolha certa.

Graças a Deus, Mia ficaria três meses comigo, me ajudando a me reconstruir. Roger também se tornou uma excelente companhia, me auxiliando com o que fosse necessário.

Com toda essa confusão, nós dois voltamos a ser inseparáveis. Estávamos juntos no trabalho e muitas vezes ele ficava em casa comigo até eu me sentir esgotada e desejar dormir. Em diversos momentos me sentia quase recuperada, mas nunca seria capaz de esquecer.

Thomas levou minha alegria e vontade de viver. Os efeitos eram irreversíveis. Durante o dia eu conseguia me concentrar nas coisas ao meu redor, buscando sempre mais responsabilidades do que era capaz de aguentar. Tudo para impedir que as recordações me paralisassem no tempo.

Porém à noite, quando ia deitar, nada fazia sentido. Como se minha vida fosse uma peça de teatro, onde no palco havia luzes, alegrias e realizações, e quando as cortinas fechavam, a escuridão me envolvia se apoderando de mim, forçando-me a voltar à implacável realidade.

Durante a noite, desesperada, me dava conta do quanto ainda o amava. Muitas vezes sentia ódio por permitir que aquele amor me dominasse e praguejava contra o tempo, por descumprir a sua promessa de ser o melhor remédio.

Não demorou muito para que percebesse que de nada adiantaria chorar, praguejar, me desesperar. Thomas continuaria comigo independente da minha vontade. Eu sabia que seria assim muito antes de me magoar, no exato instante em que nos beijamos a primeira vez, quando entendi que o meu coração pertenceria a ele para sempre. Todo o lamento só me levava a sonhos, onde podíamos ter um ao outro sem as mágoas e agruras da vida real.

A veracidade destes sonhos fazia com que eu acordasse pela manhã sentindo o seu corpo próximo ao meu e o sabor de seus lábios. E assim começava e terminava o meu dia com lágrimas.

Após a minha cota diária de choro, fui tomar um banho e me arrumar para o trabalho. O tempo que precisava para recompor a farsa da superação. Sentei à mesa preparada por Mia, já pronta para sair.

— Bom dia! — Cumprimentou sorridente.

Mia nunca demonstrava preocupação, embora eu soubesse que aquele sorriso fazia parte do seu plano em busca da minha felicidade.

— Como está hoje?

— Muito bem! — Mentíamos uma para a outra e fingíamos não perceber. — Vou sair depois do trabalho, não me espere para jantar.

— Vai sair? Com quem?

Tentei parecer animada quando na verdade já começava a sentir a ameaça do desespero me dominar. Ficar sozinha em casa significava conviver com a dor por mais tempo. Não haveria para quem mentir, ou disfarçar.

— Henry está na cidade fechando negócio com algumas empresas, acho que precisará ficar por uns cinco dias ou mais, o que para mim é excelente!

Eu amava a minha amiga, porém a sua felicidade me atingiu como um soco no estômago. Assistir a sua empolgação pela presença do namorado me remeteu a época em que eu ficava eufórica por ter mais tempo com Thomas. Engoli, com dificuldade o café e sorri.

— Que ótimo! Divirtam-se por mim então.

— Nada disso, tenha as suas próprias diversões. Por que você não sai com a gente amanhã? Podemos jantar em algum lugar, depois dançar.

Dançar. Outro ponto morto na minha vida. Meu corpo não condizia mais com a felicidade que era estar em uma pista de dança e me deixar levar.

— Não sei.

A campainha tocou. Nós nos olhamos sem entender. Nunca recebíamos ninguém naquele horário. Mia foi abrir a porta e voltou sorrindo, seguida por Roger.

— Bom dia! — Fiquei satisfeita por vê-lo um pouco mais cedo, seria menos um tempo entregue a minha dor. — Aconteceu alguma coisa?

— Passei para saber se você quer uma carona.

— Já vou. Cathy termine seu café. Você está muito magrinha. Roger, ela não pode sair de casa antes de terminar de comer tudo. — Revirei os olhos para aquela atitude. Eu não era mais uma criança.

Mia foi embora enquanto Roger se acomodava ao meu lado, se servindo de um pouco de café. Ficamos em silêncio nos fitando por um tempo até que quebrei o contato, incomodada pela forma como me olhava.

— Vamos chegar atrasados. — Roger sorriu e segurou a minha mão.

— Não tem problema. Hoje ficaremos até tarde no escritório.

— Por quê? — Tirei minha mão da dele e ajeitei meu cabelo como desculpa.

— O conselho vai se reunir amanhã. Precisamos organizar uma enorme papelada e, como já deixamos programado uma série de outras coisas...

— É verdade. Ainda tenho que terminar de providenciar a documentação da reunião com os fornecedores hoje à tarde. — Retirei os pratos para colocá-los na máquina de lavar. Roger me seguiu, o que me deixou indecisa sobre o que fazer. — Você está estranho — falei por fim. — Quer me dizer alguma coisa? — Seus olhos me queimavam com intensidade, o que me lembrou de Mia me alertando sobre seus sentimentos.

— Acho que devemos ir.

Ele se afastou com pressa, me deixando menos incomodada. Eu não estava pronta para uma nova relação. Além disso, Roger passou a ser um amigo muito especial. Eu não queria de forma alguma me afastar dele num momento tão difícil. Peguei a bolsa e a pasta e o segui para fora do apartamento.

Conversamos sobre todas as bobagens possíveis no caminho. Roger tentava me animar, sem permitir que me perdesse em pensamentos tristes. Estar com ele era bom, leve. Mesmo que não conseguisse me sentir feliz, eu sabia que podia ser frágil e verdadeira. Podia chorar ou conversar sobre as minhas angústias e incertezas. Roger sempre me escutava.

Muito ocupada em minha nova sala, organizando os papéis que seriam apresentados durante a reunião enquanto a minha secretária, Sandra, realizava a tarefa de separar e organizar os documentos necessários para a reunião do dia seguinte, eu já me sentia exausta mesmo ainda sendo o período da manhã. Culpa da noite difícil que tive. Coloquei alguns papéis em uma pasta depois deitei a cabeça sobre a mesa sentindo o peso da agitação em meu corpo.

— Atrapalho o cochilo? — Roger entrou.

Levantei a cabeça e o observei. Ele continuava lindo, como na época em que namorávamos. Mais corpulento, mais másculo. O terno que usava contribuía com minha percepção. Caía com perfeição no corpo definido.

Minha mente, traidora, então me levou ao dia em que estive pela primeira vez no quarto de Thomas, quando ele saiu de toalha e meus olhos ficaram presos ao seu corpo, admirando-o. Baixei a cabeça sentindo a tristeza tentar me invadir. Não podia permitir que me tomasse. Ela teria que permanecer escondida, pelo menos até à noite, quando ninguém estivesse por perto.

— Algo errado?

— Estou cansada. Foi bom você chegar. Preciso dos contratos do ano passado para poder demonstrar o aumento abusivo nos preços. — Ele sorriu ainda mais bonito.

— Podemos fazer isso depois do almoço? Estou faminto e você precisa se alimentar.

— Você também, Roger. Por favor! — Voltei minha atenção para os papéis em cima da mesa.

— Cathy, se não estiver bem alimentada como vai conseguir enfrentar as reuniões? Já imaginou se você desmaiar? Seria péssimo para a imagem da empresa. — Ele tinha razão. Levantei, peguei minha bolsa e comecei a empurrá-lo para a porta.

— Tudo bem. Vou almoçar e voltar correndo.

— Tudo bem, chefa! Como quiser.

— Não sou sua chefa!

— Vai ser. É para isso que está aqui. Para se preparar, aprender a cuidar do que é seu. O natural é que assuma quando estiver pronta, o que, com certeza, será em breve.

Nunca passou pela minha cabeça me tornar uma alta executiva, muito menos assumir mais responsabilidades do que já assumia naquele momento. Pensei em como seria e sem querer me peguei analisando o quanto a minha vida mudou em tão pouco tempo.

Fui assistente de um ator, o homem da minha vida, trabalhei como modelo em uma campanha e depois de uma tempestade, me permitia ser treinada para administrar as empresas que herdei do meu pai. Uma herança que nunca quis de fato.

— Você está muito distraída.

— Você sempre me dá muito no que pensar.

— Espero que seja um elogio. — Ri sem responder.

Almoçamos e voltamos para o escritório. Durante o almoço discutimos detalhes da reunião, sobre problemas com os fornecedores atuais e a necessidade de encontrarmos novos.

Com pouco tempo na empresa eu já conseguia perceber a sua necessidade de renovação, o que poderia ser feito, sem muitos transtornos, por mim e Roger. Pensávamos de maneira semelhante, ele era brilhante nos negócios e conhecia a empresa como ninguém. Sem dúvida a pessoa mais capacitada para ocupar a presidência, não eu.

Após uma longa reunião, estávamos de volta às nossas salas. Sandra deixou tudo o que pedi em minha mesa e, após o meu consentimento, foi embora. Peguei uma xícara de café e sentei no sofá, planejando por onde daria início ao trabalho que me aguardava. Roger entrou com sua caneca de café idêntica à minha e um monte de papéis embaixo do braço.

— Estou pronto. Quero pedir comida chinesa para mais tarde. O que acha?

— Perfeito! Pelo visto só sairemos daqui amanhã.

— Vou falar com Betina... Já volto.

— Tudo bem!

Olhei pela janela me sentindo melancólica. "Tão alto que dá para esquecer do mundo", pensei absorta no crepúsculo. "Eu nunca consegui ficar indiferente a esta vista. É como se estivesse fora do mundo, da realidade. Olhando de cima, sem as influências da vida cotidiana fica bem mais fácil pensar e tomar todas as decisões que preciso."

Foi como se estivesse ouvindo o próprio Thomas dizendo aquelas palavras, quando me levou ao apartamento do seu pai pela primeira vez. Eu me senti tão feliz naquele dia! Encostei a cabeça no vidro desejando que a recordação me abandonasse. Ouvi Roger entrando e respirei fundo.

— Outra vez perdida em seus devaneios? — Ele sorria apesar da preocupação visível em seus olhos.

— Apenas constatando. — Abaixei a cabeça para impedir as lágrimas que se formavam.

— E o que constatou? — Aproximou-se mais.

— Que independente de onde você está, o céu será sempre o mesmo.

Roger me encarou por um tempo, os olhos esquadrinhando o meu rosto. A máscara que sustentava deixava de existir.

— Quer ir para casa? Posso dar conta de tudo sozinho.

— Sei que pode, mas não vou te dar este gostinho.

Seu sorriso foi sincero, o que me deixou mais leve. Era difícil e pesado carregar o meu disfarce o tempo todo.

Ficamos no escritório até bem tarde, o único barulho que escutávamos era dos papéis que folheávamos. Sentados no chão trabalhávamos em sintonia. Eu separava os documentos enquanto Roger analisava e fazia anotações importantes. Quando terminamos estávamos exaustos.

— Bom trabalho, Cathy. Merece um brinde. — Estávamos muito próximos, nossos braços se tocando.

— Ah... acho que vou direto para casa.

Alimentava a esperança de que naquela noite estaria tão exausta que dormiria rápido e a dor não teria chance de me atormentar. Se fosse possível, arrumaria um jeito de trabalhar daquele jeito todos os dias.

— Podemos ficar aqui mesmo. Tenho um ótimo vinho em minha sala, vou buscar. – Antes que eu pudesse protestar ele levantou e saiu.

"Tudo bem", pensei. "Não vou fazer mais nada mesmo hoje. Ninguém está me aguardando". Olhei para minhas mãos e para o anel que substituía a aliança do meu noivado com Thomas.

— Não posso mais sair do seu lado.

Roger se aproximou e, com cuidado, limpou uma lágrima que caiu sem me dar chance de secá-la para disfarçar.

— Tudo bem! Você não precisa esconder de mim o quanto ainda está magoada. É para isso que estou aqui. Para te apoiar no que precisar. — Abriu o vinho e me serviu uma taça. Bebi um grande gole sem me preocupar com as consequências.

— Obrigada! Você é maravilhoso, como sempre. — Tentei sorrir. Ele me olhou com carinho passando a mão em meu cabelo.

— Sempre estarei ao seu lado. Basta você querer. — Entendi aonde ele queria chegar. Tomei mais um longo gole do vinho como uma fuga. — Sabe também que nunca serei capaz de te magoar.

— Eu sei. Você sempre foi a minha fortaleza. Obrigada por estar aqui. — Voltei a olhar para a janela.

— Cathy! - Roger me chamou se aproximando um pouco mais. — Você precisa seguir em frente. Thomas não vale a pena...

— Vamos esquecer este assunto. — Comecei a me afastar, só que Roger segurou meu rosto, sem forçar a barra.

— Certo. Só quero que pense mais em você de agora em diante.

— É o que faço.

— Não como deveria. Você não permite que outras pessoas se aproximem.

Fechei os olhos. Roger era um porto seguro. Uma certeza e não uma dúvida como Thomas. Uma dor profunda ameaçou me invadir. Talvez por isso permiti que Roger se aproximasse e que, mesmo sem ser a minha vontade, que me beijasse.

Meu corpo não reagiu, muito pelo contrário, quase que no mesmo instante minha mente fez questão de recordar os beijos de Thomas: quentes, macios, prazerosos. Lembrei da forma como reagia quando encostava os lábios nos meus e de como nossos corpos se alinhavam com perfeição.

Eu conseguia continuar, quando pensamentos fortes e reais que faziam com que Thomas parecesse uma realidade possível. Então me afastei, virando o rosto, impedindo Roger de aprofundar o beijo.

— Desculpe, não estou pronta...

— Calma. Eu entendo. — Sussurrou com carinho, afagou meu cabelo e beijou minha testa. — Gostaria muito que me deixasse tentar, Cathy. Sei que você ainda o ama e o quanto está ferida, mas se me deixar tentar... consigo reverter esta situação. Já fomos felizes antes, podemos ser outra vez.

Tantas informações e emoções me deixaram bastante atordoada. Dentro de mim havia a certeza de que mesmo Roger tendo razão, eu nunca conseguiria me sentir feliz de novo.

— Vamos dar tempo ao tempo, Roger.

— O tempo já passou. Você precisa se permitir!

— Então me deixe pensar. Não estou em condições de decidir nada neste momento. Nem consigo pensar direito em como devo reagir... Eu... Vou pensar, prometo. — Roger pareceu mais satisfeito.

— Vou te levar para casa.

Cheguei em casa sufocada pelas recordações dos meus momentos com Thomas. Sentei no sofá, derrotada. A minha preciosa noite de sono foi embora junto com qualquer vestígio de felicidade em minha vida.

Enterrei o rosto nas mãos e chorei. Meu desespero era tanto que por um momento acreditei que seria o meu limite, que me partiria em pedaços e nunca mais juntaria meus cacos. Quando me acalmei, tomei um banho e deitei refletindo sobre o que fazer.

Talvez Roger fosse a melhor opção. Eu confiava nele, me sentia bem ao seu lado. Se fosse como ele previa, eu poderia voltar a querê-lo e, quem sabe estando mais madura, conseguiria amá-lo. Foi com esse pensamento que adormeci.

Acordei atordoada, me sentindo um pouco melhor, aliviada pela ausência dos sonhos inconvenientes. Talvez Roger fosse a solução para o fim do meu sofrimento. Troquei de roupa e corri para a sala. Mia, como sempre, já tomava seu café.

— Você está péssima! Aconteceu alguma coisa?

Tomei coragem e contei à minha amiga o que aconteceu na noite anterior. Ela pareceu preocupada.

— Vou ser sincera, Cathy. Você deveria desmotivá-lo.

— Por que?

— Porque você não o ama. Não é justo com ele.

— E o que você quer que eu faça? Que fique sozinha sofrendo por Thomas? Preciso permitir a entrada de outra pessoa em minha vida, ou meu sofrimento nunca vai ter fim.

— Sua tristeza permanecerá mesmo aceitando-o. Roger não é quem você quer.

— Quem eu quero deixou a minha vida. Vamos ser realistas, Thomas seguiu em frente. Eu preciso fazer o mesmo. Foi a escolha dele, agora cabe a mim fazer as minhas próprias escolhas.

— Thomas continua te amando, está sofrendo tanto quanto você ou até mais. — Mia falou exaltada.

— Como você sabe?

— Estive com Thomas quando fui buscar as suas coisas, esqueceu?

— Ah...

Thomas continuar me amando era, ao mesmo tempo, quente e frio dentro de mim. Ainda me sentia certa de que nunca poderia perdoá-lo, mas, de uma forma bastante masoquista, me agradava saber do seu arrependimento e que ainda sentia algo por mim.

— Isso não importa mais. Preciso me dar uma nova chance de ser feliz.

— Amando outra pessoa? Nunca vai acontecer, porque primeiro você precisa esquecer o Thomas.

Aquelas palavras agiram como uma flecha em meu coração. Seria impossível esquecer Thomas. As lembranças de nossos momentos estavam tão incrustadas em mim que arrancá-las seria minha morte. O que vivi, mesmo com um desfecho tão ruim, se tornou a minha própria existência.

— Só que isso é impossível! — esbravejei. — Pensei que conseguiria, mas... os dias passam e o meu amor ao invés de diminuir parece aumentar. Desse jeito nunca conseguirei esquecê-lo, Mia! Jamais! — Sem conseguir evitar me entreguei ao choro. — Como ele consegue continuar tão presente? — Mia me abraçou.

— Perdoe Thomas? Acabe de uma vez com este sofrimento. Vocês dois não estão conseguindo. Não há nenhuma vergonha em admitir.

— Nunca! Prefiro morrer a aceitar o mesmo destino da minha mãe. Thomas me desrespeitou. Eu mereço muito mais do que ele pode me oferecer, mais do que ele tem capacidade de dar. Mereço alguém como o Roger.

— Você o ama e não pode fazer nada para mudar isso.

— Pois eu vou mudar, e ninguém vai me impedir.

Peguei minha bolsa, bati a porta e fui trabalhar. Antes de dar partida no carro arrumei minha maquiagem apagando os vestígios das lágrimas. Eu seria mais forte do que aquele amor que me derrotava todos os dias.

CAPÍTULO 12
Tudo ou nada

Visão de
THOMAS

Dois dias se passaram desde a minha chegada a Nova York e nenhuma novidade. Estava em vias de desistir ou de mandar todas as recomendações para o inferno e procurar Cathy com as informações que possuía.

Kendel foi à casa da Anna no dia seguinte, como combinamos, no entanto, para nossa surpresa, ela havia se mudado. O porteiro informou que ela se foi sem deixar o novo endereço. Quase surtei quando soube. Perdemos o rastro dela e não nos restava mais nada. Dyo tentava me manter calmo dizendo que a encontraríamos de uma forma ou de outra, que com certeza ela faria contato com alguma das amigas. Nada me animava.

— Temos outra testemunha — Dyo acrescentou diante do meu desespero. — O garçom do bar.

Como não pensei naquilo? Durante as últimas quatro semanas estive tão transtornado, tão preso ao meu sofrimento e culpa que deixei passar a quantidade de peças que faltavam para desvendar aquele mistério. Óbvio que o garçom teria alguma coisa para acrescentar naquela sujeira toda. Estávamos só eu e Anna no bar. O cara com certeza prestou atenção em nós dois. Quase avancei pela porta quando me deparei com a realidade.

— Calma, Thomas! O bar só abre à noite, tenha um pouco mais de paciência. Precisamos de segurança. Eric vai te acompanhar. Sabe Deus que tipo de pessoa está por trás disso tudo. Sara me mataria se você se machucasse.

Parei com a mão na maçaneta indeciso se deveria ou não sair.

— Dyo tem razão, Thomas. — Kendel entrou na conversa desviando a atenção do seu jogo no celular. — Se você ficar plantado na porta do bar é bem capaz de o cara fugir quando te reconhecer. Esta história fede. Tem muito mais do que conseguimos enxergar.

Voltei para a sala e me sentei no sofá jogando a cabeça para trás. O tempo lutava contra mim e a cada lance da partida mais eu perdia. Tentei avaliar todas as possibilidades, entretanto a confusão e desgaste da minha mente tonavam impossível formar uma linha de raciocínio coerente.

Levantei e fui para meu quarto tentar. Sentei no chão com algumas almofadas apoiando a cabeça. A cama antiga foi removida, eu continuava dormindo no chão. Fui acordado por Kendel. Olhei a janela, aberta diante de mim, vendo que o dia se despedia.

— Você está bem? — Fiz que sim com a cabeça. — Estamos nos preparando para ir ao bar. Eric já chegou. Irei junto para o caso de você precisar de uma forcinha. — Sorriu admitindo sua intenção. — Dyo não vai. Tem um encontro com o namorado.

— Certo. Desço em cinco minutos.

Troquei de roupa e fui ao encontro de Eric que aguardava na sala.

— Não vai comer?

— Você não é minha esposa, Dyo. — Brinquei. — Apesar de saber que é doido para ter uma chance.

— Com certeza, querido, mas na ausência da Cathy, eu cuido desse assunto. Entendeu?

— Vou comer algo na rua. Quero estar atento ao movimento do bar antes de entrarmos lá. Prometo me alimentar, querida. — Dyo deu uma gargalhada gostosa e leve, o que me deixou mais tranquilo.

Paramos o carro do outro lado da rua em que o bar ficava. Eric e Kendel desceram e fizeram uma pequena ronda verificando se havia algum cara com as características do que apareceu no apartamento da Anna no dia em que fui confrontá-la. Como constatamos que não havia perigo, seguimos juntos para o bar.

Assim que entramos me certifiquei de que aquele era o mesmo garçom daquela noite. Enquanto o cara atendia no balcão, sentamos no fundo do bar. Escolhemos uma mesa discreta próxima à parede e que possuía uma baia em forma de banco acolchoado.

O rapaz de pronto nos atendeu. Pedimos o mesmo uísque da outra noite, em doses duplas. Foi o suficiente, no mesmo instante ele me encarou se dando conta. Sinalizei para Kendel e, assim que o rapaz voltou com as bebidas meu agente o abordou.

— Precisamos de outro favorzinho, amigo. — Fixei meus olhos nele. Qualquer hesitação ou demonstração de insegurança confirmariam a suspeita de que ele sabia de algo. — Este é meu amigo Thomas. — O rapaz me olhou rápido, desviando os olhos em seguida. — Ele esteve aqui há semanas, acompanhado de uma mulher muito bonita. Está lembrado?

— Não, senhor. Não teria como me lembrar. Muitos clientes vêm acompanhados de mulheres bonitas. — Fez menção de se afastar, Eric foi mais rápido e o segurou pelo braço sem chamar atenção das pessoas.

— Olhe melhor. Quem sabe sua memória clareia.

O garçom, bastante nervoso, olhava para os lados à procura de apoio. Devido a pouca movimentação, ninguém percebeu o que fazíamos em nossa mesa.

— Olha, eu nada sei. Evito me envolver nos assuntos dos clientes. Sirvo o que me pedem sem prestar atenção no que estão fazendo.

— Então você lembra de mim e da garota que estava comigo. Só havia nós dois naquele dia e você recebeu uma gorjeta bem generosa.

— Aquela maluca se meteu em problema, foi? Eu não tenho nada a ver com isso. Juro!

Se Eric forçasse mais, com certeza ele falaria, no entanto a agitação do cara logo chamaria a tenção das as pessoas.

— Só queremos informações. Precisamos que nos diga tudo que se recorda sobre aquela noite. — Kendel foi mais amistoso para suavizar o clima.

— Posso deixar outra gorjeta bem generosa.

Tirei algumas notas do bolso e deixei sobre a mesa. Os olhos do garçom cresceram ao ver a quantidade de dinheiro oferecido. Provavelmente bem mais do que ganhava em um mês de trabalho.

— Pode ser que mais algumas notas apareçam, só depende do que você tem para me contar. — Ele olhou para trás, apreensivo.

— Certo. Vou contar tudo o que sei. Não agora, nem aqui. Tome o meu cartão. Daqui a três dias terei minha folga. Podemos marcar um lugar para conversarmos melhor.

— Está tentando nos enrolar? — Eric o encarou em uma ameaça aberta. O rapaz ficou bastante assustado.

— Não, senhor. Meu patrão está aqui hoje e logo vai notar que estou demorando demais com vocês. Se eu me arriscar vou perder este emprego. Em três dias vou contar o que sei. É só o que posso fazer por enquanto.

Cocei a cabeça, angustiado. Três dias? Como poderia aguardar por mais três dias? Era muita tortura. Observei o rapaz se afastar da mesa e voltei a minha atenção para minhas mãos.

— Ao menos agora temos a certeza de que algo está muito errado nesta história. Ele sabe de algum detalhe muito importante — Kendel falou ao perceber o meu abatimento.

Continuei calado. Tentava encontrar coragem e determinação necessária para esperar mais três dias e, sabe Deus mais quantos, até que Cathy soubesse a verdade.

Antes de descobrir que havia a possibilidade de ser uma armação, eu nem me atrevia a pensar nela com a saudade que me atingiu depois de haver esperança. Depois da possibilidade e quase comprovação de que fomos vítimas da inveja da Anna, meu corpo passou a reclamar o dela o tempo todo.

Eu ansiava pelo nosso reencontro, sonhava com seus lábios nos meus. Doía pensar que mais alguns dias nos separavam com uma força impiedosa.

— Ânimo, Thomas! Pelo menos agora você sabe que o fim está próximo. Com o depoimento deste cara poderemos dar queixa e provar que naquela noite Anna "batizou" sua bebida. Precisamos só disso para provar sua inocência a Cathy.

— Tomara que sim, meu amigo. Espero que seja o suficiente para convencê-la. Do contrário, não sei mais o que fazer.

— Bom... Sempre existe o velho e bom choro, ajoelhado aos pés da garota, implorando pelo perdão. Para algumas mulheres é infalível. — Kendel deu risada e Eric, sempre tão taciturno, o acompanhou.

Fiz uma anotação mental como o último recurso caso tudo falhasse. Não teria vergonha de implorar, muito menos de me ajoelhar a seus pés.

Ficamos no bar até fechar, o garçom saiu de lá acompanhado do patrão e de outros funcionários. Decidimos voltar para casa por ser a nossa única opção naquele momento. Kendel estava com o cartão do garçom e entraria em contato para marcarmos o encontro.

Fiquei surpreso ao entrar no quarto e me deparar com a nova cama. Imensa, igualzinha a que a Cathy queria para a nossa casa em Los Angeles. Pensar me enfiou ainda mais na saudade.

Passei as mãos pelo lençol da cama verificando que a suavidade da seda perdia para a pele da minha Cathy. Tomei um banho querendo amenizar a tensão, porém deitei no chão. Só me deitaria naquela cama com a mulher da minha vida comigo.

O sono chegou com mais facilidade, não só pelo cansaço de noites seguidas sem dormir direito, e sim também pela certeza de que tínhamos um caminho a seguir. Os três dias já não me pareciam mais tão distantes. Em pouco tempo eu teria Cathy outra vez em meus braços.

— Thomas? Thomas! — Ouvi a voz do Dyo me chamando. Abri os olhos com dificuldade no quarto já tomado pelo sol. — Mesmo com a cama nova você continua dormindo no chão?

— Algum problema, Dyo? Que horas são? — Acordei assustado com sua urgência.

— Já passa do meio-dia. Você dormiu demais. — Encarei meu agente e amigo, ainda confuso com o despertar tão repentino. — Mia está lá embaixo e precisa falar com você. Temos novidades excelentes. Ela encontrou a Anna. — Levantei de um pulo e já ia saindo do quarto quando Dyo me chamou de volta.

— Você vai sair assim? — Foi quando me dei conta de que vestia só uma cueca. Encarei Dyo que me observava com divertimento. Sorri com malícia. — Para mim está perfeito, mas acho que Mia e Henry ficarão um pouco contrariados.

— Henry também está aqui? — Fui até a poltrona, peguei uma bermuda e a camisa que usei para dormir outro dia. O quarto ficava uma bagunça sem a fiscalização da Cathy. — Como eles encontraram a Anna? Onde?

— Você terá que ouvir deles mesmos. Jogue uma água no rosto e desça.

Mia e Henry me aguardavam na sala, sentados lado a lado, com as mãos entrelaçadas. Eles pareciam tão perfeitos juntos. "Como Cathy e eu", pensei com tristeza.

Ao me verem levantaram. Henry apertou minha mão. Mia sorriu com timidez. Ela continuava magoada comigo por causa de toda essa confusão.

— Vocês encontraram a Anna? Como conseguiram? Onde ela está?

— Mia a viu ontem, antes de me encontrar. Ela pode explicar melhor.

— Eu estava em frente à empresa em que trabalho aguardando Henry quando ela passou do outro lado da rua. Como Dyo me contou que vocês perderam o rastro dela, tomei coragem e fui confrontá-la. — Fez uma pausa esfregando uma mão na outra.

— E aí?

— Anna ficou muito abalada ao me ver. Eu a obriguei a me acompanhar a uma lanchonete nas proximidades e lá falamos com mais abertura. Ela me contou que você a procurou. Disse que a situação era bem mais complicada do que podemos imaginar e que mentiu porque corria sérios riscos.

Olhou insegura para Henry ao seu lado e este meneou a cabeça como que lhe assegurando que estava tudo bem.

— Ela disse que no início aceitou a proposta porque estava com raiva da Cathy e que tão logo tudo terminou, percebeu o quanto foi ruim. Pensou várias vezes em desistir de tudo e contar a verdade, só que a pessoa que está por trás de toda a trama é muito violenta e ela teve medo. Thomas, ela estava com muito medo. A todo o momento olhava para os lados, insegura e preocupada. Disse que sentia muito e que, por medo, não poderia te ajudar em nada. Nós discutimos e então ela decidiu ir embora. Dei um tempo e saí logo atrás. Quando ela chegou à porta do prédio onde está morando, me aproximei deixando que me visse. Mais uma vez discutimos e eu disse que você poderia ajudá-la no que precisasse. Desculpe por ter sido precipitada, contudo sei que você está disposto a tudo para acabar de uma vez por todas com essa história.

— E estou.

— Ótimo! Porque dei meu cartão com o endereço do trabalho e telefones para contato. Hoje, quando me preparava para sair de casa, ela me ligou. Disse que contaria a verdade, desde que a polícia ficasse de fora e que você pagasse pela confissão dela. Anna pediu cinco milhões para encontrar você e Cathy e contar toda a verdade.

Mia parou me observando. Puxei o ar com força. Passei as mãos pelo cabelo. Cinco milhões era muito dinheiro. Eu teria que tomar algumas providências para levantar essa quantia. Olhei para Dyo que me observava com cuidado.

— E quando ela pretende cumprir com a sua parte? — Mia relaxou um pouco soltando o ar preso nos pulmões pela expectativa.

— Amanhã. Ela precisa se organizar para sumir no mundo. Foi o que disse.

— Amanhã? — O prazo era curto para levantar o dinheiro, em compensação, longo demais para ter Cathy de volta.

— Tudo bem. Pode marcar que estarei lá.

— Esperem. Temos pouco tempo, Thomas! — Dyo me interrompeu.

— Tenho certeza que você consegue, Dyo, me ajude, por favor! Faça o possível, o que faltar pedirei ao meu pai. Sei que ele me ajudará. Mia marque o encontro com ela.

— E como faremos para que Cathy esteja presente? — Kendel perguntou.

— Mia, você consegue? — Ela mordeu o lábio inferior.

— Se Cathy souber que você e Anna estarão lá, com certeza não vai nem querer saber.

— Nem se você explicar tudo? — Dyo parecia mais ansioso do que o normal, o que chamou a minha atenção.

— Vocês não têm noção do quanto ela está ferida.

Mia olhou para Henry, que fez um movimento com a cabeça como se estivesse incitando-a a contar algo. Minhas mãos ficaram suadas.

— Cathy está disposta a te esquecer, Thomas, não importa como. Hoje mesmo tivemos uma pequena discussão, quando tentei em vão convencê-la a esperar mais.

— Como assim esperar? — Fiquei atordoado, apesar de, no fundo, já saber a resposta.

— Não acredito que ela queira ouvir as suas explicações. Será complicado convencê-la de que esta loucura toda tem uma lógica.

— Por que você quis convencê-la a esperar? — falei atento.

— Thomas, fique calmo, ok? — Henry se aproximou ainda mais de Mia. Olhei para Kendel, também muito próximo de mim.

— Fale de uma vez. — Minhas palavras saíram forçadas. Mais como uma ameaça do que um pedido. Mia ficou tensa e Henry se colocou em defesa da namorada.

— Eles se beijaram ontem. Ela não reagiu muito bem. — Mia disparou as palavras ao perceber que eu explodiria. — Ela só conseguia pensar em você. Ai meu Deus! Estou traindo a confiança da minha amiga.

— Você não está, meu amor. – Henry confortou a namorada.

O cachorro do Roger teve a petulância de beijar a minha Cathy? Eu poderia matá-lo. Junto com este pensamento pulsava a ideia de que perder o meu tempo com aquele ser desprezível deveria estar em segundo plano, pois eu deveria correr e implorar a Cathy para esperar por mim e impedir que qualquer coisa voltasse a acontecer.

Sem perceber o que fazia, andei em direção à porta. Eu iria resolver aquela situação de uma vez por todas e só havia uma forma de fazer isso: precisava ver Cathy.

CAPÍTULO 13
Quando não é possível ser indiferente

Visão de
CATHY

Voltei para casa no fim da tarde, depois de trabalhar o dia inteiro tentando esquecer o que aconteceu entre mim e Roger na noite anterior. O fatídico beijo. Queria dar uma chance para Roger tentar me conquistar. Talvez fosse a forma mais rápida de tirar Thomas dos meus pensamentos. Porém, quanto mais tentava fazer disso uma verdade, mais compreendia que Thomas seria eterno no meu coração, assim como eu seria no dele. A constatação me deixava cada vez mais triste.

Mia disse que Thomas sofria também. Por mais absurdo e contraditório que seja, meus sentimentos não conseguiam se manifestar de uma forma única. Não havia só a raiva, ou só o amor. Ambos guerrilhavam em pé de igualdade. Por isso a tristeza tão constante.

Seria mais fácil se ele estivesse bem, recuperado e se aventurando em outros amores? Quem sabe assim fosse mais fácil enganar minha memória e me convencer de que nosso amor nunca existiu. No entanto, pensar no nosso sofrimento, confirmava a certeza da eternidade do nosso amor. Era como uma ferida aberta que nunca cicatrizava, ou como um dia sem sol, nublado, que chorava a sua tristeza através da chuva fina e gélida.

Por que Thomas deixou aquilo tudo acontecer? Eu nunca teria uma resposta.

Voltei para casa sozinha. Entrei em meu apartamento vazio. No mesmo instante me dei conta de que aquele vazio fazia parte da minha alma também.

"Parece que fui condenada ao nada pelo resto da vida, porque é assim que me sinto independente do que me aconteça", pensei encarando a sala escura.

Planejei um banho revigorante, uma taça de vinho, e ficar na água morna até minha pele enrugar. Porém tive que terminar mais rápido do que pretendia, pois o telefone começou a tocar, insistindo na chamada. Deixei a banheira, enrolei uma toalha no corpo e corri para atender.

— Cathy? É Roger. — Minhas pernas tremeram.

— Oi! Quando saí da empresa você ainda estava ocupado, então... — Meu rosto quente entregava o esforço que fazia para mentir e fingir empolgação.

— Estou na porta do seu prédio. Posso subir? — Uma eternidade se passou até que eu conseguisse recuperar o equilíbrio e responder. Meu coração pulsava rápido.

— Você nunca precisou da minha permissão. — Tentei imaginar uma forma de protelar a minha decisão. Ou melhor, de ganhar tempo para que pudesse me adaptar a ela.

— Eu sei, mas como você me evitou o dia inteiro, fiquei em dúvida se deveria invadir o seu espaço. — Mordi os lábios.

Ele notou meu distanciamento. Roger me conhecia melhor do que qualquer outra pessoa, até mesmo do que o próprio Thomas.

— Claro. Suba.

Assim que desliguei, corri para o quarto, peguei o primeiro vestido do *closet*. Era solto e um pouco curto, mas imaginei que não seria um problema me vestir daquele jeito para receber Roger, ao contrário do que seria se fosse Thomas.

A recordação de como seria foi avassaladora. Thomas odiava calças quando estávamos juntos. Dizia que gostava do acesso fácil e rápido ao meu corpo. Foi como um soco no estômago. Encostei na parede e forcei a respiração várias vezes para conter as lágrimas e o enorme buraco que abria em meu peito.

"Este não é o momento para lágrimas, nem de pensar no passado", tentei me encorajar. Passei as mãos pelo cabelo, penteando-o, e coloquei um pouco de colônia e um sorriso forçado no rosto e fui atender a porta.

— Oi! — Ele sorria de uma maneira linda.

Tive que sorrir em resposta. Roger sorrindo era como a brisa de uma manhã de primavera, leve, simples e fácil. Olhá-lo me remetia ao nosso passado, quando ele era o correto e o mais adequado para mim. Poderia esse pensamento um dia se transformar em amor?

— Oi. Entre.

Roger entrou e antes de dizer qualquer coisa, me segurou pela cintura com uma mão e com a outra a nuca, puxando-me para um beijo apaixonado.

Despreparada para uma ação tão rápida, não reagi. Era assim que deveria ser. Pelo menos a atitude partiu dele, já que esperar de mim seria o mesmo que acreditar no Papai Noel. Ficou para mim só a necessidade de ser forte e aceitar aquele primeiro momento. Com o tempo ficaria mais fácil.

Deixei o beijo perdesse a força e, quando enfim ele se afastou, evitei seus olhos.

— Desculpe, meu anjo! — Beijou minha testa me mantendo junto ao seu corpo. - Você está tão linda! Foi impossível resistir. — Enquanto falava, Roger passava os dedos pelo meu cabelo descendo até minha cintura.

Aguardei expectante, nenhuma emoção me dominou. Nenhuma sensação de prazer. Em poucos minutos a espera se transformou em revolta. Quando Thomas me tocava, o mínimo que fosse, meu corpo inteiro acendia. Por que não acontecia daquela forma com Roger?

— Ficou com raiva de mim? — Precisei me afastei um pouco para recompor minha máscara.

— Não! Só fiquei... surpresa. — A alegria estava estampada em seu rosto. — Eu disse que ainda não estava pronta.

Roger enlaçou a minha cintura. Dentro de mim tudo estava bagunçado, destruído e confuso. As lágrimas voltaram aos meus olhos.

— Relaxe e me deixe conduzir. Só preciso disso por enquanto, Cathy. — Segurou meu rosto com uma mão e me deu um beijo leve nos lábios. Mais uma vez permiti. — Eu vou conseguir te fazer feliz, confie em mim! — Abaixei a cabeça, segurando as lágrimas, então concordei com aquela loucura. — Preciso ir. Só passei porque queria muito te ver. Tenho um assunto importante para resolver esta noite. Posso passar para te buscar amanhã?

— Claro.

Fiquei aliviada quando Roger anunciou a sua saída. No mesmo instante me repreendi. Não podia brincar com os seus sentimentos na mesma hora em que o aceitei em minha vida outra vez. Precisava lutar contra mim todos os dias para conseguir me livrar do amor que lutava comigo para impedir de ser morto, ou esquecido.

— Você vai ficar bem? Onde está Mia? — Sem conseguir raciocinar direito, não respondi a tempo. — Cathy?

— Mia vai ficar com o namorado esta noite.

— Bom... Posso ficar se você quiser. Eu só preciso...

— Está tudo bem. Não mude os seus planos por minha causa. Eu estou com muito sono, logo vou dormir. — Ele me analisou em dúvida, porém aceitou meus argumentos.

— Certo. Amanhã passo para te buscar. - Outra vez me beijou, só que com mais cuidado e carinho, depois foi embora.

Ao ouvir a porta fechar me deixei cair no sofá e chorei todas as lágrimas represadas. "Por que Thomas teve que ser um idiota?" Repetia essa pergunta e a cada repetição sentia mais raiva de mim, dele e de tudo o que aconteceu. E, quanto mais raiva sentia, mais certeza tinha do que queria naquele momento: estar com ele, nos braços dele.

A necessidade se apresentava como uma dor física. Como se tivesse arrancado um pedaço meu e, naquele momento, eu precisava justo daquele pedaço para continuar vivendo. "Como isso é possível? Como posso odiar com tanta intensidade e ao mesmo tempo amar na mesma proporção?" Buscava a todo custo entender, sem encontrar uma resposta.

Fechei os olhos para as lembranças que me invadiam. "Você é como a primavera, é como uma brisa do mar. Você é o que há de melhor em mim. Resumindo, você é a minha vida. Por isso eu descobri que não posso viver te perdendo o tempo todo, para nada e nem ninguém. Quero você na minha vida para sempre e se você também me quiser na sua, mesmo sendo eu um sujeito tão desprovido de qualidades para ser o seu príncipe encantado, aceite este presente com amor." Relembrei aquelas palavras que um dia deram início ao meu conto de fadas.

Contemplei um dedo vazio. No lugar onde antes havia uma aliança, símbolo do nosso amor, existia uma marca branca comprovando que um dia foi real. "Você não é o meu príncipe encantado, Thomas, nunca foi. Em nenhuma história que conheço de princesas e príncipes, existiu tanto sofrimento", pensei com amargura enquanto tentava, de maneira inútil, suavizar a marca branca em meu dedo.

Foi quando ouvi uma batida leve na porta. "Roger voltou?", me perguntei desanimada. Limpei as lágrimas e tentei recompor minha postura, apesar de saber que seria impossível esconder de qualquer pessoa a minha tristeza.

Fui até a porta, abrindo-a para que Roger pudesse entrar. Parei na soleira sem acreditar no que via. Dei dois passos para trás, minhas lágrimas recomeçaram a cair sem a minha permissão, minhas pernas fraquejaram e meu coração disparou ao visualizar a figura diante de mim.

Thomas!

Parado, as mãos apoiadas em cada lado da porta. Meu coração disparou com tamanha emoção que cheguei a cogitar a morte, porém a visão me prendia à vida com toda sua força.

Seus olhos me encaravam com a mesma emoção e intensidade dos meus. "Estou sonhando?", pensei enquanto minha mente constatava o quanto ele continuava perfeito, quase uma miragem.

Não percebi quando Thomas se aproximou, nem quando tocou meu rosto sem dizer nenhuma palavra. Presa aos seus olhos e meu corpo inteiro implorava para que aquele momento nunca acabasse. Todas as recordações e tristezas ficaram retidas em algum lugar longínquo do passado.

Nada falamos. Não era necessário. Nossos olhos falavam por nós dois. O amor tem dessas coisas, não precisa de palavras, sons ou cheiros para se expressar. Só de gestos e sensações. O suficiente para que duas pessoas que se amam de verdade destruam todas as barreiras que os separam. Nenhuma história, diferença ou acontecimento é capaz de impedi-lo. Quando existe amor verdadeiro, nenhum tempo é o suficiente para vivê-lo, e cada segundo faz toda a diferença.

Foi com esta emoção que naquele instante desconsiderei qualquer realidade além de nós dois. Suas mãos tocaram meus braços com suavidade, então meus olhos fecharam para o que mais almejei naqueles longos dias de sofrimento: seu beijo.

Sem protestar ou lutar contra, me entreguei com desespero ao seu amor. Foi como se nunca tivéssemos nos separado. A emoção que busquei enquanto beijava Roger, que naquele momento parecia algo tão distante, me fulminou no momento em que os lábios de Thomas tocaram os meus.

Thomas me beijou com o ardor da paixão. Eu não conseguia pensar em certo ou errado, só que pertencia a ele, como sempre pertenci e sempre pertenceria.

Nosso beijo foi ganhando força e, à medida que nos permitíamos viver o momento, nossos corpos foram procurando cada parte um do outro. Foram se reencontrando, se reconhecendo, se amando. Foi emocionante demais para ser descrito e perfeito demais para ser declarado. Como se o amor nunca tivesse nos deixado. E nunca nos deixou de fato, muito pelo contrário, o tempo inteiro, por mais que eu lutasse, o amor persistiu e ali, naquele momento, me mostrava o quanto a minha luta foi em vão, o quanto fui idiota em pensar que poderia derrotá-lo.

Thomas me abraçava forte, evitando que eu saísse dos seus braços. Eu o enlaçava com a mesma intensidade. Suas mãos percorriam minhas costas me puxando cada vez mais para perto, como se houvesse ainda algum espaço para ser preenchido entre nós.

Ele me deitou sobre algo macio, juntando-se a mim em seguida. Suas mãos longas percorriam meu corpo com devoção, saudade, ansiedade... Amor. Sim. Todos os nossos gestos eram de amor. O mais puro e verdadeiro amor. Em todos os lugares em que nossas peles se tocavam o calor deixava a sua marca, me fazendo buscar por mais e mais.

Nem me preocupei em descobrir como conseguiu se livrar tão rápido de nossas roupas. Nem queria desviar meus pensamentos para estes detalhes sem importância. Eu pensava em como o meu desejo continuava vivo, pulsante e real? Nada mais importava.

Como se nossos pensamentos estivessem interligados, Thomas me preencheu quase que no mesmo instante em que desejei que o fizesse. Fiquei completa de novo. Perfeita. De volta ao meu mundo. Nossos corpos se movimentavam em ritmo próprio. Ninguém estava no controle de nada. Falávamos muito, nada que nos levasse a outro caminho.

— Eu te amo! Eu te amo! — Sussurrou sem abandonar meus lábios. Sorvi cada palavra, cada gemido como se dependesse disso para viver.

— Eu te amo, Thomas! — Lágrimas molharam meu rosto.

Entregamo-nos ao prazer, nossos braços se apertavam num abraço saudoso enquanto nossas mãos nos prendiam um ao outro. Toda a intensidade do nosso amor explodiu nos levando ao êxtase mais profundo e prolongado que já vivemos. À medida em que nos acalmávamos, que nossos corpos se habituavam ao momento, fui me dando conta do que aconteceu. A realidade foi retornando e a consciência, sem tanta influência da emoção de estar com ele outra vez, já me mostrava o quanto fui errada em permitir o que aconteceu.

Minha mente voltou a funcionar aos poucos e os questionamentos começaram. Thomas estava comigo e nós transamos. Como assim? Como pôde acontecer? Senti o pânico se apoderar de mim.

A lembrança dele e Anna, nus e enlaçados um ao outro foi como um raio me fulminando. A dor e a tristeza que me acompanharam nos últimos dias voltaram com força total. Tive que reprimir um soluço. Eu não podia ter permitido que acontecesse. Não poderia ter cedido com tanta facilidade, aliás, nunca mais poderia ceder.

Thomas me traiu. A raiva aflorou com tamanha intensidade que quase acreditei ser possível lançá-lo de cima de mim para longe. Eu o queria longe. Bem longe. De volta ao meu passado.

CAPÍTULO 14
Dúvida, insegurança e Thomas

Visão de
CATHY

Virei o rosto quando Thomas procurou meus lábios, ainda entregue ao momento, sem perceber minha resistência e beijou meu cabelo, deitando-se ao meu lado com os braços ao meu redor.

Como fui tola, fraca! A minha vida inteira recriminei minha mãe pelas suas fraquezas, e no que me transformei? Em alguém nem um pouco melhor do que ela.

— Cathy? — Thomas chamou enquanto me recusava a olhá-lo. Fechei meus olhos com força e cobri o rosto, envergonhada por ter fraquejado. — Qual é o problema? Meu amor, olhe para mim. — Sua voz era o convite mais tentador e doce. A mordida na maçã que me expulsaria do paraíso.

— O que veio fazer aqui? Não basta tudo o que fez? Veio para terminar o seu trabalho? Destruir o que sobrou? — As palavras saíram abafadas por causa do choro que me dominava e pelas minhas mãos que cobriam o rosto.

Thomas não me respondeu. Eu ouvia o meu choro e a sua respiração pesada. Quando tive condições de olhá-lo meu coração se partiu em vários pedaços ao constatar que lágrimas escorriam de seus olhos. Foi como um tapa em meu rosto. Por quê?

—Eu queria conversar... Contar uma coisa. A emoção foi mais forte e acabei me deixando levar. — Fechei outra vez os olhos para impedir que a dor por vê-lo sofrer sobrepujasse a minha indignação.

Thomas passou seus dedos em meu rosto com cuidado, limpando minhas lágrimas. Eu amava seu toque. Incrível que mesmo diante de uma situação tão desastrosa, ainda me sentia em casa quando tocada pelas suas mãos.

— Eu te amo! — sussurrou com a voz embargada. — Sei que fui um imbecil de diversas maneiras, no entanto, não como você está pensando. — Ri sem acreditar no que me dizia.

— Vai dizer agora que não foi nada do que vi? Não, espere... Vai dizer que foi um momento de fraqueza e está arrependido, que conta com a força do nosso amor para me fazer compreender. — Ameacei me levantar, Thomas me prendeu junto ao seu corpo no sofá aonde fizemos amor.

Mesmo enfurecida e envergonhada, ao me segurar forçando o seu corpo contra o meu, minha pele correspondeu no mesmo instante, arrepiando-se ao contato com a sua nudez.

— Thomas, me deixe em paz! Vá embora! Você já conseguiu o que queria. Saia da minha casa agora! — Desesperada, me debati para me libertar de seu corpo. Thomas me segurava com força, sem me machucar, me mantendo próxima. Seus olhos me fitavam com firmeza forçando os meus a retribuírem.

— Cathy, me escute. — Sua voz continuava suave e os gestos cautelosos e pacientes.

— Não tenho nada para ouvir de você. Vá embora, por favor!

— Por que você acha que nunca te procurei? — Falou um pouco mais alto, sem demonstrar impaciência.

A pergunta me calou. Sempre me questionava sobre como nunca fui encontrada. Como permaneci tanto tempo na Pensilvânia sem que Thomas nem se desse conta? Com certeza se ele quisesse de verdade teria me encontrado, nem que fosse no inferno.

— Eu sempre soube onde você estava. De nada adiantou ficar tanto tempo escondida. — Abri a boca para questioná-lo e fui impedida. — Nunca te procurei porque não me achava digno do seu amor. Todo este tempo também acreditei nesta história absurda. Acreditava que merecia a dor de te perder e, sinceramente, cheguei a desejar que você fosse feliz. A mim restaria a infelicidade pelo resto da vida.

Senti dor ao ouvir aquelas palavras. Meus sentimentos eram confusos e estranhos. Qualquer pessoa traída regozijaria com o seu sofrimento, no entanto, dentro de mim imperava uma imensa dor que me fazia querer confortá-lo, abraçá-lo e dizer tudo ficaria bem. Mas a vida não era um mundo rosa, então eu não podia. Impossível fechar os olhos e esquecer.

— As coisas mudaram. Hoje sei que nada aconteceu naquela noite.

Como Thomas tinha coragem? Na certa ele me via como uma tola para se dar ao trabalho de me contar um absurdo como aquele. Tentei rir com ironia do seu despautério, desfazer das suas palavras, ridicularizar a ideia, no entanto, as lágrimas que caíam sem cessar, me impediam de sustentar essa mentira.

— Que absurdo! Quem você pensa que sou? Uma imbecil para acreditar nesta história? Eu sei o que vi! — Encarei Thomas, tendo total consciência do seu rosto tão próximo ao meu e do seu corpo enfraquecendo minha determinação.

— Eu também sei o que você viu. Ela me drogou e depois forjou aquela cena que, para a minha infelicidade, você presenciou. Ela queria nos separar e conseguiu, acontece que descobri tudo.

Ri alto. Queria esbofeteá-lo por me julgar tão idiota, por outro lado meu coração recebeu aquela informação de uma maneira inesperada, batendo com mais força, radiante diante da possibilidade de dar fim à sua imensa dor. Uma esperança inútil.

Não havia a menor possibilidade de ser verdade. Thomas tentava, assim como eu, encontrar uma forma de acabar com a nossa separação. Decidi terminar de uma vez por todas aquela conversa, antes que me permitisse acreditar e com isso acrescentasse mais sofrimento a minha existência.

— O mundo não conspira contra você, Thomas. Não estamos dentro de um filme, é a vida real. A única pessoa com interesse em nos separar era você mesmo, com suas atitudes impensadas e seu caráter duvidoso. — Seus olhos endureceram.

— Naquele dia... — Fechei os olhos com força tentando me impedir de reviver aqueles momentos.

Thomas saiu de cima de mim me libertando da sua influência física, contudo ficou ao meu lado, ainda deitado, com uma mão em meu rosto. Ele me encarava com olhos tristes, porém firmes. Decidido a me convencer. Como se de fato acreditasse em toda aquela fantasia.

— Eu estava com raiva de você naquela noite. Roger disse coisas... me provocou. Você não quis me ouvir. Depois que você foi embora resolvi sair para beber e esfriar a cabeça. Anna me encontrou no bar, uma infeliz coincidência, assim acreditei durante todo este tempo. Acontece que naquela noite bebi só três doses duplas de uísque. Nós sabemos que essa quantidade nunca seria o suficiente para me apagar daquela forma. Tenho como provar. Tenho a nota do bar, onde está registrado o quanto bebi. Desmaiei no carro, antes mesmo da Anna dar a partida. Não tenho ideia de como conseguiu me levar até o apartamento. Ela forjou aquela cena para que você nos flagrasse juntos.

— Pare! — Ofeguei incapaz de evitar que o sofrimento transbordasse. — Não faça isso, por favor! Chega desse sofrimento!

Sem conseguir segurar a angústia e a dor acumulada com minha tentativa de parecer forte para Roger, Mia, Sam... todos ao meu redor, a minha máscara caiu e se partiu. O desespero assumiu o controle. Seria burrice permitir que a esperança aflorasse em meu coração, quando compreendia que seria difícil sobreviver a mais uma decepção.

— Anna confessou a farsa.

— Não quero saber.

— Eu tenho como provar tudo. Sei que nada do que disser vai diminuir seu ódio e revolta, então vou deixar que as pessoas da sua confiança te contem a verdade. Procure Mia, Dyo, Kendel, qualquer um dos nossos amigos vai confirmar o que estou dizendo.

— Se já sabia que eu não acreditaria, por que se deu ao trabalho de vir até aqui?

— Porque jurei a mim mesmo que se existisse uma única possibilidade dessa história ser mentira eu me atiraria aos seus pés e imploraria seu amor de volta — falou com raiva. Seus olhos queimaram demonstrando um homem destruído, sangrando por todas as suas chagas. — Porque não houve um único momento, um único segundo em que eu deixasse de desejar você de volta, Cathy. Eu te amo como nunca amei nem a mim mesmo e fui um tolo por te causar tanto sofrimento. Quero você de volta...

A emoção formou um bolo em minha garganta. Como sonhei ouvir aquelas palavras! Era tão fácil, tão simples. Bastava que eu ignorasse as lembranças, sufocasse a mágoa e esquecesse a dor. Bastava que abrisse a porta e o aceitasse de volta. Poderia chorar durante as noites, depois que ele dormisse, como minha mãe fazia. Sofrer escondido quando ninguém estivesse olhando. Bastava que aceitasse como a minha mãe.

— Tem razão, eu não acredito em você!

— Você ainda me ama e quer muito que seja verdade. Foi visível quando estávamos fazendo amor. Você também sentiu a minha falta e disse que me amava... — Sorriu tímido, desfrutando aquelas palavras pronunciadas sem que eu tivesse qualquer controle sobre elas num momento de fraqueza em que a única coisa que desejava era ele.

Fui humilhada diante da sua vitória. Thomas sabia que eu continuava amando-o com a mesma intensidade e contava com este sentimento para me derrotar.

— Isso é ridículo! Falei que amava por causa do momento, das lembranças, não sei... Você é um idiota, um arrogante, prepotente... — Fui calada de maneira abrupta por seus lábios.

Thomas me tomou em um beijo quente, capaz de arrancar de mim toda a força para lutar contra. Mais uma vez me traí cedendo aos seus encantos. Eu o amava, não havia como negar. Mais um momento em que o amor e o ódio davam as mãos no meu interior.

— Não é o que seu corpo diz — afirmou vitorioso, arfando, quente de desejo e amor. Droga!

— Meus sentimentos não importam. — Fui enfraquecida e minhas barreiras derrubadas.

— Por quê? Nada mudou. Continuamos nos amando. O nosso amor é a única coisa que importa...

— Do que adianta te amar tanto se nada o impede de continuar me machucando. Do que adianta te amar se ao seu lado encontrei tanto sofrimento? Nunca conseguimos evitar que a infelicidade nos circundasse. — Respirei fundo abafando um soluço. — Eu não te quero! Não importa se meu corpo diz o contrário. Essa é a minha decisão. — Voltei a chorar. — Não importa o que tem para me contar ou me provar. Mais uma vez, você está enganado, Thomas! Tudo mudou e não existe nenhuma possibilidade de voltar a ser como era. A ferida que abriu desta vez nunca será fechada. Ela é eterna e estará sempre sangrando. Preciso aprender a conviver com a tristeza, como fiz até você aparecer.

— Amor... — Encostou a testa na minha, acariciando meu rosto. Fechei os olhos e travei os dentes, como se assim pudesse impedi-lo de ir mais longe. — Cathy, me escute. Não tome nenhuma decisão agora. Espere um pouco. Vou provar o que digo e tudo vai mudar entre a gente, prometo, eu... Eu te amo tanto! Não me condene a uma eternidade de dor, porque não sobrevivo mais um dia sem você. Minha vida se tornou um inferno e só você tem o poder de mudar isso. Só você pode me salvar. — Nossos soluços se misturavam enquanto chorávamos. — Espere até amanhã. — Implorava como disse que faria enquanto suas mãos acariciavam meu cabelo, rosto... Mantive os olhos fechados enquanto minha mente se perdia na confusão dos pensamentos.

— Não posso.

— Você merece a verdade tanto quanto eu. E se foi mesmo uma armação? Seria justo deixarmos nossa história terminar assim? Sei que muitas vezes fui errado, que sempre quis que a minha vontade prevalecesse, mas nunca te machucaria desta forma, eu... me ajude a descobrir a verdade e, se depois de tudo esclarecido, você continuar decidida, eu vou aceitar. Quero o melhor para você, independente do quanto isso poderá ser doloroso para mim. — Balancei a cabeça me negando querer aquela proposta como meu coração me empurrava a aceitar. — Você pode acreditar que não me quer mais e até tomar esta decisão, porém é justo acreditar pelo resto da vida em algo que nunca aconteceu?

Fazia todo sentido tentarmos descobrir a verdade quando os questionamentos acerca dos acontecimentos também eram meus. Sempre procurei as respostas sem nunca encontrá-las. Thomas podia mentir, contudo envolver os nossos amigos naquele plano seria abusar demais.

Deveria dar uma chance para que tudo se resolvesse e desse um fim àquele sofrimento? E se fosse mais um artifício para me convencer a aceitá-lo de volta? Era impossível pensar de maneira coerente com Thomas ao meu lado. Com nosso amor vibrando em nossos corpos, aumentando cada vez mais a ansiedade.

Eu precisava ficar sozinha.

— Vá embora. Preciso pensar.

Meu corpo inteiro reagiu às minhas palavras. Após tanto tempo enfrentando o frio da nossa distância, era inevitável que desejasse o calor do nosso amor. Contudo, para mim tornou-se uma questão vital ser forte.

Se Thomas falava ou não a verdade, eu precisava descobrir. E se necessitava de um dia, o teria. Pelo menos assim nós poderíamos colocar uma pedra naquele assunto e seguir em frente... Juntos ou separados.

——Vou aguardar até amanhã para saber o que você tem a me dizer. Um dia é o que você precisa? Então estou de acordo, mas quero que vá embora agora.

Thomas levantou do sofá sem muita pressa para pegar suas roupas do chão. Puxei meu vestido, tentando esconder minha nudez, envergonhada. Observei enquanto ele se vestia. Deus! Tão lindo! Como ainda conseguia pensar desse jeito? Voltei a fechar os olhos represando os pensamentos indesejados.

— Nos vemos amanhã. Mia vai explicar tudo e te levar ao local onde devemos nos encontrar.

A voz rouca denunciava sua tristeza. Assenti sem conseguir falar. Thomas voltou a se aproximar, ajoelhando-se. Fiquei surpresa com aquela atitude.

— Não tenho vergonha de ficar aos seus pés. Nada neste mundo vai me impedir de te mostrar o quanto te quero de volta, nem o quanto estou arrependido por todas as bobagens que fiz e toda a infelicidade que te causei. O meu amor é tão grande que acredito que venceremos no final, e se ainda não vencemos, é por que não acabou. Eu vou te esperar até o último dia da minha existência, ou por toda a eternidade.

Toquei meus lábios de maneira involuntária. Revivi o seu toque e relembrei o vazio de viver sem ele. De novo o buraco em meu peito se fez presente, a ferida que sangrava. Minhas barreiras deixaram de existir.

— Você não tem noção do quanto tem sido difícil. — Sussurrei em dor. — A minha vida, se é que ainda posso chamá-la assim, está destruída. E por mais que tente reconstruí-la, não consigo. Às vezes parece que estou conseguindo, então vem alguma lembrança e derruba tudo outra vez. Naquele dia... — Thomas se encolheu ao lembrar. — Você conseguiu me matar. Desejei os tiros da Lauren. Nada doeu mais e foi mais danoso ao meu corpo do que aquela cena naquele quarto. — Puxei o ar com força. A recordação da cena me sufocava.

— Vou consertar tudo. Prometo! Quando acabar, você nunca mais será infeliz. Vou dedicar cada segundo da minha vida à sua felicidade. — Com as costas da mão alisou meu rosto, então se levantou e foi embora, deixando a sua promessa no ar.

Ouvi a porta bater. Um misto de emoções me atingiu. Percebia com clareza a felicidade e tristeza travarem uma luta dentro de mim. Ter Thomas de novo comigo aquecia meu coração. Saber que o amor dele permanecia intacto fazia com que a esperança brotasse dentro do meu peito. Suas promessas me faziam sonhar de novo com uma vida distante, há muito esquecida devido à constante tristeza.

Também existia a trágica realidade. Recordava a imagem daquele dia fazendo-me receiar me enganar com promessas infundadas. Thomas faria qualquer coisa para me ter de volta.

A dúvida me consumia. Seria ele capaz de mentir e manipular tão bem as pessoas para conseguir seu objetivo? Conhecia Thomas o suficiente para saber que quando desejava alguma coisa, não importava o que precisava ser feito, ele fazia. Sem sequer pensar nas consequências. Aliás, foi por causa disso que fomos parar nessa situação torturante.

Minha reação foi me jogar embaixo do chuveiro. Queria que a água levasse tudo de Thomas que ficou em mim. Seu cheiro, seu gosto, no entanto, nenhuma água no mundo seria o suficiente para conseguir arrancar de dentro de mim aquele amor.

Saí do banho com duas decisões em mente: precisava ouvir o que Mia poderia me dizer e também contar tudo ao Roger. Esta seria a parte mais difícil, no entanto, não podia enganá-lo, não quando o via como a única coisa certa e segura em minha vida.

◀ CAPÍTULO 15 ▶

E se a verdade não for tão verdadeira?

Visão de
CATHY

Acordei confusa e com Mia me chamando com cuidado. A claridade do quarto ofuscou a minha visão por um tempo me fazendo entender que a noite acabou e mais um dia começava.

Meu coração acelerou com as lembranças da noite anterior e de imediato a cama se tornou fria e solitária. O aperto em meu peito foi involuntário. Chegava a ser sufocante.

Mia me olhava com expectativa. O que eu poderia a dizer? Com certeza ela sabia que nos encontramos, por causa do seu envolvimento nos planos de Thomas. Na certa minha amiga esperava por uma crise de choro ou de alegria, quando nada aconteceria. Dentro de mim nada havia para demonstrar nada, porque eu desconhecia o que sentia ao certo.

— Acho que te devo uma explicação — começou relutante.

— Sei que você não disse nada a ele. Fique tranquila. Thomas sempre consegue o que deseja. No fundo sempre soube que seria difícil me esconder dele. — Sentei na cama, apoiando as costas na cabeceira, ciente da conversa que teríamos. Precisava que Mia me contasse tudo.

— Ele te contou o que está acontecendo?

— Sim. Disse algo sobre Anna ter armado para nos separar.

Sem a influência da presença dele, minha mente só caminhava para a possibilidade de que tudo fosse mais uma armação do próprio Thomas. A esperança era mínima.

— Ele falou que você me contaria tudo e depois me levaria a um lugar onde essa história seria esclarecida.

Reconheci que, mesmo sem acreditar que Thomas fosse capaz de mudar o que aconteceu, eu ansiava pelas respostas que procurava há tantos dias. Poderia até ser absurdo tudo o que argumentou, contudo, eu não podia ignorar a minha necessidade de entender a situação.

— Certo. Vou contar desde o início. — Minha amiga se ajeitou na cama puxando o ar de maneira teatral. — Eu estava em casa arrumando as malas quando Dyo me ligou...

Mia relatou toda a história, desde o momento em que Dyo e Thomas entraram em contato para pedir o endereço, até a descoberta da nota que indicava a quantidade de bebida que Thomas ingeriu naquela noite. De fato eles tinham razão sobre este ponto. Testemunhei diversas vezes o quanto Thomas conseguia beber. Com certeza três doses duplas jamais o derrubaria, o que não mudava situação, só indicava que aconteceu por sua própria vontade.

Mia me contou da procura por Anna, do encontro, a gravação da conversa. Fiquei chocada com a revelação da inveja dela, também não acreditei no amor que alegava tê-la impulsionado a fazer o que fez. Anna era muito interesseira para querer alguém por amor. Talvez ela tenha feito pensando que ocuparia o meu lugar na cama do Thomas e com isso seus problemas estariam resolvidos.

— Ela provavelmente seduziu Thomas para ocupar meu lugar em sua conta bancária. Anna sempre deixou claro que procurava de um bilhete de loteria para casar.

— Cathy, se esta fosse mesmo a intenção dela, então por que nunca o procurou? Por que não tentou envolvê-lo ainda mais? Você tem que concordar que é muito estranho.

Só quando Mia me falou sobre seu encontro com Anna e a forma como ela se comportou, percebi que existia algo de estranho naquela história. Anna era esperta, ou burra o suficiente, para se juntar a alguém para me destruir. Por outro lado porque ela temia tanto esta pessoa?

Concordei em me encontrar com eles e ouvir da própria Anna a sua versão da história. Se é que ela contaria a verdade. Ou se o que ela dizia ser verdade era mesmo a realidade.

Uma sensação de leveza, que há muito não experimentava, me dominou. Se Anna fez tudo por raiva ou inveja, e se alguém compactuava com ela tornando tudo possível, existia uma grande chance de Thomas ser inocente. E se fosse verdade, nós poderíamos conversar e quem sabe ensaiar uma volta. Meus pensamentos me confundiam.

E se tudo fosse uma estratégia do próprio Thomas para me convencer? Anna toparia dizer que foi tudo uma armação de alguma força oculta, em troca de dinheiro. Ela sempre quis ter uma vida fácil e, como já tínhamos a certeza da sua falta de interesse em Thomas, ou que não havia possibilidade de ficar com ele, pode muito bem ter topado a farsa para me convencer a voltar. Mordi meu lábio inferior, confusa demais.

— Você acredita que existe alguma chance da Anna inventar essa história só para livrar a cara do Thomas e com isso levar dinheiro dele?

— Não sei. Confesso que estou tão perdida quanto você, no entanto, acredito em Thomas. Sei que eles podem ter armado só para te convencer, mas... estou acompanhando o sofrimento dele e tenho certeza que arriscar te perder para sempre está fora de opção. A proposta da troca de informações por dinheiro foi feita por mim. Thomas concordou. Acontece que até isso pode fazer parte do plano. Estou confusa e muito receosa.

— Por quê?

— Porque se Thomas tiver razão em suas teorias, vou ficar feliz por contribuir com a felicidade de vocês, por outro lado, se descobrimos que foi tudo verdade, estou te impedindo de encontrar a felicidade ao lado de outra pessoa, e... Roger é uma ótima pessoa. — Segurou minha mão com carinho. — Estou péssima por ele. Sei que não concordei quando você me contou sobre o beijo, mas...

—Também estou em dúvida, principalmente depois de tudo o que aconteceu ontem. Confesso que não acredito que as coisas mudem depois de hoje. Ainda estou muito magoada.

— E se for mesmo uma armação?

— Ainda assim. Tudo aconteceu porque Thomas permitiu. Se evitasse o ciúmes não passaríamos por tudo isso. E... sei lá. Nunca estive tão confusa, dividida.

— Eu te entendo. Ver Thomas deve ter confundido bastante a sua cabeça.

— Bem mais do que você pensa. — Desviei o olhar, constrangida. — Ontem, quando Thomas esteve aqui... Não sei dizer como aconteceu, mas... Nós... — Respirei fundo tomando coragem.

— Vocês transaram? — Praticamente gritou.

Mia ficou animada demais para alguém que ainda tinha dúvidas sobre qual lado escolher. Meu rosto, corado com certeza, confirmou o ocorrido.

— Não acredito! — Começou a rir, colocando as mãos na boca e jogando a cabeça para trás como uma criança que acaba de saber que o Papai Noel está chegando. — Desculpe, Cathy! Estou feliz por vocês. Nunca imaginei que...

— Não estamos juntos. Só decidi ouvir o que vocês querem contar e agora estou aceitando ouvir a versão da Anna.

— Mas se vocês...

— Tudo mudou, Mia. Impossível continuar numa relação com Thomas, ainda mais agora que aceitei namorar o Roger.

— VOCÊ O QUÊ? — Mia realmente gritou e toda a sua alegria evaporou. — Thomas sabe? — Neguei mordendo os lábios.

—Na verdade nem lembrei deste detalhe quando estávamos juntos.

— E agora? O que você vai fazer?

— Não sei ainda. Preciso ligar para o Roger e dizer que faltarei esta manhã. Combinamos que iríamos juntos. Tenho que impedi-lo. Preciso ouvir Anna e depois contar a ele o que aconteceu.

Roger ficou um pouco preocupado com a desculpa que dei, no entanto, aceitou sem questionar. Totalmente o oposto de Thomas que com certeza não concordaria ou tentaria me arrancar alguma informação antes de aceitar a minha decisão.

E, lógico, foi inevitável que os questionamentos surgissem. Roger era leve e fácil, o mais correto para mim. Ao passo que Thomas era insegurança e incerteza. Apesar disso, eu insistia em amar a pessoa errada.

Saí com Mia antes do horário combinado. O traje foi o mais básico possível, para passarmos despercebidas. Calça *jeans* e camisa branca de mangas compridas. Coloquei óculos escuros para auxiliar no disfarce e pouca maquiagem, só o suficiente para quebrar a palidez da minha pele.

Precisava chegar primeiro para analisar o ambiente e me certificar de que nada foi tramado pelas minhas costas. Contudo Thomas teve a mesma ideia, chegando mais cedo do que conseguimos.

Repreendi meu coração por mais uma vez reagir de maneira absurda à imagem do Thomas. Por mais que tentasse lutar contra, meus olhos ficaram presos aos dele, minha pele arrepiou à mínima recordação dos seus toques na noite anterior, minha respiração ficou agitada e minhas mãos suadas. As pernas tremiam tanto que dar alguns passos exigiu toda a minha concentração.

— Cathy. Mia — Cumprimentou-nos com educação e distância, sem deixar de me encarar. — Obrigado por ter vindo e por confiar em mim.

— Não se trata de confiança. Esta, com certeza, não existe mais. — Tentei manter a voz firme. — Vim ouvir o que Anna tem a nos dizer, mesmo que seja para confirmar o que aconteceu entre vocês.

Thomas estreitou os olhos demonstrando indignação. Suas mãos entrelaçadas sobre a mesa, os dedos apertados, controlando-se.

— Já disse que nada aconteceu naquela noite — falou ainda calmo.

—Eu sei o que vi. Isso vale mais do que a sua palavra, ou a dela. — Sentei a sua frente enquanto Mia se acomodava ao meu lado.

— Você viu uma cena armada para te convencer, como Anna planejou.

— Ou... — Encarei Thomas com cinismo. — Esta é uma cena armada, por você, pela Anna, ou por ambos, para me convencer... — Seu olhar incrédulo não me demoveu.

— Eu nunca faria isso. Eu...

— Parem vocês dois! — Mia interferiu. — Comportem-se. Nem parece que há menos de 24 horas estavam se pegando. Aposto que naquela hora ninguém se lembrou de brigar. Isso aqui está mais parecendo uma quebra de braço entre duas crianças. Se não fosse pelos acontecimentos de ontem, poderia jurar que um tem dez anos e a outra, oito.

— Mia!

Repreendi a minha amiga, com o rosto em chamas, enquanto via Thomas disfarçar um sorriso orgulhoso. Na certa se vangloriando da nossa noite. O constrangimento me atingiu com força, me fazendo lembrar da minha fraqueza.

— Vocês dois são adultos, comportem-se como tal — respondeu impaciente. — Anna deve chegar a qualquer momento e vocês dois precisam estar preparados para o que ela tem a dizer.

— Eu não comecei nada...

— Cala a boca, Thomas! — Falamos, eu e Mia, ao mesmo tempo. Eu com raiva e Mia como advertência.

Depois de um breve segundo de silêncio, causado pela surpresa, começamos a rir. Os três juntos.

Rimos muito. Foi gostoso como há muito tempo não era. E outra vez me senti completa, me esquecendo, por um instante, dos problemas que me cercavam.

Eu e Thomas nos olhamos enquanto ríamos e pude contemplá-lo sem mágoas.

Aos poucos a risada foi cessando e continuamos a nos encarar admirando um ao outro, sem medo ou constrangimento pelo que estávamos fazendo. Éramos apenas Cathy e Thomas, nada mais.

— Anna chegou. Finalmente! Pensei que vocês transariam aqui na mesa — Mia falou segurando o riso quando acompanhamos o seu olhar. Thomas mordeu o lábio inferior evitando um sorriso.

Pela vidraça próxima à mesa em que nos encontrávamos, podíamos vê-la do outro lado da rua, caminhando em direção ao café, carregando uma pequena bagagem de mão. Na certa partiria após receber a bolada que cobrou para contar a verdade, ou o que ela julgava ser a verdade, ou o que os dois combinaram que seria a verdade... Droga!

Sua cabeça girava de um lado para o outro, amedrontada, conferindo se alguém a seguia. Por um segundo cheguei a acreditar que poderia ser verdade. Seu medo me alertava para esta possibilidade. Revivi em minha mente todos os nossos momentos, os bons e principalmente os ruins.

Anna se tornou uma mulher fria e grosseira nos últimos meses. Fazia questão de demonstrar o quanto a minha felicidade a desagradava, mesmo tendo com toda a minha boa vontade em ajudá-la. Então aconteceu nosso último momento juntas, quando a surpreendi na cama com o meu noivo.

A lembrança abriu um buraco em meu coração. Desejei com ardor que não fosse verdade. Com a probabilidade de ser tudo mentira, um desespero para pôr um fim ao sofrimento começava a me sufocar.

Era tudo ou nada. Ou teria a confirmação de que o ocorrido foi uma grande mentira, e a dor iria embora junto com a história, ou teria a confirmação de que realmente aconteceu como vi, e aí a dor se instalaria mais profunda em meu peito.

Quase desisti. A vontade de levantar e sair correndo do local com medo do que Anna poderia revelar, quase me convenceu.

Ela nos avistou e, antes de atravessar a rua, abaixou a cabeça, provavelmente envergonhada pelo que fez.

Por pior que tenha sido a nossa relação nos últimos tempos, Anna nunca seria desumana ao ponto de não se envergonhar por ter ido para a cama com o noivo da amiga, ou por ter inventado uma mentira tão nociva a duas pessoas que se amavam tanto. Fiquei perdida em meus próprios pensamentos enquanto desviava o olhar de Anna para Thomas. Ele me fitava preocupado.

Não me recordo do que veio primeiro, se o som do pneu acelerando com violência, ou Anna olhando aterrorizada para o lado, tentando sair do caminho. Levantamos os três gritando quase que ao mesmo tempo em que assistíamos o carro atingi-la, lançá-la vários metros acima. Em seguida sua queda vertiginosa no solo como uma boneca de pano.

O carro seguir em alta velocidade e desapareceu. Para mim não faria diferença se ele permanecesse lá ou não. Se parasse para socorrê-la ou fugido. Eu só enxergava Anna.

Também desconheço como consegui correr e chegar aonde ela jazia inerte. Seu corpo deformado, tamanha a brutalidade do impacto, seus olhos arregalados contemplando o céu.

Depois disso as lembranças se embaralham. Lembro de Thomas ao meu lado, me confortando, de Mia chorando muito, assim como eu, da quantidade de pessoas que se aglomerava para ver, dos *flashes* incansáveis dos fotógrafos e curiosos, provavelmente por causa da presença de Thomas e depois o corpo sendo removido.

CAPÍTULO 16
Desilusão

Visão de
CATHY

Precisamos comparecer à delegacia, já que éramos os únicos que conheciam a vítima, além de sermos testemunhas do atropelamento.

Mesmo nervosa consegui entender que Thomas escondeu o motivo de estarmos presentes no momento do acidente. Falou que estávamos morando por um tempo em Nova York, que Anna tinha acabado de se mudar, então combinamos um encontro entre amigos.

A versão foi confirmada por mim e por Mia e logo após a chegada de Raffaello, advogado de Thomas e nosso amigo, fomos liberados. Chocada, não compreendia as minhas próprias atitudes, nem as dos outros. Thomas ao meu lado, segurava a minha mão, ou me abraçava para me confortar e às vezes sussurrava em meu ouvido que tudo ficaria bem.

— Droga! A frente da delegacia está repleta de repórteres. — Comentou com Raffaello. Meus joelhos tremeram.

— Tudo bem. O carro está logo à frente. Vamos sair e passar direto por eles. Teremos o apoio da polícia e Eric já está nos aguardando.

A nossa saída da delegacia foi ainda pior do que a chegada. Os repórteres se digladiavam por uma palavra. Os *flashes* nos cegavam. Andei com Thomas ao meu lado, me segurando pelo ombro, tentando me manter o mais próxima possível dele. Eric tentava controlar os repórteres, a cena era de um caos total.

Quando estávamos nos aproximando do carro uma repórter conseguiu nos interceptar.

— Thomas e Cathy, depois de tanto tempo separados o que faziam juntos em uma situação tão trágica quanto esta? — Olhei para ela surpresa. Até o momento nenhuma declaração sobre a nossa separação foi dada. Da mesma forma nenhuma matéria foi publicada sobre este assunto. Como ela poderia saber?

— Como? — perguntei sem conseguir me concentrar.

— Podemos entender este reencontro como uma reconciliação? Devemos esquecer os boatos de uma suposta traição? Vocês superaram tudo juntos?

— Você está sendo inconveniente. Cathy acabou de perder uma amiga de forma brusca e violenta. Respeite a dor dela, por favor! — Thomas respondeu, o que me pegou de surpresa.

— Cathy, você poderia nos dizer o motivo da tão inesperada separação de vocês?

— Cathy não tem nada a dizer. — Thomas enfim perdeu a paciência que fingia ter. — Uma mulher foi brutalmente atropelada e você está preocupada com rumores que nada têm a ver? — Eric segurou em seu braço forçando-o a recuar. Thomas obedeceu de pronto. — Não temos nada a declarar! — Falou alto para que todos pudessem ouvir, segurou em minha mão e me puxou para entrar no carro.

Mia conseguiu ligar para Henry que ficou de encontrar com ela. Com tanta tensão nem consegui entender para onde seguíamos. Na minha cabeça a cena da morte da Anna se repetia sem cessar. Também a dúvida sobre como a repórter teve acesso a aquelas informações. Se Thomas não estava trabalhando quando nos separamos e se não declaramos nada, como ela soube de tudo?

Minha mente formulava tantas perguntas que acabei surpreendida no momento em que Dyo abriu a porta e me abraçou com carinho. Em seguida seus braços foram substituídos pelos do Kendel, depois Maurício. Henry se limitou a afagar meu ombro, depois puxou Mia para um abraço reconfortante.

Sem muito controle dos meus atos, fui conduzida ao interior do apartamento que antes era a minha casa. Sentei no sofá que ficava de frente para a escada que dava acesso ao andar superior e ao nosso quarto, onde tudo aconteceu.

Baixei a cabeça tentando expulsar os meus pensamentos. As lembranças do dia em que encontrei Thomas enroscado com a minha amiga. Naquele dia minha vida parou e nunca mais recomeçou, porque independente do rumo que escolhesse seguir, ela continuava suspensa no ar, como se aguardasse o momento de continuar e não de recomeçar. Nunca recomeçar.

— Você quer alguma coisa? Quer subir e tomar um banho?

Ouvi Thomas falando comigo, sem consegui olhar em sua direção, enquanto eu ainda encarava a escada. Presos ao passado.

— Cathy? — Ficou diante de mim para ocupar o meu campo de visão. Só então percebi que chorava. Thomas se abaixou segurando em meus joelhos. — Quer descansar um pouco? — Passou com gentileza a mão em meu cabelo. – Podemos subir...

Levantei procurando minha amiga que já me olhava acompanhando minha reação. Fui em sua direção determinada.

— Tenho que ir embora, Mia. Se você quiser pode ficar, eu vou para casa. — Ela já estava de pé antes mesmo de lhe dar esta opção.

— Cathy? Espere. — Dyo colocou a mão em meu ombro. Olhei espantada para o meu amigo. Aquela casa me sufocava. — Você está muito abalada, descanse um pouco, como Thomas sugeriu.

— Não posso. Não tenho condições de ficar nesta casa e muito menos de entrar naquele quarto. — Um vulcão de emoções borbulhava dentro de mim, e podia entrar em erupção a qualquer momento. — Vou para a minha casa. Descansarei lá.

— Espere, Cathy. Por favor! — Thomas se adiantou, postando-se na minha frente. — Vamos conversar, não vá embora.

Antes que ele conseguisse me tocar, me afastei. No estado em que me encontrava, seus toques causariam um estrago enorme.

— Você me pediu um dia e eu te dei. Agora Anna está morta. Você não tem mais como modificar esta história.

Fiquei triste com a constatação. Algumas horas acreditando que minha tristeza teria um fim, que a felicidade encontrava-se próxima, tinham me causado um estrago considerável. A certeza de que tudo estava perdido fazia com que meu corpo desistisse de continuar lutando. Meu coração desistia de bater. Meus pulmões de respirar.

— Deixe-me em paz! Eu tenho o direito de recomeçar minha vida!

— Para recomeçar você precisa finalizar o que ficou para trás, e nós não conseguimos fazer isso. Sabe por quê? Não existe um fim para nós dois, então não existe recomeço. Vamos ficar parados no tempo, nunca conseguiremos avançar. É isso o que você quer?

— Não sei o que quero, mas tenho certeza do que não quero. — Todos fizeram silêncio na sala. Nós nos encaramos até que desisti daquele embate.

Abracei meus amigos, sentida demais por reencontrá-los em circunstâncias tão terríveis, e fui embora para minha casa com Mia e Henry.

Assim que cheguei fui para o quarto procurar consolo em minha cama. Lá chorei todas as minhas tristezas. Chorei por Anna, por toda a dor que ela me causou e também por sua morte tão violenta. Jamais esqueceria o terror em seu rosto quando percebeu o que aconteceria. Seria mais uma imagem que ficaria arquivada na minha memória na pasta de "eternos".

Também chorei pela esperança morta junto com Anna naquele acidente. No fundo eu queria muito ouvir que Thomas falava a verdade, que ela foi má o suficiente para protagonizar um horror daqueles em minha vida. Nas horas que se passaram depois do nosso reencontro, a esperança renasceu em meu peito me impulsionando de volta para os braços dele. Agora nada mais seria possível.

Só quando derramei toda a minha dor através das lágrimas, lembrei de que precisava ligar para Roger e me justificar. Melhor, precisava contar a o que aconteceu. Nada mais justo do que a verdade para uma pessoa que lutava para me fazer feliz.

Tomei coragem e disquei o número do escritório.

— Roger Turner.

— Roger...

— Cathy! Meu anjo, estava tão preocupado com você, não liguei porque... bem, não achei conveniente, depois conversaremos sobre isso. Como você está?

— Você já sabe? Como?

Se Roger sabia do acidente, então também sabia que eu estava com Thomas. No mesmo instante em que me dei conta deste fato, fiquei envergonhada pela minha traição.

— Está em todas as páginas da internet e em todos os telejornais. Foi um acidente terrível! —Claro! Devia imaginar que aconteceria. — Como está se sentindo?

— Péssima! Você pode vir?

— Claro! Logo estarei aí.

Fui ver como Mia estava. Encontrei Henry sentado na cama dela observando-a dormir.

— Como ela está?

— Tão mal quanto você. Por que não descansa um pouco?

— Roger está vindo para cá. Quero conversar com ele, depois descanso. Quando Mia acordar você me avisa?

- Ok!

Fiquei em meu quarto até Roger chegar. Ele entrou e me abraçou forte. Pela primeira vez me senti bem em seus braços, com certeza devido à segurança que me transmitia quando estávamos juntos. Ficamos abraçados enquanto eu chorava. Quando nos afastamos suas mãos afagaram meus ombros.

— Então, como tudo aconteceu? — Demonstrou mais interesse na morte da Anna do que nas minhas fotos com Thomas, no local do acidente.

— É uma longa história. — Suspirei entrelaçando meus dedos, envergonhada pelo que ocorrido.

— Estou com tempo.

— Tudo bem. Começou ontem à noite...

Contei tudo o que aconteceu, desde o momento em que ele saiu do meu apartamento e Thomas apareceu. Omiti a parte de que fizemos amor. Roger não precisava ter esta decepção. Relatei toda a história que meus amigos acreditavam ser verdadeira e o motivo para nos encontrarmos com Anna. Depois falei do acidente e desabafei sobre como me sentia em relação ao fato.

— Muita informação para poucas horas. — Roger olhava através da minha janela para o céu cinzento que insistia em deixar a chuva cair. — Como você se sentiu ao encontrar Thomas depois de tanto tempo?

— Não sei o que dizer. Acho que de diversas formas, no entanto a ideia de continuarmos separados permanece. — Ele sorriu.

Eu me senti péssima com mais aquela mentira. Como contaria a Roger que durante algumas horas ansiei poder estar com Thomas e esquecer tudo o que aconteceu.

— Ao menos por ora — acrescentei, vendo o seu sorriso se desfazer devagar.

— Você acreditou no que ele disse — afirmou me fazendo concordar.

—Eu analisei os fatos, como todos os outros e existe uma grande chance de ser verdade, ou existia, já que Anna morreu. — Passei as mãos no cabelo puxando-o para trás. Queria de alguma forma arrancar as imagens de Anna morta da minha mente.

— Cathy, não sei o que você gostaria de ouvir de mim. Acredito que por estar fora da situação tenho uma perspectiva melhor que você ou Mia, já que confia muito nela. Não tenho dúvidas de que Thomas bebe mais do que bebeu naquele dia. Mas há uma chance de ele ter fingido a embriaguez para levar Anna para cama. Você conhece o passado dele muito bem e sabe o que já foi capaz de fazer. Além disso, Anna era um inconveniente para você há algum tempo, com toda sua agressividade gratuita. Naquela noite acho que os dois se juntaram para, de alguma forma, te dar um troco.

À medida que ouvia a sua opinião, eu me encolhia mais na cama. Será que Roger tinha razão? Seria possível?

— Acredito que Thomas te ama. Do contrário já teria esquecido essa ideia de te ter de volta, porém não acredito que ele saiba amar, e isso faz toda a diferença, porque você não vai ser feliz. Anna foi o primeiro passo. Vocês continuarão discordando um do outro e quando brigarem outra vez outras desculpas vão surgir para a próxima garota que levar para a cama. — Fechei meus olhos para impedir que as lágrimas caíssem, foi inútil. — Cathy, eu gostaria muito de poder te ajudar. Se conseguisse enxergar algum resquício de verdade na história dele, seria o primeiro a tentar comprová-la, mesmo que isso significasse perder você de novo, porém não existe. Você já foi infeliz demais.

Com certeza Roger abriria mão de um relacionamento comigo para que eu pudesse ser feliz. Ele era a pessoa perfeita para estar ao meu lado. Por que faltava amor em mim?

— Obrigada!

— Não me agradeça. Sou seu fiel servo. Agora descanse. Vou ficar velando seu sono para espantar qualquer monstro que apareça para te assombrar.

Eu me sentia tão grata pela sua amizade que o beijei. Foi um beijo leve e carinhoso que, como sempre, em nada afetou o meu corpo. Deitei na cama, e como num passe de mágica, dormi um sono sem sonhos e sem Thomas.

CAPÍTULO 17
Esperar, esperar e esperar

Visão de THOMAS

Uma semana sem ver ou falar com Cathy.

Tentei ser paciente, no entanto ficava cada vez mais difícil, principalmente depois da nossa noite, no dia em que nos reencontramos. Apesar de ter ouvido da própria Cathy, eu não queria acreditar que ela estivesse de fato decidida a me esquecer. Quando estávamos fazendo amor, ela disse que me amava, foi real e acreditei que seria o suficiente.

No dia seguinte, os jornais publicaram a história. Estávamos em todos os meios de comunicação. Devo admitir que fiquei feliz por estarmos juntos outra vez, mesmo que fosse só para a mídia. Com certeza chegaria aos olhos e ouvidos do Roger, que saberia que Cathy estava comigo e perceberia que éramos mais fortes do que podia imaginar.

No entanto uma única publicação chamou minha atenção. Um jornal sensacionalista, com a matéria assinada por Adriana Baer. Pela foto identifiquei a repórter inconveniente que abordou Cathy. Meu coração acelerou. A matéria na verdade muito pouco falava do ocorrido. Descrevia a maneira como eu e Cathy nos comportamos e confirmou a separação, através de uma fonte segura. levantou a hipótese de uma traição e, para finalizar, uma foto da mão de Cathy sem a aliança fechava o texto com chave de ouro.

Droga!

Eu precisava correr atrás do prejuízo. Se aquela matéria ganhasse repercussão, seria ainda mais difícil convencer Cathy da minha inocência. Se a repórter confirmasse o motivo da nossa separação e publicasse, Cathy nunca me perdoaria. Existia mais um problema: Anna não sofreu um acidente, foi assassinada.

Esta ideia martelava em minha cabeça sem me dar sossego. Sem poder expor minha teoria porque, se fosse verdade, confirmaria a existência de alguém muito perigoso por trás de tudo, como a própria Anna chegou a afirmar, eu me sentia sufocar.

Alguém evitava que Cathy descobrisse a verdade, ou que eu conseguisse comprová-la. Esse foi o único motivo que me fez concordar em esperar pelas provas para voltar a procurá-la.

— Amanhã encontraremos o garçom, Thomas. Pode ser que tenha algo interessante para nos contar — Dyo falou com calma.

— Se ele confirmar o que penso, saio de lá para a delegacia e termino de vez com esta história.

— Primeiro terá que convencê-lo a depor porque a polícia não vai acreditar em você sem as devidas provas. Além do mais, nem sabemos a quem estamos acusando.

— Não sabemos, ainda. Se Anna foi assassinada, todos nós corremos o mesmo risco. É trabalho da polícia nos proteger de quem quer que esteja por trás disso. — Dyo me olhou com receio.

— Então vamos pensar em uma coisa de cada vez, meu caro. Primeiro conversaremos com o rapaz, como é mesmo o nome dele? — Perguntou a Kendel que acompanhava a conversa sem acrescentar nada.

— Mário, eu acho, preciso ver o cartão para confirmar.

Kendel levantou em busca do cartão que o rapaz deu no dia em que fomos ao bar. Quando voltou entregou a Dyo que confirmou o nome e se adiantou para ligar e agendar o nosso encontro. Enquanto meu amigo se concentrava nesta atividade, Kendel me olhava como se estivesse planejando algo.

— Fala logo de uma vez, estou sem paciência para besteiras, Kendel.

— Estava pensando que precisamos de um plano para manter Cathy longe do Roger. — Estremeci ao ouvir o nome dele associado ao dela.

— Eles trabalham juntos. Como vamos fazer?

— Já pensei nisso. No trabalho é tranquilo, o problema é fora dele.

— Ela não quer ver a minha cara, Kendel. Se me impor pode piorar ainda mais a situação.

— Você vai continuar na sua. Nós faremos isso por você – riu com vontade. Tentei entender seu raciocínio, sem conseguir. – É o seguinte: hoje eu posso aparecer na casa dela alegando estar preocupado. Fico por lá até o cara se cansar e ir embora. Amanhã o Dyo faz a mesma coisa, acredito que a própria Mia vai querer ajudar.

Ergueu uma sobrancelha com a cara de quem descobriu a pólvora. Aquele plano era uma idiotice. Uma ótima idiotice que, com certeza, conseguiria atrapalhar o relacionamento deles por um tempo. Portanto eu precisava ser rápido.

— Serão poucos dias. Logo teremos toda a verdade confirmada e você poderá correr atrás da sua Cathy. — Revirou os olhos irônico.

Dyo voltou para a sala confirmando o encontro com Mário e o local, um restaurante próximo a minha casa. Que conveniente!

Após acertarmos todos os detalhes, Kendel saiu para cumprir com a sua parte do plano, o que me deixava aliviado. Ele era inconveniente o suficiente para impedir qualquer aproximação do Roger.

Eu não podia ficar em casa de braços cruzados, por isso assim que Dyo saiu para se encontrar com Maurício peguei a chave do carro, a carteira e fui para a casa da Cathy.

Estacionei no início da rua, de onde conseguia ver quem entrava e saía do prédio, além da luz da sala e dos quartos do apartamento.

Fiquei dentro do carro, aguardando, com as luzes apagadas para não chamar atenção. Após um longo tempo de marasmo, ansiedade e impaciência, vi o que mais queria: Roger saindo em direção ao seu carro. Aguardei mais vinte e cinco minutos e Kendel saiu também. Gargalhei sozinho. Kendel conseguiu. Esperei mais dez minutos, até que pude vê-la próxima à janela e logo em seguida as luzes apagando. Liguei o carro e fui todo feliz para casa.

Aguardávamos à quase uma hora, por Mário. Dyo representava o papel de amigo preocupado na casa de Cathy. Pelo visto o plano não era tão ridículo assim.

O atraso do garçom conseguia me fazer ter vontade de ir embora. Queria voltar à rua dela para me certificar de que tudo saía como planejado, quando Mário entrou envergonhado.

— Boa noite! Desculpem pela demora. — Puxou uma cadeira e sentou entre mim e Kendel, que fazia cara de malvado intimidando o rapaz. — Fiquei um pouco preocupado com a minha segurança. Vi a garota nos jornais. Ela foi atropelada, não foi? Vocês estavam lá. — Ele sabia que corria risco de vida. Um frio repentino me assolou.

— Fique tranquilo, Mário, estamos aqui para descobrir a verdade e não vamos nos esquecer de você.

— Eu pouco sei — começou a falar rápido enquanto olhava para os lados, transtornado. — A garota entrou no bar e um rapaz que a acompanhava ficou do lado de fora, bem na porta, impedindo o acesso. A princípio pensei ser um assalto, mas a garota era linda, e sorria despreocupada... Até piscou para mim. — Deixou seu olhar cair para suas mãos numa demonstração de embaraço. — Aí ela conversou com você, que...bom... Não parecia embriagado. Um pouco cabisbaixo e com cara de poucos amigos, abalado por algum problema, contudo bêbado jamais. Após alguns minutos você saiu e quando voltou já agia como um bêbado. Achei estranho porque para ficar daquele jeito seria necessário beber uma garrafa inteira de uísque. Tentei ajudar a te levar quando o cara me entregou duas notas de cem, avisando para ficar na minha. Disse que era uma brincadeira entre amigos para a sua despedida de solteiro. Acho que você não se lembra disso.

— Não. Com certeza não. — Cerrei os dentes com raiva. Foi mesmo uma armação. Só precisávamos descobrir o motivo.

— O rapaz que aguardava do lado de fora ajudou a te colocar no carro e foi dirigindo. Foi o que vi. Garanto a vocês que não sei de mais nada. — Eu de fato devia estar muito mal. Nas minhas lembranças Anna dirigiu.

— É o suficiente, Mário. Obrigado! — Busquei em meu bolso o dinheiro que deixei separado para pagar pela informação. Kendel fez sinal para que eu aguardasse.

— Diga-me uma coisa, Mário: como era o cara que estava com Anna naquela noite?

— Ele estava do outro lado do vidro da porta. Era alto, branco, cabelo bem baixo e um cavanhaque. Não sei ao certo, já faz muito tempo. Ah, sim! Tinha tatuagens pelo corpo, uma subia por seu pescoço como as garras de um leão – olhei para Kendel confirmando ser o mesmo homem que esteve no apartamento da Anna no dia em que fui encontrá-la.

— Você reconheceria este homem se o visse outra vez? — Kendel continuou fechando as pontas daquele mistério.

— Claro! Uma tatuagem como aquela é inesquecível.

— Ótimo! Precisamos que diga isso à polícia.

— Ah, cara, não! Por favor, não posso me envolver, já tive problemas com a polícia...

— Que espécie de problemas? — Perguntei curioso. Mário era alto, muito magro e não aparentava ser nenhuma ameaça à sociedade.

— Agressão a minha ex-mulher — admitiu tímido. — Ela provocou, não sou violento. – Kendel deu risada, na certa pensando na diferença de massa corporal entre os dois.

— Você será uma testemunha e acredito que poderá inclusive ajudar no caso do assassinato. — falei piorando as coisas.

— Assassinato? Foi um acidente. Galera, não quero fazer parte disso. A única coisa que quero é ficar longe de confusão. — Eu precisava agir ou então ele estaria perdido também.

— Eles vão te matar de uma forma ou de outra. Pelo que entendi alguém está evitando que a verdade seja descoberta e estão apagando as testemunhas. Você é a última. Eles o matam e pronto, ninguém descobrirá o que aconteceu. — Seus olhos arregalaram e sua boca abriu.

— Nós podemos te ajudar — Kendel emendou o meu argumento. — Vamos fazer o seguinte: você nos acompanha até a delegacia e conta tudo o que sabe ao delegado, aí nós te damos uma boa quantia em dinheiro e você some no mundo. Ninguém vai te encontrar. O que acha?

O garçom ficou imóvel pensando no que fazer. Não havia outra alternativa para ele. Seu medo com certeza o faria aceitar a nossa proposta.

— Quanto? — Olhou fixo para mim. — Quanto você vai me dar?

— Qual a sua proposta?

— Trezentos... Não... Quinhentos mil dólares. Espere... Seiscentos mil. É isso!

Quase dei risada com o seu pedido e sua ingenuidade em acreditar que aquela quantia o manteria a salvo de quem quer tentava me afastar da Cathy.

— Um milhão de dólares, mas você tem que contar tudo à polícia. — Cruzei os braços no peito assistindo seu espanto com a quantia.

— Então vamos agora. — Kendel chamou o garçom para fechar a conta.

— Não! — Mário o interrompeu apavorado. — Preciso pensar em como fazer, para onde vou, o que posso dizer...

— Você pretende fugir, Mário? — Sem querer fui ameaçador.

— Não. Juro! Pelo visto só tenho vocês para me ajudar. Vou fazer o que combinamos, antes preciso decidir o que vai ser da minha vida.

Não restava mais nada a ser feito. Deixamos combinado com Eric para segui-lo e descobrir se falaria com alguém e, principalmente, como poderíamos encontrá-lo, caso resolvesse desaparecer. Não podíamos arrastá-lo para a delegacia. Era uma situação delicada.

Despedimo-nos na porta do restaurante. Eric passou a seguir nossa testemunha, sem chamar sua atenção.

Deixei Kendel em casa, depois dirigi como um louco para a rua de Cathy, parei o carro no mesmo lugar e aguardei.

As luzes do apartamento ainda estavam acesas. Encostei-me ao banco do carro refletindo sobre aquela loucura toda. O que Cathy diria se descobrisse o que armamos? Acabei pegando no sono.

Fui acordado com uma batida forte na janela do carro. No primeiro instante fiquei tão assustado que não consegui distinguir nada, depois reconheci Dyc que ria sem parar da minha cara.

— Vai montar guarda aqui todos os dias? Deu tudo certo. Você precisava ter visto a cara do Roger quando apareci. A parte boa é que sempre temos muitos assuntos e acabamos tornando a noite chata para ele.

— Ele foi embora logo?

— Sim. Assim que percebeu que a conversa seria longa.

— E por que você ficou até agora? Está bem tarde.

— Como disse: sempre temos muitos assuntos para conversar.

— E algum deles foi relacionado a mim?

— Coisas de amigas, deixe de ser curioso Thomas.

— Cathy falou alguma coisa?

— Roger conseguiu colocar um monte de merdas na cabeça dela. Cathy está convicta de que sua teoria é falsa, no entanto acho que fiz um bom trabalho hoje. Conversamos bastante sobre as possibilidades e acredito ter conseguido reverter a situação.

— Dyo, você merece um beijo!

— Vou cobrar na hora certa. Pode deixar.

Voltamos para casa. Meu coração repleto de felicidade e esperança. No dia seguinte seria a vez de Mia enrolar Cathy. A mim restava acreditar que daria tudo certo.

No dia seguinte liguei para Mário para acertarmos os detalhes. O cara parecia ainda mais amedrontado do que na noite anterior.

—Analisei a situação e acho que a polícia vai me atrapalhar. Se eu testemunhar, terei que permanecer na cidade até tudo terminar. Tenho que fugir o mais rápido possível. Não vou ficar esperando eles me encontrarem, cara. Tenho que desaparecer. Nem vou ao trabalho hoje, acho que nem irei mais. Se eles fizeram o que fizeram com a garota, imagine o que farão comigo.

— Calma, Mário! A polícia pode incluir você no Programa de Proteção a Testemunhas, vai dar tudo certo.

— Certo para você que é famoso e pode comprar a segurança necessária. Eu não sou nada além de um fracassado que tem ficha suja por ter perdido a cabeça e batido na mulher.

— Vamos fazer o seguinte: preciso que você conte o que sabe a uma pessoa. Com certeza será o suficiente.

— Para algum policial?

— Para minha noiva. — Ele riu do outro lado da linha.

— Sem problema. Vou livrar a sua cara. Preciso do dinheiro que combinamos porque partirei logo após a conversa.

— Estamos acertados então. Vou encontrar uma maneira de fazer você chegar até ela. Ligo para combinar.

Desliguei o telefone e chamei Dyo e Kendel para explicar as mudanças em nossos planos. Minha cabeça fervilhava. Tudo parecia transmutar a cada segundo. Nada era uma constante.

— Sem o testemunho dele não teremos como pegar quem armou tudo. – Dyo reprovou o meu acordo com Mário.

— Era pegar ou largar, Dyo. Mario disse que não iria à polícia. Prefiro que pelo menos conte a Cathy o que viu.

— E como vamos fazer para Cathy conversar com ele? Ela não quer mais saber deste assunto – Kendel alertou.

— Deixem que desta parte eu cuido. Depois do que conversamos ontem ficará mais fácil — Dyo parecia confiante, o que me fez relaxar.

— Então verifique o dia para que eu possa marcar com Mário.

— Vou ligar agora.

Respirei fundo. A sensação de que tudo caminhava para o seu devido lugar me invadia. Nada daria errado. Meu coração batia forte acelerando a minha pulsação. Pensei nela com tanta intensidade que quase podia sentir a textura da sua pele na minha e o gosto dos seus lábios. Como eu a amava!

Dyo demorou bastante conversando com Cathy. Impaciente, levantei, andei de um lado para o outro e fumei um cigarro. Aquela ansiedade me mataria. Quando meu amigo desligou, quase pulei em cima dele.

— Ela topou?

— Tive que enrolar. Se dissesse que iríamos visitar uma pessoa que contaria a verdade a ela, com certeza Cathy recusaria, então marquei um jantar entre amigas, onde você vai aparecer do nada com Mário.

— Ótimo! E quando será?

— Esse é o problema. Cathy e Mia estão embarcando amanhã cedo para o enterro de Anna. Será uma viagem rápida elas pretendem voltar no dia seguinte. Antes que me pergunte, Cathy já agendou um encontro com Mia e Henry, Roger vai junto, para variar. Então por estes dias será impossível.

— Então hoje, Dyo.

— Reunião com a diretoria do grupo. Sam está aqui. Foi por isso Mia marcou o encontro deles para depois. — "Menos mal" pensei. Com Sam presente não sobraria muito espaço para Roger. Mesmo assim eu verificaria de perto.

— Vocês combinaram para quando?

— No dia seguinte a saída dela com Mia. Cathy disse que vai sair do trabalho e me encontrar. A melhor parte é que Roger vai viajar a trabalho nesse dia. Então ninguém precisará ser babá por uma semana inteira.

— Ótimo! —Toda a minha animação se esvaiu.

Eu pensava em horas para que tudo estivesse resolvido, depois daquela notícia, estas se transformaram em dias. A frustração era quase palpável. Liguei para Mário, combinando o encontro. Saber que teríamos que aguardar alguns dias o deixou aterrorizado.

Como não havia outra solução, decidiu que ficaria trancado em casa até o dia do encontro. Achei bom o medo dele, ao menos o impediria de fugir com a minha verdade.

Com Roger fora de cena seria mais fácil convencer Cathy que o nosso amor ainda valia a pena. Que se tudo foi uma mentira, não havia motivo para ficarmos separados. Ela concordaria comigo. O que sentíamos era forte demais. Não suportaríamos ficar muito mais tempo separados.

Liguei para Mia confirmando que as duas iriam ao enterro em Los Angeles. Consegui também a informação de que Roger não estaria com elas. Seria a minha grande oportunidade.

Precisava ter cuidado, não seria fácil fazer Cathy entender a minha presença. Falei com Dyo, que concordou em me acompanhar.

Pensei melhor e decidi não ir ao enterro. Tentaria conversar com Cathy depois do evento. Fomos para Los Angeles em um avião fretado, assim nos manteríamos discretos.

Voltei para a minha casa, que mais do que nunca me parecia enorme. A presença de Cathy continuava forte. A mulher que eu amava preenchia todo o seu espaço.

CAPÍTULO 18

Outra vez... Thomas

Visão de
CATHY

Thomas acatou a minha decisão sem impor a sua vontade na semana seguinte a morte de Anna. Ele queria me mostrar que sabia me dar espaço, ou que respeitava a minha vontade.

No primeiro dia após a morte de Anna, fui para o trabalho com Roger, que passou para me buscar, como sempre fazia. Antes combinei com Mia que deveríamos ir ao enterro. Ela pareceu surpresa com a minha decisão, e de fato era, levando-se em consideração as circunstâncias.

Qualquer pessoa acreditaria que a ausência do responsável pela traição, tornava mais fácil a vida de quem foi traído. Eu discordava e lamentava de verdade a morte de Anna.

Da minha parte nada restaria, nem mágoas ou rancor. A vida se encarregou de dar a Anna o que ela mesma procurou, não cabia a mim julgar ou procurar respostas que nunca viriam.

Os pais dela foram a Nova York para liberar o corpo. Queriam enterrá-la na Califórnia. O enterro seria então realizado três dias depois, devido à burocracia e às investigações. Eu e Mia combinamos de ir juntas, em uma viagem rápida.

Assim que cheguei a minha sala, conferi os e-mails. Vários, de diversos setores da empresa. Muitas planilhas e muitos relatórios. Poderia ser mais um dia em minha nova rotina, com tudo acontecendo dentro do previsto, contudo não era.

Um e-mail em especial chamou a minha atenção por ser de um endereço desconhecido. O título me fez querer saber do que se tratava. Dizia: a vida não é um conto de fadas, e constava uma matéria jornalística, que logo identifiquei como sendo da repórter que tentou arrancar de mim informações sobre o meu relacionamento com Thomas, ou o fim do meu relacionamento, que era o que destacava a matéria, sinalizando a falta da minha aliança.

O e-mail me abalou, não posso fingir o contrário. Pela primeira vez a mídia publicava sobre o fim do meu noivado, mesmo que ainda fosse especulação. Tive receio de como seria dali para frente, no entanto, meu sentimento mais forte foi raiva. De certa forma, aquela notícia me incomodava, mesmo sem acreditar em qualquer possibilidade de volta. Foi o suficiente para me deixar irritada o restante do dia.

O jeito era enfiar a cara no trabalho e esquecer o resto. E assim consegui me abstrair até o final do expediente. Ainda tinha muita coisa para fazer, devido a minha ausência no dia anterior. Mesmo exausta não encontrava em mim a menor vontade de voltar para casa e contemplar a minha solidão, apesar de saber que Mia e Henry estariam lá, além da presença quase certa do Roger. Suspirei. Thomas era insubstituível. Triste constatação. Eu poderia estar cercada de pessoas, sem ele me sentia como em um deserto, sozinha.

— Você é motivo de orgulho para esta empresa. — Roger entrou em minha sala brincando ao me ver concentrada no trabalho. — Vamos? Você precisa descansar e eu de algum tempo com a minha linda namorada.

— Tenho muita coisa a fazer ainda. — Tentei não parecer contrariada pelo "namorada" utilizado para me denominar.

Assumia a minha culpa por Roger se sentir como tal, afinal de contas, concordei com aquela loucura. Não queria fugir daquela realidade, pois meu amigo era a força que eu precisava. Podia ser egoísmo meu, porém eu necessitava daquilo para continuar vivendo.

— Nada que não possa fazer amanhã, Cathy. Vamos querida! — Cedi.

Precisava mesmo de momentos mais prazerosos para me distrair das recordações ruins. Fomos para casa, antes paramos para comprar comida.

Como imaginei, Mia e Henry estavam em casa, mas pretendiam dormir no hotel onde Henry se hospedara, por isso, logo após o jantar partiram me deixando sozinha com Roger.

Ficamos na sala assistindo TV, agindo como um casal de longas datas. No entanto Roger queria além do que aquele namoro morno. Queria muito mais e aos poucos foi tocando, acariciando meus braços, minhas costas... Então me puxou para um beijo apaixonado.

Eu tentava corresponder, porém o meu corpo seguia o caminho inverso da minha vontade. A cada investida aumentava o meu desejo de fugir. A frustração me atingia em cheio. Roger era incrível, lindo, desejável e eu não o desejava, enquanto Thomas nem precisou me tocar, nem dizer nada para meu corpo ceder.

Por isso agradeci quando bateram na porta e Roger se adiantou para atender. Era Kendel. Que estranho! Nós éramos amigos, contudo nunca o imaginei me fazendo uma visita, ainda mais sozinho.

Usou como desculpa a necessidade de se certificar sobre o meu bem-estar. A princípio conversamos de maneira desajeitada, um pouco embaraçados. Kendel foi ficando até Roger perder a paciência e ir embora. De certa forma deveria estar grata pela inconveniência do meu amigo. Caso ficasse sem graça pela cara contrariada que Roger não teve constrangimento de demonstrar, com certeza teria ido embora, dando ao meu "namorado" mais tempo para continuar de onde paramos.

— Detesto dizer isso, mas esse cara não combina com você. — Dei risada. Lógico que Kendel seria do "time Thomas".

— Nem vou me dar ao trabalho de perguntar quem combina.

— Thomas é muito mais a sua cara, Cathy. Vocês dois eram perfeitos juntos! — Sorri, mesmo com meu coração em frangalhos.

— Com certeza era. Assim como Anna foi a cara dele naquela noite. — Meu amigo bufou, jogando-se contra o encosto do sofá.

— Acredito nele. Anna era a perfeita vilã, me desculpe por falar isso de sua amiga em um momento de luto, mas...

— Tudo bem. A última coisa que quero esta noite é falar sobre Anna, ou Thomas, ou até mesmo Anna e Thomas.

Assim a conversa seguiu outro rumo. Falamos sobre a chuva constante, o frio, como funcionava a minha adaptação a vida de executiva e até sobre futebol. Então Kendel também cansou e resolveu partir.

Assim que saiu, comecei a desativar a casa. Precisava deitar e descansar. Apaguei as luzes da sala, do corredor, entrei em meu quarto, ao invés de apagar tudo e deitar, resolvi contemplar a noite.

E foi assim que descobri que Thomas não respeitava o meu pedido. Pelo contrário, ele tentava tumultuar o meu envolvimento com Roger até conseguir provar o que acreditava ser a verdade. Ri sozinha. Só Thomas mesmo para fazer coisas desse tipo.

Vi seu carro parado próximo ao prédio, com as luzes apagadas. No início pensei que o próprio Kendel estivesse dirigindo, então vi meu amigo saindo em direção a outro veículo. De imediato apaguei a luz do meu quarto e, quando voltei à janela Thomas deu partida e foi embora.

Não posso esconder ri muito. O motivo que certamente sustentava jamais poderia ser segredo para mim. Seu medo do que poderia acontecer no meu envolvimento com Roger o fazia sabotar meu namoro. Como podia ser tão tolo? Será que não me conhecia o suficiente para saber como funcionava para mim?

Aguardei pela segunda noite, ansiosa para saber o que Thomas aprontaria, e quase gargalhei quando Dyo apareceu, dizendo-se com saudades das nossas conversas. Desta vez Roger foi embora mais rápido, sem muita paciência para ouvir nosso papo. Coitado! Passar horas ouvindo sobre roupas, moda, cabelo, creme... Confesso que fiquei mais à vontade depois da sua saída.

Por mais agradável que fosse a conversa com Dyo, a hora da despedida sempre chegava e com ela a confirmação da presença do Thomas. Procurei estender o máximo possível a estadia do meu amigo, para ver quanto tempo meu ex-noivo aguentaria aguardar do lado de fora.

— Esse relacionamento com Roger, é sério mesmo? — Fitei meu grande amigo sem saber como responder.

— Não quero que Thomas esteja nesta conversa Dyo.

— Ele não está. Sei que está abalada com os últimos acontecimentos. E é do seu conhecimento que estou ajudando Thomas a mantê-la segura. — Riu ao revelar o grande plano. — Mas ainda sou o mesmo amigo de antes e o que acontece em Vegas, fica em Vegas. — Piscou confidente.

— Certo. Concordei em dar uma chance ao Roger, porém estou incerta desta decisão.

— Imaginei.

— Eu e Thomas fizemos amor no dia em que nos encontramos.

— Jura? — Dyo riu divertido, sem me censurar.

— Aconteceu. Não foi algo premeditado. Eu... sentia a falta dele.

— E ele a sua.

— Roger me disse que se eu perdoar esse deslize estarei abrindo a porta para outros, e no fundo acredito que será assim mesmo. Não posso lutar contra o amor que sinto por Thomas, mas é impossível esquecer o que vi.

— Cathy, eu nunca tentaria convencê-la do contrário se não acreditasse nele.

— Como você pode acreditar? Anna está morta. Acabou. Nunca saberemos a verdade! — O olhar do meu amigo foi enigmático. — Não posso conviver com a dúvida.

— Thomas te ama. Isso é inquestionável. E você o ama. Vocês dois estão morrendo, separados. Eu não acredito que ele transou com Anna. Primeiro: ele bebeu pouco para apagar daquele jeito. Nem mesmo você pode deixar de acreditar nisso. E segundo: se estivesse tão bêbado quanto aparentava, duvido que conseguisse... — fez uma careta engraçada. — Você sabe... Não dá muito certo quando misturado com álcool em excesso. — Mordi os lábios e sorri aceitando a ideia.

— Mesmo assim...
— Permita que ele te mostre a verdade.
— Não sei, Dyo.
— Pense no assunto.

Dyo foi embora com a noite já adiantada. Corri para a janela, apagando as luzes antes e fui verificar. Ele estava lá. Mais uma vez um sorriso se projetou em meu rosto.

Thomas era persistente.

Ele e Dyo conversaram e depois partiram juntos.

Podia ser bobagem da minha parte, porém saber o quanto Thomas se incomodava com a possibilidade de eu recomeçar minha vida, alimentava o meu ego. Não sei explicar o motivo, ou talvez saiba e não tenha coragem de admitir. Envaidecia-me o fato de Thomas ainda se importar, ou a oportunidade de dar-lhe um pouco mais de desespero como pagamento pelas suas decisões desastrosas.

Por este motivo meu sorriso foi imenso quando no dia seguinte Dyo me convidou para jantar. "Thomas vai ficar desapontado", pensei com ironia. Dei minhas desculpas e agendamos para dois dias depois da minha volta de Los Angeles. Não poderia satisfazer o ego do Thomas, pois teria uma reunião de diretoria, que com certeza iria enveredar noite adentro.

Fiquei curiosa para saber como conseguiria me vigiar naquela noite, e surpresa por estar gostando daquela situação, quando na verdade deveria detestar. No entanto, era impossível pensar em outra coisa ou de outra maneira. Aquela brincadeira me devolvia um pouco de vida.

"Será que Thomas montará guarda na frente da empresa?" me vi empolgada com a possibilidade de sair e avistar o seu carro escondido em algum cantinho.

Como havia previsto, a reunião terminou bem tarde, por isso decidi passar a noite na casa da Samantha para conversarmos sobre tudo o que acontecia em minha vida. Sam mantinha-se incondicional em relação a Thomas, o que já era esperado, afinal Sam amou meu pai ao ponto de perdoar a traição dele e também me dedicava o mesmo amor.

Acreditava que quando o amor era verdadeiro, tudo valia a pena, até mesmo perdoar uma traição. Não compartilhava das suas ideias, apesar de ter cedido quando ele me procurou, e também de saber que a mínima aproximação dele me faria mudar todas as teorias que defendia como certas.

— Só posso te dizer que não há felicidade quando precisamos enterrar alguém dentro de nós mesmos.

— Você é uma pessoa pura, Sam. Sua maturidade e capacidade de amar não se comparam a nada nesta vida. Eu sou diferente. Passei anos lutando contra minha mãe e ainda me vejo assim. Perdi vários anos da vida do meu pai, remoendo uma mágoa que só consegui superar por sua causa. Levei muito tempo fugindo do que sentia por Thomas... — Suspirei levando os braços a cabeça e encarando o teto do quarto. — Não posso fingir que nada aconteceu.

— Por que não? Thomas está provando, com argumentos coerentes e sólidos, que nada aconteceu. Tudo bem que que suas provas não podem ser consideradas incontestáveis. E se aconteceu, pelo que tenho acompanhado desta história, Thomas com certeza aprendeu a lição. Ele te ama muito, filha!

— E esse amor justifica? Muitas coisas aconteceram até chegarmos a este ponto. Thomas abusou de todas as formas.

— Não seja tão dura, Cathy! Thomas não abusou. Ele sentiu ciúmes, o que é normal. Roger nunca existiu, até que um belo dia aparece do nada. Você também errou em esconder essa história.

— Eu me esqueci! — Levantei os braços para o céu como uma criança se justificando para a mãe.

— Viu? Ele também pode entender este descaso como uma traição. — Dei risada. — Acho você muito forte.

— Acha é?

— Sim. Ninguém consegue carregar uma dor tão profunda e ainda andar, respirar, sorrir, conversar...

— Sam! — No mesmo instante a dor fez meu peito afundar.

— Thomas tinha tanta razão em sentir ciúmes que hoje Roger é o seu namorado.

— São situações diferentes.

— Se você quer acreditar nisso... Boa noite, querida!

— Boa noite, Sam. — Ela apagou a luz, ficando em silêncio. Passei um tempo olhando o teto do quarto. Será que Sam tinha razão?

CAPÍTULO 19
Decisões complicadas

Visão de
CATHY

No dia seguinte partimos cedo, rumo a Los Angeles para o enterro de Anna. Uma situação bem estranha voltar ao lugar onde vivi inúmera alegrias, tanto com minhas amigas, quando com Thomas, para acompanhar o sepultamento daquela que me traiu e destruiu a minha felicidade.

Não sentia nenhum alívio nisso, só tristeza e dor. Se Anna fez tudo por inveja, eu somente podia lamentar o fato de ela ter chegado a este ponto. Não conseguia mais sentir raiva. Tudo foi brutal demais.

Encontramos Stella e Daphne no cemitério. Abraçamo-nos com tristeza. Apesar de magoadas com o que Anna aprontou, lamentávamos a sua morte. Nem sempre foi assim, ela era uma boa pessoa, uma amiga engraçada e animada. A vida tornou tudo mais difícil e, de maneira desagradável, nos reservou aquele desfecho.

Muitos colegas se reuniram na despedida, mas a maioria dos presentes eram familiares e amigos que não faziam parte do nosso círculo de amizades.

Assistir ao enterro foi doloroso e difícil. O tempo todo a imagem dela sendo atingida pelo carro, se projetava em minha mente. Bem como a visão do seu corpo após o atropelamento. Muitas vezes sufoquei com as lembranças ruins. Quando tudo acabou fiquei aliviada por poder sair.

— Que horror! — Daphne sussurrou ao meu lado, assim que conseguimos nos libertar dos outros participantes daquele espetáculo sombrio.

— Foi horrível! — Stella concordou. — Ninguém tinha nada de bom para dizer. Se não fosse Mia a cerimônia seria um fiasco.

— Ainda bem que ela não é rancorosa — comentei. Todas abriram um sorriso contido, pois sabíamos o motivo do meu comentário.

— Ainda bem — Mia completou sorrindo mais.

— Bom... Não posso fingir que estou feliz. — Stella era a mais abalada de todas. — Anna foi minha amiga durante anos. Vocês sabem, a conheci primeiro e... Não sei o que pensar.

— Pense que Deus será misericordioso e lhe dará um pouco de paz, já que Anna, com certeza, vai amargar os seus pecados pela eternidade. — Daphne foi dura.

— Quero colocar uma pedra sobre este momento da minha vida. Gostaria de esquecer o mal que me fez e lembrar das coisas boas — admiti.

— Nos últimos tempos Anna não fez nada de bom. A julgar pela cara de algumas pessoas, Anna aprontou e muito por aí. — Daphne continuava sendo implacável. Achei melhor mudar de assunto.

— Então... Vamos comer alguma coisa? — Propus.

Combinamos de terminar nosso dia em um restaurante próximo de onde morávamos, sempre nos reuníamos lá quando éramos amigas inseparáveis. Lamentei pela distância que a vida nos impôs. Principalmente depois de tudo.

Chegamos cedo demais para o jantar e tarde demais para um almoço, as mesas ainda desarrumadas, sem toalhas e com as cadeiras emborcadas, por isso preferimos aguardar do lado de fora. Com o dia agradável aproveitei para matar a minha saudade do sol. Foi quando percebi o carro que parou ao nosso lado.

Dyo saiu primeiro, abraçando Mia, em seguida abraçou as minhas amigas, por último me abraçou. Eu já estava tensa quando Thomas saiu do carro.

Parecia uma miragem. Usando calça e camisa preta e óculos escuros. O retrato de um deus grego moderno. Seu cabelo loiro molhado e penteado desordenadamente, com alguns fios espalhados para todos os lados. Ficava lindo daquele jeito. Muito desejável. Desviei os olhos para Dyo.

Thomas cumprimentou as minhas amigas, que se entreolhavam surpresas. Notei que, mesmo sem entender nada, elas pareciam satisfeitas com a nossa aproximação, como se desejassem aquilo. Mesmo sabendo ser imperdoável o que fez.

— O que faz aqui? Veio conferir se Anna foi mesmo enterrada? — Deixei minha amargura transbordar.

— Cuidado com suas palavras e atitudes. Estamos cercados de paparazzi. Acho melhor entrarmos. — Thomas fez um movimento leve com a cabeça, sinalizando uma direção. Então vi que Dyo conversava com o segurança conseguindo autorização para nossa entrada.

Olhei para os lados e percebi a movimentação suspeita. Ao longe, uma pessoa tentando se esconder atrás de uma árvore.

— Acho melhor eu ir embora — falei para as minhas amigas, ignorando a presença dele ao meu lado.

— Cathy... — Stella começou a protestar.

— Não quero mais confusão, Stella. Estamos cercados de paparazzi tentando nos fotografar. Estou com péssimo humor para fingir indiferença. Prefiro aguardar a hora de embarcarmos, em casa.

— Vou com você — Thomas comunicou sem se importar com a minha tentativa de ignorá-lo.

— É claro que não!

— Precisamos conversar.

Thomas suspendeu os óculos escuros e seus olhos verdes me encararam com intensidade, deslumbrando-me com tanta beleza. Eu sempre ficava meio perdida quando me olhava daquele jeito.

— Já dissemos tudo o que havia para ser dito. — Achei que minha voz sairia firme, mas, embriagada pela sua presença, acabei sendo meiga. Corrigi-me a tempo. — Preciso ir. — Dei as costas ao grupo e comecei a caminhar pela calçada. Seus braços me envolveram. Foi muito rápido.

— Calma! — Falou colado ao meu corpo. — Não chame a atenção deles para nós dois, certo? — Concordei me sentindo zonza com sua proximidade. — Entre no carro porque preciso falar com você. Por favor!

Como uma criança, obedeci.

Entrei no carro enquanto Thomas acenava para nossos amigos, para entrar logo em seguida. Minha cabeça girava. O que foi aquilo tudo? Seus olhos encontraram os meus, seu rosto sério. Arnold, seu motorista particular, deu partida conduzindo o carro para um destino incerto.

— Você está namorando o Roger. — Ele me acusou com raiva demonstrando o quanto aquela situação doía nele. Ótimo! Estávamos quites.

— Não te devo satisfações sobre a minha vida — respondi sentindo o doce sabor da vingança. Thomas respirou fundo e deixou seus olhos me fulminarem.

— Que tolice, Cathy! Você me ama! Como pode aceitar ficar com alguém que nunca vai lhe proporcionar o mesmo que eu?

— O que? Dor? Tristeza? Desilusão? Vergonha? Humilhação? — Thomas avançou, segurando-me muito próxima a ele.

— Não. É disso o que estou falando. — E me beijou.

Fui pega de surpresa e não consegui reagir contra, porque a favor, reagi muito bem. Sentir de novo o seu gosto foi revigorante. Havia também o sabor da raiva, junto com o da maravilha que do amor... Tudo em seus lábios. Nosso beijo foi intenso, repleto de angustia, saudade, dor e desejo.

Eu o queria e queria desesperadamente não querer. Ele me queria e lutava muito para não acabar me perdendo de vez.

— Não. Faça. Mais. Isso. — Rosnei me sentindo frágil e arrasada. As lágrimas escorreram, como sempre faziam, demonstrando toda a minha incapacidade de ignorá-lo. Que ódio!

— Por que você não acredita em mim?

— É isso o que tem para me dizer?

— Queria saber como você estava. Sei que apesar de tudo está triste pelo que aconteceu a Anna.

— E você não? Vocês dormiram juntos, deveria haver nem que fosse um mínimo de pesar pelo que aconteceu a ela. Ou quem sabe culpa, já que foi você quem armou aquela cena para que ela confirmasse as suas mentiras. — Disparei minhas acusações já me sentindo péssima por culpá-lo pela morte da garota.

— Eu não... —Ficamos em silêncio sentindo o quanto o ar pesava ali dentro. — Vim dizer que ainda quero te mostrar a verdade. — Dei uma risada baixa, ironizando-o. — Vou provar que nada aconteceu. Acredite em mim. — Suplicou.

— Mesmo que você consiga, não sei se serei capaz de aceitar de volta todos os nossos problemas. É impossível apagar da minha mente tudo de ruim que vi naquele dia, mesmo você provando ter sido uma mentira.

— Você consegue. Nós nos amamos e eu serei uma pessoa melhor. Confie em mim.

— Não, Thomas! — Fui um pouco mais rude. — Estou seguindo em frente e você precisa fazer o mesmo. Não existe mais "nós".

— Quando você vai entender que nós dois não existimos separados? Você tem vida, Cathy? Porque se você me disser que está feliz e que Roger é o homem da sua vida, prometo desaparecer de uma vez por todas. Duvido que tenha havido um dia, desde que nos separamos, que você fosse só um pesadelo. Que não tenha sonhado que estávamos juntos novamente. Admita, você quer isso tanto quanto eu.

Parei de respirar no momento em que ouvi dos lábios do Thomas o que meus pensamentos gritavam todos os dias.

— Estou com Roger agora. Não há como voltar atrás. — Ficamos nos encarando em silêncio. — Você me obrigou a isso — completei com minhas palavras saindo de forma tão baixa e fraca. — Tenho que ir agora. Por favor, me deixe sair.

Thomas pediu a Arnold que parasse o carro. Desci, sem saber onde estava, contudo, certa de que meu coração ficou naquele carro, junto com Thomas.

Voltar para Nova York foi doloroso. Thomas não me procurou mais, dando a entender que aceitou a minha decisão. Era o que eu queria? Sim e não.

Sim, queria poder seguir em frente e viver bem, com Roger ou com qualquer outra pessoa. E não, porque sabia que seria impossível ser como era com Thomas, independente de quem estivesse ao meu lado. Eu o amava. Sempre o amaria.

Eu buscava forças para enfrentar mais aquela etapa de minha vida, escolhendo outra vez o trabalho como meu salvador. Escondi de Roger sobre o encontro em Los Angeles. Queria esquecer, apesar de ter quase certeza de que, se quisesse, ele encontraria a fofoca nas redes sociais e nas revistas.

Naquela noite haveria um jantar de casais, Mia e Henry, Roger e eu. O mais próximo de uma vida normal que conseguiria com outra pessoa ao meu lado. Talvez a aceitação da Mia ajudasse a minha própria em relação a Roger.

Assim que cheguei comecei a trabalhar tentando colocar tudo em ordem. Algumas horas depois Roger entrou em minha sala. Observei seus movimentos com atenção enquanto caminhava em minha direção. Seu corpo era perfeito. Por que não me sentia atraída por ele?

— Como foi ontem? — Depositou um beijo rápido em meus lábios me pegando de surpresa.

— Triste e bom. Foi difícil assistir ao enterro, em contrapartida, sempre é muito bom encontrar minhas amigas. Elas me fazem muito feliz. Sinto falta do convívio.

— Imagino que sim. — Deu uma olhada na papelada sobre a minha mesa. — Tudo certo para mais tarde?

— Sim. Fique tranquilo, não vou fugir nem me atolar de trabalho para não comparecer.

— Tenho certeza que não.

Assim que saiu, comecei a trabalhar, passando quase todo o tempo analisando os papéis que solicitei para bem cedo após a reunião. Alguns dados precisavam ser verificados. Pedi para o almoço ser entregue em minha sala e lá permaneci até o fim do expediente. Sandra transferiu as ligações relacionadas ao trabalho, as demais eram descartadas com uma desculpa. Por isso me surpreendi no final do dia quando me passou uma imensa lista de ligações recebidas e solicitações de entrevistas.

— Parece que a morte da Anna não significou muita coisa para esses abutres.

Com certeza se preocupavam mais com o possível fim do meu noivado do que com a morte da minha amiga, ou ex-amiga. Víboras!

— Muitos deles tentaram subir. Consegui despachá-los sem muito alarde. Foram dispensados da portaria, mas estarão lá fora quando você sair.

— Tudo bem! Já estou acostumada. Por favor, peça aos seguranças para ficarem atentos a minha saída. Vamos evitar que um novo acidente seja a manchete de amanhã.

— Sim, senhora. — Sandra recolheu os documentos para entregá-los ao malote e saiu. Ela era uma boa secretária. Discreta, atenta e muito educada.

Na saída Roger me chamou na sala dele.

— Estou indo para casa. Vou me arrumar e te encontrar no restaurante.

— Estou querendo mudar nossos planos. — Olhei para ele sem entender. — Não conseguimos ficar sozinhos nem um minuto nos últimos dias. — Enlaçou minha cintura me levando de encontro ao seu corpo. — Que tal ficarmos por aqui até a hora de encontrarmos Mia e Henry.

— Você sabe que não gosto de me expor. Alguns funcionários ainda estão no escritório e prefiro evitar fofocas com o nossos nomes.

— Você já ficou várias vezes aqui até tarde comigo. Ninguém perceberá que não estamos trabalhando, até porque ninguém vem à minha sala sem antes ser anunciado. Com exceção de você, é claro! — Roger beijou meus lábios com delicadeza. Permiti. Nosso beijo foi evoluindo e em segundos, ele se deixou consumir por uma fome que o meu corpo não desejava saciar, então o interrompi.

— Viu? — Brinquei para disfarçar o nervosismo. — É melhor não corrermos o risco.

— Tudo bem. Estou com saudades da minha namorada. Parece que todo mundo passou a sentir a sua falta ao mesmo tempo, não nos dando sossego. — Tive que rir imaginando o quanto Thomas se divertiu com sua estratégia.

— É verdade. — Roger se afastou voltando a sua mesa, pegando alguns papéis sobre ela.

— Vou viajar amanhã. Foi meio que emergencial.

— Algum problema com a empresa?

— Não. É pessoal mesmo, preciso resolver alguns assuntos de família. Estarei de volta em dois dias.

— Posso te ajudar?

— Ficar me esperando já é o suficiente. — Sorriu de uma forma que encantaria qualquer mulher.

Contemplei meu "namorado", deslumbrada com a sua beleza. Tão máscula e angelical ao mesmo tempo. Como eu podia não me apaixonar por ele? Sempre tão gentil, carinhoso, atento às minhas necessidades, aos meus sentimentos. Era o homem perfeito, porém para o meu coração, Roger não passava do amigo perfeito.

— Que seja feita a sua vontade. — Sorri de volta, o que Roger encarou como um incentivo.

— Venha cá! Sente aqui um pouco. — Indicou o seu colo. — Você sabe que te adoro. — Concordei. — Cathy, tenho que ser sincero com você. O tempo passou deixamos de ser crianças, como éramos quando namorados.

— Não fomos o tempo inteiro crianças, chegamos a ser adultos. — brinquei já entrando em pânico com o rumo da conversa.

— Eu fui adulto. — Piscou. Fingi um sorriso fraco. — Desviei meus olhos dos dele, fixando-os em minhas mãos sobre o meu colo. — Não estou cobrando nada, Cathy, só te lembrando que agora você é uma mulher. Há algum motivo para esperarmos?

— Roger... — comecei sem saber como explicar que meu corpo continuava não querendo. — Ainda não me sinto pronta. — Ele deu uma risada curta e baixa. — Sei que as coisas mudaram... preciso de um tempo, porque ainda não me adaptei ao que estamos vivendo.

— Vamos para meu apartamento hoje, depois do jantar, deixe que eu te mostre como se sentir pronta. — Exigiu meus olhos suspendendo meu rosto pelo queixo.

— Não hoje. — Roger suspirou. — Quando você voltar... Prometo. — Um pouco decepcionado com a minha recusa, e já mais esperançoso, beijou minha testa, tecendo beijos por meu rosto inteiro me fazendo rir.

— Adoro você!

— Eu também.

"Mas não da forma que você gostaria", pensei com tristeza.

CAPÍTULO 20

Voar sem ter asas

Visão de

CATHY

No horário marcado entramos no restaurante que combinamos com Mia e Henry. Antes de sair do carro os *flashes* já me atingiram. "Que droga!", pensei enfurecida. De nada adiantou esconder o rosto, para os repórteres pouco importava se eu gostava ou não, e tiravam inúmeras fotos, de cada passo, de cada gesto...

Roger ficou ao meu lado segurando na minha cintura de maneira protetora. Fiquei insegura sobre como a imprensa receberia aquelas imagens. Podíamos passar por amigos, no entanto, era certo que não tratariam assim. Meu estômago revirou com a possibilidade de Thomas me ver em várias manchetes com um possível novo namorado.

Conseguimos entrar no restaurante, que, para nossa felicidade, manteve os fotógrafos do lado de fora. Tivemos que aguardar Mia e Henry durante algum tempo. Nenhum sacrifício. Roger conduzia nossa conversa da melhor maneira possível, sempre muito gentil e agradável, no entanto, a preocupação com as fotos e sua possível repercussão, sem contar que temia a reação do Thomas, não me deixava muito participativa.

— Eles vão continuar interessados em você enquanto sentirem a sua resistência. É isso o que vende e é assim que são criadas as celebridades. — Mantinha um sorriso amável nos lábios, sem se incomodar com a invasão da nossa privacidade.

— Gostaria de saber como descobriram que estaríamos neste restaurante? Como esses ratos conseguem estas informações?

— Fique calma! Eles conseguem com as pessoas que precisam de um dinheiro extra. Uma secretária, um porteiro, o gerente do restaurante que verificou as reservas... É muito fácil. — Segurou minha mão, levando-a aos lábios. — Não deixe que isso estrague a nossa noite. Veja Mia e Henry estão chegando.

Olhei em direção à entrada e avistei Mia, que sorria feliz em seu relacionamento. Todos os seus gestos confirmavam sua felicidade. Henry caminhava de maneira segura ao seu lado, a mão na dela, e em um determinado momento, eles se olharam e sorriram confidentes. Nossa! Eu daria o mundo para ter aquela sensação outra vez.

Durante o jantar a conversa fluiu de forma agradável e divertida. Henry e Roger falavam sobre diversos assuntos, demonstrando afinidade, assim como aconteceu com Thomas, lembrei pesarosa do nosso último jantar juntos. Foi estranho assistir as pessoas se adaptando a minha nova vida quando eu mesma não conseguia.

Mia participava da conversa como uma namorada apaixonada, porém algo me dizia que alguma coisa estava errada. Minha amiga parecia esquisita. Havia algo por trás de toda a sua empolgação. Mia me escondia alguma coisa. Para mim bastou este pequeno detalhe para me fazer prestar mais atenção ao que acontecia. Minha amiga não apenas me escondia um fato como estava, de maneira visível, incomodada com algo.

Na tentativa de entender sua atitude, cheguei à conclusão de que Mia sentia medo por estar me apoiando em relação a Roger, enquanto ainda investigávamos a história do Thomas. Mesmo existindo uma grande possibilidade de ter sido uma armação.

Mia receava estar fazendo a coisa errada. Henry também parece ter percebido o seu estado de espírito, pois fazia questão de dar a ela toda atenção. Um verdadeiro companheiro apaixonado, como acontecia comigo e Thomas.

Tentei deixar as comparações de lado e prestar atenção ao que eles diziam, apesar disso, sempre me encontrava perdida em devaneios antes mesmo da conversa chegar ao meio. Percebi que combinaram de sair para dançar quando pediram a conta, o que ressaltava a minha distração.

Não havia ânimo em mim para encarar uma boate. Além do mais, era o lugar menos adequado para quem lutava contra as recordações, afinal de contas, foi em uma boate que beijei Thomas pela primeira vez. Quase enlouqueci naquele dia. Minha pele ficou arrepiada no mesmo instante em que a lembrança das suas mãos e lábios em meu corpo invadiu a minha mente.

— Frio? — Roger estranhou a minha pele arrepiada.

— Um pouco. — Menti. Roger me abraçou passando as mãos em meus braços para aquecê-los.

— Melhorou? — Fingi que sim, sorrindo e me valendo da minha timidez. — Vamos então.

Fomos a uma boate muito badalada, do tipo que Mia e eu gostávamos. Henry conhecia o proprietário e não precisamos enfrentar a longa fila que se formava. Entramos e muito rápido fomos encaminhados a uma mesa vazia numa área mais reservada e bastante luxuosa.

Dentro da boate era escuro, como a maioria, entretanto havia luz o suficiente para nos permitir ver um ao outro. Muito conveniente.

Algumas pessoas conversavam e tomavam champanhe enquanto descansavam em sofás enormes e confortáveis sem deixar de ser elegantes. Outras dançavam na pista que disparava luzes para todos os lados dando um movimento próprio ao ambiente.

"Quantas vezes estive em lugares como este durante a minha rotina ao lado de Thomas? Nada mudou, exceto os personagens principais da trama." O familiar aperto no peito surgiu, como sempre acontecia quando Thomas invadia os meus pensamentos.

Aquele ambiente me remetia a um passado aonde minha vida era perfeita. Eu amava música, amava boates, amava meu trabalho e, sobretudo, amava Thomas. O que sobrou? Nada. Apenas a dor sufocante que insistia em me torturar como se eu fosse a única culpada pelo ocorrido.

À beira de um ataque de choro, tentei me recompor para poupar Roger deste tipo de constrangimento. Eu aguentaria algumas horas naquele lugar e então poderia voltar ao meu quarto e chorar toda a minha tristeza, sem que ninguém fosse magoado.

Estar ali foi difícil. Tentei me distrair observando as pessoas se divertirem. Roger sentou ao meu lado, passando o braço sobre meus ombros. Recebi uma taça de champanhe. Beber poderia ser um problema, ou quem sabe a solução. Tomei um longo gole.

— Gostou do lugar? — Roger falou em meu ouvido. Logo depois beijou meu pescoço com intimidade.

— Sim. — Bebi outro gole evitando continuar precisando mentir. Mia me observava com atenção.

Minha amiga, sentada ao lado do seu namorado, que acariciava seu braço, me passava a sensação de que ela se incomodava com alguma coisa continuava. Trocamos um rápido olhar. Ergui uma sobrancelha, interrogando-a, Mia negou com a cabeça e levou a taça aos lábios. De fato havia algo de muito errado.

— Roger, venha comigo. — Henry levantou falando um pouco mais alto. — Vou apresentá-lo ao proprietário. Com certeza você vai adorar conhecê-lo. É um grande homem de negócios, alguém para manter em nossa rede de relacionamentos.

Mia me olhou de uma maneira estranha. Logo entendi que Henry tentava nos dar espaço.

— Volto logo. — Roger me deu um beijo rápido e seguiu o namorado da minha amiga. Assim que saiu, ela pulou para o meu lado.

— Qual é o problema?

— Diga você. O que está acontecendo? Você está esquisita.

— Não... — Olhou para os lados, incomodada. — Tá legal! Droga! Eu...

— O que está acontecendo, Mia?

— Cathy, Thomas me procurou. Ele... me pediu para ajudá-lo a atrapalhar seu namoro com Roger. É isso. — Soltou o ar como se estivesse tirando um enorme peso das costas. Sorri de verdade pela primeira vez naquele dia.

— Eu tinha certeza que ele me cercava.

— Você sabia? Como?

— Todos os dias ele fica parado em minha rua, fiscalizando de perto. — Mia riu, relaxando.

— Thomas é... Intenso.

— Sim. — Minha alegria temporária começou a desaparecer. Toda e qualquer recordação dele me atingia como um soco no estômago.

— E te ama. — Seus olhos ficaram tristes. — Cathy...

— Por favor Mia! — Fechei os olhos para impedir que a tristeza me alcançasse. — Não posso pensar nisso agora. Roger tem sido... Incrível!

— Mas você não o ama. — Abri os olhos e varri o ambiente buscando com desespero algo que me levasse de volta ao teatro que se tornou a minha vida. Então foquei no que acreditei ser impossível.

Reconheci seu corpo no mesmo instante, apesar de estar em um dos pontos mais afastados e escuros da boate. Se fosse possível meu coração teria saído do peito de tanto que acelerou.

Thomas. Na boate.

Questionei meu juízo me perguntando se voltei ao passado, ou se o destino me pregava uma peça. Enquanto a tempestade se formava dentro de mim, seus olhos intensos em minha direção me desconcertava. Foi como ser queimada viva sem que ao menos alguma dor física me atingisse. Não sei quanto tempo demoramos para entender a situação. Eu estava em transe, vidrada no homem da minha vida.

— Cathy? — Ouvi ao fundo uma voz me chamando sem conseguir ser forte o bastante para me tirar da bolha em que me encontrava. — Está tudo bem? — Com muito esforço consegui desviar meus olhos de Thomas e olhar para Roger, sem entender o que ele queria. — Está sentindo alguma coisa? Você está gelada! — Respirei fundo, tentando voltar à realidade.

— Estou bem! — Dissimulei a resposta. Baixei a cabeça e passei a mão pelo cabelo para clarear as ideias.

Queria fugir, alertar Roger sobre o perigoso de ficarmos ali. Que não tinha forças para estar frente a frente com Thomas sem que um *tsunami* me atingisse. Eu era fraca. E por ser tão fraca, não conseguiria fugir. Desejava, ansiava estar ali, olhando-o, admirando-o, desejando estar ao seu lado.

— Encontrei alguns amigos, vamos cumprimentá-los?

— Claro! — Concordei evitando que Roger percebesse a presença de Thomas, ou que este fato tenha me colocado no transe em que me encontrava.

Olhei para Mia, tensa, demonstrando compreensão. Levantamos para seguir os rapazes. Henry, com as mãos em volta da cintura da minha amiga, parecia ciente da situação mais do que constrangedora e perigosa, por isso buscou obter ajuda do próprio ambiente, nos conduzindo para outro local, sem que precisássemos enfrentar Thomas. Roger parecia alheio ao que se passava. Não conseguia me decidir se isso me confortava ou enlouquecia.

Ele segurou minha mão e juntos, começamos a atravessar a pista, sem levar em consideração o percurso que Henry sugeria. Então percebi que seguíamos na direção de Thomas.

Pensei que não suportaria. Fitei Thomas e o vi se afastar do grupo de amigos. Reconheci em meio a estes, Dyo e Kendel. Foi como uma bofetada na cara. Eles demonstravam pesar, na certa imaginando o que aquela situação significaria para nós dois.

Ao nos aproximarmos, Roger ficou surpreso ao reconhecer meus amigos junto aos amigos dele. "Este mundo é mesmo pequeno, chega a ser sufocante", pensei amargurada.

Roger a minha frente, permitia que eu observasse onde Thomas estava e ver a sua tristeza, na verdade, fui golpeada por ela, que passou por cima de mim sem piedade, me atropelando com sua dor excruciante.

Seus olhos ardiam de pesar, os meus refletiam a sua dor. Lutei contra a vontade de confortar Thomas, dizer que não havia motivo para se preocupar e que ainda o amava muito.

O que eu estava pensando? Thomas fez a mesma coisa comigo. Não, ele fez muito pior, merecia passar por tudo aquilo.

A quem eu queria enganar? Se existisse em mim um lado vingativo, com certeza este momento seria glorioso, no entanto a tristeza e o desespero me consumiam. Confesso que ao ver o sofrimento dele, revelado e transmitido através dos seus olhos, todas as minhas barreiras foram derrubadas instantaneamente.

Eu não queria aquela dor, não queria sentir e nem fazê-lo sentir. A única coisa que queria é que ela fosse embora e levasse com todos os problemas, nosso passado terrível e nossa história tão absurda. Queria acordar do pesadelo que me dominava. Queria abrir os olhos e encontrá-lo ao meu lado, me permitir ser confortada por seus braços calorosos. Naquele instante, assistindo de camarote seu sofrimento, percebi que o meu ecoava o dele, então nada mais fazia sentido.

Com meus olhos ainda nos dele ouvi Roger me apresentar aos seus amigos, me anunciando, em voz alta, até demais para o meu gosto, como a sua namorada. Então me abraçou e tentou beijar meus lábios, o que consegui evitar no último segundo sorrindo sem graça, disfarçando como se fosse um ato de timidez.

Na verdade, precisava evitar aquele sofrimento como se ao fazê-lo pudesse evitar o meu próprio. Ao tentar encontrá-lo outra vez, percebi que Thomas sua ausência. Um imenso vazio se apoderou de mim.

A ausência dele deixou um buraco no seu lugar. Um túnel negro que fazia com que a realidade deixasse de existir, como se, num passe de mágica, o universo se abrisse criando uma fenda imensa que sugava tudo ao seu redor. Desejei que ela me tragasse. O que fiz? Era o meu adeus a Thomas, ou o dele a mim?

— Você está bem? — Roger sorria, falando sem chamar a atenção dos outros.

Olhei em seus olhos sentindo que daquela vez seria impossível mentir, qualquer palavra proferida seria reveladora o suficiente para magoá-lo.

Não entendia os meus sentimentos. Por que me sentia tão machucada? Por que justamente naquele momento estar na presença de Thomas me fez entender de uma vez por todas que nada poderia nos separar? Por que só naquele momento o desespero tomou conta de mim?

Porque foi naquele momento que entendeu de verdade minhas palavras quando afirmei estar disposta a seguir em frente. Foi naquele instante que se permitiu aceitar que chegamos ao fim. No entanto, era tudo uma grande mentira. Minha afirmação era uma farsa, a aceitação dele também. Impossível fugir daquela constatação, porém, Thomas foi embora, levando consigo toda a esperança de um futuro juntos.

Restava-me apenas a desilusão. O gosto amargo da perda. Do fim.

— Vou ao banheiro. — Roger esquadrinhou meu rosto, como não havia o que contestar, acenou com a cabeça e voltou-se para os amigos.

Queria um lugar onde pudesse chorar e depois me recompor, sozinha, sem que qualquer pessoa sofresse comigo. Claro que Roger sofreria ao me ver chorando por Thomas, e eu mais ainda por fazê-lo sofrer.

Em um beco sem saída, me tornava cada vez mais consciente de que meus companheiros seriam sempre a tristeza e a dor. Quem se aventurasse naquela caminhada ao meu lado precisaria suportar o peso dessa companhia.

No mesmo instante que este pensamento se formou em minha mente, percebi o corredor, escuro e vazio em que me encontrava, sendo este o único caminho até o banheiro. Quanta ironia. Caminhei desolada pelo que parecia ser a minha vida.

Antes que alcançasse a porta do banheiro, uma mão grande e forte me agarrou tapando minha boca, me puxando para o que parecia ser uma sala escura. Minhas costas bateram na parede fria. Entrei em pânico. Com o barulho da boate ninguém ouviria meus gritos.

— O que está fazendo comigo, Cathy?

Ouvir a voz de Thomas foi como morfina em um corpo despedaçado. Algumas lágrimas escaparam. Sorri no escuro sentindo o conforto tão desejado dos seus braços.

— Será que eu mereço?

— Thomas! — falei com satisfação, sentindo suas mãos segurarem meu rosto. Ele estava bravo e eu aliviada, dominada por uma satisfação imensurável.

— Você sabe que agindo assim vai me destruir.

Seu rosto muito próximo ao meu me fez sentir viva outra vez. Sua respiração tocava minha pele em uma carícia suave, que me transportava a um lugar confortável e feliz.

— O que preciso fazer para que você acredite em mim? Eu...

Não consegui evitar. Foi uma reação involuntária, muito mais forte do que eu. Meu corpo ganhou vida própria reagindo a Thomas como se dependesse dele para continuar vivendo. Como uma droga, um veneno, que ao invés de matar, me curava e viciava, tornando-me cada vez mais dependente de mais uma dose. De repente eu não podia mais viver sem ela.

Com a emoção e o alívio me dominando, segurei seu rosto e o beijei. Thomas correspondeu no mesmo instante, colando sua boca na minha de maneira voraz enquanto gemia feroz de prazer entre meus lábios.

Eu não sabia onde estava, nem que desculpa arranjaria para justificar o que estávamos fazendo. Desde quando precisava me justificar por estar em seus braços? Era tão certo e tão perfeito que não havia motivo para desculpas. Ocorria tudo como deveria ser: eu e Thomas, juntos, completos, únicos.

Ele me segurou com força contra a parede. Agarrei seus cabelos mantendo-o firme em minha boca enquanto suas mãos exploravam meu corpo, que respondia ao seu toque familiar e tão desejado.

Um vulcão entrou em erupção dentro de mim, fazendo-me esquecer de tudo, menos de suas mãos, seus lábios, seu corpo por inteiro. Thomas levantou minha perna, pendendo-a em sua cintura, sua língua deslizando por meu pescoço. Gemidos e soluços se misturavam ao saírem dos meus lábios enquanto o prazer de ser tocada por ele me dominava.

— Que saudade de você, Cathy!

Nossas palavras se misturavam, nossos corpos se fundiam não me deixando distinguir se o amor da minha vida me dizia o quanto sentia a minha falta, ou se seu corpo me demonstrava com seus gestos.

Sempre que nossos lábios se juntavam uma nova onda de calor percorria minhas veias, fazendo-me ofegar enquanto tentava aproveitar o máximo possível tudo o que me oferecia.

— Eu te amo, Thomas! Não posso mais lutar contra esse amor.

Um gemido alto de prazer preencheu a sala. Não reconheci se partiu de mim ou dele, pois aconteceu no exato momento em que começamos a fazer amor. Ansiosos e enlouquecidos de desejo, nos entregamos ao momento sem pensar em mais nada.

Quando o amor se apossou de nossos corpos deixamos que o êxtase nos dominasse. Ficamos abraçados, maravilhados, enquanto o desejo arrefecia. Thomas distribuía beijos carinhosos por meu rosto e pescoço como fazia ao terminarmos de fazer amor, quando nossa vida ainda era perfeita.

A emoção cedia me permitindo raciocinar melhor. Não como da última vez, quando a raiva me dominou. Foi bem diferente. Entreguei os pontos, aceitando que acabava ali a luta contra meus sentimentos.

Admitir que meu destino seria aquele que temi a vida inteira foi muito difícil. Chega um momento que precisamos reconhecer que a luta é na verdade uma sucessão de fracassos. Nunca o esqueci. Então arranjar novas armas seria prolongar uma guerra já vencida pelo inimigo. Não me restava mais nada a defender.

— Está com raiva de mim de novo? — A voz de Thomas rouca pela emoção quebrou o silêncio do nosso momento.

— Não — admiti. Pelo movimento do seu rosto pude ver, mesmo no escuro, que sorria. E era um espetáculo.

— Parece que voltamos no tempo, para quando nos beijamos a primeira vez. Você se lembra?

— Claro. Como poderia esquecer? — O calor invadiu o meu coração. Foi tão mágico! Amor e razão guerreando dentro de mim. — Fugi de você quando percebi que me entregaria se permitisse que avançasse mais um pouco.

— Você não sabe o quanto te desejei naquele dia. — Riu baixinho enquanto uma música suave tocava do lado de fora.

— Eu tenho que voltar. — Interrompi ao me dar conta da realidade.

Uma onda de tristeza atingiu o meu coração que alguns minutos antes quase transbordara de tanta felicidade.

— Não posso deixar você voltar para ele, Cathy. Não depois do que fizemos. Você me ama, eu te amo, pra quê fingir...

— Thomas, eu preciso voltar.

— Por favor! Não faça isso comigo. Não aguento mais, não vou suportar.

Thomas se partiria ao meio se o abandonasse naquele momento. O mesmo aconteceria comigo. Seria difícil dar qualquer passo que me levasse para longe dos seus braços. Machucá-lo daquela forma me afetava. E a verdade é que voltar para Roger como se nada tivesse acontecido estava fora de cogitação.

— Então o que vamos fazer? Ficaremos trancados aqui a noite toda?

— Sairemos pelos fundos. Vamos para casa, para o nosso apartamento.

Eu protestaria se tivesse forças. Encarando-o me certifiquei de que nunca seria forte o suficiente para ir embora. Nunca mais! Thomas segurou minha mão e me senti completa.

De mãos dadas saímos da sala e deixamos a boate pela porta dos fundos. Foi rápido e sem chamar a atenção de ninguém. Andamos por uma rua curta, escura e vazia até encontrarmos o carro dele. Assim que me vi distante dali enviei uma mensagem para Roger, dizendo que me senti mal e que resolvi voltar para casa, em seguida enviei outra para Mia, contando a verdade, é claro. Depois desliguei o celular.

Ao passarmos de carro em frente à boate pudemos contemplar o grupo de fotógrafos que se aglomerava na porta. Céus! Até quando eles me perseguiriam? Olhei para Thomas para comentar o ocorrido, desisti ao sentir seus olhos fixos em mim. Tão profundos e apaixonados. Tão intensos. Eu não estragaria aquele momento por nada.

Entrar no apartamento me deixou um pouco triste, lutei contra este sentimento, eu precisava ser forte, deixar tudo no passado, como deveria ser.

Fiquei surpresa quando caminhamos em direção ao quarto e Thomas passou direto levando-me para o do final do corredor, destinado a visitas. Confesso que fiquei feliz. Dei um passo, importante, mas ainda era o primeiro de uma longa caminhada, voltar ao nosso quarto exigiria um pouco mais de mim.

Inseguranças a parte, o amor preencheu a nossa noite e, como sempre acontecia, adormecemos um nos braços do outro quando o dia começava a amanhecer. Dormi por horas seguidas, sem que nenhum sonho ou pesadelo me incomodasse.

Minha vida iria continuar e não recomeçar.

CAPÍTULO 21
Coisas estranhas acontecem

Visão de
THOMAS

Abri os olhos e dei de cara com aquelas íris verdes, quase cinza, me observando. Voltei a fechá-los, pensando em tudo o que aconteceu no dia anterior.

— Deus, não permita que eu esteja sonhando, e se for um sonho, não permita que eu acorde. — Ouvi o seu risinho maravilhoso e deixei que um largo sorriso se formasse em meus lábios.

— Desde quando você se apega a Deus?

— Desde que você foi embora. — No mesmo instante seu sorriso se desfez, porém seus olhos continuaram nos meus. Passei as pontas dos dedos com cuidado pelo seu cabelo. — Cathy, eu...

— Não diga nada, por favor! Eu estou aqui com você. É o que importa agora.

Eu me sentia sufocar pela angústia. O que ela queria dizer com aquelas palavras? Cathy reconhecia que ainda me amava, um grande avanço, contudo seria o suficiente para reatarmos?

E não conseguimos as provas necessárias para convencê-la da minha inocência. Tal constatação me fez afundar no desespero.

Conhecia Cathy muito bem para saber que o que aconteceu até aquele momento ainda era pouco para que acreditasse em minha inocência. O silêncio que imperava no quarto me apavorava. Cathy sentou na cama me olhando os olhos. Nada bom.

— Você vai embora? — Minha pergunta saiu sufocada.

— Vou.

— Cathy... — Ela levantou uma mão me impedindo de continuar.

— Já sei tudo o que você tem para me dizer. Você também já sabe tudo o que tenho para falar. A nossa situação não vai mudar porque reafirmamos nosso amor e perdemos o controle ontem à noite.

— Nunca tive dúvida dos meus sentimentos.

— Nem eu. Foi difícil admitir... Está sendo difícil... — Fiz menção de interrompê-la e de novo fui impedido de continuar. – Thomas, a minha vida mudou muito depois de tudo o que aconteceu. Você sabe do meu relacionamento com Roger. – Concordei com o coração dilacerado. – Não posso mudar o passado e não sei como viver o futuro. Estou muito confusa.

— Confusa?

— Sim. Não tenho condições de apagar de minha mente o que aconteceu. — Fez uma pausa analisando meu semblante. — Eu quero acreditar em você. Quero muito! Seria muito melhor, muito mesmo se fosse como você vem tentando me convencer. No entanto, tudo parece tão fora da realidade e ao mesmo tempo tão coerente. Não sei o que pensar.

— Ainda posso te provar que tenho razão.

— Anna está morta, Thomas! — Bradou num misto de angústia e impaciência. — Nada mais pode ser feito.

— Cathy, você nunca quis ouvir a minha versão. Entendo o seu lado, até porque nem eu mesmo acreditava nela, apesar de tudo.

— Por que apesar de tudo?

— Porque desde que te conheci, todas as outras mulheres deixaram de ser atraentes para mim. Eu já sabia disso muito antes de te convencer a me aceitar. Conhecia a Anna, convivemos em diversos momentos de nossas vidas e posso te garantir que nunca pensei nela como mulher. Para ser bem sincero, ela nem fazia o meu tipo. — Cathy riu com ironia. — Se tivesse que me interessar por qualquer uma de suas amigas, com certeza a Mia estaria em primeiro lugar, por ser linda, e tão parecida com você na maneira de pensar e agir. E nem por isso penso nela deste jeito. Ou a Daphne, que é tão bonita que chega a enjoar.

— Vamos esquecer essa história. Ao menos por enquanto. — Cathy levantou da cama. Meu coração acelerou.

— Para onde você vai? — Segurei seu braço impedindo que se afastasse.

— Vou tomar um banho. — Riu do meu desespero. — Tenho que trabalhar. — Hesitou. — Também tenho que pensar no que dizer ao Roger, ou melhor, tenho que inventar uma história. Este é mais um problema.

— Cathy, você não o ama.

— Não. E ele está ciente disso. Nossa relação sempre foi muito sincera, Thomas. — Aquelas palavras me atingiram como uma bofetada. — Não sei como contar a verdade. Roger não merece saber o que aconteceu ontem.

Para amenizar meu desespero, deixei que minha cabeça caísse derrotada em seu ombro. Cathy acariciou meu cabelo com delicadeza.

— Eu me odeio! — Desabafei. — Odeio o fato de, por minha culpa, você agora ter que se preocupar com aquele "almofadinha" como se ele fosse a pessoa mais importante do mundo. — Cathy riu. — O que pretende fazer? Voltar para ele, depois de tudo o que vivemos aqui? Mesmo sabendo que o que sentimos é tão forte que nos impulsionará sempre para este mesmo final? É assim que você quer passar o resto da sua vida?

— Sei que não posso continuar com ele, e vou dar um jeito nisso. — Sorri vitorioso. — Também não posso ficar com você. — Segurei o ar em desespero.

— Mas...

— Preciso de um tempo para colocar a minha cabeça em ordem, resolver o meu problema com Roger para depois decidir a respeito da gente. Por favor, compreenda.

Eu precisava respeitar o que Cathy me pedia. Aquele passo era fundamental para tê-la de volta.

— Tudo bem! — Suspirei. — Quando vou te ver outra vez?

— Não sei. Entrarei em contato. Preciso tentar recuperar o dia e ainda tenho uma explicação para dar. — Fez menção de se levantar, mas hesitou voltando sua atenção para mim. — Ah! Nada mais de montar guarda na porta da minha casa. — Sorriu tímida analisando a minha reação. Admito que me senti envergonhado por ser muito infantil o que o que eu fazia. — E acabe com a missão de enviar os rapazes para atrapalhar as minhas noites com Roger. Não é como você imagina, Thomas. Meu corpo tem vontade própria. — Foi impossível evitar meu imenso sorriso. Abracei Cathy puxando-a para mim e beijei seu pescoço.

— Obrigado!

— Pelo quê?

— Estou agradecendo ao seu corpo por ser fiel a mim. — Cathy sorriu e se afastou, abandonando a cama. No mesmo segundo a solidão me dominou.

Era inacreditável a forma como a vida brincava comigo. Quando mais nada restava para me apegar, surge uma possibilidade de mudança, me desespero, parto em busca de Cathy reencontrando o paraíso em seus braços. Em seguida sou arremessado do céu para o inferno, com a morte da Anna e o fim de qualquer esperança de recuperar o seu amor. Então, como se Deus estivesse do meu lado, surge outra oportunidade e, mais uma vez, sou devolvido ao inferno ao ver

Cathy nos braços do Roger, o que quase me fez desistir de tudo. Eis que surge outra reviravolta, Cathy se entrega ao nosso amor e passo a acreditar que o pesadelo terminou, então ela diz que ainda não sabe o que fazer em relação a nós dois, devolvendo-me ao inferno.

Só podia ser uma brincadeira de péssimo gosto. Deitei de volta na cama, derrotado e esgotado. Puxei o lençol cobrindo-me por completo, tentando me esconder do mundo. Fiquei assim até ouvir a voz dela no quarto.

— Já vou. — Parecia envergonhada. Tirei o lençol do rosto e a encarei sem dizer nada.

A vermelhidão dos seus olhos entregava o choro escondido. Já vestida e pronta para partir, caminhou para sair do quarto.

— Espere! — Respirei fundo tentando me conter. – Vou levar você até a porta — Sorriu ainda triste, contudo, satisfeita.

Descemos juntos. Lado a lado. Não nos tocamos nem conversamos durante o curto trajeto até a sala, que já entregava a presença dos nossos amigos. Olhei pelo canto dos olhos para Cathy, constatando o seu constrangimento, apesar de demonstrar coragem para encarar nossos amigos.

— Tudo bem?
— Sim.
— Se você quiser...
— Está tudo bem, Thomas. Não quero me esconder.

Suas palavras inflaram o meu coração, encheram-no de esperança e me trouxeram felicidade, mesmo que ainda a passos lentos. E assim entramos na sala. Como pensei, Dyo e Kendel já tomavam o café da manhã, que por sinal estava bem atrasado. Deduzi que eles evitaram voltar cedo para casa, depois do nosso desaparecimento. Cathy, mesmo envergonhada, foi até a mesa cumprimentar os rapazes. Graças a Deus, Kendel não fez nenhum comentário que piorasse nossa situação, porém seu sorrisinho entregava seus pensamentos. Ela fingiu não perceber.

— Não vai comer nada?
— Não, Dyo! Como no caminho. Estou muito atrasada e ainda vou passar em casa.

Só então lembrei de que Cathy foi para o nosso apartamento em meu carro. Chamei Eric e pedi para que a levasse. Ela ouviu tudo sem protestar. Perguntei-me se o mais correto seria eu mesmo levá-la, e desisti no mesmo segundo, ciente de que ela precisava de espaço.

— Tudo certo para nosso jantar hoje? — Dyo me chamou de volta à realidade, tocando num assunto de extrema importância. Haviam combinado jantar juntos para que pudesse ouvir a versão do garçom.

— Hum! Melhor não, Dyo. Vamos marcar para amanhã? Acabei me atrasando demais e não sei se vou conseguir resolver a tempo tudo o que tenho para hoje. — Meu agente lançou um rápido olhar em minha direção. Concordei com um gesto de cabeça.

— Tudo bem. Transferimos para amanhã?

— Ótimo!

Fomos juntos até a porta, ela um pouco à frente, eu logo atrás, inseguro, sem querer invadir o seu espaço, nem sufocá-la com a minha necessidade de tocá-la ou de tê-la ao alcance das mãos. A situação foi muito estranha.

Abri a porta em meio ao embaraço de nos movimentarmos tão próximos um do outro sem sabermos como agir na despedida. Ridículo! Fizemos amor a noite toda. Como podíamos estar tão indecisos quanto a melhor forma de nos despedirmos?

Não havia dúvida a respeito do que eu queria, por outro lado existia a dúvida sobre como Cathy queria que fosse. Foi como voltar à adolescência. Depois de um tempo rimos da nossa situação, o que amenizou o clima. Um pouco.

— Então... Tchau. — Cathy foi em direção ao elevador, onde Eric a esperava.

— Cathy! — Ela virou em minha direção e a beijei nos lábios.

Cathy podia me odiar por isso, mas jamais permitiria que fosse embora como uma mulher qualquer com quem passei a noite. Ela era a minha Cathy. O amor da minha vida. Queria deixar isso bem claro.

Quando me afastei ela sorriu de cabeça baixa e foi embora. Fiquei parado à porta, encarando o vazio. Repassando as lembranças e renovando a esperança.

— Vai ficar o dia todo parado aí? — Kendel gritou de dentro do apartamento. Voltei na mesma hora me dando conta de que passei tempo demais ali.

— Dyo está ligando para o Mário tentando transferir o encontro. — Meu amigo me analisava enquanto falava.

Ele queria saber o que aconteceu. Deixei que chegasse ao seu limite, me divertindo vendo-o se esforçar para não parecer uma comadre fofoqueira. Hilário. Quando Dyo voltou para a sala a conversa ficou mais fácil.

— Vocês não voltaram — constatou.

— Não.

— Ela estava bastante tranquila. O que aconteceu?

— O de sempre. Cathy não sabe como lidar com a nossa situação. Está confusa e precisa de um tempo.

— E você?

— Tenho que esperar por ela. Enquanto isso seguiremos com nosso plano. Amanhã vamos fazê-la ouvir o garçom e veremos no que vai dar. Se é de provas que precisa, será o que vou dar a ela.

— Isso é estranho! — Kendel falou com uma expressão engraçada.

— O quê?

— Você. Está muito calmo. Conformado. Isso não é comum. – Dei risada.

— Está ficando mais fácil para mim, Kendel. Ontem, tivemos a certeza de que o nosso amor continua mais forte do que tudo. Cathy ainda está muito magoada, porém tenho certeza de que não vai demorar muito. Preciso ter paciência e confiar mais nela.

— Quanta maturidade! — Kendel brincou e começou a rir.

Visão de Cathy

Sabíamos que seria uma questão de tempo, embora não tivéssemos dito. A certeza de que logo estaríamos juntos de novo aquecia o meu coração. Mesmo com todas as dúvidas e medos. Foi mais fácil acreditar nele e aceitar que a separação deixava de ser uma opção. No entanto ainda existiam algumas pendências. Roger era uma delas, as empresas outra.

O primeiro problema a ser solucionado seria terminar meu relacionamento com Roger, mesmo sem saber se voltaria com Thomas. Da forma como a vida vinha nos surpreendendo tornou-se impossível contar com alguma definição para nosso destino. No entanto, Roger não merecia ser traído. Não por mim, que recebi dele amor, compreensão, amizade...

Como retribuir sua dedicação tornou-se impossível, então cabia a mim evitar um mal maior. Devia isso a ele. Depois precisava resolver a minha situação dentro das empresas. Como seria? Não dava para prever como seria trabalhar ao lado do Roger depois de romper nosso relacionamento. E se voltasse com Thomas, como seria estar com ele e trabalhar com Roger? Com certeza teria mais problemas. Por outro lado aceitar voltar para Thomas, acarretaria em querer a minha vida toda de volta, não apenas o meu noivo, mas meu trabalho também. Muita coisa para pensar quando só conseguiria resolver uma de cada vez.

Quando cheguei Sandra me informou que Roger me aguardava na sala dele. Meu corpo congelou. Eu contava com mais tempo, no entanto teria poucos minutos para ensaiar o que dizer. Entrei em minha sala, organizei meu material e pedi um café, querendo protelar o que me aguardava. Sentia com medo. Muito medo. Chegava a sentir um enjoo forte. Um incômodo na boca do estômago que não permitia que saboreasse o café quente em minhas mãos. Deixei-o de lado, puxando o ar com força, precisava encontrar coragem.

Roger não esperou que eu treinasse minhas desculpas. Diante da minha demora, foi à minha sala. No primeiro instante tive medo da sua reação já que desapareci no meio da noite, deixando-o sozinho na boate. Roger permaneceu parado, me analisando. "Será que desconfia do que aconteceu?", foi horrível pensar nesta possibilidade. Quanto mais me olhava mais envergonhada me sentia.

— Roger, eu... — Ele andou apressado em minha direção e me abraçou com força.

— Cathy! — disse com alívio. — Fiquei tão preocupado! — Soltei o ar preso nos pulmões.

— Pensei que tivesse viajado.

— Preciso mesmo viajar, no entanto, não podia ir sem saber como você estava. — Ele me olhou com ternura. Minha vergonha aumentou. — Você está bem? O que aconteceu? Liguei várias vezes, fui até sua casa, mas...

Roger era tão perfeito. O companheiro ideal para qualquer mulher. Por que não para mim? Seria fácil como respirar. Sem cobranças, sem brigas, infantilidades...

— Eu me senti mal. Tontura, falta de ar, enjoo... — respondi com a primeira coisa que veio a minha cabeça. Roger parou por alguns segundos, como se eu tivesse dito algo revelador, logo sua expressão se desfez. — Você estava com seus amigos e... Acho que o ambiente me deixou um pouco nervosa. — Continuava me encarando, aguardando. – Roger, nós precisamos conversar. — Tomei coragem. Precisava ser forte e acabar com tudo logo de uma vez.

— Espere! — disse de repente. — Estou aqui te enchendo de perguntas e sei que você tem coisas para me dizer. Antes me deixe abusar um pouco da sua amizade. Na verdade não viajei ainda porque precisava muito de você. — Seus olhos ficaram marejados.

— O que aconteceu? São os problemas pessoais que você falou? — Esqueci de tudo o que deveria dizer e me empenhei em ser a amiga que ele precisava.

— Sim. Cathy, estou com medo. — Abaixou a cabeça indefeso. — Fico feliz por você estar comigo. Preciso tanto de você! — Voltou a me abraçar. Afaguei suas costas sentindo um misto de tristeza e ansiedade.

— É minha mãe. — Prendi a respiração. Roger não tinha falado nada sobre sua família desde que nos reencontramos. E vivi tão presa aos meus próprios problemas que nem me lembrei de perguntar.

— O que está acontecendo com ela?

Lembrava muito bem da mãe dele. Sempre muito amorosa. Foi como uma mãe para mim nos nossos primeiros momentos juntos, até mesmo com Roger longe por causa da faculdade, eu fugia sempre que possível para os seus braços, tentando me esquecer de todos os problemas que me oprimiam.

O pai do Roger faleceu dois anos após o seu ingresso na faculdade e sua mãe ficou sozinha. Quando também segui meu destino rumo à Califórnia, foi triste ter que deixá-la e, como me negava a voltar para casa nas férias, acabamos nos afastando.

— Não contei: ela teve alguns problemas nos últimos anos. Tem Alzheimer. O caso já está tão avançado que raramente me reconhece. Tenho feito de tudo para que tenha uma vida confortável, se é que existe conforto numa vida como a dela. — Fez uma pausa puxando o ar. Roger sempre foi um ótimo filho. Com certeza faria o melhor pela mãe. — Quando gerenciava uma das empresas era mais fácil. Com os últimos acontecimentos... fiquei sem alternativas. Precisei interná-la em uma clínica especializada. Doeu muito! Sempre que posso, viajo para vê-la. Ontem fui chamado com urgência porque ela está muito agitada. Fica acordada a noite toda chamando por mim, pedindo para levá-la para casa. Sei que faz parte da doença, mesmo assim dói muito vê-la nesta situação.

— Eu te entendo. — Acariciei seu rosto. — O que posso fazer para ajudar?
— Ficar ao meu lado é suficiente. Você é tão forte! — Sorriu com tristeza.

Perguntei-me se Roger, de alguma forma, pressentiu o que eu faria e, de forma indireta, me pedia para adiar. Mesmo assim, não havia como ser indiferente ao seu pedido. Jamais poderia abandoná-lo naquele momento. Quando me pedia para estar ao seu lado. Foi o que sempre fez por mim e minha obrigação era retribuir. Foi fácil tomar uma decisão, mesmo sofrendo por ter que me afastar de Thomas.

— Pode ficar tranquilo. Estarei aqui. — Minhas lágrimas também se formaram, junto com o nó na garganta que quase me impediu de falar.

— Obrigado, meu anjo! E o que você queria conversar comigo?

— Nada de importante. Você precisa viajar. Vou cuidar de tudo por aqui enquanto estiver fora. Quando voltar, conversaremos. — Assim eu esperava.

Roger concordou e se despediu com um beijo leve em meus lábios. De imediato as lembranças da minha noite com Thomas invadiram meus pensamentos. Como um simples beijo podia ser algo tão diferente?

Bastou bater à porta para eu sentir a necessidade do café antes rejeitado. Chamei Sandra e pedi outro. Sentei encarando a mesa diante de mim. Quando pensei que resolveria um problema, acabei ganhando mais um: Thomas. Como explicar que mesmo amando-o como amava, teria que desistir de nós dois, ao menos por um tempo, para atender ao pedido de socorro de um amigo?

Deixei meu corpo cair sobre a mesa sem coragem para levantar e encarar tantos problemas de uma só vez.

— Dia difícil? — Sandra entrou com o café.

— Muitas decisões e poucas alternativas – confessei, pegando o café que ela estendia em minha direção.

— Entendo. — Permaneceu parada, parecia indecisa. — Se eu puder ajudar...

— Ninguém pode me ajudar nestas questões. A realidade é que não consigo me conformar. Queria poder escolher, porém seria um ato egoísta.

— Sem querer ser intrometida... parece que é mais uma questão pessoal do que profissional. — Sorri sem vontade. — Acredito que seja a eterna dúvida que envolve todas as mulheres. — Sorriu cúmplice.

— Qual dúvida?

— Entre o amor e a razão. Você sabe o que é correto e o que é justo para você, mas o coração não está em harmonia com a sua mente e a leva por outro caminho.

— Muito perceptiva.

— Mais uma vez me perdoe por estar me intrometendo, porém pude notar que o seu relacionamento com o senhor Turner não é o movido pelo coração. E também sei que até algum tempo você era noiva de Thomas Collins. Adoro os filmes dele. – Admitiu, sem graça. — Existe uma diferença gritante entre a maneira como seus olhos brilham ao lado do Thomas e no quanto eles ficam mortos ao lado de Roger. — Mordi meu lábio inferior.

— É. Eu sei.

— Se existe uma dúvida em seu coração entre voltar a viver o que te faz feliz ou fazer alguém feliz, posso afirmar que não é egoísmo colocar sua felicidade em primeiro lugar.

— Mesmo quando a outra pessoa sempre priorizou a sua felicidade? Seria justo se colocar em primeiro lugar quando outra pessoa se dedicou tanto a você?

— Cathy, só podemos dar aos outro o que possuímos. Você não pode amar uma pessoa se primeiro não se amar. O mesmo vale para a felicidade. Jamais conseguirá fazer alguém feliz sendo infeliz. No final será um favor que estará fazendo a ele. Porque é muito melhor sofrer com a realidade do que viver em mundo de mentira, criado para satisfazê-lo. Este mundo não vai existir para sempre. Não é real. Um dia irá ruir e então a dor será muito maior.

O que dizia fazia todo sentido. Bastava ter a coragem para encarar aquilo como verdade absoluta. Fiquei em silêncio tanto tempo que Sandra entendeu como se eu não quisesse mais ouvi-la.

— Bom... Tenho muitas coisas para fazer. Com licença!

— Obrigada! Você tem razão... Em tudo. — Ela sorriu satisfeita e saiu da sala.

O restante do dia tentei ao máximo me concentrar no trabalho. Quando acabou eu já sabia o que fazer. Passei em casa, tomei um banho demorado, como sempre fazia quando precisava de coragem. A temperatura gostosa da noite me ajudou a escolher um vestido preto de alças, justo ao corpo, com barra de renda que dava um ligeiro vislumbre de minhas coxas, e uma sandália alta. Soltei o cabelo que caiu como uma cascata em meus ombros. Peguei uma bolsa, coloquei algumas coisas que poderia precisar, entrei em meu carro e fui em direção a casa dele. A minha casa.

CAPÍTULO 22

Em busca da felicidade, ou do que fosse possível encontrar.

Visão de
THOMAS

Eu queria muito ligar, ou bater a sua porta, mas decidi respeitar o tempo dela. Não seria fácil.

Dyo e Kendel tinham saído. Dyo avisou que não voltaria e Kendel disse que se entregaria à própria sorte. Fiquei em casa sozinho com meus pensamentos. Abri um vinho e tomei a primeira taça ainda preso na nossa noite. Foi perfeita! Escutar dela o quanto ainda me amava foi avassalador. Muito mais do que poderia esperar.

A lembrança da textura suave da sua pele dourada pelo sol, lábios, os sons do nosso amor ecoando noite adentro, da percepção das suas mãos em meu corpo, da sensação quente de estar dentro dela de novo, fazia com que me perdesse no tempo diversas vezes. Cathy era maravilhosa!

Ela afirmou que voltaria a me procurar. Quando? Teria coragem ou condições de permanecer muito tempo longe? Sentei no chão da sala, entre o sofá e a mesa de centro e acendi um cigarro. Minha taça ao meu lado, no chão e meus olhos na varanda, repassando nossa discussão naquele dia fatídico.

Como gostaria de poder voltar no tempo. Evitar que Roger conseguisse esgotar a minha paciência. Evitar que Cathy fosse embora. Evitar tudo o que aconteceu. No entanto, era impossível apagar o passado. O importante de agora para frente seria encontrar maneiras de não perdê-la de novo.

O som da campainha me arrancou dos pensamentos. Levantei sem muita vontade e fui atender. Cathy estava lá. Linda! Foi inevitável me deslumbrar com seu corpo escultural desenhado em um vestido de alças. Ficava perfeita de preto. Aliás, ficava perfeita com qualquer coisa, ou sem coisa alguma.

— Não vai me convidar para entrar?

— A casa é sua. Não precisa de convite.

Saí do caminho dando-lhe passagem. Seu perfume me inebriou ao passar por mim. Andou até uma parte da sala e parou virando em minha direção. Apesar da determinação que demonstrava, havia algo errado que eu não conseguia identificar.

— Aconteceu alguma coisa?

— Sim. Alguns imprevistos. Você está ocupado?

— Não. Algo para beber? Vinho?

— Vinho — respondeu ao escolher sentar onde eu estava antes.

Sorri para a coincidência. Se é que existia uma. Éramos tão sintonizados! Essas coisas aconteciam o tempo todo quando estávamos juntos. Servi uma taça e a entreguei, sentando na posição contrária para podermos conversar melhor.

— Bebendo sozinho? — Olhou pela sala querendo ser discreta, como se procurasse algo.

— Os rapazes saíram — Continuei observando-a. Ela passou a mão pelo cabelo com cuidado e depois bebeu um pequeno gole do vinho.

— Sem vontade para curtir a noite? - Desta vez olhou para mim ansiando pela resposta. Sorri e também tomei um gole do meu vinho.

— Determinadas coisas perderam o sabor para mim – revelei sem deixar que a tristeza atrapalhasse o nosso momento.

— Eu disse que iria pensar em nós e voltaria a te procurar. No entanto hoje aconteceram coisas que me impediram de fazer o que planejei.

— Você não terminou com Roger.

— Não. E não é do jeito que você está pensando. — Sorri sem a menor vontade. Independente de como seria, não deixaria de ser péssimo. Angustiava-me saber que ele tinha mais direitos sobre ela do que eu.

— Vou te contar tudo.

Cathy ficou um bom tempo relatando o que aconteceu e do pedido que o infeliz fez a ela. Explicou porque se sentia na obrigação de aguardar que ele voltasse ou que o problema dele estivesse amenizado.

Ela falava, eu não entendia, não aceitava, não queria concordar que ela teria que ficar com aquele cara até que nada mais existisse para segurá-la ao seu lado. Dentro de mim habitava a mágoa, a derrota e a ferida aberta. Nada poderia ser feito. Cathy decidiu e eu teria que ser forte para compreender e respeitar sua decisão.

— Confie em mim. - Havia outra alternativa?

— E o que vou fazer durante este tempo? Sentar e esperar enquanto Roger posa de seu namorado? — Cathy bebeu o vinho em silêncio.

Não voltei a tocar no assunto. Cathy sofreu muito com tudo o que aconteceu. Eu possuía uma parcela enorme de culpa naquela história. Não pelo que viu da Anna, já havíamos concordado de que foi uma farsa, e sim pela minha contribuição para tornar possível os acontecimentos. Precisava confiar nela e aceitar, mesmo morrendo por dentro.

— Thomas? — Chamou após um longo tempo em silêncio, quebrando o meu devaneio. — Como era antes de mim?

— Antes de você?

— Antes de você me conhecer. Não antes de você se apaixonar por mim, antes de eu entrar em sua vida. Como você era? Não precisa me contar sobre suas conquistas, isso vi com meus próprios olhos.

— Além de tudo o que você sabe... — brinquei e ela riu. — Antes de conhecer você, eu achava a minha vida perfeita. Nunca me preocupei se encontraria o amor, apesar de saber que aconteceria. Amava meu trabalho, meus colegas, amigos, minha família...

— Depois que você me conheceu sua vida deixou de ser perfeita? — Havia tristeza em sua voz.

— Você mudou a minha vida como um todo, Cathy. Mudou minha visão do mundo. Eu achava a minha vida perfeita até te conhecer e descobrir que nada era do jeito que eu pensava. — Ela me encarou por um segundo e depois baixou o olhar.

— Isso é bom. — Bebeu um pouco da sua taça, olhando para o chão. — Sei como é se sentir assim, apesar de nunca ter achado a minha vida perfeita. Também não enxergava as coisas como elas eram. Eu tinha muito medo. — Cathy pareceu perdida em pensamentos. — Como você percebeu? Digo... Como descobriu que nada era como acreditava ser?

— No exato momento em que vi você.

— Você é um grande mentiroso, Thomas! Duvido que tenha pensado assim.

— Lógico que não percebi de imediato. Depois, analisando os fatos, pude entender que foi o que aconteceu. E você?

— Não sei ao certo. Soube que algo estava errado comigo no momento em que você me beijou a primeira vez. Ali tive a certeza de que nada seria como planejei. — Fez uma pausa para beber seu vinho. — O que você pensou quando me viu?

— Você não vai querer saber — gargalhei.

— Claro que quero!

— Bom... — Pensei numa maneira boa de dizer que quis transar com ela no mesmo instante em que a vi pela primeira vez. — Pensei no quanto seria bom ter você em minha cama, embaixo de mim, envolta nos meus lençóis. — Acariciei a sua mão pousada ao lado do corpo. — Desculpe! — Ela segurou em minha mão com delicadeza.

— Tudo bem. Ao menos foi romântico. Se eu fizesse esta pergunta ao Kendel, escutaria um monte de pornografia. — Ri envergonhado por ser o que também pensei.

— Também tive a fase da pornografia — admiti e desta vez ela gargalhou.

— Foi mágico, não foi? — Seu sorriso se perdeu em uma leve tristeza que tentou esconder.

— Foi — sussurrei. Levantei a mão para brincar com seu cabelo. — Antes eu não acreditava em conto de fadas. Você me mostrou que era possível e passei a viver o meu próprio. Foi perfeito! Eu quero tudo de volta. — Fechei os olhos e me concentrei em não estragar o nosso momento. Cathy inclinou a cabeça aceitando meu carinho.

— Eu também — sussurrou com a voz embargada pela emoção. — Como vamos fazer?

— Faremos do jeito que você quiser.

Cathy abraçou meu pescoço e ainda chorando capturou meus lábios. Correspondi com vigor. Minha Cathy de volta aos meus braços, pela sua própria vontade aquecia minha vida.

— Vai passar a noite comigo?

— Não sei se devo.

— Tire os pés do chão, Cathy! — sussurrei quase tocando seus lábios.

— O quê?

— Esqueça o mundo, as pessoas. Esqueça o passado, o futuro. Esqueça tudo. Seja você, a minha Cathy, a mulher que eu amo, e deixe-me ser apenas o seu Thomas. — Levantei carregando-a em meus braços até o quarto em que dormimos na noite anterior.

Naquela noite fazer amor com Cathy teve um sabor diferente e especial. Nós não estávamos só nos amando, estávamos resgatando tudo o que deixamos se perder. Como se reafirmássemos o nosso amor, dando-nos a certeza de que tudo ficaria bem, que no final venceríamos qualquer que fosse o obstáculo porque estávamos juntos.

Pela manhã ficamos um tempo na cama, conversando sobre como faríamos.

— Não sei como, nem sei se vou suportar a culpa por me permitir viver com você outra vez, mas admito que esgotei minhas forças para continuar lutando contra meu coração. — Suspirou escondendo o rosto em meu peito. Por instinto comecei a alisar seu cabelo.

Eu estava feliz. Muito feliz! No entanto nem tudo era perfeito. Cathy ainda sofria pela suposta traição. Não poderíamos ser felizes enquanto esse problema permanecesse sem solução. Decidi mudar o que planejei com Dyo. Iríamos juntos ao encontro do garçom.

— Hoje mesmo nós vamos tirar esta história a limpo e poderemos continuar de onde paramos.

Apertei meus braços em torno dela com mais força, num reflexo à ideia de que não nos separaríamos mais.

— E quanto a Roger? Vai levar aquela ideia adiante?

Tentei o máximo possível não parecer aborrecido ou indignado, apesar de ser como me sentia, mesmo sabendo que ser intransigente colocaria tudo a perder. Tinha, por obrigação, que confiar em suas decisões.

— Você vai contar que estamos juntos? Estamos juntos, não estamos?

Sua expressão serena conseguiu levar um pouco de paz ao meu espírito. Cathy sorriu e se aproximou para beijar meus lábios.

— Eu acho que estamos juntos outra vez — disse com cuidado, como se não estivesse muito certa do que fazia. — E não posso contar ao Roger ainda. — Seus olhos perscrutaram minuciosamente a minha reação. Consegui disfarçar com muito esforço ostentando um semblante tranquilo. — Thomas, preciso que você me entenda e, que assuma que tudo que nós estamos vivendo é culpa sua. Roger tem sido um grande amigo, o melhor que eu poderia ter neste momento. Ele me ajudou de maneira extraordinária quando tudo ficou muito difícil. Nós estamos juntos, ou estávamos até ontem à noite... Preciso ter uma conversa calma e sincera, como ele merece. E...

Mais uma vez Cathy hesitou mordendo os lábios. Passei as mãos pelo cabelo, me preparando para a bomba que viria.

— Não posso contar que estamos juntos, seria muito desleal com ele... Não quero fazer isso.

— E como pretende fazer? — Minha voz saiu rouca.

— Quero terminar na hora apropriada e, além disso, esperar um tempo antes que sejamos vistos juntos de novo.

— Se você não vai terminar seu namoro e nós estamos juntos, eu me tornei seu amante? – Cathy achou graça, dando risada da situação no mínimo absurda.

— Irônico, não?

— Não. É um absurdo passar de noivo a amante, Cathy.

— Eu sei. Mesmo assim, não quero machucar o Roger.

— Quanto tempo?

— Um mês, um pouco mais. Como estamos trabalhando juntos encontrarei o melhor momento para contar a verdade.

— Você vai continuar trabalhando com ele, digo, na empresa?

— Pelo menos durante o tempo que me comprometi, depois poderei decidir o que será melhor para mim. — Engoli meus questionamentos por não ser o momento adequado.

— Tudo bem, se é o que você quer. — Sua expressão ficou mais iluminada ao absorver minhas palavras. Eu continuaria me fazendo de idiota se fosse para vê-la daquela forma. Amava aquela garota e amava a sua felicidade.

— Então... Vou tomar um banho. — Ameaçou levantar, eu a retive para conversar sobre os meus planos.

— Espere um pouco! — Segurei Cathy na cama, me inclinando para beijá-la. — Sobre o que aconteceu, Anna não era a única testemunha. Naquele dia havia um garçom que presenciou tudo. Conversei com ele e descobri alguns detalhes que comprovam a minha inocência. Ele concordou em nos encontrar hoje para contar toda a verdade. — Cathy se perdeu um pouco nos próprios pensamentos.

— Não sei se quero continuar mexendo nisto. Talvez seja melhor deixarmos cair no esquecimento.

— Eu te devo isso, Cathy. Devo a nós dois, para que possamos ficar juntos sem nada que impeça a nossa felicidade. — Depois de um breve tempo em silêncio acabou concordando, então se levantou em seguida para tomar banho.

Fiquei deitado de costas, encarando o teto enquanto ouvia o barulho do chuveiro. Pensei em como me sentia com a volta da Cathy a nossa casa e o que deveria fazer para que ela se tornasse mais confiante em relação a nós.

Precisaria, pelo menos neste primeiro momento, tomar bastante cuidado com minhas palavras e atitudes. Nada de impor a minha vontade, mesmo que fosse para protegê-la. No final das contas, acho que devia ser mais confiante em relação a Cathy, suas decisões e atitudes.

No fundo, minha consciência dizia que não existiam motivos para duvidar da sua capacidade de ser mais sensata e equilibrada do que eu em determinadas situações. Cathy era forte e madura o suficiente para assumir as rédeas da sua vida sem precisar de ninguém para guiá-la.

De maneira inusitada me senti confortável com esta constatação. Eu me orgulhava da pessoa que se tornou e do quanto amadureceu com os ensinamentos da vida. Fiquei feliz, pois a amava e, se precisava de confiança, a teria de mim.

Percebi que Cathy já havia saído do banho quando ouvi sua voz ao telefone, falando com alguém que deduzi ser do trabalho, pois a conversa seguia num tom bastante profissional.

Apoiei o corpo no braço para admirá-la melhor. De repente Cathy ficou tensa e, pelo cuidado que demonstrava, entendi que conversava com Roger.

— Oi. Como estão as coisas por aí? — Aguardei pelas suas palavras. Ela passou um longo tempo em silêncio escutando. — Entendo. Sei como se sente. Posso fazer alguma coisa? — Outra vez ficou calada. — Não acho que devia trabalhar hoje. — Roger passou um tempo explicando, deixando-me cada vez mais impaciente. — Tudo bem então. Até amanhã. — Com um suspiro, desligou o telefone, voltando para os meus braços.

— Está tudo bem?

— Com a mãe dele sim. Parece que ela se acalmou. Espero que dê tudo certo para ambos. — Encostou a cabeça em meu peito. — Roger está no escritório de Los Angeles. Parece que encontrou um problema por lá. Amanhã teremos uma reunião de emergência. Todo o conselho administrativo vai estar presente. A parte boa é que vou encontrar com Sam.

— E a parte ruim?

— Não poderei passar a noite aqui com você. Sam estará comigo e Roger com certeza vai querer passar algumas horas ao meu lado. — Sem me olhar nos olhos, começou a juntar suas roupas espalhadas pelo chão do quarto. — Vou trabalhar. Tenho muita coisa para fazer hoje.

— Irei com você. Vou tomar um banho rápido... — Comecei a levantar da cama, porém Cathy logo tratou de me dispensar.

— Não, Thomas. Se eu ficar te esperando vou demorar ainda mais para resolver tudo, e vamos acabar nos atrasando para o encontro com o tal garçom. Prefiro cuidar desta parte enquanto você se prepara para solucionar a outra. — Cathy já quase vestida demonstrava pressa. Eu não sabia se para resolver ou ir embora.

Coloquei uma bermuda, uma camisa e descemos juntos. Da escada podíamos ouvir a conversa animada dos nossos amigos na sala. Será que eles sabiam de Cathy? Senti seus dedos, enroscados aos meus, pressionarem com apreensão. Sorri confiante.

Descemos de mãos dadas e todos pararam ao nos ver chegar. Foi engraçado ver a reação dos meus amigos. Dyo e Maurício sorriram da maneira discreta própria dos dois. Eric, como o excelente profissional que era, fitou-nos por alguns segundos e depois se virou de volta para a TV. Kendel, como não podia deixar de ser, deu uma risada sacana que deixou Cathy envergonhada.

— Sem comentários, Kendel. — Cathy fez cara de malvada.

— Sem problemas, Cathy. É muito bom ter você de volta. — Ela sorriu abraçando-o.

— Obrigada! Já estou de saída. Bom dia para vocês.

— Não vai nos acompanhar? — Dyo colocou uma xícara sobre a mesa, encarando Cathy com curiosidade.

— Não, desculpe outra vez. Tenho muita coisa para fazer.

— Vejo você mais tarde? — Ela o encarou com curiosidade. — Nosso encontro. Esqueceu?

— Dyo! Acabei esquecendo. Eu... — olhou para mim sorrindo, sem saber o que dizer.

— Eu explico tudo. Pode deixar. — Pisquei para a minha namorada, com o familiar conforto no peito por tê-la de forma tão tranquila outra vez.

Cathy se despediu de nossos amigos com abraços carinhosos de boas-vindas. Caminhamos de mãos dadas até a porta. Antes que saísse a abracei forte, ela retribuiu com a mesma intensidade. Aquele simples gesto acalmou meu coração temeroso.

— Estarei esperando por você na porta da torre, se não se incomodar. — Acrescentei antes que pensasse a cercava de cuidados excessivos.

Cathy sorriu daquela sua maneira peculiar que, naquele momento, entendi, levava luz ao meu mundo.

— Fique dentro do carro, por favor. E me avise quando chegar. — Apertou-se ainda mais em mim, por instinto, corri minhas mãos pelas suas costas prendendo-a. Ela colou seus lábios aos meus com um suspiro, o que quase me fez desistir de deixá-la ir.

Como senti falta daqueles lábios. Precisaríamos de muito tempo até que minha necessidade dela fosse amenizada. Cathy interrompeu nosso beijo e foi embora sorrindo. Olhei para meu relógio e comecei a contar os segundos para encontrá-la de novo.

CAPÍTULO 23
Amor, medo e confusões

Visão de
CATHY

Podia ser loucura, mas me sentia completa outra vez. Uma onda de paz e felicidade tomava conta do meu corpo, me tornando mais leve. Todo o peso da tristeza me abandonou no instante em que entendi que não poderia mais manter a distância.

Samantha acertou quando disse que podíamos escolher entre ser feliz ou não. Eu escolhi ser feliz com Thomas, mesmo que sua teoria fosse errada. Estava disposta a esquecer e aceitar o meu destino ao seu lado. O pior, ou, melhor de tudo, foi a ausência da culpa por aceitá-lo de volta. Em mim só havia alívio.

A pressa de chegar e de sair, não me impediu de perceber que a chuva passou, e que o céu, embora não muito azul, exibia um tom claro. O sol aquecia aqueles que o buscavam. Fechei os olhos e senti como se meu próprio coração estivesse aquecido.

Cheguei ao escritório apressada. Sandra se espantou com a minha disposição, sem saber o quanto colaborou para todas as minhas decisões.

Entrei em minha sala no mesmo instante em que meu telefone começou a tocar. Atendi e era Roger.

— Oi. Você está ocupada? Já liguei algumas vezes — perguntou sem enfatizar nada.

— Não. Você precisa de alguma coisa?

— Na verdade não estou conseguindo falar com Betina e pensei em te pedir para falar com Sandra para organizar os documentos necessários para a reunião de amanhã. Mandei por e-mail para você.

— Ok. Vou verificar. Acabei de chegar. Ainda não liguei o computador. Pode ficar tranquilo vou providenciar tudo.

— Você se atrasou? Aconteceu alguma coisa? — Pareceu mais atento à conversa. Fiquei tensa. O que dizer?

— Dormi até mais tarde.

— Deveria checar as notícias também. Você está em muitos lugares hoje. Quer dizer, nós dois. — Fechei os olhos tentando me concentrar. Os fotógrafos da noite na boate.

— *Paparazzi*. São terríveis!

— Cedo ou tarde as pessoas ficariam sabendo que você tem um namorado novo.

— Não quero ninguém comentando a minha vida. — Fui ríspida. — Não é da conta deles nem de ninguém.

— Pelo visto te incomoda assumir o nosso relacionamento.

— Não é isso — respondi no automático. — Ainda existe muita coisa para ser resolvida. Não queria que esta história virasse manchete. Você entende?

— Entendo. Acho que encontrá-lo naquela noite acabou mexendo demais com você. — Sua voz triste me fez recuar.

— Não posso negar, Roger. Isso tudo é muito difícil para mim.

— Vocês têm conversado? Alguma novidade em relação à teoria dele sobre o que aconteceu?

Meu coração apertou com a menção ao ocorrido. Por mais que acreditasse que superaria, o tom que Roger usou me doía.

— Sim. Quer dizer... Estamos mantendo contato através de Mia. — Inventei a desculpa na hora. — Parece que existe mais uma testemunha. O garçom que estava no bar naquela noite. — Fiz força para conseguir falar com naturalidade. — Vamos nos encontrar com ele hoje para que tudo seja resolvido.

— Então você está bem perto de descobrir a verdade, ou o que Thomas acredita ser a verdade — disse com amargura. — O que vai fazer depois?

— Ainda não conversamos sobre isso. Preciso primeiro ouvir o tal rapaz. — Menti.

— Cathy, sem querer me meter em suas decisões, mas você sabe que, acima de tudo, me preocupo com você e, como disse antes, não acredito que a versão dele seja verdadeira. Desculpe, mas eu consigo enxergar Thomas por trás de tudo para tê-la de volta. Quem pode garantir que este garçom é o daquela noite? E se for? Quem garante que Thomas não pagou ao rapaz para contar uma história que pareça convincente para você? — Precisei respirar com calma, abalada pelas suas palavras. E se Roger tivesse razão? Meu amor por Thomas seria forte o suficiente para aceitar?

— Não quero pensar nisso agora. Preciso tirar minhas próprias conclusões e só poderei fazê-lo depois de ouvir o que o garçom tem a dizer. Então pensarei no resto.

Roger pareceu um pouco contrariado com a minha resposta. Ele desconhecia o fato de que, independente do que acontecesse, eu já havia decidido. Não voltaria atrás, mesmo que me custasse a dúvida eterna.

— Roger, eu preciso saber — falei com honestidade. — Preciso ir até o fim. Entender os motivos de Anna para ter feito o que fez. Entender os motivos do Thomas para ter passado pelo que passou. Preciso descobrir a verdade ou nunca terei paz de espírito. Preciso disso e mereço ser feliz outra vez. — Ficou calado refletindo sobre minhas palavras.

— Então vou com você. Posso te ajudar no que for preciso. Vou organizar algumas coisas e pegarei o primeiro avião...

— Não há necessidade — o interrompi. — Mia virá me encontrar para irmos juntas. — Mais uma mentira. — E você tem coisas a fazer. Sua mãe e todos os seus problemas. Amanhã conversaremos melhor.

— Preciso fazer uma ligação e solucionar algumas pendências antes do meu embarque. Quando tiver alguma novidade, por favor, me avise. Gostaria de te ajudar no que for necessário.

— Claro! — Peguei minha bolsa, tirando o meu celular de dentro. Nenhuma ligação. — Vejo você amanhã. — Desliguei o telefone com a cabeça cheia de pensamentos que não me ajudavam em nada.

Aproveitei para colocar minha agenda em ordem e analisar alguns documentos. Uma hora depois me peguei pensando no porquê Thomas não me ligava. Então me lembrei de que ele desconhecia meu novo número, já que cancelei o anterior. Quase gargalhei pensando no quanto fui boba, me deixando angustiar, enquanto Thomas não poderia fazê-lo se quisesse.

Aproveitei a desculpa para ligar. Já que estávamos juntos outra vez isso lhe dava o direito de ter o meu novo número.

— Alô?

— Oi.

— Cathy? Oi!

— Estou ligando para te passar o meu número, eu troquei quando...

— Eu sei — me interrompeu evitando as recordações indesejadas. — Que bom que tenho permissão para ter o seu número novo.

— Mas não abuse. Lembre-se que...

— Eu sei, eu sei... Roger — afirmou impaciente.

— Ótimo! Obrigada! — Achei graça da sua irritação. — Você me liga quando chegar. Fique dentro do carro. Nos últimos tempos os fotógrafos estão acampando aqui. Tudo por uma manchete de primeira página.

— Tudo bem. Ficarei no carro.

— Ok! Vejo você mais tarde. — Fiquei em silêncio sem saber como encerrar a nossa conversa.

— Estou contando os minutos. Louco para te ver e te tocar. — Minha pele ficou arrepiada. Uma reação exagerada, mesmo assim me deliciei com ela.

— Isso soa muito bem para mim.

— É por isso que estou dizendo.

— Vejo você depois.

— Estarei aí. Nada neste mundo poderá me impedir.

Desliguei o celular e voltei ao trabalho. Com muito mais vontade de acabar logo. As horas passaram e nem percebi. Só me dei conta quando o meu celular tocou. Meu coração acelerou e, como uma adolescente, senti minhas mãos ficarem suadas e um milhão de borboletas em meu estômago.

— Já cheguei. De quanto tempo precisa?

— Em vinte minutos estarei aí. - Meu coração disparou. Deus! Como eu o amava!

Fiquei sorrindo para o celular até que Sandra entrou na sala com algumas correspondências. Eram relatórios enviados por outras filiais para a reunião do dia seguinte, além de documentos e propostas para analisar. Passando os papéis encontrei um envelope pardo sem nenhuma identificação.

— O que é isso, Sandra? — Fiquei intrigada com o envelope sem emissor ou destinatário. Poderia ser de outro setor ou da própria Sandra que acabou misturado aos meus documentos.

— Não sei. — Franziu o cenho analisando o envelope em minhas mãos. — Não estava aí quando separei o que iria te entregar. — Soltei-o no mesmo instante. No país em que vivíamos era um risco abrir uma correspondência nessas circunstâncias.

— Chame a segurança e não toque neste envelope.

Foi uma verdadeira confusão. Os seguranças optaram por chamar os bombeiros e os bombeiros o esquadrão antibombas. Eu só conseguia olhar para o relógio e ficar cada vez mais angustiada com a demora. Thomas me aguardava e eu queria mais que a bomba explodisse logo para acabar com tudo aquilo e assim poder estar com ele.

Após quase uma hora aguardando, fui informada que o envelope continha apenas fotos. Fotos? Aliviada voltei à sala, percebendo que todos me encaravam expectantes, afinal de contas eu havia recebido a correspondência e o caos se instalou em todo o escritório.

Assim que cheguei, notei a pilha de fotos espalhadas sobre a minha mesa. Quem me enviaria fotos? Aproximei-me mais para ver do que se tratava e então entendi. Eram fotos de Thomas acompanhado de uma mulher, que verifiquei, chocada, ser Mia, minha melhor amiga.

Ela entrando e saindo da casa dele, eles em um restaurante. Os dois saindo juntos do nosso apartamento. O que era aquilo tudo?

Juntei as fotos em uma única pilha e agradeci a todos pelo esforço. Sandra me ajudou facilitando a saída dos policiais, bastante firme, sem ser grosseira, contudo agitada. Ela entendia como me sentia após aquela revelação.

— Não tenho ideia de como foram parar aí.

— Quem esteve em sua mesa?

— Várias pessoas. Recebi estes documentos ao longo do dia. Muitos passaram pela minha mesa. E me ausentei diversas vezes. Não tenho como saber como elas foram parar aí. Sinto muito! Desculpe!

— Tudo bem, Sandra. Não é culpa sua. Por favor, tome mais cuidado.

— Vou ser mais cuidadosa. Precisa de mais alguma coisa?

— Não. — Coloquei as fotos em minha bolsa. — Na verdade estou atrasada. Tenho que ir. — Saí o mais rápido possível.

Thomas e Mia tinham uma explicação a me dar. Implorei para que fosse bastante convincente. Não suportaria passar por tudo de novo.

CAPÍTULO 24
Novos acontecimentos

Visão de
THO
MAS

Parei o carro logo após o *World Trade Center* e fiquei observando a sua imensidão enquanto aguardava Cathy. Não precisava me preocupar com fãs enlouquecidos cercando o meu carro, o vidro escuro impedia que alguém, mesmo de perto, enxergasse o motorista.

Os fotógrafos também não me reconheceriam. Olhei para o relógio ansioso para abraçá-la e saciar o meu desejo pelos seus lábios. As poucas horas que ficamos separados quase me enlouqueceram, por isso, faltando alguns minutos quase desci do carro para buscá-la de tanta ansiedade.

Peguei o celular para ligar de novo, parei antes de completar a ligação. Cathy precisava do seu espaço, eu não iria invadi-lo. Tamborilei os dedos no volante tentando pensar em outra coisa, como no caminho complicado até o Harlem e no trânsito caótico.

Enquanto aguardava e, absorto em meus pensamentos, não percebi que outro carro, com os vidros tão escuros quanto os do meu, estacionava mais adiante. Olhei pelo retrovisor avistando Cathy saindo da torre norte e procurando por mim. Meu sorriso radiante surgiu sem nenhum esforço. Vi alguns fotógrafos, respeitando uma distância mínima, imposta pelos seguranças do prédio, ou da empresa, tentando captar o máximo de imagens dela. Suspirei sem me sentir indignado, mais encantado com a presença dela do que irritado com qualquer outra coisa.

Comecei a me preparar para recebê-la quando avistei o mesmo homem que encontrei na casa da Anna.

Não tinha como não o reconhecer. A garra subindo em seu pescoço o tornava inconfundível. Em sua mão direita havia uma arma que empunhou em minha direção sem se preocupar com as outras pessoas que andavam pela rua movimentada. Por reflexo olhei para trás para me certificar da segurança de Cathy.

Ao perceber que iria atirar, engatei a ré e fui o mais rápido possível ao encontro dela. Senti o primeiro disparo atingir o para-brisa e me encolhi em defesa. "Graças a Deus mandei blindar todos os meus carros depois do que aconteceu com Cathy", pensei ao perceber que a bala não conseguiu penetrar no vidro, caso contrário, estaria morto.

Assustados, alguns seguranças ainda pensavam no que fazer e, sinceramente, atirar de volta em meio a tantos transeuntes era reação fora de questão. O pânico se instalou e as pessoas correram tentando se afastar o máximo possível do alvo, que pelo visto éramos Cathy e eu. Alguns seguranças reergueram do chão se preparando para agir, eu não podia esperar por eles. Parei de maneira brusca ao lado dela, que em pânico ficou petrificada na calçada, sem saber o que fazer ao perceber a confusão.

— Entra, Cathy! — gritei ao abrir a porta do carro. — AGORA!

Ela se jogou no banco do carona, no mesmo instante engatei a primeira e arranquei, passando pelo atirador que corria em direção ao seu carro para continuar tentando cumprir com seu objetivo.

— O que foi isso? Por que ele atirou no carro? O que aconteceu? — Cathy gritava desesperada querendo respostas que eu não poderia dar.

Olhei pelo retrovisor, e como havia previsto, o carro nos perseguia diminuindo cada vez mais a distância entre nós.

— Droga! — Pisei no acelerador prestando o máximo possível de atenção ao caminho e na movimentação das ruas por onde eu passava em alta velocidade. Minha mente trabalhava a mil por hora sem achar uma saída.

— Ele está nos seguindo? Thomas me responda alguma coisa! — Seu grito preencheu o carro me fazendo reagir.

— Coloque o cinto de segurança! — gritei ao perceber que o carro se aproximava cada vez mais.

— Por que está fazendo isso? O que ele quer? — Continuava a gritar.

— Não sei! – Rebati impaciente. — Pare de gritar e ligue para a polícia. — No mesmo instante, diversas balas atingiram o vidro traseiro do meu carro transformando-o em um mosaico e me impedindo de enxergar o que acontecia atrás de mim. — DROGA!

Cathy tirou o celular da bolsa e muito nervosa discou o número da polícia. Fiz uma curva a toda velocidade, forçando os pneus a cantarem sobre o asfalto, enquanto tentava alcançar a Quinta Avenida. Cathy explicava ao atendente o que estava acontecendo e, entre lágrimas, descrevia o nosso percurso.

Percebi, tarde demais, o carro do atirador praticamente ao meu lado.

— Cathy, segure-se! — gritei antes do impacto. O carro dele se jogou contra o meu tentando me fazer bater ou até mesmo capotar.

Consegui com muito esforço manter o carro na pista, mas se continuássemos acuados não sei se conseguiria resistir por muito tempo. Outra bala atingiu a porta do carro e mais duas tentaram quebrar o vidro sem sucesso.

— Ai meu Deus! — Uma Cathy desesperada acompanhava toda a ação. Eu só queria tirá-la dali.

Foi quando ouvi ao longe as sirenes das viaturas. No mesmo instante senti meus músculos relaxarem conforme entendia a ajuda recebida. O som se aproximava e muito rápido os carros nos alcançaram. Comecei a diminuir a velocidade, então o que nos perseguia passou por nós, lançando mais uma saraivada de balas e seguiu com velocidade com algumas viaturas em seu encalço.

Diminuí até parar o carro e olhei para Cathy. Ela tremia muito, chorando aterrorizada quando a puxei para meus braços, e assim ficamos até que um policial forçou a porta pedindo que descêssemos.

Assim que consegui sair alguns policiais me cercaram enquanto outros ajudavam Cathy em choque. Expliquei a eles tudo o que aconteceu desde o princípio. Omiti a informação de que já conhecia o sujeito e do seu provável envolvimento com os acontecimentos da noite em que Cathy me pegou na cama com Anna.

Não sei dizer o porquê. Pressentia precisar aguardar um pouco mais. Enquanto conversava, Cathy se apertava em meus braços a procura de segurança. Tentei me manter calmo.

Liguei para Dyo, meu amigo e agente era a pessoa mais indicada para me ajudar naquela situação. A população se aglomerava na rua e logo diversos flashes eram disparados em nossa direção.

—Você precisa sair daí agora. — Dyo falou.

— Os paramédicos estão atendendo Cathy. Ela está muito transtornada. — Passei as mãos pelo cabelo, mantendo a cabeça baixa.

— Droga, Thomas! Esta merda tem que ser comunicada à polícia.

— Não é o momento certo, Dyo. Confie em mim.

— Ok. Vou ligar para Raffaello. Vá para a delegacia. Tente manter a calma e traga Cathy para casa.

— Vou fazer isso.

Como previsto, Raffaello já estava na delegacia quando chegamos para prestar depoimento. A entrada tomada por repórteres e fotógrafos previa que muito seria falado naquele dia. Mia chegou logo depois, provavelmente avisada por Dyo. Foi o que conseguiu acalmar um pouco a Cathy.

O restante da tarde foi difícil e cansativo. Ficamos o tempo todo de mãos dadas e repetimos inúmeras vezes como tudo aconteceu. Graças a Deus, Cathy pouco sabia sobre o ocorrido de fato. Negligenciei algumas informações mantenho-a distante de tudo. Pelo menos até tivesse certeza de que ela estaria a salvo.

A polícia seguiu o carro do atirador durante quase vinte e cinco minutos e acabaram perdendo-o pelas ruas do Harlem. O nosso destino previsto antes de sofrermos o atentado. Foi quando me lembrei do motivo de estarmos juntos naquele horário: o encontro com Mário.

Peguei o celular e tentei ligar várias vezes, chamava e ninguém atendia. Comecei a ficar apreensivo. O depoimento dele era de vital importância.

Ouvi diversas justificativas para sustentar incontáveis teorias formuladas pelos agentes. Nenhuma delas se aproximava do meu raciocínio, também pudera, omiti informações tanto na morte da Anna quanto naquele incidente. Minha convicção de que existia uma importante ligação entre o que aconteceu naquela noite no bar, a morte da Anna e aquele atentado que sofremos, não me deixava acreditar m mais nada.

Um mesmo personagem esteve presente em dois destes acontecimentos. O homem com a enorme tatuagem e o cavanhaque de mau gosto. Para minha infelicidade ainda não podia informar este fato à polícia, pois corria um sério risco de Mário se recusar a confirmar o que me contou, e jogar por água abaixo a minha chance de provar a Cathy que tudo não passou de uma armação.

Entender o motivo era a parte mais difícil. Óbvio que alguém nos queria separados para prejudicar a mim ou a Cathy, talvez a ambos. Só conseguia pensar em duas pessoas que poderiam querer, a qualquer custo, alcançar este objetivo: Roger, mas quis acreditar que sua obsessão tinha limites. Por mais que o odiasse nunca o julgaria capaz de coisas tão terríveis, até porque sempre respeitou a vontade da Cathy e, pelo menos para ela, vinha demonstrando uma grande amizade.

A outra pessoa, e a mais óbvia, era Lauren. Seria possível mesmo trancafiada em um hospício e, até onde eu sabia, sem nenhum resquício de sanidade mental? Iria me certificar disso assim que estivesse longe da delegacia e com Cathy bem tranquila em meus braços. Se Lauren tivesse algo a ver com aquilo com certeza seria fácil descobrir.

Fomos liberados e tivemos que pegar uma carona com Raffaello, pois meu carro ficou para ser periciado, quando fosse liberado iria direto para uma oficina, ou para o ferro-velho. Graças a Deus Eric contratou mais dois homens para cuidar da nossa segurança na saída. Aqueles caras conseguiam transformar um incidente dessa gravidade em um circo.

A mesma repórter inconveniente da outra vez estava a postos para nos interceptar. Fiz questão de mudar a direção para evitar um confronto direto, a mulher foi mais rápida e muito mais perspicaz. Não consegui evitar que despejasse as suas perguntas venenosas, constrangendo Cathy.

— Cathy, ontem tivemos uma chuva de fotos suas com um novo namorado e hoje estamos procurando respostas para mais um atentado envolvendo você e seu ex-noivo, Thomas Collins. Você tem algo a dizer?

Cathy ficou tensa. Com os seguranças ao seu redor, tentou passar pela multidão sem ser interceptada e muito menos obrigada a responder perguntas maliciosas.

— Thomas, quem é a linda mulher com quem você foi visto nos últimos dias? De que forma seus encontros estão vinculados ao seu ex-relacionamento com Cathy Brown?

Eu nem sabia do que ela falava. Provavelmente mais uma das mentiras descaradas que eles inventavam. Mesmo assim fiquei com muito medo que pudesse atrapalhar a minha volta com Cathy.

Deixei que os policiais cuidassem de tudo e fomos embora. "Sem declarações desta vez", pensei com ironia e raiva. Pelo menos, depois de toda aquela loucura, eu podia ter uma única satisfação: todos me viam ao lado de Cathy e a história da separação seria desmentida, apesar de ser uma verdade.

Fomos direto para o nosso apartamento. Cathy pediu a Mia que passasse em sua casa e pegasse algumas roupas e objetos pessoais, o que me deixou feliz. Tudo indicava que passaríamos a noite juntos. Na medida do possível nossa vida voltava ao normal.

O apartamento estava movimentado. Toda a minha equipe tentava nos ajudar na batalha exaustiva de acalmar os amigos e parentes não presentes, além das tentativas irritantes dos repórteres querendo um furo a todo custo. Pelo visto todos os meios de comunicação já tinham divulgado o ocorrido.

— O que devemos dizer? — Kendel e Dyo questionaram a todo vapor articulando a melhor maneira de nos tirar daquela situação sem nos expor muito.

— Sara concordou em dizer que foi uma tentativa de sequestro. A polícia vai sustentar esta versão. — Dyo, de frente para o computador, buscava por todas as notícias. Ao fundo a TV ligada tinha seus canais trocados o tempo todo, enquanto Eric e Kendel viam e reviam os telejornais.

— E quanto àquela repórter... Adriana... Adriana alguma coisa. Ela não para de procurar um furo sobre o relacionamento deles. — Kendel olhou para mim.

— Ninguém precisa saber o que aconteceu de fato e, para todos os efeitos, nós nunca nos separamos. — Cathy levantou a cabeça ao ouvir a minha declaração e sorriu.

— Tudo bem... — meu amigo voltou a assistir a TV enquanto atendia às centenas de ligações. Os telefones não paravam.

Passei meia hora com minha mãe ao telefone repetindo tudo o que aconteceu e jurando que não sofri sequer um arranhão. Reafirmei a conclusão da polícia: foi uma tentativa de sequestro, devido a minha fama e dinheiro.

Minha mãe queria abandonar tudo para ficar comigo por alguns dias, dizendo que precisava se certificar de que eu estava mesmo bem. Fiz um enorme esforço para convencê-la de que seria desnecessário e jurei que estaria com ela o mais rápido possível.

Além de tudo me fez prometer que reforçaria a segurança. Coisas de mãe! Concordei, até porque quem quer que estivesse aprontando para a gente, não jogava para perder. E eu pensava em especial na segurança de Cathy. Os três tiros que levou da Lauren foram mais do que suficientes para me manter ainda mais alerta.

Observei Cathy conversar com diversas pessoas ao telefone, dentre elas Samantha e Roger. Sam estava em pânico, com as malas prontas e o jatinho aguardando. Cathy tentou impedi-la de viajar para Nova York e não conseguiu.

A conversa com Roger foi mais curta. Ele estava em Los Angeles e precisava resolver alguns assuntos. Queria apenas mesmo verificar o bem-estar de Cathy. Estranho para alguém que se preocupava tanto com a sua "namorada". Contudo não perdi nem dois segundos nesta linha de raciocínio. Com certeza ele também nos viu juntos e de mãos dadas em todos os canais.

Sara ligou várias vezes, passando muito tempo ao telefone comigo, Cathy, Dyo, Kendel e até mesmo Erick. Pelo tempo que conversamos deu para perceber que compartilhava minhas ideias. Eu ainda não queria externá-las e prometi que ligaria mais tarde para conversarmos com mais tranquilidade.

A ligação que mais nos surpreendeu e ao mesmo tempo alegrou, foi a da Helen. Nós não tínhamos mais tanto contato devido à loucura em que a minha vida se transformou desde que tudo aconteceu. Até mesmo Cathy só conversou com ela uma única vez nesse período.

— Assim que estiver tudo resolvido, Helen, prometo. — Cathy sorriu e olhou para mim. — Claro. Nós vamos adorar! Combino tudo com Thomas.

Quando desligou Cathy levantou do sofá e caminhou em minha direção. Não pensei que seria tão explícita, já que estávamos cercados por nossos amigos, no entanto, ela me abraçou e afundou a cabeça em meu peito. Envolvi seu corpo com meus braços e beijei o topo da sua cabeça.

— Quer descansar um pouco? Seria ótimo se você conseguisse dormir — sussurrei em seu ouvido enquanto beijava seu pescoço com carinho.

— Não quero ficar sozinha. — Inclinou a cabeça deitando o rosto em meu ombro.

— Vou com você. — Cathy levantou o rosto me olhando nos olhos. Aquele olhar dizia tantas coisas ao mesmo tempo.

De repente nada mais existia além de Cathy, eu e o amor que sentíamos um pelo outro. Toda a sala desapareceu levando consigo o barulho. As pessoas também se foram e o mais incrível, foi que o chão fluidificou. Nós levitávamos presos por nossos braços e olhos.

— Eu amo você — confessei sem muito esforço.

— Eu também.

— Vamos subir? — Ela concordou e sem que precisássemos avisar, entrelaçamos nossas mãos e subimos em direção ao quarto.

CAPÍTULO 25
Amor e medo

Visão de
THOMAS

Tomei o caminho do quarto que estávamos usando. Quando chegamos à porta do nosso quarto, Cathy hesitou. Parei sem saber ao certo o que ela queria. De cabeça baixa, parada em frente à porta do quarto onde tudo aconteceu, onde as recordações eram as mais dolorosas possíveis, parecia sofrer. Então, como se tivesse tomado uma grande decisão, levantou a cabeça abriu a porta e entrou.

A princípio pensei que queria se resolver com as suas memórias e confesso que fiquei aterrorizado com a possibilidade de ela desistir de nós dois. Cathy observou o quarto, como se cada detalhe fosse de extrema importância. Seus olhos se concentraram na cama. Estremeci. Com passos tímidos caminhou até ela.

— Você trocou a cama? — Sua voz saiu baixa, receosa.

— Sim.

— Por quê?

Puxei o ar, preenchendo os pulmões, enquanto pensava na melhor maneira de explicar. Suspirei.

— De alguma forma eu acreditava que você voltaria. Não podia fazer nada a respeito das suas lembranças, no entanto, poderia amenizar um pouco o sofrimento causado por elas. Seria incorreto deitar outra vez naquela cama indigna de você. Então troquei.

— Se você acredita que foi uma armação, então porque acha que eu sentiria pesar pelo que vi?

— Porque ninguém pode apagar o que já viveu. Sobretudo a dor causada por determinadas experiências. Independente de ser ou não uma farsa, a tristeza pelo que viu existe e te machuca muito. A dor é profunda, eu sei. Além disso, durante muito tempo acreditamos naquela verdade e sofremos por causa disso. Superar é um passo importante e complicado, enquanto esquecer é impossível. Nunca me perdoarei pela dor que causei a você... — Passei as mãos em seu cabelo enquanto ela acompanhava com atenção as minhas palavras. — Nunca vou esquecer a dor em seus olhos naquele dia. A representação perfeita da infelicidade. Acredite quando digo que sua dor também foi minha.

— Eu acredito! — Murmurou.

De repente seu semblante começou a modificar. Havia suavidade e brilho em seu olhar, também a paz que tanto procurávamos e julgava perdida para sempre. Ela sorriu com doçura.

— Se estou te aceitando de volta é minha obrigação deixar com que as recordações fiquem no lugar criado para elas: no passado.

Fui tomado por uma urgência absurda. Cerquei seu corpo com meus braços, puxando-a para mim. Cobri seus lábios com os meus num beijo cheio de amor e devoção. A saudade agitava todas as minhas células e quanto mais tentava saciá-la, mais desejava estar em seu corpo quente. Naquele momento nada mais me importava.

Pensei se deveria deitá-la na cama nova. Ela disse que iria superar, mas quem pode entender a cabeça de uma mulher? Cathy, como se tivesse ouvido meus pensamentos, inclinou o corpo em direção à cama fazendo minha insegurança virar fumaça.

Sem pensar nas pessoas presentes no nosso apartamento, no andar de baixo, fizemos amor e finalmente a cama foi inaugurada.

Deitada em meu peito, Cathy ficou pensativa. Não quis interromper o seu momento, até porque precisava do mesmo silêncio para me perder em minhas próprias indagações. Questionava-me se todas as pessoas pensavam como eu quando reconheciam estar amando. O sexo tinha esse sabor tão especial, único, que nunca experimentei antes? Ou a sensação era minha, devido ao amor que sentia por ela, que chegava a ser maior do que o que sentia por mim?

Deixei um suspiro escapar dos meus lábios trazendo a atenção dela para mim. Cathy levantou um pouco a cabeça me encarando. Foi tragado por seus olhos, conseguindo enfim, entrar em seu mundo e me vi feliz nele, sorri e fui retribuído de maneira espetacular.

— Eu também — disse manhosa. Levantei uma sobrancelha sem entender o que queria dizer. — Você está dizendo que me ama... Com os olhos. Eu respondi.

Dei risada. Afaguei seu cabelo. A sensação maravilhosa após tanto tempo de separação. Depois deixei meus dedos percorrerem seus braços sentindo a suavidade de sua pele.

— Preciso de um banho. Será que Mia já chegou com minhas coisas?

— Vou verificar e te encontro no banho. — Cathy me olhou com aprovação e levantou em direção ao banheiro. Desfilou seu corpo nu para o meu deleite.

— Não demore — disse sem olhar para trás num tom cheio de promessas.

Sem perder tempo vesti o primeiro *short* que encontrei e desci para verificar. Meus amigos continuavam reunidos na sala. A tensão no ambiente me assustou.

— O que houve? — Eles se entreolharam especulando quem deveria contar. Como sempre Dyo se adiantou.

— Algo muito sério. — Colocou as mãos no bolso. Um gesto que eu bem conhecia. Ele estava tenso, sem saber como resolver a situação.

— Isso já percebi. O que aconteceu?

— Thomas, acabamos de ver nos noticiários que um acidente aconteceu no Harlem. — Pensei em Mário na mesma hora.

— Mário está morto — afirmei entendendo a situação e Dyo confirmou. — Como?

— O carro dele explodiu. A polícia acha que um curto circuito pode ter causado um incêndio que provocou a explosão na hora em que deu partida. Estão aguardando os laudos da perícia. — Dyo repetia o que foi dito nos jornais. Nós sabíamos a verdade: Mário foi assassinado. A sua morte estava relacionada ao que acontecia com a minha vida.

— Isso é preocupante e assustador. Mário era minha última testemunha. Se for verdade o que estamos pensando, alguém está muito empenhado em impedir que Cathy descubra a verdade.

— Como você vai contar a ela? — Mia, aparentando estar perturbada com os últimos acontecimentos, entrou na conversa.

— Nós já conversamos e nos acertamos sem precisar de mais testemunhas. Cathy acredita em mim e não vamos mais nos separar. — Sorri discreto, sem querer festejar em um momento tão delicado. — Precisamos nos atentar para o fato de que existe alguém lá fora muito interessado em nos manter separados. Duas pessoas já morreram e hoje passamos por momentos bem difíceis, estou bastante preocupado com a segurança dela.

— E com a sua também. Esta pessoa pode estar interessada em te manter solteiro, ou a Cathy, não sabemos ao certo quais são os objetivos dela, ou dele. — Kendel me alertou.

— É verdade, Thomas. Você corre tanto risco de morte quanto a Cathy. — Dyo completou.

— Tudo bem. O que vamos fazer?

— O que aconteceu?

Paramos de imediato a conversa quando Cathy irrompeu na escada. Ela desceu cada degrau com o medo estampado no rosto. Vestia meu roupão preto que ficava enorme nela e tremia, não sei se pelo frio ou pelo que poderia descobrir. Com todas as notícias fiquei tão desorientado que acabei me esquecendo de levar suas roupas.

Segurei sua mão transmitindo força. Seus olhos me questionavam, cobravam a verdade. Cathy precisava saber de tudo, pois também corria perigo. Sentamos no sofá, com todos nos observando, o que aumentava a tensão, então comecei a explicar a minha teoria e como os fatos se encaixavam. Por fim contei do suposto assassinato do Mário e dos riscos que corríamos.

— Não precisa entrar em pânico. Eu já tenho até um suspeito, apesar de ser bem pouco provável.

— Lauren? — Confirmei com um gesto rápido, observando a sua reação. — Como? Ela continua internada. Só se... Ligue para Sara. Peça para descobrir quem tem visitado Lauren nos últimos meses. Alguém pode estar agindo sob suas ordens. — Cathy ficou pálida. Droga! — Meu Deus, Lauren nunca vai esquecer!

— Não sabemos se é ela, Cathy. Vamos pedir esta lista, assim poderemos ter certeza de alguma coisa. — Concordou, contudo o terror de ter mais alguma experiência desagradável por causa da Lauren, dominava a sua mente. — Vai ficar tudo bem. Eric vai reforçar nossa segurança.

— Ninguém pode saber que estamos juntos. Lauren pode desconfiar. Se formos discretos poderemos enganá-la enquanto tentamos descobrir a verdade.

— Tudo bem, amor! Vamos fazer do jeito que você quiser. — Alisei seus braços passando confiança, mas olhei para Mia pedindo ajuda. Alguém precisava acalmar a minha namorada enquanto eu resolvia a nossa vida.

— Cathy, eu trouxe as suas coisas. Vamos subir para você se trocar? — Cathy concordou e subiu com Mia, me deixando sozinho com nossos amigos.

— Precisamos de ajuda. Não podemos ir até a polícia, pois pode chamar mais atenção para o caso e acabar vazando, aí nunca conseguiremos pegar o culpado. — Comecei a falar.

— O correto é ir à polícia, Thomas. Você tem provas suficientes para que eles comecem a procurar o cara que tentou te matar hoje. — Dyo falou impaciente. Eu o entendia. Seria complicado trabalhar sob a mira de um louco, ou uma louca.

— Não temos provas, Dyo. É a minha palavra, e tudo pode ser interpretado como uma tentativa de enganar Cathy para que reate o relacionamento. Já pensou se este caso for parar nos jornais e na TV?

— Entendo seu ponto de vista, porém se essa pessoa continuar tentando, vocês estarão correndo um risco muito grande. Tenho certeza que Sara concordará comigo.

— Vamos fazer o seguinte... — Kendel começou a falar... — Tenho um amigo investigador. Ele pode manter o caso bem escondido enquanto procura maiores informações ou provas sobre o cara da tatuagem que suspeitamos ser o assassino de Anna e Mário.

— Por mim está ótimo! — Dei um tapa no ombro do Kendel demonstrando minha surpresa com sua capacidade de encontrar as soluções adequadas. — Agora só falta convencer Sara e esperar um pouco mais. Aceito até ficar cercado de seguranças se isso a deixar mais tranquila.

— E Cathy? Será que vai concordar? Acho que você deveria primeiro conversar com ela.

— Farei isso. Cathy tem o direito de decidir como quer fazer. — Eles me olharam de maneira esquisita. Um sorriso irônico brotou nos lábios do Kendel.

— Bendito fim de namoro! — Dyo riu. Fiz cara de desentendido. — Se soubesse que você ficaria tão mansinho teria combinado com Cathy para te deixar antes. — Tive que rir.

— Para de palhaçada — reclamei.

— Esta vai ser a minha mais nova arma. "Thomas, vai tirar esta barba ou então mando Cathy te largar", "Thomas, nada de bebidas hoje, ou então a Cathy vai embora".

— Esta é melhor: "Thomas, nada de ficar até tarde nas boates ou então Cathy vai sumir outra vez" — Dyo completou rindo. Eles debochavam de mim e eu não me importava. Para ter Cathy de volta eu iria até o fim.

— Vocês deveriam estar procurando uma solução para os meus problemas e não inventando moda. — Riram ainda mais. — Mário foi morto e vocês ficam brincando? Que falta de consideração — continuaram rindo. — Dyo, procure a ex-esposa dele e ofereça para pagar as despesas do enterro. O coitado não sabia a confusão em que se metia.

— Ok. Vou providenciar. Algo mais?

— Dá um pano para ele limpar o chão que Cathy pisa. — Kendel continuou a brincadeira desconcentrando os demais que riam sem parar.

— Isso. Melhor limpar o chão dela do que não ter ninguém para devotar. — arqueei uma sobrancelha em desafio. — Pelo menos esta noite vou dormir acompanhado.

— Certo. Parei a brincadeira. Você é muito sem graça.

— Vou ver como Cathy está.

Deixei meus amigos discutindo sobre o que faríamos e fui ao quarto conversar com Cathy. Ela já estava vestida, sentada na cama com as pernas cruzadas. Mia, de frente para minha namorada, a encarava com uma expressão séria. Fiquei sem graça por interromper uma conversa que pertencia somente a elas. Mia levantou, finalizando o que dizia e se despediu, deixando-nos sozinhos. Sentei sondando suas reações.

— Você está bem?

— Sim. O que vocês decidiram?

— Quero deixar a polícia fora disso. Acho que se fizermos isso esta história vai vazar e não teremos paz. — Cathy ficou em silêncio.

Seria muito mais difícil para ela do que para mim se aquela porcaria vazasse, afinal, Cathy seria a traída e teria a sua vida estampada em todos os meios de comunicação.

— E o que pretende fazer? Não sei se devemos nos preocupar apenas com as nossas vidas, sem fazer algo pela morte da Anna e do garçom. O responsável precisa pagar.

— Kendel deu uma ideia que achei bastante conveniente para o momento. — Relatei a conversa com meus amigos e Cathy a princípio pareceu concordar com a solução encontrada.

— Tudo bem, Thomas, mas quando ele tiver provas suficientes nós vamos procurar a polícia. — Concordei. Não poderíamos manter segredo a vida toda.

— Agora descanse. Tenho que conversar com Sara. Quero que providencie logo a lista das pessoas que visitaram Lauren nos últimos meses. Vamos ver se encontramos alguma novidade.

— Você também precisa descansar. — Afaguei seu rosto com carinho.

— Vou fazer isso assim que terminar a conversa com Sara. Mia te deu alguma coisa?

— Um calmante. Ela disse que seria melhor, assim eu dormiria com mais facilidade. Não sei se vai adiantar. Eu... Que desastre, Thomas. Só de pensar que tudo isso está acontecendo por nossa culpa...

— Amor! Não é por nossa culpa. Como podemos nos culpar pelas atitudes de uma pessoa desequilibrada? Quem quer que esteja por trás disso tudo, não pode ser normal.

— Eu sei, mas... — Uma lágrima escorreu em seu rosto. Cathy mordeu os lábios e abaixou a cabeça. — Eu me sinto péssima, Anna, o garçom...

— Vai ficar tudo bem, amor! Não pense mais nisso. Descanse um pouco e me deixe cuidar de tudo. — Abracei minha namorada, confortando-a. —

Deitei com Cathy em meus braços e afaguei suas costas até que por fim foi tragada pelo sono, com a ajuda do calmante. Ainda havia uma lágrima no canto do seu olho e sua respiração falhava ora ou outra com a presença do soluço causado pelo choro.

Peguei o telefone e saí do quarto. Liguei para Sara, que também já tinha formulado sua própria teoria, e conversamos por um longo tempo. Ela conseguiria a lista de que precisávamos e também tentaria uma gravação, caso alguém suspeito tivesse visitado Lauren. Combinamos que assim que estivesse de posse das informações, entraria em contato.

Voltei para o quarto onde encontrei Cathy dormindo, mais relaxada e em um sono profundo. Nada mais do choro ou da tristeza marcava o seu rosto angelical. A cena me trouxe paz e tranquilidade em meio a toda turbulência. Deitei ao seu lado e adormeci feliz.

CAPÍTULO 26
Nada como o tempo

Visão de
CATHY

Depois de tantas tempestades, passamos por dias de calmaria. Com os últimos acontecimentos não havia mais como manter a farsa do meu relacionamento com Roger. Por este motivo o convidei para ir até a minha casa quando a reunião acabou. Prometi a Sam que estaríamos juntas no dia seguinte e poderíamos conversar melhor.

Eu precisava dar um fim naquela história, mesmo que para isso tivesse outra vez que sacrificar uma pessoa que nutria por mim o mais puro amor.

Ainda existia a insegurança de revelar minha volta com Thomas. Roger não precisava daquela humilhação, muito menos do sofrimento desnecessário, além disso, havia a ameaça que desconhecíamos de onde vinha.

Roger chegou ao meu apartamento logo depois de mim deixando claro em seus gestos que desconfiava do que se tratava. Sem qualquer dúvida sobre o que queria, não hesitei. Falei do quanto aquela história mexia comigo e que não poderia manter um relacionamento enquanto houvesse tantas dúvidas em minha cabeça.

— Vocês estão juntos? — Perguntou com aspereza.

— Não! — apressei-me em negar. — Eu...

— Mas você pretende voltar para ele?

— Ainda não decidi nada Roger. Eu... Estou muito confusa com tudo o que está acontecendo e preciso entender...

— Thomas está te enganando e você está se deixando enganar! — grunhiu enfurecido. — Como pode ser tão tola? Como pode escolher viver uma mentira tão absurda quanto esta? Não vê que não existe a menor possibilidade de ser verdade? Ou você quer tanto justificar sua vontade de reatar esse namoro que está aceitando qualquer coisa?

— Não seja grosseiro.

— E como queria que eu reagisse?

— Como sempre fez. Compreendendo-me. Apoiando-me. Sendo meu amigo.

— Cathy, eu amo você!

Ele segurou em meus ombros me fazendo olhá-lo nos olhos. Foi doloroso ver seu desespero. Roger sofria e eu também. Mia tinha razão, foi desonesto incentivar o seu sentimento quando sabia que nunca seria capaz de retribuir. Eu errei com ele, mais uma vez.

— Sinto muito!

Roger soltou meus ombros e levantou do sofá indo em direção à janela. Ficou olhando para a noite escura e fria, até recuperar a calma. Chorei em silêncio, sentindo o horror das minhas decisões.

— Desculpe! – disse por fim.

Tive medo de acabar falando mais do que poderia naquele momento. Roger caminhou com calma, ajoelhando-se diante de mim. Com um gesto bastante delicado, acariciou meu rosto, limpando a lágrima que caía.

— Sinto muito, Cathy! Não quis te magoar.

— Eu estou te magoando mais uma vez e você é quem me pede desculpas?

— Não perdi a esperança. — Como não? Eu o deixava de novo. Partindo o seu coração. — Vamos recapitular: você me disse que não voltou com Thomas e pretende aguardar até descobrir toda a verdade e ter certeza do que está escolhendo? Ou esperava terminar comigo para reatar com ele?

— Ainda não tenho certeza do que quero. Preciso acompanhar o desenrolar desta história de perto. Quero descobrir o que aconteceu para depois decidir qual será o papel de Thomas em minha vida. — Menti. Roger sorriu aliviado.

— Então poderei continuar ao seu lado enquanto descobre o que aconteceu e, quando chegar a hora, você decidirá o que fazer.

— Roger...

— Quero continuar ao seu lado até que tenha condições de decidir o que quer. Não estou pedindo que continue sendo a minha namorada, jamais pediria isso sabendo que está confusa, estou pedindo que você me aceite ao seu lado até tudo ser resolvido.

Fui incapaz de negar o seu pedido. Encarei não como uma traição, nem a Roger nem a Thomas, mas sim como uma permissão para que meu amigo continuasse ao meu lado. E quando conseguisse o tempo e as respostas necessárias para admitir o meu amor por Thomas, ele entenderia, como sempre entendeu todas as minhas decisões.

Concordamos que precisávamos ser discretos, por isso Thomas não me levava nem buscava no trabalho. Eu ia sozinha, sempre em um carro com dois seguranças me seguindo. Necessário, contudo, irritante.

— Preciso ter esses dois o tempo todo comigo? — Questionei Thomas assim que desci para a sala e vi os seguranças aguardando.

— Não faça essa cara. É para o seu bem.

— Sei que é para o meu bem. Não quero ninguém me seguindo até o banheiro, contando os meus passos, proibindo as pessoas de se aproximar...

— Colabore, Cathy! Será por pouco tempo. — Suspirei resignada. — A pessoa que quer nos fazer mal pode estar em qualquer lugar, inclusive em seu trabalho.

— Não posso trabalhar escoltada. Vai ser embaraçoso demais.

— Ela tem razão — Dyo interferiu. — Além disso, vamos acabar despertando a atenção se Cathy aparecer para trabalhar acompanhada de dois seguranças.

— O que você prefere? Chamar atenção ou sofrer um novo atentado?

— Thomas! Dyo está sendo mais sensato do que você. — Ele ia responder, mas hesitou e se conteve. Kendel, sentado no sofá de costas para o nosso grupo, dando uma risada cínica. Thomas se mexeu incomodado, no entanto nada disse.

— Podemos fazer assim: Cathy será seguida pelos seguranças até a entrada da empresa. — Meu amigo me olhou assumindo um tom bastante profissional. — Eles vão te acompanhar até a entrada, inclusive no elevador. Quando você estiver dentro do escritório, serão dispensados. Certo? — Acabei concordando com o absurdo de ter babás dentro do elevador. Thomas sustentava um semblante fechado ouvindo tudo o que Dyo dizia.

— Tenho seguranças na porta do escritório e ninguém entra em minha sala sem ser anunciado. Aliás, ninguém consegue chegar nem até a minha secretária sem ser autorizado. —Thomas me encarou resignado.

— Certo, mas quero dois homens do lado de fora, aguardando — falou para Dyo e voltou a me olhar com firmeza. — E eles vão te acompanhar até a porta de casa. Não aceito nada diferente disso. — Revirei os olhos. Thomas sorriu. Acabei concordando sem sentir raiva. Ele queria me manter protegida.

— Combinado.

E assim meus dias seguiram essa rotina sempre com alguém de olho em mim. Todos preocupados e ansiosos, porém nada acontecia.

Na empresa tudo corria bem. Roger estava mais próximo, mais amigo. Nunca conversávamos sobre Thomas. De tempos em tempos perguntava, meio que sem interesse, se havíamos reatado. E eu mentia por me sentir insegura. Não queria magoá-lo.

Por mais que estivesse reagindo bem ao nosso rompimento, ainda gostava de mim, então evitava qualquer coisa que pudesse causar-lhe sofrimento. No fundo acreditei que Roger já possuía certeza desta realidade, mesmo assim não confirmei, nem ele me desmentia. E assim seguia a nossa relação no trabalho. Uma mentira que viraria uma bola de neve.

Sara ligou dois dias depois afirmando conseguiu a lista e que Lauren recebeu a visita de dois homens até então desconhecidos para todos nós. Essas visitas eram feitas uma vez por semana. Os médicos responsáveis não perceberam nenhuma ameaça a sua recuperação por isso a família não foi comunicada, mesmo porque não havia restrições em sua ficha.

Sara solicitou as fitas de segurança do período em que essas pessoas começaram a aparecer até o dia em que ocorreu o atentado. Este processo duraria mais alguns dias, teríamos que ser pacientes.

Kendel conseguiu fazer contato com o amigo que nos ajudaria nas investigações, e este passou a acompanhar as nossas rotinas e analisar os acontecimentos. O agente Saunders acreditava que primeiro precisávamos encontrar o homem tatuado, identificado por Thomas como o mesmo que esteve no apartamento da Anna, no bar e também como autor dos disparos contra nós dois.

Combinamos que mais ninguém poderia saber o que acontecia para não prejudicar as investigações. O agente achou melhor comunicar o caso ao chefe de polícia que decidiu iniciar uma investigação oficial sigilosa, utilizando os agentes de sua inteira confiança. Achei ótimo!

Eu tentava equilibrar a minha vida entre o trabalho, o caso a ser solucionado e meu relacionamento secreto com Thomas. Assim, me revezava entre recebê-lo em minha casa ou passar a noite na casa dele. Às Roger aparecia e eu me via envolvida em um problema com Thomas, já que nesses dias não nos encontrávamos.

Thomas cada vez mais atencioso, fazia das nossas noites de muito amor, me cercando de cuidados. Estava sempre por perto. Confesso que adorei ter minha vida de volta, poder acreditar que tudo foi um pesadelo.

Tudo de ruim ficou no passado. Consegui virar a página. Sempre que demonstrava o meu amor, Thomas ficava radiante, como uma criança recebendo um brinquedo novo. Seus olhos brilhavam e o largo sorriso não deixava seus lábios. Às vezes sentia medo da minha decisão, bastava um olhar de Thomas para todas as dúvidas desaparecerem.

Acordava todos os dias com uma rosa, de cores diferentes, ao meu lado na cama. Algumas vezes deixava um recadinho dizendo o quanto me amava ou afirmando a sua felicidade e eu me sentia como se infetasse amor diretamente em minhas veias. Não conseguia pensar numa maneira de ser mais feliz.

Faltava muito pouco para que tudo estivesse perfeito. Eu terminaria a minha participação na empresa e poderia voltar a ser a assistente do Thomas. Ansiei por esta realidade pois logo começaríamos um novo trabalho. Seria ótimo voltar a nossa rotina. Neste turbilhão de felicidade, apenas uma coisa me entristecia: como contar ao Roger sem que este sofresse.

— Você sabe que por mim esta parte já estaria resolvida — Thomas falava enquanto se barbeava certa manhã. Fiquei olhando-o pelo espelho, indecisa sobre o que dizer. — Se você se preocupa tanto com os sentimentos dele, então seja honesta com o cara. O mais justo seria contar e não deixar que alimente esta esperança.

— Você não entende.

— Cathy, Roger vai sofrer de qualquer maneira. Puxe logo o *band-aid*. Um dia ele ainda vai te agradecer por isso. Seria mais leal de sua parte.

— Não posso machucá-lo. É injusto.

— É injusto comigo também. — Ele me encarou captando meus olhos através do espelho. Thomas tinha razão.

— Vou resolver isso logo, agora tenho que ir. — Beijei seus lábios e saí com o coração na mão.

Não foi naquele dia que consegui contar. Roger ocupou todo o seu tempo, me impedindo de tratar de qualquer assunto pessoal. Uma crise se instalava nas empresas e dentro de mim. Eu não sabia como resolver nenhum dos dois.

Alguns dias depois Sara chegou de Los Angeles com as gravações e a lista das pessoas que visitaram Lauren na clínica. Ficamos tensos e eufóricos ao mesmo tempo. Precisávamos esclarecer aquela confusão.

O apartamento do Thomas foi o local onde nos encontramos para assistirmos juntos. Ninguém queria perder os detalhes, exceto eu, que fui porque meu namorado insistiu muito, argumentando que seria bom saber identificar o tal homem tatuado.

As gravações eram monótonas e cansativas. Algumas imagens eram da recepção e dos visitantes que passavam por lá, que não eram muitos. Parecia que a pessoas esqueciam-se dos parentes que tinham algum grau de insanidade mental. Era triste, até mesmo para Lauren, que tentou me matar, e que provavelmente estivesse tentando outra vez.

Quando não consegui mais prestar atenção Thomas se sobressaltou. Olhei para a tela, que exibia a imagem de um homem se identificando na recepção.

— É ele! — afirmou nervoso. — Este é o homem. — Levantou se aproximando mais da TV. — É ele.

— Você tem certeza, Thomas? A imagem não está muito boa — Sara perguntou desanimada com a possibilidade de Lauren estar de novo envolvida em um atentado contra nós dois.

— Tenho. Olhem a tatuagem e o cavanhaque. É ele!

— Vamos continuar assistindo — falou o agente Saunders enquanto fazia anotações em uma agenda. — Esta foi a primeira aparição dele, estou marcando o horário para descobrir como se identificou. Precisamos saber quantas vezes o sujeito esteve lá e depois analisaremos as imagens da conversa com Lauren para termos algo mais concreto.

Concordamos em continuar assistindo e desta vez prestei bastante atenção. Foram várias visitas. Quando começamos a assistir as imagens do suspeito com Lauren verificamos que nas primeiras vezes ela ficava calada. Ficava olhando para frente enquanto ouvia o que homem dizia.

Depois da terceira vez o indivíduo foi acompanhado de outro homem, alto e forte, de cor branca, com uma tatuagem no punho esquerdo que não deu para identificar, Lauren parecia responder com animação a tudo o que eles falavam. As visitas eram curtas e depois desta houve mais uma.

Thomas estava contente com o rumo das investigações, pois acreditava que as imagens provavam o envolvimento de Lauren com os crimes, já o agente Saunders não parecia tão confiante.

— As imagens comprovam que os suspeitos estiveram com ela. Nada podemos afirmar sobre o seu envolvimento. Precisamos primeiro comparar as visitas com os dias em que os incidentes ocorreram. Acredito que eu deveria visitá-la e fazer algumas perguntas.

— Não sei se será saudável para ela, agente Saunders — Sara interferiu. — Tenho visitado a minha sobrinha com frequência, como pode ver nas filmagens, e posso garantir que Lauren está louca. Não tem falado mais na Cathy e delira achando que Thomas irá buscá-la. Acredita que está grávida. Como Lauren poderia estar envolvida nesta confusão? Não existe nenhum traço de sanidade nela. Só sonhos e delírios.

— Entendo. Se os suspeitos estiveram com ela, significa que alguma coisa sua sobrinha tinha para oferecer. Eles podem ter se aproveitado do seu estado mental para colher informações relevantes como rotinas, nomes, endereços... Vamos fazer o seguinte: você faz a visita. Vou ajudar a conduzir a conversa para o que queremos saber. Posso te acompanhar e monitorar de longe. Gravamos tudo e depois vemos o que podemos concluir.

— Tudo bem! — Sara concordou, já bastante cansada para recusar. — Quando você quiser.

— Ótimo! Preciso das autorizações necessárias e também comunicar ao chefe as novidades. Assim que estivermos com tudo pronto entro em contato.

O agente Saunders se despediu levando as gravações e suas anotações. Sara o acompanhou, inconformada com o rumo da história e sentia-se envergonhada, por mais que Thomas tentasse convencê-la da sua isenção. Temíamos que a relação profissional ficasse insustentável.

Especulamos o restante da noite sobre as novidades e aos poucos nossos amigos foram se despedindo, se acomodando, ou cuidando de outras atividades. Nós dois continuamos sentados no sofá, abraçados, como um casal apaixonado, conversando baixinho.

— Você acha que Lauren pode estar no comando.

— Não sei. Nunca fui visitá-la, não tenho ideia de seu estado emocional. Se Lauren está mesmo insana como Sara disse, como pode ter engendrado um plano como este? E como conseguiu contatar aqueles homens? Tudo está muito estranho. —Acariciou meu braço de maneira metódica e mecânica. Seus olhos perdidos no nada, como se sua mente trabalhasse a todo o vapor.

— Tenho medo. Lauren conseguiu enganar todo mundo da outra vez. — Thomas me abraçou com mais força.

— Nada vai acontecer. Estamos um passo à frente dela. Logo este pesadelo estará terminado. — Beijou minha cabeça, depois levantou meu rosto para beijar meus olhos, nariz, bochechas, queixo e por fim os lábios. Dei risada da brincadeira, mesmo sabendo que tentava me distrair. — Vamos dormir?

— Estou sem sono. — Seus dedos adentraram meu cabelo fazendo uma massagem relaxante.

— Vou cuidar de você — sussurrou em meu ouvido.

Subimos para nosso quarto. Eu presa aos meus temores e ele cheio de planos para a nossa noite. Ainda me sentia nervosa pela confirmação do envolvimento, mesmo que mínimo, da Lauren. Só de me lembrar dos seus olhos ensandecidos quando disparou em minha direção, minhas pernas fraquejavam. Suspirei. Ao menos ela seria vigiada mais de perto e as visitas seriam proibidas, com exceção da Sara, que nos manteria informados.

— Não pense mais nisso. — Thomas me abraçou pelos ombros puxando-me para junto dele.

— É impossível! Nunca consegui esquecer a expressão dela quando atirou em mim. Lauren me queria morta e, ao que tudo indica, continua querendo.

— Lauren está trancafiada naquele hospício. Agora sabemos como controlá--la. Vai dar tudo certo. Relaxe! — Abriu a porta do quarto me dando passagem. — Relaxe, amor! — suplicou com a voz rouca em meu ouvido.

— Não dá. Desculpe!

— Tudo bem. Tente dormir.

Eu não conseguiria dormir, e mesmo com todas as investidas do Thomas, também não me sentia à vontade para fazer amor. Eu tentava digerir o medo que me assolava. Ficamos abraçados, seus dedos subindo e descendo em meu braço numa carícia suave que me embalava. Demorei a dormir e quando isso aconteceu um pesadelo apavorante acabou por me despertar.

Nele Lauren voltava, mais enlouquecida do que antes, desta vez não atirava em mim, mas me empurrava de uma janela e eu caía por um tempo interminável, certa de que morreria tão logo meu corpo atingisse o solo.

Acordei com dor de cabeça e indisposta. Abri os olhos sem nenhuma vontade de sair da cama. Thomas dormia sereno. Evitei movimentos bruscos, não queria que acordasse, até porque não me sentia bem para conversar sobre os problemas que vínhamos passando.

Fiquei quieta até ter certeza de que conseguiria levantar sem acordá-lo. Peguei algumas roupas e fui me arrumar no quarto ao lado. Saí sem ao menos lhe dar um beijo de despedida.

Assim que cheguei à empresa dei de cara com Roger já de saída. Ele veio em minha direção e me deu um beijo carinhoso no rosto. Sorri em resposta.

— Bom dia, meu anjo! — Reprimi um riso.

— Bom dia, Roger. Na correria tão cedo?

— Sim. Tenho coisas para resolver. Alguma novidade? — Pensei sobre o que poderia falar.

Não podia contar o quanto me aterrorizou a descoberta da participação da Lauren nos horrores que me cercaram nos últimos meses, devido ao meu acordo com Thomas. Nenhuma informação deveria ser passada. Injusto com Roger por ele ser tão leal a mim.

— Nenhuma novidade. — Fitei o chão, evitando o contato direto.

— Está lembrada da nossa viagem? Semana que vem.

Droga! Com tanta confusão me esqueci dos compromissos. Teríamos uma reunião com o conselho administrativo em Los Angeles. Nem havia comentado com Thomas.

— Não acredito que esqueceu! — disse rindo. — Onde anda a sua cabeça, Cathy? Como pode pensar em assumir o seu patrimônio quando se esquece dos compromissos? — Fiquei séria no mesmo instante.

Eu não queria mais brincar de executiva. O retorno de Thomas trouxe junto a ânsia pela minha antiga vida. Queria tudo o que havia ficado parado no tempo: meu trabalho e a nossa rotina maluca. Enquanto pensava nisso, me dei conta que sentia falta até dos gritos histérico das fãs enlouquecidas.

Sentia falta dos meus amigos, que se tornaram a minha família e do contato constante com o homem da minha vida. A liberdade para namorar nas tardes livres e a vontade louca de voltar para o hotel nas noites agitadas. Olhei para Roger e ele me olhava preocupado.

— Desculpe!

— Você vai abandonar tudo? — Seu olhar intenso me constrangia. — Cathy, pense muito antes de tomar esta decisão. Uma decepção deveria ser o suficiente. Não jogue tudo para o alto. Thomas não é confiável. — Prendi a respiração. — Estas empresas são tudo o que seu pai deixou. Você tem noção do quanto ele batalhou para mantê-las em atividade? E Sam? Como ela vai ficar quando souber que você deixará tudo, como sonhou?

— Roger, este não é o momento. Você precisa sair e eu tenho coisas para resolver...

— Thomas não é confiável. Quantas amigas mais você vai perder para as luxúrias dele? Mia? Qual delas você vai descobrir que está tendo um caso com...

— Pare! — Supliquei já sentindo meu coração afundar. — Preciso ir. — Comecei a me afastar quando Roger segurou a minha mão me impedindo.

— Sinto muito! Perdão! Perdão! Eu... Perdi a cabeça. Não quero te magoar e sei que no final vou acabar respeitando a sua decisão. — Deu um sorriso sincero.

— Não quero ver você daquele jeito de novo. Por mais que eu tente ser otimista, sei que é o que acontecerá. — Meu coração ficou apertado com as recordações. Meu mundo funcionava muito bem com Thomas. Havia reencontrado a felicidade.
— Conversaremos depois, Roger. — Soltei minha mão da dele. Naquele momento eu precisava de espaço. O ar parecia escasso. — Tenho mesmo que ir. — Saí com pressa, vendo meu amigo seguir o rumo dele, desanimado.

CAPÍTULO 27
Insegurança

Visão de
CATHY

Entrei correndo no elevador com o coração martelando. Roger conseguiu me ferir de forma irreparável. Os dois seguranças mantinham-se ao meu lado sem despertar a atenção das demais pessoas. Meu celular começou a tocar e eu já imaginava quem era do outro lado da linha.

Corri para alcançar os elevadores, procurando o celular que insistia em tocar e atendi.

— Cathy? — Thomas falou com a voz rouca de sono.

— Oi! — Fiquei sem graça por ter saído sem me despedir, além de me sentir embargada pela emoção que as palavras do Roger despertaram em mim.

— Aconteceu alguma coisa? Você foi embora sem falar comigo. — Thomas mantinha a voz tranquila, mesmo com o monte de coisas que com certeza passava pela sua cabeça.

— Tenho muito trabalho hoje e você precisava dormir, preferi não acordá-lo.

— Ok! — disse depois de um tempo. — Os seguranças estão com você?

— E teria como fugir deles? — Thomas riu.

— Melhor assim. Pensei em convidar nossos amigos para jantar conosco esta noite. Vamos ficar por aqui mesmo, o que acha?

— Na verdade pensei em algo mais íntimo. Preciso conversar algumas coisas com você então queria jantar em meu apartamento. Mia vai viajar hoje.

— Combinado.

O dia seria cansativo, pelo menos Roger estaria fora. Assim eu evitaria recordar as partes ruins da minha vida. Tudo bem que Roger continuava sendo um amigo fantástico, mas ele e Thomas tinham uma relação mal resolvida, o que complicava tudo.

Eu me sentia voltando ao meu ritmo normal de felicidade e plenitude, então ser arremessada de volta às lembranças ruins doía muito. Pelo visto o caminho com Roger seria esse. Thomas estava certo.

Roger voltou no meio da tarde. Apareceu em minha sala tão logo chegou ao escritório, calmo e falante, como se nada tivesse acontecido naquela manhã. Para minha felicidade se ateve apenas sobre alguns contratos importantes e diversos outros assuntos que confesso, eu desconhecia.

O mundo dos negócios não combinava comigo, a maioria das coisas que Roger falava ou explicava malmente ganhava a minha atenção por muito tempo. Logo Roger me abandonou para cumprir com o restante das suas obrigações.

Aproveitei para conferir como a imprensa tratou os últimos acontecimentos. Existia ainda um alvoroço por parte dos fãs de Thomas, insatisfeitos com a escassez de notícias. Algumas fotos minhas entrando e saindo do prédio dele, outras dele saindo com Dyo, nada que de fato alertasse o possível assassino, ou assassina, que tentava nos manter separados.

Um e-mail em minha caixa de mensagens pessoal me fez estremecer. A mesma mensagem de antes "A vida não é um conto de fadas" e em seu anexo as fotos que recebi no dia do atentado. As malditas fotos que atormentaram a minha mente por dias. Mia e Thomas, como um casal feliz. Seria possível?

No final do dia, quando chegou a hora de voltar para casa e encarar os meus problemas, passei na sala do Roger para me despedir.

— Está com pressa hoje? — Falou sem deixar de analisar o papel em suas mãos.

— Um pouco. — Entrei na sala sem largar a porta. — Mia vai viajar. Quero me despedir.

— Ela vai viajar? A trabalho?

— Sim e não. Sim, vai viajar a trabalho, parece que precisa organizar um desfile ou alguma coisa deste tipo, e não, não vai só trabalhar. Henry mora em Los Angeles então Mia vai aproveitar muito dessa viagem para namorar.

— Sorte a dela!

— E sua mãe? — Tentei mudar o rumo da conversa.

— Está bem. Vou aproveitar a viagem a Los Angeles para passar algum tempo com ela.

— Isso é ótimo!

— É sim. — Continuava interessado demais nos seus papéis e de menos em mim.

— O que você tem feito? Tem saído com os amigos ou está enterrado no trabalho?

No fundo desejava que me dissesse conheceu alguém interessante. Seria muito melhor se fosse assim.

— Tenho muito trabalho, Cathy. É difícil ter vida social quando a profissional é tão intensa quanto a minha. — Outra vez respondeu de maneira entediada, como se estivesse analisando algo em seus relatórios sem dar muita atenção ao que conversávamos.

— Onde está aquele Roger que vivia me dizendo que eu precisava sair mais, me dar oportunidade..?

— Aquele Roger, tinha tudo o que queria ao alcance das mãos, não precisava sair à procura de nada. — Sua resposta me pegou desprevenida. Respirei fundo para recuperar a postura.

— Desculpe! Eu não queria...

— Quis dizer que era muito mais fácil quando a minha namorada estava ao meu lado, ou seja, eu não precisava sair para encontrar alguém legal porque havia você e isso me poupava tempo. — Riu das próprias palavras.

Eu poderia ficar magoada ou até ofendida, mas a mudança de humor dele e a tranquilidade com que tratava o nosso rompimento me fez sentir alívio.

— Tenho que ir ou não encontrarei Mia em casa.

— Boa viagem para ela — desejou ainda sorrindo e logo voltou aos papéis.

Cheguei apressada. Mia terminava de se arrumar. Com tantos acontecimentos acabei deixando passar um assunto tão delicado como aquele que teria que abordar com a minha melhor amiga.

As fotos.

Havia me esquecido da existência delas, e as deixei guardadas no *closet* enquanto aguardava uma oportunidade para esclarecer tudo. Aquele parecia o melhor momento para isso. Se Mia viajasse sem que tivéssemos aquela conversa nunca mais eu conseguiria questioná-la.

Fui até o meu quarto, peguei as fotos levando-as para a sala. Sentei no sofá aguardando. Analisei cada uma delas tentando eliminar de minha cabeça qualquer possibilidade. Devo admitir que foi estranho demais vê-los juntos numa época em que eu não queria contato com Thomas. Ela sabia disso, me apoiava e encorajava a seguir em frente.

Mia entrou na sala dez minutos depois de mim. Toda a minha coragem se esvaiu. Seria correto abordá-la?

— Cathy? Algum problema?

— Mia... Naquele dia... No dia do atentado... — Esfreguei uma mão na outra sem saber como continuar. De imediato me arrependi de ter começado.

— Alguma novidade? Pegaram o cara?

— Não. Não... Está tudo na mesma. Continuamos aguardando Sara... — Desviei o olhar.

— Então o quê? — Permaneci calada. — Cathy, assim vou ficar intrigada. Falei hoje mesmo com Thomas e ele não me disse nada de novo. O que está acontecendo? Não me obrigue a ligar agora para ele e perguntar... — Sem querer me vi consumida por algo muito maior do que a sensatez que sempre sustentei.

— Ok! Aproveita e pergunta sobre isso. — Joguei as fotos sobre a mesa de centro. Ela olhou na direção sem entender, mas logo captou a mensagem.

— Quem... Como você... O que é isso?

— Achei que você poderia me dizer.

Não que eu acreditasse que Mia tivesse um caso com Thomas, contudo, depois de tudo o que aconteceu, qualquer coisa relacionada a esse assunto me desestabilizava. Eu não queria acreditar. Não acreditava. No entanto, precisava saber.

— Nós nos encontramos algumas vezes para conversar sobre você ou sobre o que ele pretendia fazer para você acreditar nele. Não estou entendendo, Cathy. Você está pensando que...

— Não estou pensando nada. — Tentei tirar as fotos de sua mão e ela recuou.

— É claro que está. Ou então por que... Cathy?

— Recebi estas fotos em meu escritório, sem remetente. Queria entender porque você escondeu de mim que se encontrava com ele.

— Não eram encontros! — afirmou exasperada.

— E eram o quê? — Eu me exaltei.

— Era por você! — Levantou do sofá jogando as fotos nele. — Thomas me procurou algumas vezes, me contou sobre suas descobertas e aceitei ajudá-lo a conseguir você de volta.

— E por que escondeu de mim?

— Porque você estava tão presa a seu sofrimento que de nada adiantaria falar. Você estava tão triste! Eu quis ajudar. E eu te contei. Quando ele esteve aqui e vocês se encontraram a primeira vez depois de Anna. Contei sobre o sofrimento dele e que acreditava em Thomas.

— Você disse que acreditava nele e não que o confortava. — No mesmo instante em que falei me arrependi. Foi o maior de todos os absurdos que já cometi em todos os anos de amizade. — Mia, eu...

— Esta conversa chegou ao seu limite. Pense duas vezes ante de dizer mais alguma asneira. É a nossa amizade que está em jogo.

Mia tinha razão. Fui outra vez a garota mimada que via problemas onde não existia. Fiquei arrasada! Mia não merecia aquela desconfiança. Em qualquer outra situação nunca a faria passar por aquilo, porém naquele contexto...

— Perdão! — Eu disse por fim. — Mia, me perdoe! Jamais poderia ter duvidado de você. Eu... nem sei se duvidei mesmo... — Escondi meu rosto entre as mãos.

— Duvidou. Você desconfiou de mim. — Foi até o quarto e depois de alguns minutos voltou com as malas.

Mia parou diante de mim, seus olhos continham vestígios de lágrimas que com certeza deixou cair enquanto buscava suas coisas no quarto. "Que droga!" pensei com dor. Passei as mãos por meu cabelo puxando-o para trás. Minha angústia fazia meu estômago revirar e um forte enjoo tentava me dominar.

— Tenho que ir.
— Mia...
— Preciso ir. Depois conversamos. — Pegou suas malas e foi embora. Minha cabeça latejava. Fiquei imóvel no sofá incapaz de reagir. "O que eu fiz?", meus pensamentos me castigavam.

Ouvi a batida em minha porta e fui atender sabendo ser Thomas. Ele sorria, mas seu sorriso se desfez ao perceber o meu estado.

— Amor, aconteceu alguma coisa? — Thomas já vasculhava meu corpo, procurando algum sinal de violência ou de um novo atentado. — Onde estão os seguranças?

— Lá em baixo.

— O que aconteceu? — Segurou meu rosto com as mãos trêmulas. Uma lágrima escapou dos meus olhos.

— Mia... Nós brigamos. — Sua expressão preocupada começou a relaxar. Suas mãos antes desesperadas em meu rosto, ficaram menos afoitas, passando a ser carinhosas e seus olhos ficaram ternos.

— Brigaram? Por quê? — Sua voz ficou mais doce, reconfortante.

Jamais repetiria cada palavra que trocamos. Então apontei para as fotos espalhadas sobre o sofá. Ele olhou curioso e me largou para verificar.

— São fotos minhas com a Mia? Como você conseguiu?

— Recebi no escritório. Ninguém sabe como chegaram até a mim.

— Uma carta anônima? — Ele encarava as fotos. Depois de examiná-las algumas vezes, devolveu-as ao sofá. Thomas suspirou e voltou para meu lado afagando meu braço. — Cathy, você pensou que estávamos...

— Não sei — confessei. — Tive medo do que poderia significar essas fotos e porque alguém as mandaria para mim. Não sei dizer se acreditei que seria possível.

— Cathy! — Fez uma pausa buscando as palavras certas. Como um adulto que tenta explicar algo para uma criança que ainda não tem discernimento suficiente para entender. — Alguém está tentando nos manter separados.

— Eu sei.

— Você deveria estar preparada para esse tipo de coisa. Quem quer que seja, não tem a menor intenção de perder. Todas as armas serão usadas.

— Eu sei, Thomas!

— Então por que cobrou uma explicação de Mia?

— Não sei! — Comecei a chorar sem qualquer controle do que sentia.

Deixei que minha insegurança superasse a capacidade de raciocinar de maneira coerente, e com isso magoei a minha melhor amiga.

— Tudo bem! — Thomas me envolveu em seus braços. — Vai ficar tudo bem. — repetia me acalmando.

◀CAPÍTULO 28▶

O fim da história

Visão de
CATHY

Thomas decidiu ir para Los Angeles, assim ficaríamos juntos enquanto eu estivesse por lá. Optei por ficar no hotel, o mesmo em que todos os executivos da empresa se hospedaram. Seria mais fácil. Thomas não concordou, é claro! Principalmente por saber que eu ficaria no mesmo hotel que Roger enquanto ele ficava em casa sozinho.

Como eu poderia dizer a Roger que não acompanharia todos da empresa porque ficaria hospedada na casa de Thomas, quando o plano era manter o relacionamento secreto? O próprio Thomas não concordou em aguardarmos até que tudo estivesse solucionado? Nosso objetivo tinha como base despistar a pessoa que atentava contra nós dois, desta forma, o ciúme do meu namorado tornava-se descabido. Ficava cada vez mais difícil agradar a todos e isso me exauria.

Mia, apesar de continuar em Los Angeles, alegou estar muito ocupada com o trabalho. Nossa amizade estava estremecida, o que me incomodava muito, mas aceitei porque minha agenda lotada impediria um grande encontro.

Foi impossível impedir a solidão que senti ao voltar sem ter qualquer uma delas ao meu lado. Daphne viajando, como acontecia com frequência nos últimos meses, Stella resolveu encarar o mestrado e deixou de morar nos Estados Unidos, Thomas não podia ficar comigo em público, nem mesmo Dyo e Kendel poderiam me acompanhar.

As reuniões foram chatas e cansativas. Há cada dia eu me interessava menos por assuntos das empresas, e que, verdade seja dita, não tinha mais nenhuma vontade de aprender a gostar. O retorno de Thomas a minha vida causou a falta de interesse em meu patrimônio, pelo menos no relacionado a minha participação ativa na sua administração. Eu confiava em Roger para exercer a função e deixá-lo encarregado das minhas responsabilidades me tranquilizava.

No final do primeiro dia, após diversas reuniões que me deixaram com dor de cabeça, inventei a desculpa de ter um encontro com as minhas amigas e, assim que consegui me livrar de Roger e Sam, corri para a casa de Thomas.

Cheguei a casa, cansada após longas horas analisando gráficos e tabelas, quando a noite começava a surgir. Por isso meu corpo ficou mais leve ao colocar os pés em casa. A minha casa com Thomas.

Confesso que estar de volta foi como abraçar a minha vida. Todos sabiam o amor que eu sentia por aquela casa. Bastaram os primeiros passos em seu interior para que meu coração começasse a ansiar pelo amor dele. A sensação gostosa de "bem-vinda ao lar" me acalentava.

Thomas, na varanda, encostado no muro, contemplava o mar. Seu olhar perdido, dando a entender que sua mente viajava no tempo. Em uma das mãos segurava um cigarro e na outra uma cerveja. A visão fiel de como as coisas eram antes de nos separarmos.

Ao olhar para meu namorado tive a certeza de que a nossa vida continuava, como se o tempo que estivemos separados nunca tivesse existido. Esta sensação era impactante. Invadia-me como um *tsunami*, expulsando todas as dúvidas, incertezas e medos para fora de mim.

Abracei Thomas pelas costas. Só neste momento percebeu minha presença. Mesmo sem poder vê-lo, tive a certeza do gigantesco sorriso que se abriu em seu rosto. Equilibrada na ponta dos pés, lhe dei um beijo na nuca, ele se encolheu com o contato. Thomas soltou a fumaça do cigarro apagando-o em seguida, se voltando para me abraçar.

— Bebida e cigarro! Não acha um pouco cedo para esta mistura?

— Estava tenso — admitiu. Suspirei com pesar.

— Senti tanto a sua falta hoje! — Desconversei distribuindo beijos em seu pescoço e orelha. Ele sorriu aceitando o carinho que fiz em sua nuca com as pontas dos dedos. Thomas apertou o abraço em minha cintura, me puxando para si.

— Eu sinto sempre a sua falta. — Enterrou o rosto em meu cabelo e subiu as mãos por minhas costas. — Esta casa perde o brilho sem você.

— É?

— *Hum hum!* — Ronronou enquanto acariciava meu corpo com as mãos e beijava meu pescoço.

— Senti falta da casa também. Do quarto, da cama... — Thomas soltou um gemido leve bem próximo a minha orelha. Minha pele arrepiou.

— A "nossa" cama... — ressaltou. — Ficou gelada sem você. — Nossos olhos se encontraram, deixando-me assistir a sua tristeza pelas lembranças.

— Eu te amo! — Um sorriso magnífico se formou em seus lábios. Thomas sempre conseguia sorrir nas horas certas, como se fosse programado para isso. Toda a tensão se esvaiu naquele momento.

— Como fez falta ouvir estas palavras pronunciadas por estes lábios.

Ele me beijou com tanta intensidade que foi difícil manter a consciência. Com alguns passos me prendeu contra a parede e em poucos segundos nossos corpos colados, ecoando a fome que sentíamos um do outro. Com certeza o fato de estarmos de volta à casa contribuía em muito para o desejo que sentíamos.

Foi impossível chegarmos ao quarto. Thomas me levou para dentro da casa e me deitou no tapete em meio às almofadas espalhadas pelo chão da sala.

Suas mãos tentavam me livrar das roupas. Thomas era o meu desejo, o meu paraíso, a minha perdição e redenção, que existia de melhor e pior em mim, o meu vício. Com ele descobri coisas que jamais imaginei existir em meu íntimo. Naquele momento eu era a sua mulher, sua amante, a sua fonte de desejo e prazer. E era dele e apenas dele.

Só depois que nos entregamos ao prazer desenfreado, me dei conta de que alguém poderia ter aparecido e nos flagrado no chão da sala. Fiquei muito envergonhada enquanto Thomas ria do meu embaraço.

— Não sei de quem é a culpa. Nós dois sempre nos perdemos um no outro. É complicado mensurar hora, espaço, ambiente... — Acariciava minhas costas enquanto eu tentava me cobrir com a manta do sofá.

— A culpa é sua. Sou um fantoche em suas mãos. — Meu namorado encostou os lábios em minhas costas, causando arrepios em minha pele. — Pare!

— Eu sou um fantoche em suas mãos. Não vê o que os rapazes estão fazendo comigo? Agora sou o principal alvo das brincadeiras do Kendel.

— Então é isso? Que absurdo! Eles não conseguem enxergar que não existo sem você? — Thomas pressionou os dedos em minha cintura em resposta a minha declaração.

— E eu não quero uma vida onde você não exista. Pouco importa se sou motivo de piada. Para ter você viro até seu escravo. Pode fazer o que quiser comigo. — Virei para meu namorado, aturdida e emocionada pelas suas palavras.

Thomas me encarou sério, deixando claro que não brincava. Ele colocava a sua vida e destino em minhas mãos para que pudéssemos continuar juntos.

— Eu quero ficar ao seu lado, Thomas. Quero viver este amor sem limites, nem barreiras. Quero ter a nossa vida de volta. — Nós nos beijamos outra vez. Começamos na sala e terminamos no quarto, na cama que antes estava fria, mas que ferveu durante a noite.

◦◦◦

No dia seguinte saí bem cedo deixando Thomas ainda na cama, pois combinei com Sam que tomaríamos o café da manhã juntas, para conversarmos antes da reunião. Era inimaginável esconder alguma coisa dela, em especial depois do seu papel fundamental quando precisei de apoio.

Enquanto eu me servia de uma xícara de café, Sam permaneceu calada me observando. Com cuidado, sentei à sua frente e coloquei a xícara na mesa aguardando suas perguntas. Samantha me encarava sem reprovação.

— Como está Thomas?

— Bem! — Tomei um gole do café sem olhar direto em seus olhos.

— Você vai me dizer o mesmo que disse ao Roger?

— Depende. Do que você está falando, Sam?

— Você e Thomas voltaram. — Engoli com dificuldade. Sem olhá-la fiz que sim com a cabeça. — Por que está tão envergonhada?

— Porque você agora sabe que estou mentindo para o Roger.

— Eu te disse...

— Eu sei, Sam. Eu sei! Não podemos voltar no tempo. Já fiz a besteira e agora tenho que conduzir tudo da melhor maneira possível para que ninguém saia magoado. — Sam suspirou insatisfeita com a minha resposta.

— Bom, Cathy, você é adulta. Sabe que deve se responsabilizar por seus atos. — Não respondi. — Tudo bem! Quero que saiba que estou feliz por você, aliás, por vocês. Thomas te ama e você sabe que sempre acreditei que por amor tudo vale a pena.

— Obrigada! É muito importante que você esteja de acordo.

— Eu sei, querida. Só esclareça logo a situação com Roger. Ele é um ótimo rapaz e merece a verdade.

— Farei isso. Prometo.

Conversamos sobre outras coisas e em nenhum momento Sam desaprovou a minha decisão. Depois de mais reuniões exaustivas, teríamos um jantar beneficente. Eu, Roger e Sam, compareceríamos corroborando nosso apoio à causa: crianças vítimas de atentados terroristas pelo mundo.

Chegamos juntos ao jantar. Roger impecável em um *smoking* que caía muito bem em seu corpo e impressionava quem quer que o visse. Sam usava um vestido longo preto e com joias que complementavam e destacavam sua beleza. Optei por um longo bege, justo ao corpo, com desenhos que corriam pelo vestido em detalhes vermelhos e uma fenda na lateral direita revelando a minha coxa de maneira discreta.

O cabelo preso em um coque bem elaborado com alguns fios soltos caindo pelo rosto sem desfazer a beleza do penteado. Um colar de pedras vermelhas pequenas descia por meu busto harmonizando todo o figurino.

— Maravilhosa! — Roger disse assim que me viu chegar ao carro que nos aguardava.

O jantar decorria muito animado, várias pessoas importantes compareceram para apoiar a causa, dentre eles grandes empresários e artistas famosos. A decoração, expondo fotos que comoviam, sem chocar, oscilava entre o luxo e o simples, retratando o perfeito contraste entre os participantes do jantar e as vítimas que precisavam de apoio.

Envolvida em uma divertida conversa com Roger, Sam e mais algumas pessoas, demorei a vê-lo. Thomas estava parado, alguns metros a minha frente, acompanhado de algumas pessoas, a maioria, mulheres fabulosas que sorriam e conversavam com ele, como se seu sorriso fosse o caminho da felicidade.

Ele ofuscava qualquer pessoa naquele ambiente. Vestindo smoking preto, como todos os outros homens presentes ao evento, se destacava pelo porte perfeito, olhos que hipnotizavam as pessoas e um sorriso capaz de derreter qualquer geleira. Senti meu sangue fugir do corpo.

Foi quando ele olhou para mim e ficou sério. Discreto, levantou a taça e me ofereceu um brinde. Tive vontade de matá-lo. Então notei que Roger distraído com a conversa, repousava a mão em minha cintura. Respirei fundo. A noite seria difícil. Sem desviar o olhar nos movimentávamos de maneira a conseguir a melhor visão um do outro.

Roger percebeu meu estado de espírito, contudo sem assimilar a razão. Sam foi mais esperta e seguiu o meu olhar vendo Thomas do outro lado do salão, acompanhado de uma mulher que, diga-se de passagem, era maravilhosa. Ela conversava alegre sem se dar conta de que ele disfarçava muito mal o seu desinteresse.

Aproveitei o fato de Roger estar entretido para sair de perto deles com a desculpa que precisava cumprimentar alguém. Sam me encarou reprovando a minha atitude impensada, no entanto, minha irritação me impedia de controlar meu gênio.

Andei em direção à imensa varanda, ciente que Thomas me seguiria. Por sorte a noite fria fazia com que e as pessoas preferiam ficar dentro do salão. Meu namorado se aproximou com cautela.

— O que você está fazendo aqui?

Tentei controlar minha raiva e falhei por completo. Thomas violava as próprias regras e me colocando em uma situação embaraçosa. Para piorar tudo, aquela mulher... linda de morrer... se derretia toda para o meu namorado. Meu namorado, droga!

— Fui convidado — respondeu com calma.

— Por que você não me disse?

— Eu não sabia que te encontraria aqui. Você só me falou que iria a um jantar importante para as empresas. — Respirei fundo para não gritar chamando a atenção das outras pessoas.

— Quem são essas mulheres? — Thomas conseguia me levar a extremos com um simples gesto. Ele me olhou com um leve sorriso nos lábios. Reconsiderei a hipótese de socá-lo.

— Amigas.

— Amigas? — Sentia minha paciência chegar ao seu limite.

— Sim. Qual é o problema?

— Qual é o problema? — Aproximei-me mais dele encarando-o com ódio. — Elas se jogavam para você, Thomas.

— Ah! — disse surpreso. — Como o seu amigo? — Estanquei chocada com o que dizia. — Até onde posso me lembrar, Roger desfilava pelo salão com a mão em sua cintura, como se você fosse sua propriedade. Nós não decidimos que esta história estava encerrada?

— É uma vingança? É isso?

— Não. É uma infeliz coincidência.

— Ainda bem que você esclareceu. Porque se fosse uma vingança, o certo seria esperar eu ir para a cama com algum amigo seu aí então estaríamos quites. — Thomas mordeu o lábio inferior e fechou os olhos.

Eu me arrependi no segundo seguinte das minhas palavras. O que acontecia comigo nos últimos tempos? Estava perdendo a razão? Passei a mão na testa tentando recuperar o que me restava de maturidade para resolver a situação.

— Thomas...

— Você nunca vai me perdoar. Não acredita em minha inocência. Não acredita que foi tudo uma armação.

— Eu acredito! Não sei o que me deu. Fiquei com raiva quando vi você com aquelas mulheres e acabei falando bobagem. — Thomas acendeu um cigarro e fitou o horizonte.

— Cathy? — Ouvi a voz de Roger e meu corpo inteiro congelou.

Inacreditável como em minha vida uma situação ruim nunca vinha desacompanhada. Não bastava ter criado aquela situação com Thomas, precisava criar outra com Roger, ou com ambos.

Olhei para Thomas, ele permanecia de costas com os olhos fechados. Tentava manter a calma. Rezei para que conseguisse.

— Oi!

— Algum problema? — Parou a alguns passos de nós percebendo de quem se tratava. Não consegui encará-lo. Thomas virou para Roger com um sorriso de triunfo.

— Roger, quanto tempo!

— Ah! Thomas. Então... Quem é vivo sempre aparece. — Revidou com a mesma ironia.

— Pode ser. Prefiro pensar que quem está vivo nunca desaparece. — Thomas lançou a indireta para Roger que a recebeu como um tiro. Seus olhos viraram brasas.

— Será, Thomas? Será que você está tão vivo assim? Eu quase não ouvia mais falar em você. Salvo pelos atentados e as fofocas das revistas.

— Atentados nos quais Cathy também estava presente. Então... ela com certeza sabia de mim.

— Parem com isso! — ordenei, eles sequer me olharam, presos em sua disputa.

— Ela não é mulher para você, Roger. Nunca foi. Não tenho culpa disso. Cathy o deixou antes de me conhecer.

— Você que não é o homem certo para ela, Thomas. Seu egoísmo impede que seja.

— O que você sabe do meu amor por ela, do nosso amor? Nada. Você nunca existiu. Eu nunca soube nada a seu respeito até o dia em que ressuscitou dos mortos. — Roger ficou magoado.

— E você deveria permanecer morto. Cathy estava bem melhor sem você. Mais leve, mais alegre... Você é como um câncer, Thomas, corrói a pessoa por dentro até sugar dela toda a vida. — Foi a vez de Thomas se magoar.

— Aceite sua derrota, Roger. Saia disso com dignidade. Com honra.

— A mesma honra que você teve ao levar a amiga dela para a cama? — Thomas avançou sobre Roger que deu uma risada sarcástica.

— Foi uma armação.

— Só Cathy mesmo para acreditar nisso. Aliás, ela nem acredita, apenas aceita como uma desculpa para ficar com você de novo. — Meu coração apertou ouvindo aquelas palavras e fechei os olhos. — Viu? Ela nunca vai superar o que aconteceu. Você a enfraquece.

— Acabou, Roger! Cathy é minha e você jamais vai mudar isso.

— Primeiro você precisa provar a sua inocência e então ela poderá escolher um de nós dois.

— Cathy conte logo e acabe com essa merda! — Comecei a me sentir tonta e enjoada.

— Chega! — falei um pouco mais alto que eles. — Não sou um prêmio. Vocês parecem dois cachorros lutando por um pedaço de carne. Chega! Cansei. Thomas, você não pode afirmar que sou sua, eu detesto esta coisa de dono! — Thomas olhou para mim assustado com a minha reação. — Roger, você não pode dizer ao Thomas como me sinto em relação à situação, não é um direito seu. Só eu posso dizer. Só eu sei como me sinto. — Foi a vez de Roger ficar chocado. — Quer saber? Se vocês querem se matar, sintam-se à vontade. — Dei as costas aos dois e comecei a me afastar. — Me deixem em paz!

Saí correndo pelo salão sem me preocupar com os demais convidados. Peguei um táxi e voltei ao hotel. Meu corpo todo tremia. "E agora? O que direi a Roger? E como vou me justificar com Thomas?" Entrei em meu quarto e me joguei na poltrona tentando esvaziar a cabeça.

Impossível!

Não pude pensar no assunto por mais de dez minutos. Comecei a ouvir as vozes dos dois discutindo do lado de fora. "Deus! O que eles estão fazendo? Vão chamar a atenção do hotel inteiro." Abri a porta a tempo de impedir que começassem a se esmurrar. Entrei no meio deles como uma muralha.

— Tá legal! Thomas para dentro! — falei com autoridade. Ele sorriu vitorioso.

— Roger, vamos conversar em seu quarto.

— O quê? — Thomas falou indignado.

— Thomas, você já fez todas as besteiras possíveis hoje. Vá para o meu quarto e me espere. Tenho que conversar com Roger e desfazer esta confusão toda. — Roger sorriu para Thomas e foi em direção ao seu quarto.

Ainda olhei para trás e vi Thomas andando em direção ao meu quarto, o que me deixou menos apreensiva, no entanto ainda existia o meu problema com Roger, uma parte mais difícil de ser resolvida.

Assim que entramos, Roger se virou para me encarar. Seus olhos me acusavam da pior de todas as traições. Comecei a tremer e sem conseguir me equilibrar direito, sentei no sofá para começar a minha explicação.

Contei o que decidi em relação a Thomas, omitindo que a decisão foi tomada desde o nosso primeiro encontro.

— Sinto muito, Roger! Eu tentei mesmo impedir que as coisas acontecessem desta maneira. Para ser bem sincera, o melhor para mim seria deixar meu relacionamento com Thomas para trás e me dedicar a nós dois. Não podemos enganar o coração e o meu decidiu por contra própria muito antes de me dar conta.

— É inacreditável! Como você pode escolher viver na incerteza ao invés de ter uma vida estável e segura, ao meu lado? Cathy olhe para nós. — Segurou em minhas mãos. — Juntos somos perfeitos! Existe equilíbrio, calma, harmonia. E eu te amo, Cathy! Amo da forma certa, como você merece, não como aquele moleque acha ser o correto, de forma egoísta e desequilibrada. Como você pode... — Soltou minhas mãos e levantou andando pela sala.

— Sinto muito! — Baixei os olhos sem coragem de encará-lo, me sentindo muito mal! Outra vez desfazia do amor dele por mim e o deixava sozinho.

— Você optou por ele, não pode estar sentindo tanto assim — afirmou com raiva.

— Não escolhi. — Ele riu irônico. — Não escolhemos quem amar, simplesmente amamos. É... Inexplicável.

— Tudo bem. Nada do que eu disser vai mudar a sua decisão. Tenho certeza que Thomas ainda vai te decepcionar, e muito. Vai te machucar outra vez, ou várias vezes se você permitir, porque agora sabe que nada é capaz de impedi-lo de ficar com você. Você se tornou vulnerável. Aposto tudo o que tenho como ele te vê como seu brinquedinho. É lamentável! Você é uma mulher maravilhosa e inteligente, merece muito mais do que Thomas pode oferecer. Merece uma vida linda e eu posso te proporcionar tudo isso, mas... — Deu de ombros. — Estarei aqui. Quando precisar é só chamar.

— Roger... — Ele foi embora batendo a porta com força.

Voltei para o meu quarto. A tensão latejando em minha cabeça e ainda precisava me resolver com Thomas. Ele abriu a porta, não aborrecido, e sim preocupado, meu coração ficou mais calmo apesar de dolorido.

— Foi difícil? — perguntou percebendo meus olhos vermelhos.
— Muito.
— Sinto muito, mas foi melhor assim. Ele é seu amigo, e por mais que eu não goste dele, sei que seria muito pior viver acreditando em um relacionamento inexistente.
— Tem razão. Acontece que isso não me faz sentir melhor. Você foi horrível! Eu disse que contaria quando chegasse o momento. — Meu namorado ficou sério me olhando por um tempo.
— Sinto muito, amor. De verdade! Não sou santo e sou um egoísta confesso. Não vou te incentivar a pensar melhor no que fez. — Ele me puxou para seus braços. — Nem vou dizer que me arrependo do que fiz. Estou muito feliz em ter a nossa vida de volta e você só para mim.

Thomas falava e distribuía beijos em meu pescoço, fazendo com que meu corpo traísse o que minha mente dizia. Como num passe de mágica, toda a tristeza desapareceu e me lembrei do porquê de ter feito o que fiz. Eu o amava!

— Não sou o homem perfeito que você procurava, mas eu te amo muito.
— Eu não procurava o homem perfeito, Thomas, procurava você.

CAPÍTULO 29
Novas constatações

Visão de CATHY

Voltar à minha rotina ao lado do Roger não foi uma tarefa muito agradável, pois me sentia envergonhada pelo que aconteceu, entretanto Thomas tinha razão. Continuar com a mentira machucaria Roger ainda mais.

Um dia após a confusão, Sam apareceu cedo em meu quarto para conversarmos, mas preferiu nada dizer quando viu que Thomas me acompanhava no café da manhã. Ela falou sobre a noite anterior e se despediu dizendo ter algo a fazer antes da reunião.

Thomas foi embora em seguida. Na verdade eu o expulsei para evitar mais problemas com Roger e, caso os dois se encontrassem no corredor, sabe Deus o que poderia acontecer. Prometi que o encontraria para almoçarmos. Ele queria me levar em um restaurante que um conhecido havia acabado de inaugurar.

Só encontrei com Roger na sala de reuniões. Só conversamos coisas relacionadas ao trabalho. Devo admitir que me senti péssima por entender que a mágoa o impedia de ser o meu amigo.

Minha participação na reunião foi quase inexistente. Fiquei sentada vendo as imagens apresentadas com o pensamento muito distante. Sam notou a minha apatia e antes de eu sair correndo para me encontrar com Thomas me segurou para uma conversa. Precisei me obrigar a ter paciência.

— Como Thomas foi parar naquela festa?

— Não sei. Estou tão acostumada a sabermos tudo um sobre o outro, que não me dei ao trabalho de dar detalhes do meu compromisso. Ele também não comentou que estaria lá daí toda a confusão.

— Estranho! — Falou pensativa.

— Por quê?

— Porque tivemos que confirmar a nossa presença com quinze dias de antecedência. Se o nome de Thomas estivesse na lista de convidados eu teria te avisado. E não estava. Tenho certeza.

— E como ele conseguiu entrar? — Minha cabeça trabalhava a mil por hora.
— Não faço a menor ideia.
— Vou tirar esta história a limpo. Tenho que ir. — Beijei Sam no rosto e saí decidida a confrontar Thomas.

Entrei no restaurante o mais rápido possível sem prestar muita atenção aos detalhes. Thomas, em uma mesa bastante discreta, sorriu quando me viu chegar, como não retribuí, ele ficou sério e preocupado.

— Algum problema? — Beijou meu rosto.
— Sim. — Fui categórica. — Parece que novos problemas estão sempre surgindo em nossas vidas. — Thomas passou a mão pelo rosto, impaciente.
— E qual é o da vez? — O garçom se aproximou para pegar o pedido. Deixei Thomas pedir por mim. Quando o garçom se afastou voltei a falar.
— O que você foi fazer no jantar de ontem?
— Já disse: fui convidado, ajudei na campanha e aceitei comparecer.
— Quando confirmou a sua presença?
— Não sou o responsável pela minha agenda, você sabe muito bem. O que está havendo?
— Sam me falou que quando confirmou a nossa presença o seu nome não estava entre os convidados. — Thomas passou as mãos pelo cabelo e deu uma risada fraca.
— E você está pensando que fui até lá para estragar seu teatrinho com seu amigo — afirmou. Observei a forma como ele reagia. — Francamente, Cathy! Você acredita mesmo que eu me prestaria a este papel? Eu concordei em deixar você resolver este assunto e contei porque perdi a cabeça. Nada planejado.
—Seu nome não estava na lista e Sam jamais inventaria uma coisa dessas.
— Não sei se o meu nome estava na lista, nem quando minha presença foi confirmada. O evento constava da minha agenda e ontem pela manhã Dyo me informou que eu deveria comparecer.
— Ontem de manhã? Que horas?
— Não sei, Cathy! — respondeu nervoso.

O garçom se aproximou e colocou os pedidos à nossa frente. Ficamos calados enquanto comíamos ou tentávamos comer. Nenhum dos dois confortável o suficiente para desfrutar da refeição. Em determinado momento Thomas largou os talheres e desistiu. Acabei desistindo também e abandonando meu prato.

O silêncio e a tensão eram quase palpáveis, além de constrangedor. Foi muita sorte seu amigo, o proprietário do restaurante, estar ausente. Seria difícil interpretar o papel do casal feliz e despreocupado.

Thomas pagou a conta e fomos juntos para o carro. Entramos em silêncio e permanecemos assim até em casa. Eu já pensava em gritar para quebrar o clima quando ele resolveu fazê-lo.

— Você não confia em mim — disparou. — De nada adiantou acreditarmos que esta história toda foi uma armação. Você continua não acreditando em mim

— Acredito em você.

Eu confiava, mas conhecia Thomas o suficiente para saber do que ele era capaz para conseguir o que queria. E sabia que ele queria muito acabar de uma vez por todas a minha história com Roger.

— Não! — Foi curto e grosso. — Seu amigo tem razão. Você voltou para mim porque sofria mais ficando longe. Não é o que quero. Sei que não te traí e tenho feito de tudo para provar que esta dor é desnecessária. Se você ainda acredita nisso, talvez seja melhor esperarmos um pouco mais para ficarmos juntos.

— Não! — Ofeguei. — Você está terminando comigo? É isso? — Meus olhos já me traíam deixando as lágrimas escorrerem pelo rosto.

A dor pelo fim do nosso relacionamento surgiu e toda a tristeza que senti quando estávamos separados voltou com força total. Meu coração começou a se despedaçar, lenta e progressivamente.

— Não! — respondeu com o mesmo desespero. Thomas me puxou para seus braços e afagou meu cabelo colando seus lábios em minha testa. — É que acho que se você ainda tem dúvidas o melhor a fazer é respeitar o seu tempo. — Seus braços me apertaram mais. — Eu te amo, Cathy! Não quero te perder. Não posso arriscar o que temos por causa de dúvidas. Preciso que acredite em mim.

— Eu acredito! — repeti desesperada. Mal conseguia respirar e os soluços irrompiam me impedindo de falar.

— Fique calma! — Thomas me segurou pelo ombro, afastando-se um pouco e me olhando com preocupação. — Cathy! — Chorei sem conseguir evitar o desespero. A simples ideia de terminar o nosso relacionamento outra vez me levava de volta ao inferno. Ele suspirou me abraçando outra vez, acariciando minhas costas.

— Calma! Está tudo bem.

Aos poucos fui me recuperando. Thomas continuava me abraçando, correndo seus dedos por minhas costas num movimento ritmado que me embalava e tranquilizava.

— Não quero te ver assim. — Beijou o topo da minha cabeça. — Não imaginei que provocaria tanto desespero. Desculpe!

— Não posso mais viver sem você — confessei.

— Também não quero. Você me assustou. O que está acontecendo? Nunca te vi tão transtornada.

— Não sei. Esta história deve ter afetado meu DNA, ou destruído meus neurônios. — Thomas riu. — Qualquer coisa me assusta, provoca desespero e me faz chorar. Aquela Cathy destemida e desafiadora deve ter fugido para as montanhas.

— A culpa é minha. Preciso te inspirar mais confiança.

Thomas me soltou e retirou o celular do bolso discando para alguém. Pelo que entendi, questionou Dyo sobre o evento: quando recebeu o convite e quando foi aceito. Ele olhava para mim enquanto ouvia o nosso amigo.

— Você poderia repetir para Cathy? — Ele me passou o telefone que atendi envergonhada.

— Oi, Dyo!

— O que aconteceu? — Dyo ria da situação.

— Thomas necessita me provar que está dizendo a verdade, mesmo eu dizendo que acredito nele.

— Ok! Eu disse a Thomas que o convite chegou há quase um mês e que confirmamos a presença dele há mais ou menos vinte dias. — Vinte dias? Mais rápido do que nossa confirmação, ou seja, o nome do Thomas deveria estar em nossa lista. Fiquei intrigada.

— Tudo bem, Dyo, obrigada! — Devolvi o telefone a Thomas que se despediu e desligou.

— Preciso falar com Sam.

— Você já vai?

— Não. Vou ligar para ela. — Peguei o meu celular e disquei para Samantha.

— *Oi, querida!* — Atendeu com alegria, do outro lado da linha.

— Oi, Sam! Preciso de um favor seu.

— *Claro! Do que se trata?*

— Da lista que você recebeu com os nomes dos convidados para o jantar de ontem.

— *Algum problema?* — perguntou apreensiva.

— Só uma dúvida. Dyo confirmou o recebimento do convite.

— *Bom, querida, com certeza o documento está no meu escritório em Nova York, posso conseguir que seja enviado para você via fax.*

— Ótimo. Vou ficar aguardando. Obrigada!

— O que você está querendo fazer? — Thomas ficou curioso.

— É estranho!

— O que é estranho? Sam deve ter se enganado.

— Sam tomou bastante cuidado para evitar nossos encontros desastrosos. Ela, com certeza verificou a lista e me avisaria caso você estivesse nela. Será que Sara ainda tem o documento? Vou pedir para ela enviar. — Enquanto eu falava já discava para Sara. Ela achou estranho o meu interesse, mesmo concordando em enviar.

Sentei no sofá aguardando. Thomas sentou ao meu lado ainda sem entender o que minhas atitudes.

— Preste atenção. Nós já sabemos que alguém está tentando nos separar. — Ele assentiu. — Primeiro as fotos minhas com Roger e a repórter insistindo em deixar clara a nossa separação, depois as fotos suas com Mia. Não percebe?

— Sim. Alguém está tentando minar todos os lados do nosso relacionamento. Já conversamos sobre este ponto. Você está pensando que alguém adulterou os documentos para você não saber que eu estaria no jantar? — Concordei. — Se esta pessoa não sabe que estamos juntos o que pretendia? Mostrar para mim que você estava com Roger?

— Thomas, quem quer que seja, sabe muito bem que estamos juntos. Perceba os sinais. Eu me sentiria triste por saber de você e Mia, mas qual a relevância disso se estivéssemos separados? E o jantar? Que importância teria encontrá-lo lá ou em qualquer outro lugar? Ele, ou ela, sabe que estamos juntos e está tentando quebrar o que existe de mais importante entre nós dois agora. Mais importante até do que o nosso amor. A nossa confiança um no outro.

Vi seu rosto se transformar e demonstrar com clareza que concordava comigo.

— Essa pessoa conhece a nossa rotina, acompanha os nossos passos. Ela sabe o que nós pensamos.

— Não pode ser um de nossos amigos, Thomas. Só eles sabem de tudo o que tem acontecido.

— Não estou pensando neles.

— Então quem?

— Não sei. Vou levar esta teoria ao agente Saunders e ver o que ele vai fazer em relação a isso.

— Tudo bem!

— Cathy? — chamou baixinho. Uma mistura de ansiedade e sofrimento em sua voz. — Precisamos confiar de verdade um no outro. Não podemos permitir que esta pessoa consiga nos atingir. — Afagou meu rosto com carinho, depois me deu um beijo rápido, porém doce e delicado.

— Serei forte. Prometo.

— Eu te amo!

— Eu te amo! — Repeti suas palavras com devoção.

Thomas me abraçou e desejei Nunca mais precisar sair dos seus braços. Ali eu me completava.

⁂

Voltar para o hotel foi doloroso. Queria poder ficar mais tempo com Thomas, no entanto, tínhamos que retornar para Nova York e não estaríamos no mesmo voo nem no mesmo horário. Despedimo-nos reafirmando o nosso compromisso de confiarmos um no outro, independente da situação.

Assim que cheguei ao meu andar, Roger abriu a porta do quarto dele e veio em minha direção. Fiquei apreensiva. O que ele poderia querer? Como sustentar outra conversa complicada? E o mais importante, como amenizar o sofrimento do meu amigo?

— Cathy? Podemos conversar?

— Claro! — Abri a porta e o deixei entrar.

— Tentei falar com você ontem, não consegui te encontrar no hotel, deduzi que estava com Thomas. Tudo bem, Cathy! Pensei bastante no assunto e percebi que nada podia fazer em relação a vocês dois. Ainda estou muito magoado, entretanto você continua sendo minha amiga e eu ainda te amo como tal. — Ele me olhou com carinho, derretendo meu coração.

— Nunca quis te enganar, Roger.

— Por que fez segredo da sua decisão? Por que permitiu que me iludisse?

— Eu não podia te contar. Existem ainda alguns problemas, por isso decidimos esconder que reatamos.

— Problemas? O que aconteceu?

Pensei duas vezes no quanto poderia revelar. Existia um acordo com Thomas, porém esconder abalaria ainda mais a minha amizade com Roger, uma pessoa na qual confiava sem piscar. Decidida, revelei a existência do agente Saunders, falei sobre as investigações secretas, a possibilidade do envolvimento da Lauren e do que descobrimos. Contei também sobre as fitas e a busca pelo homem da tatuagem. Roger ouvia tudo com atenção.

— Meu Deus, Cathy! Como você pôde me deixar de fora esse tempo todo? Eu quero ajudar. Tudo bem que não sou a favor do seu relacionamento com o

Thomas, mas trata-se da sua segurança, da sua vida. O seu bem-estar é do meu interesse também.

Sorri um pouco sem graça. Lógico que Roger se preocupava com a minha segurança. Foi o que sempre fez a nossa vida inteira. Ele me protegeu da minha própria vida. Cuidou de mim quando meu pai não soube fazê-lo, ficou ao meu lado quando o marido da minha tia tentava a qualquer custo me fazer a sua amante. Naquele momento não poderia ser diferente.

— Desculpe! Prometo que de agora em diante o manterei informado.
— De tudo. Por favor! Ainda somos amigos.
— Sim. Ainda somos amigos.

CAPÍTULO 30
Só a felicidade pode ter fim

Visão de
THOMAS

No dia seguinte Cathy foi embora antes de mim. Senti sua falta assim que passou pela porta. Nos encontraríamos à noite para recuperar o tempo perdido. Eu também queria pensar melhor em tudo o que conversamos. Precisávamos descobrir quem nos traía. Quem passava as informações a nosso respeito. Seria uma grande decepção para Cathy se descobríssemos que alguém que amávamos fazia parte desta armação.

Passei a tarde com o agente Saunders. Conversamos e montamos estratégias que poderiam nos dar uma diretriz. Se o inimigo estava entre nós, deveríamos prestar maior atenção nas informações que dávamos às pessoas e observá-las mais de perto.

Eu precisava encontrar Cathy o quanto antes para combinarmos o que faríamos. Havíamos traçado um plano que seria conhecido apenas por mim, Cathy e o agente Saunders. Seria chato deixar Kendel e Dyo de fora, contudo, necessário, pelo menos até termos uma ideia melhor do que acontecia. Só nos encontramos à noite.

Cathy estava cansada e queria esquecer nossos problemas por algumas horas. Jantamos e ficamos conversando abraçados no sofá do apartamento dela. Expliquei o que o agente Saunders decidiu. Ela concordou de imediato sem questionar e também sem muito interesse.

— O que você fez o dia todo? — perguntei querendo esquecer aquele assunto por um tempo.

— Muitas coisas. É complicado comandar empresas tão importantes. Agora é definitivo: não sirvo para isso. Se não fosse Roger... — Ela me olhou confusa, como se estivesse ultrapassando uma barreira proibida.

— Roger te ajuda muito. — Mantive minha serenidade.

— Ajuda. — Encostou a cabeça em meu ombro e suspirou cansada. — Peter precisa voltar logo. Sei que Roger dá conta, por outro lado Sam insiste em me manter à frente de tudo.

— Tenha paciência. Falta pouco agora. — Bocejei. Meus olhos ardiam de sono e ainda era tão cedo!

— Eu tenho, embora esta rotina esteja acabando comigo. Hoje, por exemplo, estou me sentindo cansada ao extremo. — Fechou os olhos ficando em silêncio.

— Está na hora de ir para a cama, princesa, ou vamos adormecer no sofá. — Ela nada falou. Sua respiração lenta e profunda. — Cathy? — Sua cabeça pendeu para o lado. Havia adormecido. Carreguei-a até o quarto e a deitei com cuidado na cama. Dormi no mesmo instante.

Acordei com o celular de Cathy tocando sem parar. Nenhum movimento na cama. O barulho me incomodava, adentrava meu cérebro e fazia a minha cabeça latejar. Minha boca estava muito seca. Apertei os olhos com força, incomodado pela claridade que invadiu minhas pálpebras.

— Cathy? — chamei baixinho. — Meu amor, seu celular. — Nenhuma resposta.

Abri os olhos, minhas vistas doeram. Aguardei que se habituassem a claridade, enquanto o telefone parava e recomeçava a tocar.

— Cathy? — chamei mais alto sem obter resposta. A cama vazia. Resolvi levantar e procurá-la pelo apartamento silencioso. — Cathy? — Silêncio. O aparelho continuava tocando. Decidi atender.

— Alô!

— Até que enfim! Pensei que dei uma dose maior do que o necessário. — Ouvi a voz do outro lado, mas a sonolência e a dor de cabeça me impediram de identificá-la.

— Quem está falando?

— Seu melhor amigo. — Gargalhou me deixando mais confuso. — Roger.

— Cathy não está, Roger, ligue outra hora. — Ia desligar, no entanto, ele foi mais rápido.

— Cathy não vai voltar. — Sentei na cama sem saber como reagir as suas palavras.

— Olha, estou com uma dor de cabeça terrível e sem humor para piadas, ligue depois quando Cathy estiver...

— Vou matá-la. — Sua voz rouca e seu tom agressivo me alertaram. — Não estou brincando. Estou no apartamento ao lado e sua linda Cathy está enterrada em algum lugar de Nova York. Você só tem uma escolha. Estou te aguardando. Não demore. O caixão não tem ar suficiente para mantê-la viva por muito tempo.

Desligou.

Fiquei sentado na cama com o coração disparado, sem saber o que fazer. E se fosse mentira? E se fosse uma armação para me tirar do caminho de Cathy?

Talvez o agente Saunders pudesse me ajudar. Levantei para tentar encontrar meu celular. Minha cabeça latejou e meu estômago embrulhou.

Se fosse verdade eu poderia estar colocando tudo a perder. E se Cathy estivesse de fato enterrada em algum lugar, lutando pela própria vida? Sem pensar saí cambaleante e fui em direção à porta. O que eu vestia não me importava. Precisava chegar ao apartamento ao lado.

Parei diante da porta e passei os dedos pelo cabelo tentando recuperar um pouco da lucidez. Parecia um pesadelo e eu queria muito acordar.

Para a minha surpresa, o mesmo homem com quem me encontrei no apartamento da Anna, o da tatuagem que participou de toda a farsa, abriu a porta para mim. Meu coração acelerou. O cara abriu espaço permitindo a minha passagem. Mesmo desconfiado e com medo, me obriguei a colocar tudo de lado e adentrar rumo ao desconhecido. Cathy podia estar correndo perigo de verdade.

Roger, sentado no sofá que ficava quase em frente à porta, sorriu triunfante, vestido com exuberância, como se estivesse em uma reunião onde fecharia o seu contrato mais importante. Entendi de imediato o que pretendia. A sala ampla como a de Cathy, possuía um televisor muito grande na parede ao lado do sofá.

Quase caí de joelhos quando percebi que transmitia a imagem de Cathy dormindo. As mãos cruzadas no peito, como se estivesse morta, o local pequeno e apertado, como um caixão.

— Cathy! — Arfei em pânico. Roger não brincava quando disse que a mataria.

Em um canto da imagem um relógio marcava o tempo e me dei conta de que fazia contagem regressiva. Provavelmente contando o tempo que Cathy teria de ar. Meu coração parecia querer explodir.

— Não se preocupe, Thomas — falou com calma. — É só entrarmos num acordo que Cathy ficará bem.

— O que você fez com ela?

Meus olhos continuavam fixos na tela. Cathy ainda respirava, podia ver pelo movimento em seu tórax. Contudo se o tempo marcado no relógio estivesse correto, em breve começaria a ter dificuldades com o ar. Dormindo seria impossível controlar a respiração e prolongar o tempo para a sua sobrevivência.

— Nada. Ainda não fiz nada que possa prejudicá-la. Mas posso fazer. — Encarei-o me esforçando para não piorar a situação. Seus olhos contraídos e sua voz, apesar de calma, demonstrava raiva.

— Era você o tempo inteiro — constatei. — Você armou com Anna e depois a matou para evitar que Cathy descobrisse a verdade. Matou o Mário também. — Minha própria respiração começava a falhar, aterrorizado. — Você tentou nos matar no dia do tiroteio. — Roger riu com sarcasmo.

— Eu tentei matar você. Cathy estava no lugar errado, na hora errada.

— Como pôde? Ela confia em você!

Sentia a raiva me atingir como um soco no estômago. Poderia matá-lo naquele momento, porém precisava ser prudente. Ele havia enterrado Cathy viva em algum lugar desconhecido. A angústia e o desespero me sufocavam. Eu tinha que salvá-la.

— Você deveria ter entendido os meus recados, ao invés disso, insistiu neste amor, insistiu em continuar tirando de mim o que é meu por direito.

— Você matou, enganou, fez as coisas mais absurdas, e quer que eu acredite que foi por amor? Isso não é amor, Roger. Cathy não merece passar por isso. Não merecia nenhum dos sofrimentos que você lhe impôs. É isso que chama de amor?

Ele gargalhou alto. Demoníaco. Sua satisfação ao me ver tão desesperado, esfregada em minha cara. Ele a mataria.

— Quem falou em amor? — Levantou e começou a andar pela sala. — Não sou como vocês, sentimentais! Tudo para vocês é essa droga de amor que os une. Nem a sua suposta traição a fez desistir de continuar com essa bobagem. Amei a Cathy quando éramos jovens. Tenho que admitir que ela é uma pessoa fácil de amar. Porém as coisas mudaram. Quando descobri de quem Cathy era filha, fiquei atordoado, sem saber porque ela abria mão do que tinha direito. Por que preferia aquela merdinha de vida que levava? Quando ela terminou comigo, fiquei perdido. Eu a amava e tinha planos para nosso futuro: convenceria Cathy a lutar por seus direitos e no final todos ficaríamos felizes.

Ele parou e contemplou a imagem de Cathy naquele vídeo macabro. Por um segundo enxerguei a sua mágoa e um brilho em seus olhos que parecia... Devoção.

— Cathy arrancou de mim a oportunidade de sair daquela vida medíocre. Demorei algum tempo para me recuperar da dor. Foi mais fácil do que imaginava. Logo no primeiro mês, após o término, consegui um emprego na empresa do pai dela, e com algumas manobras do destino, cheguei onde estou hoje. Só que isso não é grande coisa. Então Cathy reapareceu, linda e assumindo a sua herança. Eu pensei: por que não? Fui obrigado a criar toda esta situação e separar vocês para depois convencê-la a se casar comigo. Seria um ótimo negócio, eu assumiria as empresas e de quebra teria Cathy. Então você dificultou as coisas e resolveu atrapalhar meus planos. Seria muito melhor se tivesse se mantido afastado. Cathy ainda estaria segura, em meus braços.

Olhou para mim e sorriu. Não havia dúvida de que eu abriria mão de qualquer coisa, até mesmo do nosso amor, para mantê-la viva. Olhei mais uma vez para a tela onde a imagem de Cathy me apavorava. Ela precisava voltar. Precisava ser tirada de lá. Eu teria que ser capaz de fazer o necessário para que isso acontecesse.

— O que você quer de mim?

— Não entendeu ainda? — ironizou. — Quero você longe dela. Quero que ponha um ponto final no relacionamento de vocês. Vá embora. Termine o namoro e desapareça. Em troca garanto que a manterei segura como mantive até agora.

Uma porta se abriu e de lá saíram os dois seguranças que contratei para proteger Cathy. Estávamos cercados de traidores. Todos estavam envolvidos. A dor que senti foi impossível de ser descrita. Doía de forma absurda deixar Cathy. Eu me sentia como se tivesse atravessado o oceano a nado para, ao chegar do outro lado e descobrir que o esforço foi inútil. O que eu procurava não se encontrava mais lá.

Era isso ou ele a deixaria morrer enterrada em um lugar qualquer. Poderia levar anos para encontrá-la ou até mesmo nunca conseguir. Minha respiração pesada e meu coração apertado eram o indicativo de que não mais poderia subestimar Roger.

— Por que não me matou? Seria mais fácil.

— Eu tentei — respondeu pensativo. — Tentaria outra vez. Então me dei conta que Cathy morreria junto com você. Não morrer mesmo, você me entende. O amor que ela sente é mais forte do que a morte. Com certeza não suportaria e, se caso sobrevivesse, se tornaria um nada. Reverenciaria este amor pelo resto da vida. Nunca aceitaria outra pessoa. Por outro lado, se você a abandonar, se admitir que transou com Anna, que tudo foi verdade, estará machucando-a tão profundo que com certeza ela aceitará o meu pedido de casamento. — Ficamos nos encarando. — Vamos lá, Thomas! O tempo dela está esgotando. Decida-se!

Olhei para Cathy e pedi perdão pelo que faria. Então assenti, concordando com ele.

— Ótimo! Vou começar a organizar a volta da Cathy. — Sinalizou para os seguranças que saíram deixando eu, ele e o cara da tatuagem na sala. — Não se preocupe, ela voltará em segurança e, quando despertar, nem vai saber o que aconteceu. Como prefere? Quer um tempo para conversar com ela? Devo adverti-

-lo que estaremos monitorando a conversa, então não banque o herói. — Minha cabeça girava.

— Não quero que ela me veja. — Forcei as palavras para fora. — Tenho que pegar algumas coisas que estão no apartamento dela e... Prefiro escrever, deixar uma carta.

— Escreva. — Estendeu uma folha de papel e uma caneta. — É lógico que irei verificar o que escreveu.

Fui até a mesa de jantar e sentei com o papel diante de mim. Permiti que algumas lágrimas caíssem sem que me considerasse um fraco por isso. Um medo terrível me assolava. Cathy ficaria nas mãos de um louco e eu precisava fazer algo, mas o quê?

— Quer ajuda? — perguntou impaciente. Com ódio rabisquei as primeiras palavras.

"Cathy,
Gostaria que existisse uma forma menos dolorosa de fazer o que estou fazendo, mas não encontrei. Sim, admito que sou um covarde, por isso optei pela carta.

Roger estava certo o tempo todo. Eu não a mereço e nem você merece passar pelas coisas que meu egoísmo impõe. Eu sou um fraco. É insuportável conviver com isso, com tanta mentira. O que aconteceu entre mim e Anna foi real. Eu tinha dúvidas sobre o que queria para nós dois e deixei acontecer.

Foi muito difícil não ter mais você em minha vida e aceitar que estivesse com outra pessoa, por este motivo voltei. Sei que parece absurdo, mas senti meu orgulho ferido.

Não há mais nada a ser explicado. Estou saindo de sua vida. Desta vez para sempre. Espero que seja feliz. Sei que será difícil, mas desejo que isso aconteça.

Só tenho um único pedido a fazer: sempre acredite em mim, em minhas palavras, mesmo quando parecer impossível. Lembre-se de nossa conversa sobre confiança.

Com carinho,
Thomas."

Entreguei o papel dobrado a Roger que o abriu conferindo o conteúdo.

— Muito meloso. Como vocês gostam. Tudo bem Thomas, faça conforme combinamos. Pegue suas coisas e vá embora. Vou estar por perto para consolá-la.

— Sem olhar para ele, passei pela porta aberta pelo cara da tatuagem e fui em direção ao apartamento dela.

Arrasado!

Cada passo aconteceu como se eu estivesse acompanhando o enterro de alguém que eu amava muito. Um sentimento bastante adequado ao momento. Minha garganta ardia pelo choro contido e meu peito tentava reagir à pedra gigantesca alojada sobre ele. Seria difícil conseguir descrever a dor que sentia.

Entrei no apartamento e me dei conta do quanto dela havia nele. Como se Cathy estivesse ali, aguardando por mim.

— Você precisa ser rápido. Ela chegará a qualquer momento. — Olhei assustado para a porta e me deparei com a última pessoa que esperava encontrar.

— Lauren?

Sufoquei. De repente entendi. Lauren ajudou Roger a esquematizar e executar todo o plano. Olhando-a tão bem vestida e altiva, constatei que sua loucura nunca existiu. Lauren enganou todo mundo.

— Assustado? — Levantou uma sobrancelha. — Vamos lá, Thomas, você me conhece muito bem para saber que eu não iria para a cadeia por causa daquela coisinha de nada. Fingir estar louca me ajudou por muito tempo. Quando Roger começou a me visitar a perspectiva de sair mais rápido me impulsionou. Claro que eu teria encontrado outro jeito de terminar o que comecei, mas Roger foi bastante conveniente.

— Não se atreva! — A raiva me sufocava. — Você foi longe demais. Não vou permitir que chegue perto dela.

— Você? — Gargalhou. — Eu poderia matá-la a qualquer momento. O que me impediu foi o acordo que fiz com Roger. Não faz mais parte dos meus planos acabar com a vida dela. — Lauren me olhou com ódio. — Quero acabar com a sua. Assim como você acabou com a minha.

— O que vai fazer? Atirar em mim também? Atire. Vamos! Estou esperando.

— Muito fácil, Thomas! Tirar a sua vida, neste momento, seria um alívio para você. Prefiro deixá-lo definhar sem o amor da Cathy. Dramático, não? — Riu alto estreitando os olhos.

— Você será presa, Lauren. E quando te pegarem ninguém mais acreditará na sua loucura.

— Hoje mesmo irei embora do país. Vou ter a minha liberdade de volta! Roger terá o que quer: as empresas e Cathy. E para você sobrará o quê? — Parou pensativa.

— Já sei! Solidão. Para você restará a solidão.

— Eu mato você!

Avancei em sua direção quando um movimento na sala desviou minha atenção. Os seguranças entravam com o que parecia ser uma caixa, muito grande. Grande o suficiente para caber Cathy lá dentro. Meu coração acelerou. Uma grande lona negra cobria a caixa.

— Cathy! — Corri na direção deles.

— Ah! A bela adormecida chegou! — Lauren disse debochada, batendo palmas como uma criança feliz depois de ganhar um brinquedo novo. — Vamos, Thomas, seu tempo acabou. Já arrumei tudo seu em uma mala e mandei entregar na portaria do seu prédio.

Foi impossível me segurar. Lauren outra vez destruía tudo o que mais quis em minha vida. Ela conseguiu machucar Cathy de novo.

Avancei sobre ela, segurando-a. Vi seus olhos se arregalarem com o susto. Lauren tentava se desvencilhar de minhas mãos que apertavam sem culpa o seu pescoço. Eu podia ver o seu fim chegando quando fui contido pelos seguranças. Ela caiu no chão procurando por ar com desespero.

— O que temos aqui? — Roger entrou no apartamento andando como um rei. À vontade e seguro. — Thomas! — disse com reprovação. — Esqueceu como se trata uma dama?

— Abra a caixa! — Ordenei.

— Você disse que não queria despedida.

— Quero saber se está tudo bem com ela. Tenho direito. Fiz um acordo com você. Cathy deve ficar segura. Como posso confiar quando tem esta desequilibrada ao seu lado?

— Você não tem direito a nada. — Gesticulou impaciente. — Lauren não é uma ameaça para Cathy enquanto ela continuar longe de você. — Lauren, ainda no chão, riu das palavras dele enquanto passava a mão no pescoço. — Vou permitir por compaixão. Abram a caixa!

Assisti angustiado a caixa sendo aberta. Restos de terra caíram no chão. Pude ver Cathy dormindo deitada no centro, drogada com certeza. Seu semblante tranquilo. Contemplei seu rosto perfeito e sereno. Fui atingido por uma imensa tristeza ao lembrar que em pouco tempo a mesma dor que me dominava a atingiria.

Retirei a mulher da minha vida de lá. Com Cathy em meus braços, caminhei com calma até o quarto e a deitei na cama. Sua pele estava fria. Puxei o cobertor cobrindo-a. Todos permaneceram em silêncio atrás de mim. Sentei ao seu lado, acariciei uma última vez o seu rosto e me aproximei beijando sua testa depois depositei um beijo suave em seus lábios.

— Eu te amo! — murmurei.

— Chega! Já constatou que Cathy está bem, já se despediu, agora basta. Vá embora e cumpra a sua parte.

Levantei, vesti minha roupa e fui embora. Antes de sair do apartamento olhei uma última vez para Lauren, que se encolheu com o meu olhar. Com certeza sabia que eu seria o principal interessado em procurá-la e, quando fosse encontrada, não mediria esforços para fazê-la pagar por seus crimes.

Fui embora sentindo minhas forças se esvaírem. Desmoronaria a qualquer momento e me desesperava saber que precisava pensar em uma solução quando me sentia tão esgotado. Como eu podia aceitar entregar Cathy nas mãos dele? Tinha que encontrar uma maneira de reverter a situação. Precisava conseguir provas contra eles. Mas como?

Só fui para casa quando todas as lágrimas foram derramadas. Precisava de um plano. Por mais que tentasse juntar cada peça, nunca conseguia ligar Roger a nada, o que me impedia de contar à polícia o que aconteceu. Seria a minha palavra contra a dele. Principalmente depois da carta que eu escrevi. Também não podia ter meus amigos envolvidos naquela sujeira. Roger já havia me mostrado do que era capaz para me manter afastado e se insistisse em continuar com a investigação ele, com certeza, faria algo para me impedir.

Quando cheguei em casa, Dyo me esperava na sala com Kendel ao seu lado, ambos apreensivos.

— O que aconteceu? — Dyo perguntou assim que entrei.

Fechei a porta e fui até o sofá mais próximo desabando nele. Meu silêncio foi respeitado pelos meus amigos que permaneceram calados me observando.

— Decidimos nos separar. — Forcei as palavras a saírem. A mentira era necessária.

— Como assim? O que aconteceu desta vez? — Kendel perguntou nervoso.

— Nada. Pedi um tempo. Preciso de um pouco de espaço. — Levantei do sofá evitando os olhares atentos sobre mim. — Vou voltar para Los Angeles.

— O quê? E as investigações? E todo o plano? — Dyo falou sem entender.

— Se a polícia quiser continuar investigando, por mim tudo bem, embora eu não pretenda mais me justificar com Cathy. — Doeu dizer seu nome. Minha cabeça projetava as imagens dela deitada naquele caixão. — Vou subir e arrumar minhas coisas. Dyo, por favor, providencie minha viagem de volta. Ah, e também um exame de sangue com urgência.

— O quê? Como... — Dyo puxou o ar com força. — Thomas? Alguém deixou uma mala com suas coisas na portaria hoje pela manhã, coloquei no seu quarto.

Assim que abri a porta do quarto ouvi meu celular tocando. Apressei-me em procurá-lo dentro da mala. Queria acreditar que era Cathy, apesar de entender que não poderia atender. Não podia ouvir o seu sofrimento e me manter firme. Pela sua segurança eu precisava ser frio. Olhei para aquele número tocando com insistência em meu celular. Decidi atender.

— Henry?

— Thomas! — Henry falou eufórico. — Você não vai acreditar no que acabei de descobrir, em quem está por trás dessa confusão toda.

Parei chocado. Henry conseguiu algo que poderia mudar o curso dos acontecimentos? Meu coração acelerou com essa possibilidade.

— Como você descobriu? — Baixei o tom de voz evitando que ouvissem nossa conversa.

— A polícia entregou à Mia o computador da Anna. O produto estava todo destruído devido ao acidente. Mia esqueceu de entregá-lo à família. Tive curiosidade de tentar recuperar alguma coisa e verificar se havia algo que ajudasse na investigação. Foi assim que descobri e-mails comprovando tudo e também uma carta que ela deixou para Cathy. Acho que Anna sabia que algo ruim poderia acontecer a ela.

— Henry, escute com atenção o que vou falar. O que quer que seja que descobriu, não conte a mais ninguém, por favor. Estou voltando neste exato momento para Los Angeles. Posso te encontrar assim que chegar. Não se esqueça, sigilo absoluto.

— Certo. Não se preocupe, eu sei o risco que Cathy está correndo — disse por fim desligando o telefone.

CAPÍTULO 31
Sonhos destruídos

Visão de
CATHY

A primeira coisa que senti foi a boca ressecada. Minha garganta parecia cheia de terra. Em seguida meu corpo se deu conta do vazio da cama então abri os olhos.

No lugar aonde Thomas deveria estar só havia o vazio. A sensação de completa solidão fez meu coração disparar.

Decidi levantar e procurá-lo, fui atingida por uma forte tontura e enjoo. Respirei fundo, apesar disso precisei correr ao banheiro rezando para conseguir chegar. Não sei quanto tempo permaneci por lá. Os segundos passavam e Thomas não aparecia para me ajudar ou me apoiar.

Lavei o rosto e a boca com água gelada e saí do quarto a procura dele. A casa parecia grande demais. Meu coração me dizia que algo estava muito errado, contudo, me recusava a aceitar. Uma dor insistente latejava em minha cabeça. Sem encontrar Thomas, resolvi voltar para o quarto para pegar uma aspirina. Foi quando encontrei a carta.

Não na cama sob o travesseiro dele, onde costumava colocar seus bilhetes. Aquele estava sobre a minha penteadeira, entre um frasco de perfume, e uma caixinha de joias que eu usava para colocar peças de menor valor. Segurei o papel com as duas mãos sem coragem para abri-lo, no entanto me forcei a fazê-lo afirmando para mim mesma que aquela infantilidade deveria ser bloqueada. Abri e li as primeiras palavras.

"Cathy,
Gostaria que existisse uma forma menos dolorosa de fazer o que estou fazendo, mas não encontrei. Sim, admito que sou um covarde, por isso optei pela carta.

Todos os meus medos se confirmaram. Eram apenas palavras inacabadas, contudo meu peito já sentia o imenso buraco que se formava e as primeiras lágrimas despencaram pelo meu rosto. Eu me obriguei a continuar lendo, como um sádico, que sabe que vai doer, contudo sente-se atraído pela dor.

Roger estava certo o tempo todo. Eu não a mereço e nem você merece passar pelas coisas que meu egoísmo impõe. Eu sou um fraco. É insuportável conviver com isso, com tanta mentira. O que aconteceu entre mim e Anna foi real. Eu tinha dúvidas sobre o que queria para nós dois e deixei acontecer.

Foi muito difícil não ter mais você em minha vida e aceitar que estivesse com outra pessoa, por este motivo voltei. Sei que parece absurdo, mas senti meu orgulho ferido.

Não há mais nada a ser explicado. Estou saindo de sua vida. Desta vez para sempre. Espero que seja feliz. Sei que será difícil, mas desejo que isso aconteça.

Só tenho um único pedido a fazer: sempre acredite em mim, em minhas palavras, mesmo quando parecer impossível. Lembre-se de nossa conversa sobre confiança.

Com carinho,

Thomas."

Não tenho como descrever o que sentia. Uma espécie de limbo caiu sobre minha cabeça. Como se o mundo deixasse de existir, aliás, foi como se nada existisse, nem eu.

Minha mente foi tomada por uma bolha de nada, um vazio me impedindo de sofrer ou de sentir o sofrimento e que ao mesmo tempo me impedia de viver, sorrir e amar. Nunca imaginei que o nada fosse tão difícil de suportar. Fiquei um longo tempo sentada na cama. Ficaria desse jeito pelo resto da minha existência. Sem ver a vida passar, sem sentir falta de nada, nem mesmo de mim. Para a minha infelicidade, a vida não é um conto de fadas. Ela é dura, cruel. E, como a minha não poderia ser diferente, despertei para a dor.

Uma dor dilacerante! Que não se limitava ao meu coração ou mente, cada célula do meu corpo me dizia que era a sua última palavra. Thomas foi embora, me abandonou. Tudo foi uma grande e monstruosa mentira. Uma brincadeira perversa. E doía tanto!

Eu havia criado um lugar seguro para mim, onde as muralhas altas e resistentes me mantinham protegida do mundo lá fora, de modo particular, estável e equilibrado, então a vida tratou de infringir todas as minhas regras, como uma serpente rondando meus caminhos me oferecendo o que possuía de mais estimulante: o risco.

Durante muito tempo convivi com a indecisão sobre abrir as portas para que a serpente da vida pudesse entrar. Aí, como se nada mais pudesse detê-la, me dominou. Eu me vi abrindo mão do meu mundo seguro e confortável por causa do amor. Veja só: o próprio amor, que antes me fez flutuar pelo mar de incertezas me fazendo desejá-lo mais do que tudo, me atirava no deserto vazio e árido da traição.

Queria voltar para o meu mundo, sem obter sucesso. Tudo o que construí foi tocado pelo amor, se tornando proibido para mim. Restava-me vagar naquela nova vida vazia e sem cores.

No nada.

Acredito que um dia inteiro se passou. Quando o meu corpo chegou ao seu limite, a sonolência me dominou. Agarrada à carta, deitei e deixei minha mente se entregar ao sono, sem saber que gradativamente, eu me entregava à morte.

O que aconteceu em seguida não sei descrever. Ouvi vozes, distantes e irreconhecíveis. Mãos me tocaram, pensei ser um sonho. Vi paredes passarem, imagens borradas, nada que conseguisse focar. Oscilei no tempo e no espaço.

Acordei num quarto de hospital. Um tempo depois soube que fiquei quase dois dias trancada no apartamento, sem me alimentar, ou beber qualquer coisa, este foi o maior problema e aos poucos me entreguei a uma viagem quase sem volta. Se não fosse por Roger e Sam, eu estaria morta.

Confesso que cheguei a desejar a morte, mesmo em segredo, porém acreditava que esta não apagaria as lembranças, nem o sofrimento, por isso passei a desejar que o tempo passasse, ou que o nada voltasse.

Quando despertei, percebi que a tristeza, a dor que me consumia, se fazia presente em todos os meus poros, em cada pensamento e respiração.

Roger ao meu lado, o rosto apoiado nas mãos, me encarando, aguardando uma reação. Um amigo fiel, como sempre. Seu amor deveria ser o suficiente para nós dois, deveria me contagiar, me dar esperanças... No entanto, eu só conseguia sentir gratidão por ele estar ao meu lado outra vez, e da imensa vergonha de encará-lo e confirmar que ele estava com a razão o tempo inteiro.

Nada dissemos, ficamos nos encarando. Seus olhos sem me acusarem, como deveriam, apenas me diziam em silêncio que nada mais importava. Roger tirou uma mão do rosto, com cuidado, e segurou a minha, que sustentava uma agulha e um tubo ligado ao soro. Apertou de leve meus dedos, transmitindo seu apoio.

Senti raiva nesta hora. Raiva de mim, da minha ingenuidade e cegueira em relação a Thomas. Tudo em nossa história apontava para este final, porém o amor me enlouqueceu ao ponto de me cegar.

A culpa por tudo o que eu passava naquele momento era de exclusividade minha. Permiti que Thomas voltasse a fazer parte da minha vida, de forma indireta me permiti ser machucada de maneira devastadora. Tal constatação me doía mais ainda do que se nada tivesse feito para provocá-la. Doía muito reconhecer a minha culpa por toda aquela dor.

Deixei as lágrimas rolarem. Seriam as últimas. Iria me reerguer impedindo que Thomas me afogasse naquele poço. Queimava em minha garganta o desejo de vingança. A vontade incontrolável de dar a volta por cima, de mostrar que não era tão inocente quanto parecia, desacreditando a sua importância em minha vida.

Essa seria a maior de todas as mentiras que minha mente já contou, contudo, me agarraria a esta como se fosse o único jeito de sobreviver a minha própria destruição. Porque foi isso que aconteceu, fui destruída, derrotada, despedaçada. Eu sobreviveria, mesmo que fosse uma sobrevida. Mostraria a Thomas que não havia mais espaço para ele em minha vida.

Sem me preocupar com as lágrimas que caíam, olhei para Roger, que me fitava preocupado e sorri. Ele retribuiu o sorriso, apesar de me deixar perceber que não havia nenhuma felicidade em seu sorriso. Fechei os olhos ainda sorrindo e apertei sua mão soltando um suspiro longo e pesado. Tentava expulsar os sentimentos ruins. Se precisava recomeçar, que fosse naquele momento.

— Estou bem.

— Você não precisa parecer forte, Cathy, não para mim.

— Eu sei. — Voltei a abrir os olhos e encará-lo. — Desculpe, fui cega, tola...

— Não diga nada. Não estou aqui para julgá-la. Estou preocupado com você. De verdade! — Passou a mão em meu cabelo.

— Mas quero e preciso dizer o que penso disso tudo e depois enterrar este assunto. Quero um novo começo, Roger e para isso tenho que dar um fim ao que sobrou. Você tinha razão o tempo todo. Thomas deu o passo que precisava, agora é a minha vez. Nada mais ficará em meu caminho para me impedir de ser feliz, me atrapalhe de seguir em frente. Errei com você e quero consertar as coisas. Quero recuperar todo o tempo que perdi tentando viver um conto de fadas, sem entender ou aceitar que contos de fadas não existem. Se você puder me perdoar mais uma vez... Estou disposta a reconstruir a minha vida ao seu lado. Agora, para sempre. — Os olhos de Roger brilharam, entretanto ele hesitou.

— Cathy! Você ainda está muito confusa para tomar uma decisão como essa. Eu... — Pensou um pouco no que dizer. — Sam e eu achamos a carta... — De novo me olhou preocupado. — Sei o quanto você está sofrendo.

— Não será pelo resto da vida, Roger. Agora sei quem é Thomas. Tenha um pouco de paciência. Eu vou conseguir! — afirmei mais para mim mesma do que para ele. Precisava conseguir. Era uma questão de honra.

— Mesmo assim. O que vocês viveram foi forte demais. E se Thomas se arrepender como aconteceu da outra vez? Cathy, eu te amo! Não quero ficar me enchendo de esperança e acreditando em nós dois para de repente te perder, e o que é pior, perder de novo para aquele...

— Não voltará a acontecer. Acabou. Para mim também acabou. Preciso me reerguer. Tenho coisas para fazer. Tenho planos. Quero voltar a estudar, quero me dedicar à empresa e você é a pessoa certa para estar ao meu lado.

— Vamos deixar esse assunto para depois, está certo? — Depositou um beijo em minha mão. — Sam está lá fora, bastante preocupada. Seria bom você manter esta carinha de tranquilidade. — Sorri confiante. Esta seria a minha máscara, até que eu acreditasse que me sentia feliz.

Quando Sam entrou, agradeci mentalmente a Roger por ter me pedido para manter a tranquilidade. Ela estava muito abatida. Os olhos vermelhos e as olheiras demonstravam o tamanho do seu sofrimento. Sua expressão de tristeza se suavizou um pouco ao me ver com minha máscara composta de pessoa calma e equilibrada.

— Posso perguntar como você está?

— Estou bem. Um pouco cansada, mas bem.

— Eles acham que você não tem nenhum problema mais grave, no entanto recomendaram que... — olhou para Roger em busca de apoio. — Seria bom ter sempre alguém com você.

— Se você se sente melhor assim.

— Vou ajudá-la. Cathy precisa dos amigos agora. — Roger sorriu tranquilizando Sam. — Tudo vai voltar a ser como antes.

— Você tem certeza? — Sam me olhou de uma maneira estranha. Como se quisesse me dizer alguma coisa, eu não conseguia acompanhar o seu raciocínio.

— Sim.

— Certo. Quero que saiba que estou aqui para o que você precisar.

— Eu sei.

Roger a convenceu a voltar para casa prometendo que ficaria comigo e ligaria caso acontecesse alguma coisa, o que entendi como algo do tipo: cair na real e dar uma de louca psicótica deprimida, se é que isso existia. Eles não acreditavam em mim. Ótimo! Mais um incentivo para provar a minha capacidade.

Recebi alta no dia seguinte, cheia de recomendações médicas que prometi cumprir. Bastou entrar no carro do Roger para colocar meu plano em ação. Deixei que me levasse para casa, onde Mia me aguardava e me despedi dele prometendo descansar o máximo possível, porém, eu já tinha tomado outra decisão.

Foi estranho e um tanto quanto constrangedor estar com Mia depois de nossa briga. Mais um problema que deveria encarar de frente e resolver. Mais uma missão: Não deixar que minha história com Thomas destruísse a nossa amizade.

Tomei coragem e fui abraçar minha amiga acabando com qualquer vestígio da nossa briga. Ela retribuiu meu abraço me confortando. Sorri confiante. Mia por um momento me olhou sem entender a minha reação. Ficou claro que esperava uma Cathy derrotada e infeliz. Essa Cathy existia, bem dentro de mim e eu tentaria a qualquer custo expulsá-la.

— Relaxe, Mia! Não vou chorar, sofrer ou lamentar.

— Nossa! — Minha amiga me encarou com olhos arregalados.

— Eu sei. Você já deve estar sabendo de tudo. Ótimo!

— O próprio Thomas me contou o que aconteceu. — Sondou a minha reação. Fiquei impactada e lutei para não demonstrar, segura da minha decisão de ser uma nova Cathy. — Nós nos encontramos em Los Angeles, por isso voltei.

— Obrigada por ter voltado! Senti a sua falta.

— Então... O que pretende fazer? — Mia agia de forma esquisita, desconfiada. Preferi associar sua atitude ao medo da minha reação. Ela também não acreditava na minha encenação.

— O mesmo que fiz antes de permitir que Thomas voltasse a minha vida. Seguir em frente. Não sou a primeira mulher a sofrer por amor ou ser abandonada e, com certeza, não serei a última.

— A partir de qual ponto pretende continuar?

A maneira como falou despertou minha atenção. Mia me sondava receosa, um tanto misteriosa demais. Eu me questionei se existia a possibilidade de ainda estar magoada.

— De onde parei. — Tendo ideia do que Mia queria perguntar, encurtei a conversa. — Reatei com Roger. — Mia me olhou horrorizada. Parecia louca para me dizer algo e sem ter coragem. — Sei o que você vai dizer. Desista! Sei o que quero, não sou mais nenhuma criança, além disso, Roger é a pessoa perfeita para mim.

— Ele nunca foi — disse quase em desespero.

As palavras saíram sussurradas, com pânico ou súplica. O que ocorria com a minha amiga? Será que não enxergava que Thomas me destruiu de todas as formas possíveis. Que brincou comigo e me atirou no fundo do poço por duas vezes?

— Cathy, você nunca conseguiu amá-lo. Vocês sequer transaram. — Meu rosto esquentou. — Por que precisa decidir nesse momento? Espere mais um pouco.

— Esperar pelo quê? Já perdi muito tempo esperando. Você tem razão, eu não amo Roger, mas para que serve o amor mesmo? Ah tá! Lembrei. Para me fazer sofrer. Para me fazer acreditar em quem não me merece. Roger é um grande companheiro, um grande amigo, a pessoa ideal para ter ao meu lado. Sem contar que ele me ama isso deveria ser o suficiente.

— Deveria. Você disse certo. Porém não é. — Cruzou os braços e me encarou. — Cathy! — Suavizou seu tom de voz. —Você está muito confusa ainda. Dê um tempo nas decisões? Vamos viajar! Faremos aquela viagem que sempre sonhamos, só nós duas. — Ri da sua tentativa.

— E seu trabalho?

— Eu me demito. Você passou um tempão tentando me convencer a fazer isso, então vamos? Vai ser muito divertido!

— Antes você não quis que fosse assim. O que mudou?

— Mudou porque você quer tomar uma decisão tão séria como essa.

— Se você não entende... — Suspirei derrotada. — Aceite e fique feliz por mim.

— Fico feliz por você, minha amiga. – Seu olhos ficaram marejados. – Faça o que te peço, ao menos desta vez.

— Sinto muito! — Peguei minha bolsa e fui para meu quarto.

Peguei um conjunto de calça e blusa, tudo preto, e fui ao *closet* me trocar. Maquiei-me com calma. Escolhi um *scarpin* também preto e bolsa na mesma cor. Coloquei duas pulseiras douradas no pulso direito e um relógio no mesmo padrão no outro. Escolhi uma argola comprida, também dourada e uma gargantilha de ouro. Depois de aprovar meu visual de luto no espelho, saí do quarto. Mia olhou me encarou assustada.

— Vai sair? Para onde? Você deveria estar repousando. — Ela se movimentava atrás de mim, enquanto eu procurava a chave do carro.

— Vou trabalhar. — Caminhei sem lhe dar a chance de me convencer do contrário. — Não estou doente. Já fiquei muito tempo afastada e preciso me inteirar dos últimos acontecimentos. Vou voltar tarde. Acho que de lá vou fazer alguma coisa com Roger.

— Cathy, você está sendo precipitada. — Abri a porta e sorri com carinho para minha amiga, enquanto colocava os óculos escuros.

— Tchau, Mia! Qualquer coisa me ligue.

Dirigi observando e catalogando cada coisa que passava por mim. Uma maneira de impedir meus pensamentos de me traírem. Não podia me permitir pensar em Thomas. Olhar a paisagem me perguntando o porquê de cada coisa estar em seu devido lugar foi a forma mais saudável de enganar a mente que encontrei.

Assim que saí do elevador percebi os olhares. Cumprimentei com educação cada uma das pessoas com quem eu trabalhava, sem me deixar intimidar. Sandra se sobressaltou quando me viu chegar e no mesmo instante começou a organizar diversos documentos para levar a minha sala. Cumprimentei-a como se nada tivesse acontecido. Ela me acompanhou até a sala.

— Desculpe, Cathy! Roger avisou que você não viria hoje também, então organizei sua correspondência junto com a dele e já passei metade dos documentos para outra secretária. Se você quiser posso solicitar a Betina que os traga de volta.

— Não há necessidade, Sandra. Preciso mesmo ir até a sala do Roger. Por favor, providencie um café bem quente e mande levar, certo?

— Claro. Com licença!

Saímos juntas. Queria comunicar ao Roger a minha volta. Caminhei pelo pequeno corredor sob os olhares curiosos de alguns funcionários que passavam entre a minha sala e a do meu... Namorado.

Reagi da mesma forma de antes, cumprimentando a todos. Respirei fundo quando alcancei o meu objetivo. Precisava primeiro me recuperar da tensão que foi ser avaliada por tantas pessoas, bem como me sentir mais à vontade com aquele novo relacionamento. Bati de leve na porta e o ouvi me mandar entrar. Roger não levantou os olhos para ver quem entrava.

— Betina estou precisando de... — interrompeu assustado olhando para mim. Sorri. — Cathy? O que...

— Eu sei, deveria estar descansando. Não sei do quê já que estou ótima! Não vejo razão para ficar em casa. — Ele riu de minha declaração.

— É bom ter você de volta! — Seus braços me envolveram com carinho. — Preciso comunicar isso a Sam. Ela está aqui, tentando organizar o caos que você deixou quando... — Roger se calou.

— Estou de volta, eu mesma vou organizar a minha bagunça.
— Vou te ajudar. Antes vamos falar com Sam.

※※※

Fomos até Sam que, apesar de muito confusa e preocupada, ao mesmo tempo, demonstrou satisfação com minha atitude e disposição. Minha madrasta me conhecia muito bem para saber que havia muita tristeza dentro de mim, porém se espantou com a força que eu esbanjava para não deixar que me dominasse.

— Então você quer trabalhar? — Usou um tom de brincadeira. Fiz uma careta já sabendo que ela me entupiria de tarefas. Roger riu. Meu amigo empolgado parecia satisfeito, vitorioso.

— Você sabe que não entendo nada de administração de empresas, muito menos de finanças, mas já que faz tanta questão... — Revirei os olhos de forma teatral.

— Sou um ótimo professor. — Roger sorriu fazendo cara de indignado.

— Ah, claro! Você será meus olhos, braços e pernas aqui dentro. Não adianta fingir que entendo esta bagunça. Ainda bem que temos Roger. — Sam manteve a expressão serena, porém percebi que escondia algo.

Tudo bem que ela fosse a favor de Thomas, não podia contestar os pensamentos de uma pessoa que movida pelo amor, por outro lado, eu tinha Samantha como uma mãe, e esta como tal deveria estar bastante magoada com tudo o que ele fez. Sam desviou os olhos e sorriu.

— Sim. Ainda bem que temos o Roger.

Meu amigo... Namorado... Também percebeu que alguma coisa estava fora do seu lugar, contudo não comentou nada. Ele brincou com meu cabelo e me olhou com carinho.

— Vocês reataram? — Samantha nunca foi indiscreta como naquele momento. Roger puxou o ar e riu da pergunta.

— Estamos nos empenhando para fazer dar certo. — Piscou ficando ainda mais bonito do que já era.

— Vamos trabalhar? — Interrompi, sem a menor vontade de discutir minhas decisões. Eram minhas, exclusivas. Eu tinha o direito de sustentá-las sem ser questionada o tempo todo.

Sam percebeu a minha falta de vontade de conversar sobre aquele assunto, por isso optou por parar de perguntar. Eu não pretendia fingir que nada aconteceu e Thomas nunca seria um tabu em minha vida, seria o meu passado, nem que para isso tivesse que deixar de querer um futuro.

Sem mais complicações começamos a organizar tudo o que ficou para trás nos últimos dias. Quando a noite chegou, Sam se despediu e foi embora, sem aceitar o meu convite para jantar.

Fiz questão de criar um clima de paquera com Roger durante todo o dia, estimulando-o a concordar com o meu plano, por isso ele aceitou. Fomos a um restaurante francês. Um ambiente bastante sofisticado, frequentado por pessoas de alto nível. Acomodamo-nos na primeira mesa que a atendente nos indicou. Não havia mais necessidade de privacidade.

Roger conversou sobre tudo, menos sobre Thomas e o que aconteceu. Nem mesmo tocou no assunto de nós dois juntos, aceitando, sem questionar, que a vida seguisse o curso que determinei.

Eu me esforcei ao máximo para prestar atenção a tudo o que ele dizia, sorrindo bastante, uma forma de me lembrar que deveria aparentar felicidade. Para sobreviver a todo aquele turbilhão que tentava me desestabilizar a cada segundo, eu precisava representar aquele papel. Qualquer brecha para a tristeza seria um caminho sem volta. Roger se encantava com a minha reação. Quanto mais eu correspondia a suas investidas, mais se animava e conversava.

Sem querer minha mente me traiu e acabei permitindo que ela me mostrasse em Roger a pessoa que eu fui ao lado do Thomas. Alguém que amava sem limites ou cobranças. Que amava e por isso aceitava qualquer coisa que vinha dele. Ficava feliz com qualquer olhar, sorriso ou palavra. Roger me amava independente do que eu tinha a lhe oferecer. Como eu amava Thomas. Que ironia!

— Cathy? — Chamou-me preocupado. — Você está chorando? — Levei as mãos ao rosto sem acreditar no que ele dizia e percebi a umidade. Tentei recompor a minha máscara, voltando a sorrir. — O que foi? — disse baixinho, confidente e alerta.

— Você.

— Eu? O que fiz?

— Você me ama. — Roger sorriu desconcertado e pegou em minhas mãos.

— Amo sim. — Seus olhos demonstravam desejo. — Acho que deveria te levar para casa. — Meu sangue gelou nas veias. Era cedo demais para este passo. — Você precisa descansar um pouco. — Sorri satisfeita e aliviada. Roger era bom demais para ser verdade.

CAPÍTULO 32
Recomeço

Visão de
CATHY

Reatamos o namoro. Ao contrário do que imaginei, Roger não tentou se impor e respeitou todos os meus limites. Óbvio que eu não acreditava que seria sempre assim. E nem seria muito justo também. Entretanto eu entendia que quebrar aquela barreira seria mais difícil e complicado. Não pelo fato de ter dificuldade em aceitar que teria uma vida sexual com outra pessoa, e sim porque meu corpo continuava se recusando a relaxar.

Havia também a inevitável comparação. Não me sentia culpada por esta parte. Eu a evitava, lutava com todas as minhas forças, porém bastava um toque mais íntimo, um beijo mais aprofundado e logo minha mente se povoava de recordações. Quis a todo custo eliminar de uma vez por todas a influência de Thomas, contudo meu corpo se mantinha firme, sem colaborar.

Por isso toda a intromissão de Mia foi bem-vinda. Eu precisava de tempo para me acostumar com Roger. Minha amiga alegava tristeza pela ausência de Henry e com isso estava sempre presente.

Todas as noites nós jantávamos juntos, ficávamos na sala abraçados, conversando e muitas vezes nos beijávamos por bastante tempo, como se houvesse amor entre nós. Da minha parte eu tinha certeza que não existia, contudo segui representando o meu melhor papel, digno de um Oscar.

Durante a noite minha mente conseguia me vencer. Quando a escuridão me cercava e não havia ninguém por perto para me salvar, Thomas e todas as suas mentiras me oprimiam e sufocavam. A tristeza e a dor eram tão profundas que precisava me esforçar muito para respirar, tamanho o peso que sentia no peito.

Eu segurava o choro até o meu limite, porém, quando ele vinha, era forte e avassalador. Todos os meus esforços pareciam vãos. Nada do que fizesse mudaria o que eu sentia. Nenhum esforço seria o suficiente para expulsá-lo. A dor deixada por Thomas mantinha a chaga aberta e viva que, ao invés de cicatrizar, teimava em continuar sangrando e doendo. O sono chegava quando as lágrimas e o desespero já haviam me sugado tudo, me adormecendo de pura exaustão.

Quando o dia nascia eu renovava a esperança de sobreviver. E, quando chegava ao trabalho e encontrava Roger todo amoroso, tinha certeza de que seguia no caminho certo. Viver com ele era fácil: Bastava que eu estivesse lá, o resto ele providenciava, tornando o dia prazeroso, mesmo com tanto trabalho a fazer.

Sam voltou para a Pensilvânia. Nos falávamos todos os dias sem nunca tocarmos no assunto. Ela insistia em fingir que estava tudo normal, e eu colaborava com a farsa representando o papel de recuperada. Roger sempre demonstrava sua satisfação com tudo o que acontecia, o que me fazia sentir bem. No entanto só havia felicidade em um lado daquele relacionamento. Para ser sincera, este detalhe perdeu a importância. Já me acostumava com a ideia de não ter direito a felicidade.

Sandra às vezes parava a minha frente como se quisesse me dizer algo, o que nunca passou de "Está tudo bem?", o que sempre respondi com o meu melhor sorriso. Era fácil fingir que estar feliz. Quem sabe um dia acabaria acreditando? Porém minha secretária conseguia com apenas um olhar me mostrar saber da fraude que eu havia me tornado. Os outros escondiam essa percepção.

Os dias passaram seguindo a mesma rotina e a minha vida foi se moldando de acordo com o planejado. Durante o dia mergulhei de cabeça no trabalho, que descobrira não ser tão ruim. À noite, Roger se ocupava de mim, me envolvendo por todos os lados. Apenas as madrugadas continuavam as mesmas, me deixando a cada dia mais sufocada com as lembranças.

Certo dia Roger me convidou para assistirmos a um musical que recebera ótimas críticas. Sempre gostei de arte e o programa era perfeito para um fim de noite.

Após o espetáculo caminhamos pelas ruas iluminadas de Nova York. O frio nos fazia caminhar abraçados. Ríamos muito, comentando coisas do trabalho ou do musical quando entramos no carro. Não percebi que Roger me levava em direção ao seu apartamento, pois me mantive distraída tentando manter o foco na nossa conversa, como sempre fazia, evitando assim que as lembranças me atormentassem.

Por causa disso quando me dei conta de onde estávamos não consegui esconder a minha apreensão. Roger parou o carro e esperou que eu dissesse algo. Mantive-me calada, me concentrando em estabilizar minha respiração. Ele acariciou com suavidade meu cabelo e depois o meu braço.

— Passa a noite aqui comigo?

Tinha consciência de que em algum momento aquilo aconteceria, era o normal entre namorados. Por outro lado, aquele seria um passo importante para me livrar de todas as lembranças de Thomas. Então assenti. Roger beijou meu rosto e depois meus lábios. Correspondi. Saímos do carro em direção ao seu apartamento.

— Você está muito tensa, Cathy. — Seus braços envolveram meus ombros.

— Isso é natural, não é? — Procurei apoio nos seus olhos. Roger sorriu com certa ironia e beijou minha testa com carinho.

— Não necessariamente, mas eu entendo. — Abriu a porta e me deixou entrar primeiro.

— Cathy? — Roger me olhava com um desejo quente. Eu quis que aquele calor me alcançasse, contudo meu corpo permanecia gelado.

A bagunça dentro de mim me impedia de conseguia achar o sentimento adequado para viver aquele momento. Como faria para encontrar a motivação para termos aquele tipo de intimidade? Senti a confusão tentar me dominar. Precisava ser rápida ou as comparações me alcançariam. A possível intensidade que as recordações teriam ao chegar me assustava.

Roger se aproximou me beijando, tentando me conduzir. Até tentei seguir suas coordenadas, contudo meus gestos eram tensos e mecânicos. Ficamos nesta situação por alguns minutos até meu namorado compreender que eu não relaxaria. Cederia, com certeza. Então, para meu desespero, ele desistiu.

— Não quero que force sua barra para me agradar, Cathy — disse meio desanimado.

— Estou tentando! — Forcei um sorriso que acabou revelando a tristeza por trás da máscara.

— Você precisa transpor de uma vez por todas esta barreira. Precisa deixar a vida seguir o seu curso natural.

Roger não percebia que se a vida seguisse o seu curso natural, eu estaria em casa, deitada na cama chorando e lamentando. Eu desejava que fosse assim. Queria alterar o curso e obrigá-lo a seguir conforme a minha vontade.

— Sei o que quero, Roger. Vou me acostumar com a situação. As pessoas se sentem inseguras quando estão prestes a ter a sua primeira relação sexual.

— Não é a sua primeira relação sexual. — Ressentido, jogou a verdade na minha cara, me fazendo ofegar. Seu tom de voz não correspondia a sua compreensão e paciência comigo. Foi... brusco e rude. Então sorriu fazendo com que aquela impressão desaparecesse.

— Será a minha primeira com você. Dá no mesmo. – Roger riu e se afastou um pouco mantendo suas mãos em minha cintura.

— Ok. Então acho que devemos deixar você se acostumar com a ideia. Vamos! — Ele me puxou pela mão para o interior do seu apartamento.

— Aonde?

— Para o meu quarto. Se você precisa se acostumar, vamos começar dormindo juntos.

Nem de longe foi o que eu tinha em mente, no entanto relaxei por completo. Roger demonstrava ser um ótimo amigo... Namorado. Sua compreensão me impelia a continuar ao seu lado e fortalecia nossos laços.

Tomei um banho e coloquei uma camisa dele. Voltei ao quarto onde ele já me aguardava na cama. Roger estendeu a mão num convite silencioso. Aceitei. Deitamos juntos e abraçados. Morri de medo. Não de transar, este passou a ser um problema secundário. Temia ter o surto de recordações, revelando a verdade sobre a peça de teatro muito bem encenada diariamente por mim.

Fiquei acordada em seus braços, tagarelando, tentando impedir que a tristeza chegasse e acabei adormecendo de pura exaustão, sem que qualquer sentimento conseguisse me alcançar.

Quando acordei e senti um braço segurando minha cintura, uma nostalgia me dominou. Thomas costumava dormir comigo daquele jeito, agarrado a mim e com o rosto em meu pescoço. Sua respiração quente sempre tocava minha pele me incentivando a acordar em meio a uma preguiça manhosa e sensual. Por um instante foi como se eu tivesse voltado no tempo. De olhos fechados me traía e permitia que Thomas me abraçasse, tocasse e amasse.

Roger reagiu como esperado. Antes que o mundo real me alcançasse, dividimos momentos íntimos. Então, num golpe de consciência arrebatador, percebi o que acontecia e, envergonhada, me afastei sem que ele percebesse que a realidade balançara todas as minhas estruturas. Não era Roger quem eu queria. Não eram aqueles lábios, nem aquelas mãos... Seria sempre assim? Eu nunca iria me recuperar?

Roger encarou tudo como mais uma fuga. Sorriu quando me afastei e me deixou sair da cama, com a desculpa do nosso atraso. Ainda teríamos que passar em minha casa para eu me trocar. Graças a Deus, meu namorado ficou satisfeito com o pouco que recebeu, não me cobrando mais nada e nem comentando o fato da minha desistência.

Entrei em meu apartamento parecendo um furacão. Em parte por estar mesmo atrasada, entretanto, também pretendia fugir de Mia e de seus comentários, afinal de contas passei a noite fora e com Roger.

Assim que entrei Mia apareceu na porta da cozinha me sondando. Roger, logo atrás de mim, deixava clara a sua felicidade para minha amiga que, mesmo se esforçando, não conseguiu retribuir.

O que Mia queria? Que eu ficasse esperando por Thomas o resto da vida? Por ser minha amiga deveria querer o melhor para mim.

Sob seu olhar reprovador, corri para meu quarto em busca de roupas limpas. Fui rápida, mas quando saí do closet, ela estava em minha cama, os braços cruzados, como uma mãe aguardando uma explicação da filha.

— Estou sem tempo, Mia.

— Vocês transaram? — Seu tom acusatório me constrangeu.

— Estaria errada se fizesse isso?

— Cathy! — Falou indignada incapaz de se conter. — O que aconteceu com você? Eu não a reconheço mais. Onde está aquela Cathy que evitava se entregar a um relacionamento até que se sentisse segura? A Cathy que sonhava com um príncipe encantado?

Ergui a sobrancelha como se estivesse mostrando o óbvio.

— Ele não é o certo para você. — Suspirou e colocou o rosto entre as mãos. — Cathy, o que está fazendo não é justo, nem com você nem com ele. Você não o ama, esse relacionamento nunca vai dar certo. Você está fugindo do sofrimento ao invés de encará-lo de frente.

— Como já disse: estou sem tempo agora, Mia. — Corri para me arrumar o mais rápido que pude.

Sem falarmos mais nada, beijei o rosto de minha amiga e fui em direção à sala. Roger, na cozinha, surgiu com uma xícara de café assim que entrei na sala com Mia atrás de mim. Bebi bem rápido, tentando fugir da minha amiga, e fomos embora.

Consegui ficar sozinha durante todo o dia. Sandra entrava, quando necessário. Roger não apareceu. Um pouco antes de começar a arrumar as minhas coisas para ir embora, Sandra entrou em minha sala com um enorme buquê de rosas vermelhas, lindas.

Foi inevitável.

A lembrança da noite em que comemoramos um ano de relacionamento me invadiu e as imagens das pétalas vermelhas sendo jogadas em meu corpo fizeram com que meus pulmões ficassem impossibilitados de respirar. Como se isso não fosse suficiente, no mesmo segundo me lembrei das rosas que Thomas deixava todos os dias em minha cama quando reatamos.

De repente eu estava no chão e Sandra apoiava a minha cabeça em seu colo me chamando apavorada. Roger também estava lá, muito nervoso, passando algo, que depois identifiquei como álcool, em meus pulsos. Ao longe pude ver o buquê jogado no chão. Encarei a imagem me dando conta de que havia desmaiado.

— Cathy! Graças a Deus! Não se preocupe o médico de plantão do prédio já está chegando. — Sandra falou bastante assustada.

— Tudo bem! — Minha voz saiu bem fraca. — Fiquei um pouco tonta.

— Um pouco? Você ficou vários minutos desacordada. — Roger esbravejou enquanto colocava a mão em minha testa, verificando a minha temperatura.

— Levantei muito rápido...

— Você não comeu quase nada, Cathy. — Sandra me censurou.

— Estou bem agora. — Levantei e comecei a ajeitar minha roupa. Depois me sentei na poltrona próxima de mim e olhei as rosas no chão. Sandra percebeu e foi recolhê-las.

— Chegaram para você. Eu pretendia lhe entregar quando você caiu.

— Quem enviou? — Tentei esconder o pânico em minha voz. Será que Thomas teria coragem?

— Eu! — Roger revelou um pouco sem jeito. Depois foi até Sandra pegando o buquê e me entregando. — Era um convite para jantar, diante das circunstâncias acho melhor adiarmos. — Concordei. No entanto não permitiria que mais uma vez Thomas me desestabilizasse. Manteria minhas decisões.

— Estou bem. Meu estômago dói e estou um pouco enjoada...

— Deve ser a falta de alimento — Sandra comentou colocando as flores ao lado da minha bolsa.

— O médico já deve estar chegando — Roger falava aflito.

— Cancele, Sandra.

— Mas... — Meu namorado tentou argumentar, porém eu estava decidida a sair dali o mais rápido possível.

— Vou para casa, tomo um banho e como alguma coisa.

Roger concordou em me deixar ir embora sem ser atendida pelo médico. Eu me sentia melhor e com fome. Combinamos de jantar em meu apartamento, com Mia. Pedimos uma pizza e comemos em meio a uma conversa animada, apesar de Mia não parecer muito à vontade. Preferi ignorar seus olhares. Depois ficamos sentados no sofá assistindo um filme de época até que adormeci apoiada no ombro do Roger.

Despertei quando o filme terminou e Roger tentava me levar para o quarto e me acomodar melhor. Ele me deitou e cobriu meu corpo, como se eu fosse uma criança. Quando se aproximou para me beijar a testa o desespero pelo que viria tão logo ficasse sozinha me invadiu. Abracei-o com força.

— Fique! — Abri os olhos para encará-lo. — Fique comigo esta noite — supliquei.

— Você está exausta! — Roger falava cauteloso, apesar das suas palavras serem carregadas de carinho.

— Fique, Roger! Não me deixe sozinha aqui. — Baixei a cabeça escondendo o rosto em seu peito.

Ele entendeu o meu medo. Sem dizer nada tirou o sapato, desabotcou a camisa, retirando-a e se deitou ao meu lado. Dormimos juntos outra vez.

No dia seguinte me senti confusa e envergonhada. Não podia continuar me escondendo atrás de minhas fragilidades, todas elas ligadas a Thomas. Roger já me aguardava, acariciando de leve meu cabelo e rosto.

— Bom dia! — Falou ao me ver desperta. Não abri os olhos e dei um breve sorriso. — Não vai acordar?

— Não! — Roger riu.

— Tenho uma coisa importante para conversar com você. — Está muito cedo para qualquer tipo de conversa. — Eu me encolhi ainda mais em seu peito nu.

— E para um pedido de casamento? — Chocada, meus olhos se arregalaram agindo de maneira involuntária. — Calma! — Riu da minha reação.

Sentei na cama encarando Roger que permanecia deitado. Ele não brincava.

— Cathy, se considerarmos todo o nosso histórico nós dois já namoramos tempo demais. — Sorriu tranquilo. — Eu te amo! Não tenho dúvidas de que a farei feliz e você precisa se sentir segura, amada. Permita-me fazer de você minha mulher. — Levantou o corpo se aproximando mais, seus lábios foram direto ao meu pescoço, onde depositou vários beijos suaves e carinhosos.

— Casamento?

— Sim. É uma bela maneira de romper de vez com o seu passado, sem deixar margens para dúvidas sobre o que quer de verdade.

Entendi o que Roger queria dizer. Se me casasse com ele, o medo seria injustificado. Além disso, todas as portas se fechariam para Thomas, que, nem se quisesse, conseguiria voltar, nem que se arrependesse. Eu estaria feliz, ao menos aos olhos dele.

Eu sentia medo e ao mesmo tempo uma vontade enorme de romper em definitivo com o passado. Talvez casar com Roger fosse a melhor solução, afinal de contas, eu ficaria com ele mesmo.

— Não sei se tenho cabeça para organizar uma festa – confessei confusa. — Nem mesmo sei se quero uma festa.

— Isso é um sim? — Sorriu em meus lábios, me puxando para um beijo.

— Se fosse... Se eu aceitasse... Você entenderia se eu preferisse algo discreto. — Roger colocou o dedo em meus lábios.

— Será do jeito que você quiser. Eu quero apenas um sim. — Sorri aliviada.

— Sim.

O sorriso de triunfo que Roger exibiu e a sua euforia não condizia com o que se passava dentro de mim. Sufoquei as lembranças, me impedi de pensar no pedido de casamento anterior e nos planos que deveriam ser esquecidos. Por Roger ser a minha melhor opção, eu me agarraria a ele como a uma boia no meio do oceano.

CAPÍTULO 33
E Se...

Visão de CATHY

Fomos para a sala após tomarmos banho, separados, claro! Um pedido de casamento pouco mudava a minha posição. Sabíamos que seria o primeiro passo, o início das mudanças em nossa relação. Seríamos um casal de fato e teríamos as nossas obrigações conjugais.

Roger não se importou de esperar mais um pouco para resolvermos a questão sexual. Eu teria mais algum tempo para me acostumar com a ideia de dividir a mesma cama com alguém.

Meus pensamentos me deixavam envergonhada. As mulheres do meu tempo costumavam ter mais de um parceiro durante sua vida, por isso aquele jamais poderia ser um problema para mim. Se Thomas me abandonou, eu estava solteira, e naturalmente outra pessoa surgiria, junto com ela uma vida sexual ativa. Porém meu corpo traiçoeiro se recusava a todo custo a aceitar tal situação. Pensar tanto sobre esse assunto me enlouquecia.

Mia, como sempre acontecia pela manhã, estava na cozinha. Da sala dava para sentir o cheiro do café fresco e ouvir o barulho de louça sendo lavada. Ótimo! Significava que Mia havia acabado e se apressava para ir ao trabalho.

Eu evitava a minha melhor amiga. Nos últimos dias Mia discordava de todas as minhas decisões. Nem queria imaginar como reagiria à notícia do casamento. Repeti para mim incontáveis vezes que poderia esperar um pouco antes de contar, ao menos até que estivéssemos sozinhas. Porém assim que entramos na cozinha Roger fez questão de falar.

— Tenho a cara do homem mais feliz da face da terra? — perguntou sorrindo a Mia, que o encarou séria por um tempo sem entender que tipo de vitória ele comemorava. Depois, mantendo a educação, sorriu.

— Tem sim. Posso saber o motivo?

— Claro! — Ele me enlaçou pela cintura ficando atrás de mim e colocando o queixo em meu ombro. — Cathy aceitou se casar comigo, o que me tornou o homem mais feliz do universo, apesar de ela não querer um anel de noivado. — Virei o rosto evitando o olhar da minha amiga.

Senti vergonha da minha atitude. Se concordei deveria no mínimo demonstrar entusiasmo. Um silêncio mortal se fez entre nós três. Ninguém ousava falar. Tomei coragem, olhei para minha amiga e me arrependi. Mia me encarava com os olhos arregalados.

Seus olhos repletos de pavor e reprovação. Senti mágoa, medo, vergonha e um pouco de raiva por não encontrar nela o apoio que esperava. Mia não compreendia o quanto doloroso foi passar por tudo que passei por causa das infantilidades e irresponsabilidades de Thomas. Eu tinha certeza que, se permitisse, a tristeza me corroeria até não restar mais nada. Por isso que me agarrava a Roger e ao amor que ele me oferecia. Porque precisava continuar vivendo.

Assisti sua boca abrir e fechar diversas vezes, como se estivesse indecisa se deveria falar, depois de algumas tentativas, sorriu, um sorriso falso, que mal escondia o quanto desaprovava a minha decisão.

— Que ótimo para vocês. Parabéns! — Com um gesto rápido me beijou no rosto e saiu da cozinha. — Estou com um pouco de pressa. Nos vemos a noite Cathy, poderemos conversar melhor sobre o seu... Casamento. — Pronunciou a palavra com certa dificuldade.

— Ok!

Mia foi embora o mais rápido que pôde e eu, mesmo sem apetite e um tanto quanto enjoada devido à situação, fingi animação aceitando a xícara de café que Roger me oferecia. Ele era puro entusiasmo.

— Mia desaprova o casamento. — Dei de ombros evitando falar. Um bolo em minha garganta me enjoava, enquanto sentia raiva pela reação dela.

— Eu estou feliz. — resmunguei. — Isso é o que importa.

— Essa é a minha garota. — Satisfeito, Roger não conseguiu enxergar o desgosto em minhas palavras.

Fomos trabalhar perdidos em pensamentos. Roger exibia um sorriso de satisfação nos lábios, seu silêncio com certeza se devia ao tanto de coisas que já imaginava para o grande acontecimento. Enquanto eu me mantinha imersa em meus próprios pensamentos, assustada com o renascimento dos meus fantasmas.

Desde o momento em que disse sim a Roger, a imagem de Thomas ressurgiu com tamanha força que embrulhava o meu estômago. Reafirmei para mim mesma ser mais uma vez o receio de fazer sexo com Roger que me assustava, mas era impossível me enganar.

Na realidade, o amor que eu sentia e que tentava matar a cada dia, gritava desesperado. Lutando contra o meu desprezo. A volta de Thomas me enfraquecia, entretanto eu não iria fraquejar.

Quando estávamos próximo ao nosso destino, meu... Noivo... Recomeçou a falar, como se nenhum silêncio tivesse existido entre nós.

— Podemos morar em meu apartamento. Lá é bastante espaçoso e equipado com tudo o que você precisa para manter o seu padrão de vida.

Mantive os olhos na rua. A certeza do amor que eu sentia por Thomas exauria todas as minhas forças para lutar.

— Não estou preocupada com isso.

Fiz um esforço gigantesco para conter meu estado de espírito. Na verdade, pouco me importava com o local aonde iríamos viver, desde que me tirasse da tristeza que me rondava avisando que voltaria com força total.

— Se você preferir podemos procurar outro.

— Não. Tudo bem. Lá é o seu espaço e para mim tanto faz.

— Você vai tomar a frente dos preparativos ou vai deixar para Sam? — Ele sorria empolgado, alheio a minha aflição. Suspirei e busquei dentro de mim algo que me animasse um pouco.

— Nem pensei em como vou fazer. Ainda é muito recente. Para quê vamos correr contra o tempo? – Roger ficou em silêncio por alguns segundos. Seus olhos vasculharam meu rosto, a perceptível decepção pelas minhas palavras.

— Cathy, eu estou te pressionando demais, não é?

— Não, Roger! — Sorri forçando um mínimo de entusiasmo. Ele merecia que demonstrasse satisfação. — Estou meio aturdida. Fui pega de surpresa. Tenho que organizar as ideias. É complicado planejar um casamento. Primeiro quero pensar bastante para só então decidir como vou querer. Mas estou certa do que quero. — Coloquei minha mão sobre a dele. Roger relaxou voltando a sua animação anterior.

— Tudo bem, querida! Afinal de contas não é todos os dias que a gente casa.

Perto do horário do almoço Mia me telefonou. Achei estranho, afinal de contas minha amiga nunca me ligava no horário de trabalho. Ela queria que eu a encontrasse em nossa casa, disse que almoçaríamos juntas. Pelo seu tom de voz percebi que alguma coisa estava errada, por isso concordei.

Roger não ficou muito contente, mas, como sempre, entendeu que eu precisava passar um tempo com Mia e nos despedimos com um beijo apaixonado. Ele estava nas nuvens com o futuro casamento.

Cheguei preparada para rebater todos os argumentos de Mia. No último caso ficaria calada e depois encerraria o assunto. nada me convenceria a mudar de ideia. Fui retirada da minha posição de defesa quando entrei e dei de cara com minha amiga, sentada no sofá, o rosto entre as mãos que se apoiavam nos joelhos. Ela sofria.

— O que houve? — Mia levantou o rosto, me mostrando toda a sua agonia. Ela apenas me olhava, como se tivesse medo do que iria revelar. — Você e Henry...

— Não — respondeu rápido com os olhos em movimento analisando meu rosto. — Estamos bem. É sobre você que eu quero conversar.

— Não vou desistir, Mia. Independente do que você diga. Eu...

— Lauren fugiu.

Minha respiração parou. Meus olhos se arregalaram e minha boca se abriu pelo choque.

— Ninguém sabe como nem aonde ela pode estar.

Continuei em choque. Em questão de segundos minha mente reviveu meus últimos momentos ao lado da Lauren, que, tentando me matar, disparou diversos tiros que quase me tiraram a vida.

— Cathy?

O pavor de passar por tudo outra vez, ou de passar por coisas bem piores, não me deixava sair do estupor em que me encontrava.

— Ai meu Deus! — Arfou com medo. Foi quando percebi que precisava dizer alguma coisa.

— Quando? — Minha voz saiu quase inaudível.

— Há alguns dias... No mesmo dia em que... — Mia me analisou com tristeza. — Thomas foi embora.

Uma garra forte se fechou em meu coração e eu, finalmente, senti a dor que deveria ter tomado conta de mim no momento em que descobri que Thomas me abandonou. Fechei meus olhos tentando juntar as peças, meus pedaços, para conseguir raciocinar.

— Por que não me avisaram antes?

— Eu quis te contar. Roger conseguiu convencer Samantha, afirmando não ser o momento oportuno. Você ficou apagada por dois dias e eles acharam que esta notícia podia fazer você voltar àquela situação. — Mia falava sem parar. Parecia nervosa por quebrar o pacto de silêncio com o qual se comprometeu. — Eu fui contra. Roger disse que manteria os seguranças e que a polícia foi avisada, e você não estaria em perigo. E agora... Agora que está com esta ideia fixa de casamento...

— Tenho que adiar o casamento. É o que você está querendo me dizer? — murmurei incapaz de raciocinar com eficiência.

— Você deveria se preocupar com Lauren. Ela já conseguiu uma vez e, sendo quem é, com certeza tentará quantas vezes forem necessárias.

— Mas... Thomas e eu... Não era o que ela queria? Já que não... Estamos mais juntos... Eu deixei de ser uma ameaça.

— Você sempre será uma ameaça, Cathy! — Seus olhos pareciam querer me dizer mais. — Uma festa de casamento enquanto ela estiver livre e só Deus sabe onde, pode ser um risco. Precisamos pensar primeiro na sua segurança. Lauren pode estar por perto, à espreita.

— Você tem toda razão. — Cedi com mais facilidade do que imaginava.

Minha covardia corroborava com a minha incapacidade de seguir com o plano. Contudo, apesar de ser a desculpa que eu precisava, também jogava em minha cara a minha vulnerabilidade a Thomas, mesmo sabendo que ele não me queria mais. Pensei em Roger e na sua reação e, como se nossos pensamentos estivessem conectados, meu celular tocou em minha bolsa.

Resolvi ignorar. Meu pânico me atrapalharia. Eu precisa de calma para ter uma conversa sensata com meu... Noivo. Claro que senti raiva por terem escondido de mim por tanto tempo, entretanto como podia culpá-los? Durante meses vivi como uma sombra, deixando que a vida me conduzisse sem reagir. Sam sabia que Lauren era o meu pior pesadelo e descobrir que ela poderia estar em qualquer lugar limitaria os meus passos, jogando-me de volta à depressão.

— Vamos almoçar. Você está pálida, precisa se alimentar.

— Não tenho fome. — Na verdade eu sentia muita vontade de chorar. De deitar na cama e esquecer o mundo.

— Cathy, até agora está tudo certo. Lauren não vai tentar nada enquanto você... – parou como se estivesse dando informação demais. — Enquanto você estiver cercada de cuidados.

— Por que acho que você está me escondendo mais alguma coisa? — Mia me olhou assustada. Por breves segundo imaginei que entregaria o jogo. Ela me encarou séria, as sobrancelhas franzidas e com cara de poucos amigos.

— Deixe de bobagem. Estou te contando tudo o que sei e dizendo o que penso. Fugindo, minha amiga levantou e foi cuidar do almoço.

Comi sem a menor vontade, depois voltei ao escritório. Agradeci quando percebi o carro dos seguranças logo atrás do meu, o que não foi o suficiente para me fazer relaxar. Eu sentia que o perigo me espreitava, e de perto.

Roger teria que me explicar a sua decisão de esconder a fuga de Lauren. Iríamos nos casar e para que o casamento desse certo, teríamos que abrir mão dos segredos entre nós. Eu bem sabia onde isso poderia acabar, caso não fôssemos honestos e sinceros um com outro. Por este motivo fui até a sua sala tão logo ficou sozinho.

— Eu tinha o direito de saber — acusei. Roger me olhava chocado com a descoberta.

— Mia concordou. Não entendo...

— E quando me contariam? Quando Lauren me alcançasse?

— Cathy! — Deu um passo em minha direção e parou. — Não tive a intenção de magoá-la. Fiquei preocupado com o que poderia acontecer caso você soubesse. Aconteceu no mesmo dia que...

— Thomas foi embora? Era isso o que ia dizer? Por que todo mundo fica agindo comigo como se eu fosse quebrar a qualquer momento? Thomas me abandonou, isso dói, dói muito, mas não me mata.

Roger encolheu os ombros com as minhas palavras.

— Já dei provas de que sou forte o suficiente para enfrentar tudo isso. Lauren ameaça a minha segurança. É a mim que ela quer destruir, acho que deveria ser a primeira a saber qualquer informação a respeito dela. — Ele me avaliou por um tempo, depois soltou o ar e caminhou em minha direção.

— Você tem razão. Perdão!

Olhando em seus olhos não pude condená-lo. Roger queria o melhor para mim e no final, ele foi quem ficou ao meu lado, para me defender dos perigos que me cercavam. Acabei aceitando as suas desculpas, contudo aproveitei o momento para tentar persuadi-lo a esquecer a ideia do casamento. Mesmo que fosse por um prazo curto.

— Não podemos viver com medo o tempo todo. Tá vendo? Por causa disso que evitei te contar. Você ficaria assustada, impediria que sua vida voltasse ao normal. — Andou nervoso pela sala, insatisfeito com meu argumento.

— E se Lauren conseguir se infiltrar no *buffet*? Ou conseguir entrar na igreja? Até pior, se me pegar antes da igreja? — Meu corpo tremeu, aterrorizado com estas ideias. — Ela já conseguiu uma vez. Você não sabe do que Lauren é capaz.

Minha cabeça girou ao me lembrar dos olhos da Lauren, a imagem de uma besta, enlouquecida com a possibilidade de acabar com a minha vida. Roger percebeu meu medo e se ajoelhou diante de mim segurando minhas mãos com força.

— Ela não vai desistir!

— Eu estou aqui. Não vou embora, não vou desistir de você. Tudo o que está me dizendo é mais um motivo para eu insistir em continuar com nossos planos.

— Roger...

— Cathy, se nos casarmos poderei me concentrar em te manter a salvo. Você vai estar ao meu lado todo o tempo e os seguranças estarão conosco. Sei o que estou falando. Façamos o seguinte: não precisamos de um grande acontecimento. Podemos assinar os papéis aqui mesmo, num dia normal de trabalho. Sem alardes. Só nós dois e pronto. Depois iremos juntos para casa e passaremos a viver como marido e mulher.

— Não precisamos nos casar para vivermos assim.

— Também não existe razão para não casarmos. Podemos fazer da forma correta, porém, do nosso jeito. Chega de nos preocuparmos com Lauren, ou com qualquer outra pessoa que possa atrapalhar nossos planos. Se você concordar, entro em contato com nossos advogados e em uma semana estaremos casados.

Analisei suas palavras. Apesar de ser inútil agirmos com tanta urgência, não havia motivo para adiarmos, já que seria um procedimento simples. Além de tudo, Roger tinha razão em relação à segurança. Seria mais fácil me manter segura se concentrássemos nossas ações em um único lugar.

Em relação ao que viria junto com o casamento, já passava da hora de amadurecer e encarar os fatos. Precisava dar esse passo. E o daria.

— Tudo bem então. Tome as devidas providências com os nossos advogados e nos casaremos, aqui, em um dia normal de trabalho, sem muito alarde. — Seu sorriso em resposta foi encantador.

Roger me abraçou e me beijou com paixão. Eu me sentia feliz por seguir com minha vida, porém não passava de um sentimento morno, irreal. Em poucos dias estaria casada e teria que me habituar com essa nova etapa.

CAPÍTULO 34
O grande dia

Visão de
CATHY

Não seria um grande dia como deveria, apesar de ser o dia do meu casamento. Com ironia lembrei ser o mês que escolhi para me casar com Thomas, porém não seria ele quem estaria lá.

Acordei sozinha. No dia anterior fiz Roger ir para a casa dele, ou a nossa casa, para que eu pudesse organizar o que faltava para a mudança. Mia tirou o dia de folga para me ajudar. Ela estava nervosa e apreensiva.

Foi muito difícil convencê-la de que o casamento era a melhor solução. A princípio Mia foi contra, tentou o máximo possível me convencer a desistir, quando percebeu que não conseguiria passou o restante dos dias preocupada sem nada dizer. Bobagem dela. Eu me sentiria bem mais segura após o casamento.

Sam também foi convidada para a cerimônia que, na verdade, de cerimônia não teria nada. Assinaríamos a papelada que nos tornaria casados, nada mais. Ela nem foi contra ou a favor, o que me deixou de fato preocupada.

Sempre acreditei que Sam gostava muito do Roger e aprovava o nosso relacionamento, apesar de ser *pró* Thomas. Pedi que estivesse presente, além de Mia, é claro, entretanto não tinha certeza se ela compareceria. Por isso naquela manhã fiquei surpresa quando, ainda cedo, a campainha tocou e minha madrasta entrou em meu apartamento. Mia havia saído para buscar o vestido que comprei para a ocasião e que precisou ser ajustado.

— Sam?!

— Posso usufruir de alguns minutos do seu dia tão precioso? — Sorriu com a mesma tranquilidade de sempre me deixando mais calma.

— Claro! Já tomou café da manhã? Eu ainda não. Na verdade ia começar... — tagarelei sem saber o que dizer.

— Podemos tomá-lo juntas. Seria um imenso prazer.

Fomos para a cozinha. Mia deixou preparada uma mesa completa, com bolo, pães, frutas e sucos. De acordo com ela, foi o mais próximo que conseguiu fazer como despedida de solteira: um café da manhã com a minha melhor amiga.

Sentamo-nos e nos servimos, enquanto Sam comentava sobre o sol que resolveu aparecer em Nova York. Apesar de ser ainda muito cedo, dava para perceber o quanto o dia seria bonito.

— Acho que é um bom sinal — falei com alegria tentando colocar um pouco de entusiasmo em meu coração.

— Acredito que sim — Sam respondeu me olhando nos olhos. Naquele instante percebi que havia algo mais naquela visita.

— Estou feliz por você estar aqui Sam.

— Eu também, minha querida. Só gostaria que fosse em um momento mais adequado e feliz. — Sorri sem vontade.

— Pensei que gostasse do Roger. Seria mais "adequado". Afinal de contas ele não me faz sofrer.

— E isso importa?

— Claro sim. É muito importante para mim que você goste da pessoa com quem vou casar. — Ela sorriu. Um sorriso maternal.

— Não é disso que estou falando, minha querida. — Sua voz tranquila me impedia de ficar tensa. — Sei que minha opinião importa e eu aprovaria qualquer decisão sua, desde que você estivesse feliz de verdade.

— Eu estou feliz, Sam!

— Não, não está — acusou. — Roger é um excelente amigo. — Enfatizou a palavra "amigo". Permaneci calada, sem saber o que dizer. — Você não o ama. Isso é injusto.

— Roger sabe dos meus sentimentos e concorda.

— Mais uma vez, não é disso que estou falando. Nada posso fazer quanto as decisões dele. Não acho justo com você.

— Não estou à procura de amor.

— Então deveria aguardar mais um pouco. — Ficou calada e o silêncio permaneceu até que não tive mais coragem de encará-la e desviei o olhar. — Cathy? A vida não tem graça se você se tornar uma pessoa incapaz de amar. Até os piores corações são incapazes de evitar que o amor aconteça. Se as plantas conseguem nascer nos concretos, se do lodo surgem as ostras e com elas as pérolas, o que o amor é capaz de fazer nos corações? Você acredita mesmo que com o casamento e a presença constante do Roger ao seu lado, Thomas vai deixar de existir? Eu não penso assim.

 Deixei as lágrimas rolarem pelo meu rosto. Sam colocou o dedo na minha ferida e sem dó nem piedade, arrancou a casca que levou um tempo enorme para se formar.

 — Isso não importa agora. Só quero que você pense se estar casada, vai conseguir manter Thomas longe, inclusive dos seus pensamentos? Quando ele voltar, e acredito que isso irá acontecer, nada nem ninguém, vai impedi-lo de se aproximar. — Meu coração afundou no peito.

 — E o que eu faço? Acha mesmo que devo me agarrar a existência dele e ser infeliz pelo resto de minha vida? É errado tentar ser feliz? É errado optar por alguém que pelo menos me quer ao seu lado? Thomas foi embora! Desistiu de mim, desistiu de nós dois. Assumiu que foi uma brincadeira, uma pirraça de criança mimada. Disse... — As palavras saíam com dificuldade, lutando contra os soluços que insistiam em derramar minha tristeza. — Confessou que transou com a Anna...

 — Você leu o que Thomas escreveu naquela carta? — Não entendi o que Sam queria dizer. Como assim se li? Li tantas vezes que gravei na mente cada palavra. — Ele disse: acredite em mim, em minhas palavras sempre, mesmo quando lhe parecer impossível. Lembre-se da nossa conversa sobre confiança. — Meu coração encolhia a cada palavra citada.

 — É o que tenho feito. Estou acreditando nele, nas palavras que ele escreveu. Acredito em tudo o que Thomas me confessou. Por isso fiz esta escolha.

 — Não te parece estranho que Thomas tenha ido embora, justamente no dia em que a Lauren fugiu?

 — Não. Thomas permaneceu comigo em situações piores, e mesmo assim continuou ao meu lado. Por favor, desista e me convencer do contrário! Não tenho como e nem quero voltar atrás. Vou me casar com Roger, independente de qualquer coisa.

 — Cathy, Thomas pediu que confiasse nele. Ambos sabiam que alguém tentava separar vocês dois, de repente Lauren foge. O que você imagina que aconteceu? Não passa pela sua cabeça que ele tentou te proteger enquanto buscava algo mais concreto?

 Nunca enxerguei sob esta ótica, porém naquele momento não poderia me permitir sequer cogitar acreditar no que ouvia. Era o dia do meu casamento.

— Não vou deixar que meras suposições interfiram em minha decisão, Sam. Eu vou até o fim. — Ela suspirou derrotada.

— Espero que mude de ideia antes de assinar os papéis.

Neste momento Mia entrou eufórica na sala, levando nos braços o embrulho que deveria conter o meu vestido. Colocou no sofá e falou com certa urgência.

 Cathy, preciso ir ao trabalho. Sei que prometi ficar ao seu lado, mas aconteceram alguns imprevistos... — Olhou para Sam. Quase achei que elas trocavam alguma informação. — Tenho que ir. Vou tentar estar lá no horário. Amo você!

Mia saiu tão rápido quanto entrou.

Sam sorriu e se levantou para ir embora.

— Preciso resolver algumas coisas também. Não se preocupe, estarei lá qualquer que seja a sua decisão. — Seu olhar assumiu um brilho especial.

— Estarei lá e vou assinar aqueles papéis. Pode contar com isso.

Ela partiu deixando-me sozinha em meu desespero. Achei uma ótima oportunidade conseguir ficar um tempo sem ninguém, mesmo que significasse não ter alguém para dizer que o vestido era lindo ou me felicitar.

No entanto, bastou ouvir o barulho da porta fechando, para o enorme buraco, que há muito eu controlava em meu peito, assumisse uma proporção assustadora. Tornando-se tão grande que me dominou por completo e, na mesa da cozinha, ainda com a xícara de café quase intocada, deixei que a maior crise de choro da minha existência me dominasse. Os soluços saíam com tanta força que me sacudiam.

Chorei por vários e vários e vários minutos, sem saber ao certo o motivo do meu desespero. Tudo ocorria conforme planejei. Exceto o fato de não desejar ninguém além de Thomas como marido. Como podia continuar amando-o tanto? Como ele podia ainda ser tão forte e presente dentro de mim depois de tudo?

Tentei em vão impedir que as palavras de Sam ecoassem em minha cabeça, quando a verdade é que no fundo eu queria muito acreditar que Thomas foi embora para me proteger e não por ter deixado de me amar.

Esperei que a tristeza se acomodasse, trazendo de volta o domínio das minhas emoções. Decidi reconstruir minha máscara e seguir em frente. Peguei a caixa com o vestido encarando o meu destino.

Não escolhi nada parecido com um vestido de noiva, afinal de contas nós iríamos assinar papéis e depois o dia transcorreria como qualquer outro dia de trabalho. Então comprei um vestido branco, um pouco mais elegante do que os que eu costumava usar, sem nenhum atrativo especial.

Justo ao corpo sem ser muito sensual, o vestido deslizava insinuando as minhas curvas, tomara que caia, comprido até os joelhos. Tive medo de sentir frio, contudo a temperatura agradável colaborou comigo. Uma segunda pele, transparente, bem leve, caía sobre o primeiro vestido. O mesmo tecido subia pelo busto, formando uma única alça que passava pelo ombro direito. Um laço, seguindo o mesmo padrão bem discreto, marcava a cintura, destacando, sem tornar vulgar, os meus quadris. Coloquei o *scarpin* branco, combinando com as meias da mesma cor.

Puxei meu cabelo para trás, formando um coque arrumado. Prendi tudo com uma pinça prateada com alguns brilhantes, contornando o seu desenho. No braço usei um conjunto de pulseiras finas também com brilhantes discretos.

Na maquiagem mantive o tom suave que usava para trabalhar. Encarei-me no espelho e tentei sorrir. Impossível conseguir um sorriso verdadeiro.

Conferi as horas, 07:50, tão cedo e já me sentia exausta. Peguei a bolsa, o sobretudo branco que me manteria aquecida até chegar ao escritório e saí do quarto. Olhei outra vez para a sala do meu apartamento, minhas malas estavam próximas à porta, aguardando para serem levadas a minha nova casa. Puxei o ar enchendo os pulmões e me armei de coragem para ir embora.

Não dirigi. Roger insistiu que os seguranças me levassem ao escritório, mais uma medida preventiva. Durante todo o trajeto continuei pensando nas palavras de Sam. E se fosse verdade? Não. Eu sequer devia pensar naquela possibilidade. "Isso não deveria estar acontecendo", pensei preocupada.

De repente respirar ficou difícil. A sensação de que o carro se fecharia em mim começava a me deixar em pânico. Comecei a ofegar.

— Algum problema? — Um dos seguranças... Nunca me dei ao trabalho de saber o seu nome... Perguntou do banco da frente. Olhei para o homem sem saber o que responder. Ele continuou virado para trás me encarando.

— Pare o carro! — Ordenei com muito esforço. — Vou fazer o restante do caminho a pé.

Já estávamos bem próximos, andar um pouco não me atrasaria. Eu ainda tinha muito tempo. O motorista se recusou a parar. O segurança que continuava me encarando confuso permaneceu calado.

— Pare o carro! — falei um pouco mais alto.

— Desculpe! As ordens do Sr. Turner são para não parar sob nenhuma circunstância. Temos que levá-la a qualquer custo até o escritório.

— O quê? — Eu continuava sufocando. — Pare o carro agora ou não respondo por mim — grunhi com raiva.

Apesar de saber que Roger se preocupava com a minha segurança, aquilo não lhe dava o direito de passar por cima das minhas vontades.

Os dois se olharam e o no banco do carona tirou um celular do bolso e discou alguns números. Provavelmente ligando para Roger, com certeza.

— Quero falar com o Sr. Turner. — Ele me olhou rapidamente e assentiu.

— Só um momento, senhor. — Peguei o telefone já corroída pela raiva.

— Cathy?

— Como pôde dar uma ordem como esta? Eu exijo...

— Calma, Cathy! O que está acontecendo? — Roger estava irritado, com a voz alterada.

— Ordene que parem o carro. Agora! Entendeu? Você não pode me impedir de fazer o que eu quero.

— Cathy! — gritou do outro lado da linha fazendo-me parar. — É para a sua segurança.

— Mande. Agora! — gritei em resposta. O ar faltava, sufocando-me por completo.

— Ok! Passe o telefone para o Klaus. — Assumiu seu tom habitual, sem se alterar.

— Quem diabos é Klaus?

— O segurança. Passe o telefone para ele. — Fiz o que me pediu.

O carro parou em um sinal e, sem perda de tempo, abri a porta e desci. Comecei a andar pela calçada olhando as lojas fechadas. As pessoas caminhavam apressadas para seus trabalhos e nada indicava que o dia apenas começava. Olhei para trás, assustada demais e ainda me sentindo sufocar. O segurança seguia atrás de mim, contudo pelo visto não me importunaria. Em pouco tempo esqueci a sua presença e voltei a pensar em minha vida.

Thomas me deixou. Suas palavras na carta confirmavam todos os absurdos que tanto lutou para me provar que eram mentiras. Desaparecido desde então nunca mais apareceu. Motivo de sobra para que eu tivesse certeza de que fazia o correto. Por outro lado, e se Sam estivesse com razão?

Lauren fugiu no mesmo dia. Nós tínhamos experiências de sobra para saber que ela iria atrás de mim. Estremeci com a possibilidade. E se Thomas estivesse ganhando tempo? Se estivesse outra vez tentando enganar Lauren? Ele fez isso uma vez, deixando-a acreditar que havia me usado. Seria possível? Não!

Ele não me magoaria desse jeito. Por outro lado, me magoou quando a beijou na minha frente afirmando nada sentir por mim. Eu acreditei nele naquele dia. Thomas pediu para que eu acreditasse nele, sempre, mesmo quando fosse impossível. O que queria dizer com isso?

Parei de frente ao prédio, World Trade Center, Torre Norte. Olhei para o céu limpo e claro. O que eu deveria fazer? Deveria ter procurado Thomas. Questionado sua atitude. Buscado mais informações. Se tivesse feito isso, saberia ao certo o que fazer. Teria uma visão melhor da realidade. Mas não. Deixei que a raiva me dominasse e me atirei com desespero em um relacionamento com Roger. Agarrando-me a ele como se não tivesse alternativa.

Eu fui tola!

Entendi naquele momento que existe uma linha muito tênue entre o amor e o ódio. Como virar a esquina, e ele estava lá, pronto para servi-lo. Alimentando sua mente de mágoas, até que você não encontre mais motivos para amar. Foi isso o que aconteceu comigo. Fiquei cega de tanto sofrimento. Podia ser tudo verdade, por isso minha obrigação deveria ter sido esperar e investigar até descobrir o que de fato aconteceu.

Entrei no prédio conseguindo pegar o elevador no mesmo instante. Um rapaz segurou a porta quando me viu correndo em sua direção. Agradeci e olhei para meu relógio de pulso, 08:17 da manhã, eu continuava adiantada, no entanto, tinha urgência em chegar. Mesmo sem saber a verdade, aquele casamento não poderia acontecer.

CAPÍTULO 35
O desenrolar dos fatos

Visão de
CATHY

Entrei no escritório com pressa. Depois que decidi não realizar o casamento, passei a me sentir patética vestida daquela maneira. O escritório estava vazio, ainda por ser cedo demais, apesar do número considerável de funcionários circulando pelos corredores e em algumas salas, batendo papo com os colegas em suas mesas.

Passei por todos tentando ser o mais rápida possível, mesmo assim, captei alguns olhares em minha direção. Cheguei a minha sala, onde Sandra conversava com uma amiga. Ela não me aguardava tão cedo e seu sorriso vacilava entre educado, constrangido e penoso. Ou na verdade eu me sentia tão mal que acabava acreditando que as outras pessoas sentiam o mesmo.

— Roger já chegou?

— Ele não está na sala, vi quando saiu e pediu a Betina para informá-lo quando você ou os advogados chegassem.

Ir direto à sala dele foi o mais adequado. Precisávamos conversar o mais rápido possível. Eu faria uma coisa horrível, que o magoaria muito. Provavelmente desta vez não receberia o seu perdão.

Entrei na sala vazia e me distraí olhando os móveis impecáveis, característica de um escritório moderno, elegante e refinado. Combinava muito bem com ele, aliás. Roger combinava com tudo ali, menos comigo.

Conferi mais uma vez meu relógio 08:25, o tempo se arrastava. Olhei pela janela e me perdi ao constatar o quão alto eu estava. Roger entrou em seguida. Seus olhos encontraram os meus. Os dele eram cautelosos.

— Não faça isso de novo! — Falei sem saber como começar a conversa.

— Cathy...

— Não faça. Nunca mais passe por cima da minha vontade. — Ele me encarou sem rebater.

Andou pela sala, colocando sobre a mesa os papéis que trazia nas mãos. Arrumou dois livros já alinhados, colocou uma das mãos no bolso e, quando voltou a me olhar, toda a tensão havia desaparecido. Seus olhos cheios de expectativa. Até... Alegres, eu diria.

Já os meus demonstravam o quanto aquilo tudo me aterrorizava. Uma mistura de pânico e enjoo, combinando com perfeição entre si, revirava meu estômago. Roger me analisou com olhos cobiçosos.

— Você está magnífica! — Baixei a cabeça torcendo os dedos. Precisava encontrar uma maneira de fazer sem magoá-lo. Algo impossível. — Nervosa?

— Bastante – admiti. — Na verdade eu precisava mesmo conversar com você antes...

— Aconteceu alguma coisa? Você parecia tão nervosa. Os seguranças me avisaram que fez parte do percurso a pé. — Fechei a cara. A sensação e estar em uma prisão sem grades, sendo vigiada o tempo todo, me incomodava. Tal pensamento fez com que a sensação ruim voltasse. Não conseguia encontrar ar suficiente para respirar. Voltei para a janela e fechei os olhos.

— Não gosto de ter a minha vida controlada. Nem meus passos limitados. — Ouvi sua respiração acelerada em desaprovação.

— Nós já conversamos sobre esse assunto. É para o seu próprio bem. — A voz de Roger mesmo calma, deixava claro o seu estado de alerta.

— Roger, não posso fazer isso. — Continuei encarando a paisagem. — Não posso me casar. — Uma onda de tristeza e angústia me invadiu ao constatar que o destruía mais uma vez.

— O quê? — A surpresa em sua voz me impactou. — Cathy, você...

— Perdão! Por favor, me perdoe! — O ar faltou fazendo-me ofegar. — Só não posso fazer isso agora. Eu...

— Você não era essa garota mimada. — A rispidez em sua voz me assustou. — O que você está pensando? Acha mesmo que pode desistir de um casamento no dia? Que pode fazer isso comigo? O que deu em você? — Rosnou furioso. Como uma perfeita covarde, chorei. — Preste atenção, Cathy, já passei por coisas demais para ficar ao seu lado e não vou permitir que me humilhe de novo. A qualquer momento nossos advogados chegarão com os papéis e você vai se comportar como a mulher madura que é e concordar com nosso casamento.

Ele andava nervoso pela sala. Não senti raiva, apenas pena. Apesar de compreender as suas razões eu ainda continuar firme naquela decisão. Ouvi meu celular tocar dentro da bolsa largada na poltrona em frente à mesa dele. Ambos olhamos em sua direção.

— Você está nervosa. — Sua voz se suavizou um pouco, assim como sua expressão. — É normal, principalmente no seu caso. — Meu celular voltou a tocar com insistência. — Atenda o celular, ainda tenho algumas coisas para resolver. — E saiu da sala com pressa.

Meu celular parou de tocar. Fiquei alguns minutos sem me mexer analisando a reação de Roger e o que eu deveria fazer quando, mais uma vez, o celular tocou. Irritada fui até a bolsa para pegá-lo.

Era Mia. Na certa para me dizer que não poderia comparecer. Era esperar demais que minha amiga compactuasse com tudo aquilo.

— Oi, Mia!

— Cathy! Ai que bom que você atendeu. Já estava quase subindo para te encontrar.

— Então você vem?

— Você já casaram? — Mia parecia bastante nervosa.

— Não. Os advogados ainda não chegaram. Você vem? Preciso tanto de você aqui! — Revelei lamentando a minha situação.

— Cathy preste muita atenção no que vou dizer. Você está sozinha? — Seu tom conspiratório chamou a minha atenção. De imediato um calafrio assolou meu corpo e as pontas dos meus dedos gelaram.

— Sim.

— Ótimo! Preciso que você desça e me encontre na frente do prédio. Não diga nada a ninguém, só desça. Quando estiver aqui eu conto tudo. — Mia enlouqueceu?

— Você esqueceu que estou prestes a me casar? — As palavras saíram como quase "prestes a ser enterrada". —Roger não vai permitir.

— Cathy, é sério! Preciso que você desça. Faça isso o mais rápido possível.

— Sinto muito, não é hora para exigir o meu ombro amigo. Tenho um compromisso e... Ainda preciso terminar uma conversa com o Roger.

— Meu Deus! Como você é cabeça dura! — gritou — Você não pode se casar, não importa o que está passando pela sua cabeça. Confie em mim e venha me encontrar.

— Você pode esperar, Mia. — E desliguei o telefone chocada com a minha própria atitude.

Precisava encontrar Roger para resolvermos logo aquele detalhe incômodo. E que detalhe! Dei apenas dois passos em direção à porta e meu celular tocou. Mia de novo.

O que ela queria? Eu não podia atender a um capricho seu e sair sem dizer nada a Roger, muito menos sem ter conseguido convencê-lo a esquecer aquela ideia de casamento, só porque Mia queria me dizer o de sempre: que aquele casamento era um absurdo porque não amo Roger.

Olhei para o celular na minha mão e resolvi atender. Diria a minha amiga que ela teria que esperar até que eu resolvesse tudo.

— Mia, por favor! Não posso...

— Cathy? — A voz do outro lado da linha me atingiu como uma flecha.

— Thomas! — O nome saiu em um sussurro.

— Cathy, sei o quanto é difícil para você entender, mas, por favor, desça.

— Você foi embora. — Cobrei de forma involuntária.

— Posso explicar. Só preciso que você desça, agora. — Minha cabeça trabalhava a todo vapor.

Senti raiva de tudo. Como ele tinha coragem de me procurar no dia do meu casamento? Tudo bem que desisti de casar, o que não lhe dava esse direito. Thomas não podia entrar e sair da minha vida quando bem entendesse. O que ele queria, me destruir?

— Você não tem este direito. Eu vou me casar e você nada pode fazer quanto a isso. O que foi? Está insatisfeito com o estrago que já fez? Apareceu para quê? Para conferir o que restou? Pois bem. Não vou permitir que volte. — Desliguei.

Como uma criança, me sentia impelida a continuar com o casamento. Existia em mim uma necessidade de machucar Thomas e me casar com Roger seria uma excelente maneira de mostrar que nada do que fizesse o traria de volta a minha vida. Mesmo que para isso, precisasse passar por cima da minha própria felicidade. Outra vez o telefone tocou. Thomas ligava do próprio telefone. Que absurdo!

— O que você quer?

— Entendo a sua raiva, mas você não pode se jogar de cabeça em um casamento com um crápula como o Roger, para me magoar. Preciso que me escute durante um minuto. Um único minuto, Cathy! Depois pode fazer o que bem quiser. — disse com raiva. Ótimo! Seria mais fácil.

— Você tem um minuto e já estou contando — avisei.

— Roger é o responsável... — ri. — Cathy, eu não estou brincando. Você está ao lado de um psicopata. Ele pagou a Anna para armar todo aquele circo e a matou quando percebeu que o entregaria. Também matou Mário e foi o responsável pelo atentado contra nós dois. Ele te sequestrou enquanto dormíamos, aliás, nos dopou e depois te sequestrou e enterrou em algum lugar, que não faço a mínima ideia de onde seja, para me obrigar a abandoná-la. E conseguiu. Roger teve a ajuda da Lauren, eu estive com ela. Finalmente consegui tudo o que precisava para provar o que estou falando, inclusive um exame de sangue comprovando a existência de substância química no meu organismo no dia em que fui embora.

— Que absurdo! Você é mesmo inacreditável, Thomas! Como tem a coragem de acusar Roger? Ele foi a única pessoa que esteve ao meu lado o tempo todo, até mesmo quando você cansou de brincar comigo e foi embora.

— Ele queria que você pensasse assim. Será que não consegue enxergar? — Gritou do outro lado da linha.

— Eu não acredito. Você age como se a vida fosse um roteiro de filme. Fantasia demais. Imaginação fértil demais. Não é à toa que é um excelente ator. Deixa eu te contar uma coisa: a vida não é um conto de fadas. — Desliguei o telefone e saí da sala a procura de Roger. Diria que ele tinha razão e que poderíamos continuar com o casamento. Desta vez Thomas não me venceria.

Passei pelo corredor e vi Betina conversando com um funcionário. Ela me olhou de uma forma estranha, e me senti desconfortável com a maneira como o fez. Havia algo de ruim em seu olhar, algo que lembrava inveja e rancor, que depois disfarçou com um sorriso amável. A sensação de frio voltou a me dominar.

Fui em direção às escadas do prédio procurando por Roger, sem encontrá-lo em lugar algum. Meu telefone tocou de novo. Thomas. Atendi, contudo não consegui dizer nada.

A minha frente, porém ainda bem distante, avistei Roger conversando com uma pessoa. Bastou olhar para entender de quem se tratava. O homem que Thomas tantas vezes descreveu como o responsável pelos acontecimentos. O mesmo que estava com Anna, e que atirou contra nós dois. Thomas tinha razão.

—... Então por que você não desce e me acerta uns socos? Seria uma forma mais prazerosa de se vingar de mim. — Não consegui achar graça. Eu estava em pânico.

— Você tem razão — sussurrei com medo de ser vista por eles. — Ele está aqui.

— Roger?

— E o cara da tatuagem. Preciso desligar. Estou descendo. — Desliguei antes que Thomas dissesse mais alguma coisa.

No momento em que me virava para voltar e dar um jeito de sair de lá, Roger me viu.

— Cathy? Vai a algum lugar? — Parecia surpreso. Senti medo, apesar de sorrir.

— Vou encontrar Mia lá embaixo. Imagine só, ela está com medo de subir sozinha e me pediu para buscá-la. — Que ridículo! Minha desculpa foi tão esfarrapada quanto a minha cara tentando demonstrar tranquilidade.

— Mia pode subir com as outras pessoas. Não vejo razão para você sair agora que os advogados chegaram. — Mal conseguia disfarçar seu nervoso.

Todo o cuidado que sempre demonstrou quando falava comigo, desapareceu. Sua voz chegava a ser ríspida. Entendi o recado. Ele não me deixaria descer. Se havia mesmo feito tudo o que Thomas me contou, o que seria capaz de fazer para me obrigar a assinar aqueles papéis?

— Roger, eu preciso descer. Não se preocupe, estarei de volta em poucos minutos. — Tentei controlar o meu pavor enquanto mentia. — Mia quer um pouco de privacidade para conversar comigo, estaremos de volta o mais rápido possível. — Seus olhos frios e duros indicavam que nada o demoveria. Com certeza já sabia que Thomas voltou e que eu procurava uma desculpa para me livrar dele.

— Você não vai a lugar nenhum. Nós dois vamos voltar agora mesmo e assinar a droga do documento que nos tornará marido e mulher. — Segurou com força em meu braço e me arrastou na direção de sua sala.

Meu coração acelerou. Sentia um desespero aterrorizante. Não poderia assinar aqueles papéis.

— Solte-me, Roger. Você está me machucando. — Tentei puxar meu braço, ele me segurou com mais força.

— Você nem imagina o quanto posso te machucar se continuar insistindo em desistir do casamento.

Não havia nele nenhum resquício do amigo apaixonado e carinhoso. Roger me olhava com desprezo, com raiva. Como alguém podia mudar tão rápido? Como conseguiu me enganar durante todo este tempo?

Ainda me segurando com força, sem demonstrar estar me agredindo, levou-me de volta a sala. Assim que fechou a porta me soltou sem qualquer cuidado. Não tive coragem de enfrentá-lo. Analisando a minha situação, se fosse tudo verdade, Roger seria capaz de qualquer coisa para alcançar seu objetivo. O frio assolava meu corpo, fazendo-me tremer. Sentia uma necessidade desesperada de sair daquela sala, de fugir para bem longe, mas Roger bloqueava a porta.

— Preste bem atenção, Cathy. Não faça nada de errado quando os advogados chegarem. Você vai assinar os papéis e se comportar como a noiva apaixonada que fingiu ser este tempo todo — falava com os dentes trincados e as palavras escorregavam entre eles. Foi assustador.

— Por quê?

— O que você pensou? Que após todos estes anos eu ainda rastejaria aos seus pés? Que continuaria sendo aquele garoto apaixonado, que daria a própria vida para te proteger? Quanta inocência! — Riu. — Pensei que tivesse amadurecido com o tempo e as experiências que adquiriu. — Meu rosto não conseguia encontrar uma máscara que pudesse utilizar para me ajudar a persuadi-lo — O que foi? Ah, vamos lá, Cathy! O fato de eu estar interessado em seu dinheiro não é tão ruim assim. Thomas estava interessado em seu corpo o tempo todo e nem por isso você o olhava deste jeito.

— Thomas me ama — rebati ainda paralisada.

— Sim, ele ama. É um perfeito idiota apaixonado. Mas não soube ser homem o suficiente para enfrentar isso. Eu sou. Sou o único que te fará amadurecer de verdade. Encarar a triste realidade da não existência do faz de conta.

De repente, de forma inacreditável, como se estivéssemos em uma cena de filme, todo o prédio começou a tremer. Ainda consegui olhar para Roger que me encarava atordoado sem saber o que aconteceu.

E então aconteceu uma grande explosão.

Foi aterrorizante.

CAPÍTULO 36
11 de setembro de 2001

Visão de CATHY e THOMAS

VISÃO DE CATHY

Não podia acreditar no que acontecia. Estávamos no 89° andar e o prédio todo tremia como se fosse desmoronar a qualquer momento. Com o impacto, fui arremessada contra a parede, recebendo uma chuva de estilhaços. As janelas explodiram de maneira teatral.

Incrível como um segundo pode parecer uma eternidade numa hora como aquela. Consegui captar o olhar de Roger, que tão aterrorizado quanto eu, foi lançado contra a sua mesa parando a minha esquerda a alguns metros de mim. Se o prédio se inclinasse um pouco para meu lado, eu seria lançada para fora pelo buraco onde antes eram as janelas e que agora emitia um barulho ensurdecedor, como um grito de uma fera, avisando que logo me engoliria..

Minha primeira reação, mesmo patética, foi tentar me agarrar em alguma coisa. O chão liso, assim como a parede em que eu me recostava buscando ajuda deixavam claro que nada impediria a minha queda.

Separados pela porta da sala, assistimos uma labareda lamber o vazio em direção ao fundo, então, tão rápido quanto surgiu, desapareceu se recolhendo ao seu ponto de origem, em algum lugar logo acima de nós.

Não fazia ideia do que havia acontecido, e no momento nem pensava em especular, apenas queria sentir a estabilidade do chão para começar a correr. Foi quando percebi a fumaça negra. O teto pegava fogo. O incêndio que atingira os andares de cima descia ao nosso encontro. Em questão de minutos tudo poderia ruir.

Respirei fundo buscando forças para me levantar, mas fui atingida pela fumaça negra que muito rápido tomou conta do local. Cambaleante, tomei coragem e me levantei para abrir a porta. Lancei meu corpo para fora, alcançando o corredor. A imagem que se formou a minha frente foi aterrorizante.

Pessoas jaziam jogadas no chão. Havia fogo e fumaça para todos os lados. Podia ouvir o crepitar, queimando tudo que alcançava. Também ouvia, ao longe, pessoas gritando por socorro.

Meu primeiro pensamento foi para Sam. Ela falou que estaria lá. Pensei em correr até a sua sala, um dos pontos mais atingidos e já cobertos pela fumaça. Dei dois passos e identifiquei embaixo de uma mesa virada para baixo, as pernas de Sandra. Ela não se movia, constatei chocada.

Sem saber como ou de onde vinha, fui jogada contra a parede outra vez. Roger surgiu diante de mim. Seus olhos ensandecidos sobre os meus apavorados.

— Você não vai se livrar tão fácil assim.

— Roger!

A fumaça dominava o ambiente e o fogo se alastrava muito rápido. O prédio não resistiria, pelo menos a parte em que estávamos com certeza logo desmoronaria. Precisávamos sair dali o quanto antes.

— Assine os papéis — ordenou de maneira bestial.

O encarei confusa. Que papéis? Como ele podia pensar em casamento, dinheiro, vingança, quando o mais importante naquele momento deveria ser salvar as nossas vidas? Se não saíssemos logo, nenhum papel teria valor e, sinceramente, não acreditava que haveria algo para se lutar depois daquilo. No entanto Roger me segurava, obstinado em sua loucura.

— Assine os papéis! — Gritou em meu rosto.

— Roger, precisamos sair daqui enquanto ainda temos chance. Veja, o fogo está quase nos alcançando. Precisamos sair!

— Não! Assine logo os papéis!

— Que papéis? — Gritei apavorada.

Poderia ter sido uma bomba e outras poderiam explodir ainda. Em vão me debati tentando me livrar. Sua pressão aumentou em meus braços.

— Você está louco, nós dois vamos morrer.

— Você vai morrer. Eu ficarei viúvo e milionário. — Ele me lançou com mais força contra a parede, então tentou me arrastar para o que restava da sala.

A fumaça negra bloqueava a nossa visão. Morreríamos asfixiados se permanecêssemos ali. Minhas forças se esvaiam com facilidade em suas mãos. Então me dei conta que mais uma vez estava entre a vida e morte por causa de pessoas que não sabiam o significado do amor.

Lauren tentou me matar por acreditar que Thomas merecia sofrer porque não correspondia ao seu amor, e naquele momento, Roger queria se vingar por se sentir injustiçado em relação ao nosso rompimento. O amor era uma armadilha.

— Meu plano era perfeito. Se Anna não tivesse voltado atrás eu estaria com você e com tudo o que queria em muito pouco tempo, mas não! Aquela idiota se arrependeu. Tive que matá-la. Para nada ela servia mesmo. Péssima de cama. — Riu perdido em seu delírio enquanto me puxava de volta. — Aí Thomas passou a ser o problema. Até tentei matá-lo, sem conseguir porque ele parece ter a capacidade de se safar de tudo. Uma verdadeira pedra em meu caminho da qual nunca consigo me livrar. Por que ele voltou? Para assistir de perto a sua morte? Não vou permitir que interfira em meus planos. Claro que eu desejava mais. Você continua linda e deliciosa. Fazer o quê? Não se pode ter tudo em meio a um inferno como esse, então a sua fortuna já está de bom tamanho. — Voltou a rir. — Pensou que poderia me fazer de idiota, dormindo com Thomas enquanto fingia ser a minha namorada? Você nunca foi melhor do que a sua mãe. Tão vagabunda e ordinária quanto ela!

Ainda resistindo aos puxões enquanto tentava me levar de volta à sala, consegui segurá-lo, sem saber por quanto tempo, ou se valia a pena, pois as nossas chances eram mínimas. Sequer conseguia pensar em algum jeito de escapar daquele inferno, caso conseguisse me livrar de Roger que, percebendo a minha resistência, se voltou em minha direção e me esbofeteou.

Foi um tapa forte, desferido com toda a sua raiva acumulada. Fraquejei com a pancada, minhas pernas cederam. Caí, contudo Roger, com agilidade me levantou me empurrando contra a parede, sua mão apertava meu pescoço, impedindo que o pouco ar que ainda existia chegasse aos meus pulmões.

— Posso terminar com tudo neste exato momento, Cathy. Todos sabiam do nosso noivado. Posso dizer que os papéis queimaram junto com seu corpo. Vai ser trágico e lindo. Todos vão colaborar com o cara que perdeu a esposa e o filho no mesmo acidente.

Eu não conseguia mais respirar e nem entender o que ele queria. Eu só conseguia pensar em como me livraria das suas mãos e, principalmente, como conseguir mais ar.

Foi quando por milagre meus pedidos foram atendidos. As mãos de Roger desapareceram de meu pescoço. Senti meu corpo livre e o ar, o pouco que ainda restava, alcançar meus pulmões. Fechei os olhos e me entreguei à sonolência que me abraçava. Talvez e seria mesmo ótimo se fosse verdade. Eu estivesse morrendo.

VISÃO DE THOMAS

Cathy desligou o telefone sem querer me ouvir. Imaginei que seria assim por ser ela uma cabeça dura, além disso, estava muito ferida. Pudera! Depois do que aquele louco aprontou, só poderia me odiar. Entreguei o celular a Mia que me olhava apreensiva.

— O que faremos? — perguntou com os olhos arregalados. — Não podemos deixar Cathy entregar tudo nas mãos dele.

E não podíamos mesmo! O casamento poderia ser desfeito, sem que ele sequer tocasse nela, bastava esperar que o agente Saunders aparecesse com o mandado de prisão e Cathy estaria livre de toda aquela armação.

Conhecendo Roger, como passei a conhecer, era muito provável que conseguisse fazer Cathy assinar algum documento transferindo para ele o controle da sua herança. Não poderíamos permitir.

— Vou até lá — falei já me preparando para sair do carro.

— Você enlouqueceu? — perguntou agitada. — Se Roger descobrir o que está para acontecer, pode fazer alguma coisa contra Cathy.

— Mia tem razão, Thomas. Vamos esperar mais um pouco. A polícia deve estar a caminho, numa questão de minutos e tudo estará resolvido. — Henry tentava me controlar. Peguei meu próprio telefone e liguei outra vez para ela.

— O que você quer?

— Entendo a sua raiva, mas você não pode se jogar de cabeça em um casamento com um crápula como o Roger, para me magoar. Preciso que me escute durante um minuto. Um único minuto, Cathy! Depois pode fazer o que bem quiser. — falei no mesmo tom que ela, ao menos assim saberia que eu não brincava.

— Você tem um minuto e já estou contando.

Respirei fundo e comecei a falar. Expliquei de maneira mais resumida possível tudo o que descobrimos e o que aconteceu no dia em que fui obrigado a deixá-la. Cathy não acreditaria em mim, tínhamos esta certeza. Mesmo assim ainda precisava ganhar tempo ou colocar alguma dúvida na sua cabeça, qualquer coisa que a fizesse atrasar aquela loucura de casamento.

— Que absurdo! Você é mesmo inacreditável, Thomas! Como tem a coragem de acusar Roger? Ele foi a única pessoa que esteve ao meu lado o tempo todo, até mesmo quando você cansou de brincar comigo e foi embora.

Cathy pode ter fingido ser forte durante os últimos dias quando acreditou ter sido abandonada, ela poderia enganar qualquer um, menos a mim. Eu conhecia a verdadeira Cathy e não como tentava parecer ser para os outros.

— Ele queria que você pensasse isso. Será que não consegue enxergar? — gritei em resposta.

— Eu não acredito. Você age como se a vida fosse um roteiro de filme. Fantasia demais. Imaginação fértil demais. Não é à toa que é um excelente ator. Deixa eu te contar uma coisa: a vida não é um conto de fadas.

Cathy desligou o telefone e tive a certeza que se não acontecesse algo de muito importante naquele momento ela se casaria só para me contrariar. Para me mostrar que a sua força.

— Droga de mulher cabeça dura!

Eu não desistiria. Antes que Mia e Henry pudessem me impedir abri a porta do carro e saí em direção ao prédio. Eu iria subir, desse no que desse. Cathy não se casaria naquele dia, ou em nenhum outro se não fosse comigo.

Liguei outra vez e comecei a falar no exato momento em que atendeu.

— Não entendo por que você prefere se agredir a agredir ao outro. Fui eu quem te magoou, aliás, se você acreditasse mas em mim, saberia que eu nunca te abandonaria se não fosse por um único motivo: salvar a sua vida. Você acredita tão pouco assim no meu amor?

Ela não respondeu. Eu podia ouvir os barulhos do ambiente, ótimo! Assim conseguiria retardá-la mais um pouco.

— Você vai casar com um psicopata, idiota, só para me machucar, aliás, por que não desconta em mim, já que acredita que eu mereço? Então por que você não desce e me acerta uns socos? Seria uma forma mais prazerosa de se vingar.

— Você tem razão — sussurrou e eu não gostei da forma como falava. — Ele está aqui.

— Roger? — Acelerei os meus passos.

— E o cara da tatuagem. Preciso desligar. Estou descendo. — Desligou.

Para ser sincero, senti muito medo do que poderia acontecer antes de chegar lá em cima. Roger se sentia tão confiante que teve a coragem de levar o cara da tatuagem para o escritório?

Fui até os elevadores e tive sorte de conseguir um sem precisar esperar. Contrariei todas as regras de etiqueta, se bem que ninguém parecia muito atento a este fato, apesar de algumas pessoas se virarem para me encarar, na certa me reconhecendo, e fiz mais uma ligação, não para Cathy.

— Henry, agora mais do que nunca preciso que a polícia chegue, o cara da tatuagem está no escritório com Cathy, não sei o que poderá acontecer. Faça alguma coisa daí porque estou subindo.

Algumas pessoas me olharam curiosas. O elevador fez inúmeras paradas. Não pude evitar bater os pés com aflição. Cada segundo perdido dentro do elevador me torturava. Em determinado andar, entre o 60° e 70°, desci com pressa e corri para as escadas. Subi vários degraus ao mesmo tempo, mais rápido que podia quando, de repente, uma enorme explosão ecoou fazendo com que o prédio inteiro parecesse feito de gelatina.

Não tive tempo de pensar em nada. Fui arremessado para baixo caindo em um corredor e colidindo com a parede que me deteve. Foi o tempo de olhar para cima e ver a bola de fogo que escorria lambendo as escadas. Joguei-me para o lado e me abaixei o máximo possível rezando para não ser atingido e, então, nada mais.

Olhei para o alto e o fogo, denso com sua fumaça negra, se concentrava alguns andares acima. Pude ver em diversos lugares a destruição deixada pelo que quer que tenha colidido com o prédio.

— Um avião! — Ouvi alguém gritar. As pessoas passavam correndo tentando descer e salvar suas vidas. Eu não podia segui-las.

Olhei para cima de novo tentando identificar a quantos andares acima foi o início daquele inferno sem conseguir descobrir. Cathy estava lá, em algum lugar e eu precisava encontrá-la a qualquer custo.

Óbvio que eu sentia medo! Meu instinto de preservação gritava avisando que poderia estar subindo em direção ao meu fim, porém, o medo de deixar Cathy sozinha, me impulsionou. Iria em frente nem que para isso tivesse que abraçar a morte.

Subi os degraus indo contra a maré de gente que desciam cada vez mais rápido. Vi pessoas sangrando, algumas ajudando outras, muita gente desesperada. Algumas sujas de fuligem e poeira. Logo entendi que vinham dos andares superiores próximos de onde tudo aconteceu.

— De qual andar você está vindo? — Gritei segurando pelo braço um rapaz bastante assustado que me olhou atordoado.

— Do 85°. Tem muita gente ferida lá.

— Sabe me dizer em que ponto fica impossível passar?

— Tem gente descendo dos andares acima do meu, então acredito que haja mais alguns antes do incêndio — disse se soltando e seguindo seu caminho.

Continuei subindo, tentando ser rápido, o que se tornava uma verdadeira luta contra uma correnteza. Algumas pessoas me olhavam sem entender o que o que eu fazia. Olhei sem medo para todas, Cathy poderia estar no meio delas. Talvez a encontrasse enquanto subia. Ou poderia estar no elevador quando tudo aconteceu, já que disse que estava descendo.

Como uma resposta aos meus pensamentos, ouvi uma pessoa falar que os elevadores caíram e que viu quando uma imensa bola de fogo subiu, ou desceu, ela não soube dizer, pelo fosso. Entrei em pânico e corri pelos degraus.

A fumaça cada vez mais densa, aliada ao meu esforço e ânsia para subir rápido diversos andares, fazia com que o ar começasse a rarear. Meu peito apertava em desespero. Tive que lutar contra ele para continuar tendo esperança.

Quanto mais conseguia subir, mais a perdia. Em todos os lugares só havia tristeza e destruição. Vi corpos, pessoas desmaiadas sendo apoiadas por outras e constatei que o incêndio se propagava cada vez mais.

Quando consegui chegar ao 89° andar, não acreditei no que meus olhos viam. Quase nada existia além do caos e da destruição. O andar foi dominado pelo fogo. Papéis espalhados alimentavam as chamas, havia móveis retorcidos e revirados. Também pude distinguir alguns corpos espalhados e fiquei horrorizado ao constatar que teria que verificá-los, um deles poderia ser... Fui incapaz de completar o pensamento. Não podia ser verdade.

— Cathy! — Gritei. Minha voz embargada, parte pela fumaça, parte pelo cansaço e parte pelo horror.

Era impossível alguém estar vivo em meio aquele inferno. Caminhei me desviando do fogo e dos móveis, não seria possível avançar muito mais. Pela inclinação do prédio, dava para sentir que desabaria, pelo menos aquela parte, com certeza.

— Cathy! — gritei mais uma vez. Nenhuma resposta.

Um movimento repentino chamou a minha atenção. Havia alguém lá, a fumaça me impedia de identificar quem. Encorajado pela nova perspectiva, avancei mais um pouco, protegendo meu rosto.

Ao me aproximar mais, percebi que uma pessoa parecia puxar outra. Por um momento acreditei que as duas tentavam se salvar e fui em direção a elas, então percebi que uma delas puxava a outra na direção do fogo, agredindo-a. Então ouvi:

— Posso terminar com tudo neste exato momento, Cathy. Todos sabiam do nosso noivado. Posso dizer que os papéis queimaram junto com seu corpo. Vai ser trágico e lindo. Todos vão colaborar com o cara que perdeu a esposa e o filho no mesmo acidente.

"Cathy?"

Demorei alguns segundos para reordenar os pensamentos. Roger estava com Cathy e tentava matá-la. Percebi desesperado que ele não desistiria. Eu precisava agir.

O fogo assustador nos separava e eu estava fisicamente exausto para entrar em uma luta corporal. No entanto, o fato de Cathy estar lá, viva, ainda, me impulsionou a agir. Segurei os pés de uma cadeira revirada ao meu lado com encosto já começando a pegar fogo e atirei na direção deles com toda a força.

Cathy encostada à parede, parecia desfalecer. Aproveitei o ângulo e fiz o melhor que pude. Deu certo. A cadeira atingiu Roger com força derrubando-o com o impacto. Cathy escorregou de suas mãos como uma boneca, sem vida. Dei alguns passos para trás e corri em direção ao fogo passando para o outro lado sem danos aparentes, parando bem próximo deles.

Ela não abria os olhos, nem se mexia, assim como Roger, distante de nós dois. A barra de sua calça começou a pegar fogo. Olhei para Cathy e depois para Roger. Senti um tremor forte no chão e meu coração disparou. Precisávamos sair dali. Mas como salvar os dois? O fogo atingiria Roger desmaiado, por outro lado Cathy não poderia esperar enquanto eu o salvava.

Também não conseguiria voltar para buscar quem ficasse. O chão tremeu de novo, segurei Cathy em meus braços e dei impulso para passar de novo através das chamas. Já do outro lado, não olhei para trás.

Talvez um dia me sentisse culpado por ter deixado Roger entregue à própria sorte, contudo naquele momento apenas agradecia a Deus por ter conseguido encontrá-la.

Ainda teríamos que enfrentar a descida. Eu estava fraco e Cathy desmaiada em meus braços. Tudo pegava fogo e tremia. Alcancei as escadas, descendo o mais rápido possível. Não sei dizer quanto tempo levei para sair do prédio, nem qual força me manteve de pé e alerta segurando-a até que os bombeiros nos encontrarem, na metade do caminho.

Fora do prédio tudo parecia tão estranho quanto dentro. O perigo ainda existia. Constatei, sem conseguir acreditar, que os dois prédios estavam em chamas e que toda a rua foi tomada pelo desespero e destroços que caíam das alturas. Os bombeiros trabalhavam em busca de sobreviventes. A chuva de cinzas constante tornava a cena como a de um filme de terror. Cada olhar demonstrava isso.

Cathy foi levada para uma ambulância, que atendia a outra pessoa ferida, onde a colocaram no oxigênio.

— Ela respirou muita fumaça. — o bombeiro ao meu lado gritou para o paramédico que a atendia.

— Precisamos levá-la. A situação está piorando cada vez mais. Há muitos produtos poluentes no ar. — o paramédico alertou.

— Não podemos transportar todos os feridos e esta ambulância precisa permanecer aqui. Vamos levá-la até o final da rua. Há outras ambulâncias lá para fazer o transporte dos feridos aos hospitais — falou para mim. Tentei me manter lúcido, firme e concordei. Eles no mesmo instante providenciaram a transferência de Cathy para o hospital.

Procurei por meu carro, mas foi impossível reconhecer qualquer coisa na rua, qualquer rosto coberto pela máscara negra como luto. Atordoado demais para raciocinar, segui os bombeiros e paramédicos até a outra ambulância e acompanhei Cathy ao hospital.

Ainda consegui olhar para trás e ver a cena mais inacreditável da minha vida. Vi a torre sul ceder e desmoronar. Aquilo foi algo fora da realidade. Assim como o barulho ensurdecedor e a nuvem de poeira, fumaça e cinzas devastadora que levantou com a sua queda.

O sentimento inevitável de derrota se instalava e mim.

CAPÍTULO 37
Recomeçar, definitivamente

Visão de
THO
MAS

Cathy se remexia inquieta, mas ainda não havia acordado. Estava toda suja e machucada. Seu vestido tornou-se cinza escuro, as meias rasgadas, o cabelo grudado e muito sujo. As enfermeiras limparam seu rosto e parte do corpo tentando fazer o melhor, diante da situação caótica.

Mesmo assim continuava linda. Adorável!

O hospital estava lotado, apesar de ser o melhor de Nova York e também o mais caro. Todos tentavam ajudar da maneira que podiam. Cathy ficou em um quarto individual, sendo atendida pelos melhores médicos, que já tinham me garantido que não havia nada de errado com ela. Apenas o choque e o tempo que ficou inalando a fumaça, além de alguns cortes superficiais. Diversos exames foram feitos, e ainda aguardávamos os resultados, assim como pelo momento em que ela abriria os olhos.

Enquanto esperava soube da queda da outra torre e também dos outros prédios que faziam parte do complexo World Trade Center cuja estrutura foi comprometida.

Assisti à comoção nacional enquanto esclareciam os fatos. Não demorou para que descobrissem que quatro aviões foram sequestrados e dois deles arremessados contra as torres. Todos os canais repetiam a cena macabra diversas vezes. Mais tarde descobri que os outros dois também foram direcionados a alvos que abalariam a estrutura do governo norte-americano. Foi um ataque terrorista.

Desisti de acompanhar as notícias. Não fosse por Cathy eu estaria infeliz, fazendo coro a toda a população. Da mesma forma que eu tinha certeza de que Mia e Henry conseguiram ficar em segurança, sabia que Dyo e Kendel se desesperavam procurando por nós dois, enquanto eu nada podia fazer além de esperar.

Os telefones não funcionavam. Eles teriam que nos procurar de hospital em hospital.

Sentei ao seu lado, analisando o seu lindo rosto, então ela começou a despertar. Primeiro se mexeu com mais intensidade, como se estivesse em um pesadelo.

Depois passou a procurar pelo ar com ansiedade, o que me assustou um pouco. Quando comecei a levantar para procurar ajuda, Cathy despertou. Seus olhos fixaram o teto sem saber aonde estava. Fiquei quieto, na expectativa.

Cathy mexeu a mão, notando o acesso do soro. Depois seus olhos percorreram o quarto e me encontraram. Fitamo-nos por um tempo. Ela sem entender como foi parar ali e eu intenso, feliz e saudoso daquele olhar.

— Como... — Tentou falar e engasgou devido a garganta muito seca.

— Calma! Está tudo bem agora. — Ela me fitou com atenção. Duas lágrimas escorrerem de seus olhos.

— Roger...

— Eu o impedi. Não tive escolha. Era você ou ele — admiti.

— Sam?

— Sam? – Repeti. Cathy chorou desesperada. Meu coração se partiu diante daquela possibilidade. — Quando cheguei o fogo já havia tomado quase tudo. Não tive muito tempo e não havia mais ninguém por lá além de vocês dois.

Neste momento o médico entrou no quarto acompanhado de uma enfermeira que tratou de examinar Cathy e verificar o soro. O médico, que segurava uma prancheta, ficou em silêncio observando Cathy e analisando as informações do seu prontuário.

— Como está se sentindo?

— Com dor de cabeça e garganta. — Pigarreou para tentar amenizar a secura da garganta. — Também estou com muita sede — completou insegura. Algumas lágrimas ainda rolavam de seus olhos.

— Sente dor em mais algum lugar além da cabeça?

— Não.

— Por que está chorando?

— Algumas pessoas que gostávamos estavam no prédio, doutor. Estamos sem notícias deles. Ela está um pouco nervosa. — Eu me apressei a responder enquanto acariciava a mão dela.

— Entendo. É de fato lastimável. Estamos todos sem notícias. Fique calma. No seu estado não é recomendado emoções tão fortes e olha que já foram muitas. — Sorri encarando a mulher da minha vida. — É estranho ver as coisas sob esta ótica. — Nós nos olhamos sem entender. — Veja bem, hoje perdemos com certeza inúmeras vidas e, no meio disso tudo descobrir que uma em especial conseguiu se manter firme, apesar de tão frágil, tão vulnerável.

— Desculpe, doutor... — falou confusa. — Do que o senhor está falando?

— Da sua gravidez — respondeu com tranquilidade. — Você passou por momentos tão difíceis e mesmo assim, não há nada de errado com o bebê. — Meu coração acelerou. Uma onda de calor subiu por minhas veias. Cathy olhava para o médico aturdida.

— Como disse? — perguntei. — Você está dizendo que ela... Eu... Grávida? — O médico sorriu.

— Vejo que estou dando a notícia em primeira mão. Parabéns! A senhora está grávida. Uma gestação normal, de aproximadamente cinco ou seis semanas. — Cathy continuou imóvel. — Aconselho procurar seu médico para iniciar o acompanhamento da sua gestação. No mais, apesar dos acontecimentos, está tudo em perfeita ordem. Vou te dar alta antes que os repórteres consigam invadir o hospital. Mesmo com tanta comoção eles ainda se dão ao trabalho de conferir se existe algum famoso por aqui. Creio que vocês deveriam entrar em contato com alguém para ajudá-los — disse enquanto assinava uns papéis, depois saiu do quarto nos dando privacidade.

— Grávida? — pensei alto. Um turbilhão de emoções bagunçava a minha cabeça. Passei as mãos várias vezes pelo meu cabelo enquanto ordenava as ideias.

— Como eu... Como você conseguiu me encontrar? — Cathy falava devagar.

Apesar de tão surpresa quanto eu, com a diferença de que eu estava feliz, apesar de tudo, e também temeroso, pois não sabia como Cathy reagiria a uma gravidez em um momento tão delicado, principalmente com nós dois numa situação tão desconfortável, Cathy parecia buscar outros caminhos para não entrar no assunto.

— Eu subi atrás de você. Queria ter a certeza que estava tudo bem. Foi um avião. — Comecei a explicar. — Um atentado terrorista. Quando você voltar para casa poderá acompanhar melhor. Os noticiários não falam de outra coisa. — Os olhos dela se arregalaram, porém não parecia estar em choque. Cathy, assim como eu, viveu de perto momentos bem difíceis.

— Você tinha razão... Ele me contou tudo... Ele... — Respirou fundo, sentindo dor. — Tentou me matar! — As palavras soaram como uma surpresa. Cathy jamais seria capaz de imaginar aquela possibilidade. Roger soube representar muito bem o seu papel de apaixonado.

— Tem muita coisa que você precisa saber. Mas este não é o momento nem o lugar. Temos algo mais importante para resolver. — Ela ficou ainda mais tensa com as minhas palavras.

— Eu sei! — Pareceu lamentar.

— Você não está feliz.

— Não sei o que pensar. Minha vida mudou em poucas horas. Minha cabeça está tão confusa que não consigo me decidir se lamento pelo Roger. Preciso saber se Sam estava no escritório quando... — Engoliu com dificuldade. — Sandra está morta. — Novas lágrimas brotaram de seus olhos. — Foi terrível!

— Sinto muito! Sinto muito mesmo! Os telefones não estão funcionando direito, não tenho como procurar por ela agora. Estamos sem informações a respeito das vítimas, é muito cedo.

Os olhos dela se arregalaram com a possibilidade de Sam ser uma das centenas de pessoas mortas naquele atentado. Precisei sufocar a dor que tentava me assolar. Sam foi o que tive mais próximo de sogra e ela foi ótima exercendo este papel.

Dois dias antes de tudo acontecer, consegui conversar com ela sobre o que tínhamos em mente e Sam de pronto concordou em me ajudar com Cathy, por isso eu sabia da sua presença no prédio. Não tive coragem de contar naquele momento. Lastimável perdê-la de forma tão trágica e Cathy sofreria muito com a sua morte.

— Então... — Demonstrou cautela. — Você voltou?

— Hum, hum!

— E estou grávida. — Cathy não me olhava nos olhos.

— Está. — Um leve sorriso se formou em meus lábios. Eu me sentia confortável com a novidade. — Desta vez é pra valer — falei relembrando de quando pensei que ela estivesse grávida e da felicidade que senti na época.

— Roger sabia. — Seus olhos se fecharam ao reviver seus últimos momentos ao lado dele.

— Parece que sim. Ele esteve sempre um passo à nossa frente. — Cathy suspirou, tossiu e então voltou a me olhar.

— Você está... feliz?

— Muito! — Apoiei meu rosto na mão e recostei na cama. Meus olhos procuravam os seus querendo encontrar algum sinal de como se sentia.

— Por quê? — perguntou depois de um breve tempo em silêncio. Passei meus dedos em seu rosto capturando uma lágrima.

— Porque não existe nada mais maravilhoso do que ter um filho com você.

— Mas... Você falou...

— Não tive escolha. Nunca teria te deixado se houvesse outra opção. Na verdade fiz Roger acreditar que faria o que me fez prometer para que não te machucasse. Enquanto isso reuni as provas necessárias para desmascará-lo. Foi meio que uma investigação secreta. — Dei uma risada fraca. — O agente Saunders esteve à frente o tempo todo. Fui obrigado a permanecer em Los Angeles até a hora certa de voltar, que foi esta madrugada.

— O que você descobriu?

— O que já te falei. Roger foi o responsável por tudo o que aconteceu. Lauren o ajudou enquanto fingia ser louca. Ela fugiu, não sabemos para onde. Talvez o Brasil. A polícia está à procura dela. Anna deixou uma carta para você, explicando tudo, como Roger a encontrou, o porquê de ter aceitado fazer o que fez e como se arrependeu. — Cathy continuava cautelosa.

Ela voltou a ficar calada. Eu conhecia o motivo do seu silêncio. A pergunta que queria fazer e não tinha coragem.

— Eu te amo! — falei observando a sua reação. Cathy ficou imóvel por alguns segundos, então seus olhos se fecharam e um sorriso fraco se formou em seus lábios.

— Eu também! — respondeu me pegando de surpresa. Não esperava ser perdoado com tanta facilidade, se é que posso dizer que foi fácil depois de tudo o que passamos.

— Que bom! Por que não suportaria viver longe de vocês.

— E você acredita mesmo que eu seria capaz de criar um filho seu sozinha?

— Por que não?

— Porque com certeza essa criança será como você. — Brincou.

— Duvido muito. Ele é tão pequenino, já passou por tantas coisas e mesmo assim foi forte o bastante para continuar conosco. Acho que se parecerá mais com você. — Ela abriu um lindo sorriso me encantando.

— Tudo bem, não me importo que se pareça comigo, é mais do que justo, já que vou engordar e carregar seu peso durante nove meses. — Minha alegria não tinha tamanho. Beijei seus lábios. Cathy retribuiu, passando a mão pelo meu pescoço.

— Ah, que bom! Vejo que não precisamos mais nos preocupar. Cathy está mais do que bem. — Ouvi a voz de Kendel e me afastei dela contrariado.

Nossos amigos apareceram. Mia, Henry, Kendel, Dyo e Maurício. Faltava apenas Sam, a minha única tristeza. Pela forma como Cathy olhava os recém-chegados percebi que pensava a mesma coisa. Tratei de animar o ambiente.

— Vocês estão atrapalhando meu momento íntimo com a minha família. — Observei Kendel e Dyo sorrirem, sem perceber sem entender minhas palavras.

Mia captou a mensagem no mesmo segundo e seus olhos se abriram assim como sua boca.

— Meu Deus! Você... — Cambaleou até a cama. — Vocês... Mas... — Lágrimas caíam dos seus olhos já inchados pelo choro da tragédia vivenciada. — Como?

— Sua mãe nunca te explicou de onde vêm os bebês? — Brinquei e todos entenderam do que estávamos falando. Cathy sorria, sem muito entusiasmo, com certeza ainda abalada por causa de Sam.

— Quando vocês descobriram? Por que não me disseram nada? Eu sou a tia, aliás, sou a madrinha. Cathy nem se atreva a convidar outra pessoa para madrinha, não vou te perdoar... — Cathy revirou os olhos de maneira teatral.

— E quem mais seria? Nem precisei pensar. — Mia se jogou nos braços de Cathy fazendo-a gemer.

— Ai meu Deus! Eu te machuquei? Você está bem?

Logo em seguida uma enfermeira entrou no quarto avisando que deveríamos nos preparar para ir embora. Cathy tomou um banho rápido, para tirar do corpo o pó e a fuligem que ainda cobriam algumas partes. Lavei os braços e o rosto, mas desejei uma banheira com água morna, de preferência com a mulher de minha vida me acompanhando. Olhei para a minha imagem no espelho do banheiro do hospital e me senti feliz.

Completo, outra vez.

CAPÍTULO 38
Conto de fadas

Visão de
CATHY

Não vi o que atingiu Roger, nem o que aconteceu depois. Apenas agradeci por ter saído daquele inferno. Adormeci vivenciando um sono sem sonhos, sem dor ou tristezas. Quando despertei não tive coragem de abrir os olhos, pois tudo o que aconteceu antes de eu desmaiar voltou à minha mente, me torturando. Mas era preciso acordar e encarar o que sobrou de minha vida.

Não foi fácil.

Foi quase impossível entender toda a história absurda e digna de um roteiro de filme, contudo meu coração reconhecia a verdade. Foi fácil reconhecer o amor de Thomas ao olhar para ele. E o simples fato de ter subido para me salvar sabendo que o prédio era uma sentença certa de morte, foi o suficiente para eliminar todas as minhas dúvidas.

Descobrir a minha gravidez foi outra experiência surreal. Não que não estivesse feliz, só que também me sentia confusa e sofrida, bombardeada por um milhão de informações e situações dolorosas, como a provável morte da Sam, que corroía meu coração com tanta intensidade que me impedia de respirar. A felicidade pela gravidez teve que esperar enquanto eu pranteava a minha amada madrasta.

Não posso negar que sofri pela morte do Roger. Nem tive tempo de odiá-lo, ou de acusá-lo pelas coisas absurdas que fez, então, sofri pela perda de um amigo.

A mudança drástica da minha rotina me assustou e me deixou um pouco perdida. As empresas sofreram um golpe gigantesco com o atentado às torres gêmeas, assim como a maioria das empresas norte-americanas e em pouco tempo reduzimos em muito nossas atividades. Eu, é claro, me afastei de tudo, devolvendo a responsabilidade ao Peter que concordou em reassumir seu cargo e sua parte da herança. Para mim restaram as recordações, histórias e os sentimentos.

Também não voltei a trabalhar com Thomas. Precisava mesmo de um tempo para digerir tudo o que havia acontecido. Nem voltamos a morar juntos, porém decidimos nos casar.

Thomas ficou impossível com a ideia de ser pai. Confesso que adorei a forma como assumiu a situação. Tão forte, carinhoso, atencioso e cuidadoso, aliás, cuidadoso até demais. Mia completava o quadro com seus ataques de supermadrinha que queria fazer tudo de todas as formas e ao mesmo tempo.

Algumas vezes precisei me trancar no banheiro para ter meu momento de paz, nestas horas sentia a falta que Sam fazia e lamentava o fato de ela não estar presente num momento tão sublime que é a chegada de um filho, o seu neto.

Só conseguimos voltar para Los Angeles quatro semanas após os atentados. Fiquei feliz por estar de volta. Los Angeles tinha um significado especial para mim e para a minha história com Thomas. Preferi voltar para meu antigo apartamento, na 3rd Street Promenade, em Santa Mônica até o casamento.

Mia adorou, Thomas detestou.

Contudo decidi que seria assim e ninguém se atreveu a me contestar. Voltei para meu antigo quarto, minha antiga cama de solteira que conseguiu abrigar a mim e a Thomas em várias noites. Aos poucos minha vida voltava aos eixos, apesar da ameaça constante d o desaparecimento da Lauren.

É claro que tivemos que anunciar a gravidez, quanto ao casamento fizemos questão de manter em segredo. Queríamos que fosse algo nosso, restrito aos que amávamos e que, com certeza, estariam presentes de corpo ou de alma.

Mia e Melissa, a mãe de Thomas, se encarregaram de tudo. E no dia só precisei me arrumar.

O vestido que escolhi combinava com perfeição com como me sentia. Branco neve, tomara que caia, com uma longa saia bufante, repleta de camadas, no melhor estilo "E o vento levou".

Prendi a parte da frente do meu cabelo, deixando uma franja um pouco desfiada jogada de lado. O resto deixei solto, com cachos caindo pelas costas. A maquiagem ficou por conta de Mia que fez um trabalho maravilhoso. Não queria profissionais do ramo envolvidos em um momento tão meu.

Mia me acompanhou no carro para a igreja.

No meio do caminho meu celular tocou. Mia atendeu e o passou para mim assim que identificou quem era: Thomas, pela milésima vez no dia.

— Fala amor!

— Onde você está? — falou apreensivo.

— Indo ao seu encontro.

— Cathy, você está atrasada! Eu estou nervoso! — Ouvi Melissa dizendo algo do outro lado. Deduzi que pedia para o filho se acalmar. — Os seguranças estão com você? — Claro que estavam. Thomas não permitia que eu desse um passo sem eles por perto, mais um inconveniente deixado pela Lauren.

— Estão, Thomas! Está tudo bem. Já estou a caminho e você não tem motivos para ficar nervoso. Não há nada em um casamento que não tenhamos vivido. Já enfrentamos até mesmo a separação, agora nos resta sermos felizes. — Ele deu risada relaxando um pouco.

— Nem tudo. Nosso filho ainda não nasceu, então vamos passar pela experiência de sermos pais. — Por instinto passei a mão pela barriga ainda lisa. — Por falar nisso, você está bem? Sentiu enjoo hoje? Tomou suas vitaminas? Ah não, eu tenho certeza que esqueceu. Sabia que deveria ter ficado com você esta noite — tagarelava ansioso enquanto eu ria da sua confusão.

— Thomas! Calma! — falei ainda rindo. — Acordei ótima! Nada de enjoo e tomei todas as vitaminas. — Olhei para Mia que ria da minha conversa.

— Ok! Vou te aguardar então. Ainda falta muito?

— Não!

— Cathy! Você está usando saltos altos? — Mordi meu lábio inferior.

— Estou.

— Cathy! — esbravejou. — Não acredito que Mia permitiu. Eu falei para ela...

— É o meu casamento. Meu vestido está fantástico, nunca iria estragá-lo com sandálias baixas. Você sabe o quanto adoro saltos.

— É pelo bebê, Cathy. É arriscado.

— Não é não. Você ouviu o que a médica disse. Só preciso tomar cuidado para não cair, no mais tá liberado.

— Você é impossível! E se você cair?

— Não vou cair.

— Como pode saber?

— Você vai estar ao meu lado.

— Tudo bem! — Suspirou resignado. — Não tem outro jeito mesmo. Estou te esperando.

— Eu te amo! — falei emocionada.

A gravidez, a perda da Sam e o casamento acabavam com minha capacidade de conter meus sentimentos. Se eu já era uma chorona antes disso tudo, imagine como fiquei.

— Eu também.

Assim que paramos na porta da igreja, meu coração disparou. Dentro do carro olhei para a porta e senti que enfim entraria no lugar que sempre sonhei, sempre desejei. O meu conto de fadas.

Desci com cuidado e aguardei enquanto Mia arrumava meu vestido. Ouvi a música que escolhi anunciar a minha chegada, subi cada degrau feliz e decidida a continuar. Não havia nenhum resquício de dúvida em mim.

A igreja pequena estava lotada com os nossos amigos e parentes, os de Thomas pelo menos.

A primeira pessoa que vi, parado ao fundo com os olhos tão marejados quanto os meus, com o sorriso mais sincero que já vi em alguém e, com certeza, com o coração tão enlouquecido quanto o meu, foi Thomas.

Lindo! Perfeito e majestoso em seu traje. De forma alguma fugia do protótipo do príncipe encantado.

Enquanto me observava, levantei um pouco a barra do meu vestido e mostrei meus pés descalços. Thomas riu e balançou a cabeça, como um pai reconhecendo a traquinagem de um filho. Depois colocou as duas mãos para trás e estufou o peito, sinalizando que me aguardava.

Andei devagar pelo pequeno corredor. Olhei nos olhos de todos os meus amigos. Stella e Daphne compareceram para a ocasião em especial, mesmo morando longe fizeram questão de estar presentes e me olhavam com tanto amor e carinho que eu só podia retribuir. Eu amava as minhas amigas.

Mais adiante, Dyo, Maurício, Henry, Raffaello e Kendel, que piscou fingindo me paquerar no momento em que passei por ele. Revirei os olhos, divertida.

Eu podia sentir com muita clareza a presença de meu pai e Sam. Sabia que eles estavam muito felizes por mim. Também senti a presença de Anna e não me incomodei. Há muito havia perdoado e foi fácil voltar a sentir amor pela minha amiga. Esperava com sinceridade que ela estivesse bem, aonde quer que estivesse.

Os irmãos de Thomas, Calvin e Randy, pareciam entediados e dando um jeito todo deles de tornar as coisas mais interessantes. À frente estavam Michael, o pai de Thomas, junto com uma Melissa, muito emocionada, próximo a eles Tony, o padrasto do meu futuro marido. E Thomas.

Respirei fundo e sorri. Pensei em como era possível que existissem pessoas que não acreditavam em contos de fadas. Como podiam não acreditar na existência de um príncipe encantado, que chegaria em seu cavalo branco e venceria o dragão para salvar a princesa da torre?

Thomas me salvou, não apenas da torre, da minha própria vida, do vazio de uma existência sem amor. Com ele me sentia forte, completa, feliz sem restrições. Com ele eu podia ser a verdadeira Cathy e comigo ele podia ser só o meu Thomas.

Pois bem, eu sou a prova viva de que contos de fadas existem. Ou alguém poderia dizer que eu não vivia o meu próprio conto de fadas?

Toda história, por mais triste, ou mais feliz que seja, necessita que suas páginas sejam viradas. Eu virava mais uma página da minha. À frente havia outras em branco, aguardando que eu continuasse a preenchê-las. Cabia a mim escolher a maneira de fazê-lo.

Escolhi começar assim: então o príncipe subiu na torre e enfrentou o dragão para salvar a sua linda princesa e eles viveram felizes para sempre.

◀ AGRADECIMENTO ▶

Assim como fiz com Segredos, quero muito fazer um novo agradecimento para essa nova roupagem de Traições.

Confesso que voltar a um livro que escrevi no início da minha vida como escritora, me deixou insegura. Mas reescrever Traições trouxe de volta o calor que eu sentia quando resolvi me aventurar pelo mundo literário como escritora. Aquela sensação de estar colocando no papel um sonho gostoso, a paixão pelos personagens, a certeza de que era isso mesmo o que eu queria.

Traições me resgatou como escritora e eu estou muito feliz por ter chegado até aqui.

Por isso preciso agradecer a novas pessoas. As que sobreviveram durante esses longos sete anos. As que vibraram com os meus até então quinze livros e as que me fizeram forte diante de tantas quedas.

Quero agradecer a minha editora Silvia Naves, não apenas pelo seu trabalho profissional, mas por ser uma amiga fiel, que acredita em mim e em tudo o que escrevo.

Agradeço imensamente a toda equipe Pandorga, pela paciência e pelo envolvimento com todos os meus projetos. Eu visto a camisa de vocês e sei que vocês vestem a minha.

À minhas betas Gabriela Canano, Sheila Pauer, Kelly Fonseca e Winnie Wong. Vocês são incríveis!

Quero agradecer as meninas dos grupos do WhatsApp "Tatiana Amaral" e "FC Tatiana Amaral" por todo apoio, incentivo, carinho e dedicação.

As minhas fãs incondicionais. Minha mãe, Maria das Graças, e minhas irmãs, Thaisa e Tarsila do Amaral. Não seria a mesma coisa sem vocês.

Agradeço a meu marido, Adriano, pela paciência, pelas noites sem a minha presença e por entender que o show tem que continuar. Seu apoio é fundamental.

A Irmandade de Maritacas, as melhores amigas que eu poderia desejar.

Agradeço neste momento de trabalho tão árduo, a meus filhos. Muitas vezes estou ausente, mesmo estando presente, e aos poucos vamos nos encaixando neste mundo louco da escrita. Vocês sabem que tudo é unicamente por vocês. Um dia ainda vamos rir muito disso tudo.

    E em especial a você, meu leitor, amigo, companheiro de sonhos, por ter chegado até aqui comigo.

    E como Cathy e Thomas me trouxeram de volta os sonhos, presenteio vocês com um capítulo extra, inédito, para que nunca esqueçam que os contos de fadas existem e que o amor vence todas as barreiras.

    Obrigada! Obrigada! Obrigada!

CAPÍTULO BÔNUS

Começando a nossa vida

Visão de CATHY

Thomas fechou a porta do carro e deu a volta se despedindo dos outros. Nossa lua de mel começaria com um passeio de dois dias no nosso Iate, depois seguiríamos para Cancun. Seria só o começo. Planejamos retomar os planos de antes de tudo aquilo acontecer, então esticaríamos as férias para a Europa e terminaríamos na Suíça. Seria perfeita.

Minhas amigas acenaram ainda da escadaria da igreja enquanto Thomas abraçava a mãe e o pai uma última vez e entrava no carro. Ele me olhou com a emoção estampada no rosto, um sorriso mágico e ansiedade pulsando nas veias. Então ligou o carro e partiu comigo, rumo a nossa felicidade.

— Tem certeza de que quer passar dois dias no mar? — Perguntou preocupado.

— Tenho certeza de que quero passar dois dias com você. No mar ou na terra.

— Dois dias? Pensei que seria para sempre!

— Dois dias é apenas o começo, meu marido. — Seu sorriso se expandiu. Thomas gostava da ideia. Segurou minha mão e a levou aos lábios para depositar um beijo carinhoso.

— Fico preocupado em você acabar enjoando, amor.

— Mia colocou muito remédio para enjoo na mala.

— Santa, Mia!

— Santa, Mia! — Ele me olhou curioso. Sorri sem querer revelar nada. Thomas teria uma grande surpresa na nossa lua de mel.

Fizemos o caminho comentando sobre o casamento, a pequena recepção no espaço da igreja, a maneira como o pai dele olhava para Melissa, e o quanto o padrasto adorou quando os filhos passaram as mãos cheias de glacê, no paletó do concorrente do pai. Foi engraçado.

— E Mia e Henry estavam tão apaixonados na igreja que quase perguntei se eles queriam aproveitar a oportunidade. — Ri do comentário dele, apesar de saber que ser verdade.

— Comi mais do que deveria. Vou acabar engordando se fizer todas as vontades do bebê.

— Você vai continuar linda, Cathy!

— Gorda?

— De qualquer jeito.

Paramos na Marina. Thomas correu para abrir a porta para mim. Alguns funcionários se aproximaram correndo para ajudar com as bagagens. Assim que que saí do carro meu marido me carregou no braços me fazendo gritar.

— Thomas! — O vestido que Mia escolheu para que eu vestisse após o casamento poderia revelar demais para quem não deveria.

— Vou te levar para dentro. — Ele me deu um beijo rápido e começou a andar sem me colocar no chão.

Fomos recebidos pela tripulação, desta vez bem mais reduzida do que quando estivemos ali a primeira vez. O frio na barriga foi o mesmo. A ansiedade também. Thomas cumprimentou todos sem me colocar no chão. Captei meios sorrisos e troca de olhares que me deixaram ainda mais envergonhada.

Caminhamos até o quarto, o mesmo que ocupamos antes. As malas estavam no chão e um marinheiro deixava o cômodo assim que chegamos na porta. Thomas fechou a porta com o pé e me soltou quando me colocou na cama.

— Juro que queria tirar aquele vestido de você. — Ronronou já sedutor.

— Eu não entraria aqui com aquele vestido. Sinto muito. — Ele riu. — Posso providenciar alguma coisa quando voltarmos. Isso se ainda couber no vestido.

— Tudo bem. Vou me contentar em tirar esse aqui. — Piscou descarado.

— Nada disso. — Empurrei Thomas para que pudesse sair da cama.

— O que foi?

— Está todo mundo lá fora. — Ele riu se deixando cair sobre o colchão.

— E o que é que tem?

— Tem que todo mundo sabe o que estamos fazendo.

— E daí?

— E daí que é constrangedor!

— Não é constrangedor, nós estamos em lua de mel. Volte para a cama, amor.

— Nem pensar.

Entrei no banheiro levando a mala de mão que Mia deixou estrategicamente pronta, tranquei a porta atrás de mim e me segurei para não gargalhar. Ainda ouvi um "Cathy" super cheio de súplica que quase me fez desistir do plano. Mas eu precisava surpreender meu marido em nossa lua de mel.

Liguei o chuveiro, fiz o coque no cabelo e iniciei os preparativos. Thomas não perdia por esperar.

Visão de Thomas

Bom, era isso. Estávamos casados e Cathy ainda sentia vergonha de dizer que tinha uma vida sexual.

Cathy escolheu o pior horário para ficar cheia de pudores. Eu estava sedento por ela, cheio de planos, ansioso para não precisar mais de desculpas para levá-la para a cama. No entanto, minha esposa resolveu se trancar no banheiro e frustrou minhas expectativas.

Ainda esperei. Tirei o paletó, abri os botões da camisa, tirei o cinto, o sapato. Cathy não saia do banheiro. Peguei a mala, levei para o closet, abri a minha, tirei uma roupa mais confortável. Nada da minha esposa aparecer. Eu já começava a ficar cansado de esperar.

Peguei o celular conferindo as mensagens. Todo mundo escrevendo para saber se estava tudo bem. Como assim? Só podia ser uma brincadeira. Ou então todo mundo pressentiu a confusão e insegurança de Cathy e que por isso ela se trancou no banheiro há quase uma hora. Ri sozinho.

Droga!

Um balde de gelo com Champanhe foi deixado no quarto ao lado das taças decoradas, típicas de comemoração de casamento. Eu queria um cigarro, contudo Cathy enjoava com o cheiro, então melhor não arriscar.

Estourei o champanhe, servi uma taça e quando virei em direção a cama, ela estava lá. Cathy. Linda! Meu Deus!

Fiquei sem reação. Parado. Congelado diante daquela imagem maravilhosa. Toda de branco minha esposa vestia a lingerie mais sexy que já vi na vida. Linda e completa, toda equipada para me enlouquecer.

— Perdeu o interesse na bebida? — Não consegui responder mantendo meus olhos vidrados em seus seios mais cheios devido a gestação. Adorei aquele detalhe. — Thomas? — Sua voz divertida me tirou do transe.

— Você está...

— Estou?

— Fantástica! — Cathy sorriu.

Seus olhos demonstraram uma leve insegurança. Claro que ela queria ser diferente na nossa lua de mel e ainda não tinha a segurança habitual de mulheres mais experientes. Ainda assim, continuei quieto, observando, deixando que fizesse como queria.

— Gostou?

— Adorei!

— Mas você nem viu os detalhes. — Seus rosto corou um pouco, contudo não recuou.

Com cuidado tirou o robe fino e delicado, fazendo conjunto com as peças íntimas, deixou escorregar pelos ombros. Meus olhos gulosos acompanharam a queda, identificando a barriga lisa, as tiras finas da calcinha, o triângulo coberto pela fina renda, o espartilho e as meias pesas em suas coxas. Eu queria morder a pouca pele exposta naquela região.

Céus!

Passei a mão no cabelo enquanto Cathy se vestia de coragem e começava a virar para me mostrar todo o conteúdo. Se achei a calcinha provocante na parte da frente, quando virou minha sanidade foi para o espaço. Minha esposa olhou para trás com um sorriso tímido nos lábios.

Ah! Eu amava aquela mulher com tudo que havia em mim. E amava aquela nova versão. Uma Cathy sedutora que prometia me deixar maluco naquela longa viagem.

Então ela mordeu o lábio, colocou uma mão na cintura e perguntou:

— Gostou?

— Adorei!

— Pena que por enquanto você só pode olhar?

— Como assim? — Ri já frustrado. — Vou tirar cada peça dessa, Cathy. E vou beijar toda a sua pele. — Mordeu ainda mais o lábio e com a outra mão levantou uma algema felpuda branca e prata. Meu sorriso foi irônico.

— Você não vai me algemar.

— Claro que vou.

— Não, não vai.

— Hum! — Fez o biquinho muito sexy. — Uma pena. Pensei que você ia adorar poder beijar toda a minha pele sem me tocar. Mas... Ok! Vou tirar isso tudo. — Cathy começou a andar em direção ao banheiro. A decepção estampada em seu rosto. Ah, droga!

— Espera! — Hesitei diante daquele impasse. Claro que não estava habituado com essas coisas, entretanto ver Cathy linda, sexy demais, querendo se sentir um pouco no controle, então... — Tudo bem. — Sorri começando a me interessar pela brincadeira. — Hoje sou seu escravo. — sorriu de uma maneira linda e caminhou em minha direção. — Mas amanhã será a minha vez. — Seus olhos brilharam de excitação e minha esposa concordou demostrando adorar a ideia.

E o nosso começo de lua de mel foi o que posso chamar de revelador.

Visão de Cathy

Deitada na cama sobre o peito do meu marido que dormia exausto, admirava a luz da lua que entrava pela janela deixando um brilho fraco em minha aliança. Não conseguia parar de olhá-la.

Depois de um breve cochilo acordei enjoada com o balanço do mar, um pouco atordoada sem lembrar de onde estava e depois embasbacada com as lembranças do casamento, ficando envergonhada com a lua de mel e por fim, aliviada com a paz que de poder deitar ao lado de Thomas.

Ele era incrível!

Sem pensar muito no que fazia, com o corpo banhado na preguiça deliciosa que sempre ficava depois de uma sessão de amor com o meu marido, me aconcheguei melhor em seus braços, enfiando o rosto em seu pescoço e brincando com os dedos percorrendo seu peitoral.

Thomas se mexeu, me abraçou, acariciou minhas costas, beijou meu rosto e quando ia se virar para ficar sobre mim ouvimos as palmas.

Assustada, puxei o lençol, apesar de estar com a camisa dele e forcei minhas vistas no quarto escuro na direção em que as palmas eclodiam. A princípio não consegui identificar o que era, logo em seguida, assim que meus olhos se adaptaram a escuridão vi o vulto negro próximo a porta. Ofeguei.

— Quem está aí? — Thomas grunhiu já na defensiva.

O vulto então se aproximou sem pressa e quando se apresentou na claridade da lua vimos o inimaginável.

Lauren.

— Que lindo o casal. — Sua voz afiada e cínica chegou para mim como uma navalha. O ar ficou preso em meus pulmões e o pânico se alastrou em mim. — E em pensar que não fui convidada para a festa. Quanta consideração!

— O que você quer? — Thomas ameaçou levantar, então Lauren apontou uma arma para ele.

— Pensou que eu permaneceria escondida com o rabo entre as pernas?

— O que você quer? — Ele rosnou. Lauren continuou com a arma apontada para ele, sem qualquer medo. Um sorriso diabólico no rosto.

Ah, Deus! Não! Tudo de novo, não! Era a minha lua de mel, meu casamento, a vida incrível e magnifica que eu merecia ter. Será que nunca conseguiríamos ficar em paz?

— Primeiro de tudo: dinheiro. Sem Roger minha vida ficou um tanto quanto... difícil.
— Você é louca! — continuou.
— Se é dinheiro o que ela quer resolva isso e deixe ela ir, Thomas. — Tentei apaziguar enquanto minha mente se dividia entre o medo e a indignação.
Era a minha lua de mel!
Lauren riu daquela forma que me deixava fora de mim.
— Isso. Obedeça a sua mulherzinha. Eu quero muito dinheiro, o que não será nada para deixar vocês livres por um tempo.
— Não vou te dar dinheiro algum! Eu vou...
— Thomas, não! — Segurei meu marido na cama impedindo-o de fazer uma besteira maior. Lauren riu outra vez. Ela me enfurecia. — Faça o que ela está pedindo. Não é o melhor momento. — Meu marido entendeu o recado e se traiu olhando para a minha barriga.
— Hum! Esqueci deste detalhe. O bebê! — Desdenhou. — O bebê do Roger.
— O quê? — falamos a mesmo tempo. Thomas confuso e eu carregada de uma raiva que nunca me dominou antes.
— O bebê do Roger. Ela não te contou?
— Não seja ridícula! — Foi a minha vez de rosnar.
— Oh! Estou estragando o conto de fadas de alguém?
— É dinheiro que você quer? Diga quanto e como e nos deixe em paz. — Thomas falou mais alto. Lauren riu apontando a arma outra vez para o meu marido, se dando conta de que ele vestia apenas uma cueca.
Meu sangue borbulhou quando seus olhos percorreram o corpo do meu marido com certa volúpia. Fui dominada por um ódio cego. Aquela cretina estragava o primeiro dia do meu casamento, se infiltrando na minha lua de mel, ameaçando a minha família, extorquindo o meu marido e semeando a discórdia entre nós dois.
Sem pensar duas vezes, e assumindo o papel de insana, peguei o abajur que ao meu lado e arremessei contra ela. O ódio que sentia não me deixava raciocinar direito nem medir as consequências. Queria me livrar daquela maluca, nem que para isso tivesse que atirar cada peça do quarto nela.
Contudo não imaginei que meu momento de loucura seria a nossa salvação. Com a força da minha raiva atirei o abajur rápido demais. A peça acertou Lauren na cabeça. Ela caiu e Thomas agiu por impulso, se atirando para dominá-la.
— Porra, Cathy! — Ele gritou antes de se jogar para impedir que Lauren fizesse qualquer besteira.

Levantei ainda dominada pelo ódio e assim que vi que Thomas dominava a mulher segurando seus braços para trás para que ela não alcançasse a arma, sentei em seu corpo e, sem raciocinar com coerência, acertei vários socos em seu rosto.

— Você não vai destruir a minha família, sua cretina! — Bati sem qualquer controle, até que senti mãos me segurarem por trás e me afastarem de uma Lauren desmaiada.

Thomas, atrás dela, me olhava assustado, como se não reconhecesse em mim a mulher com quem casou.

E então, só depois que me dei conta de tudo o que fiz, comecei a chorar.

Visão de Thomas

A polícia foi chamada, Lauren presa, todo mundo foi avisado sobre o ocorrido e todas as providências tomadas para que ela não conseguisse mais se enquadrar como maluca. Lauren teria um julgamento justo.

Nossos amigos foram alertados sobre uma aparição de Lauren na casa de Sara, então ficaram em alerta, mas não imaginaram que ela estaria infiltrada na minha tripulação. Só de imaginar o que Lauren poderia ter feito sem que suspeitássemos eu já ficava angustiado.

Precisamos voltar. Cathy foi atendida por um médico, já que insisti em saber o quanto aquilo abalou a sua gravidez. Minha esposa estava arrasada. Chorava o tempo todo dizendo que não sabia o que aconteceu para agir daquela forma.

— São os hormônios. — Repeti enquanto voltávamos para o iate. Insistência dela, que se recusava a atrasar nossa lua de mel por causa da Lauren. Seria complicado, mas eu não estragaria o momento da minha esposa.

— Ela podia ter atirado. Você poderia estar morto. — Chorou ainda mais. Abracei minha esposa e afaguei seu braço.

— Deu tudo certo, amor. Você salvou a noite.

— Você sabe que atiraria. Lauren já tentou me matar uma vez.

— Eu sei, amor. Você deu uma lição nela e agora estamos livres da ameaça constante de não saber onde Lauren poderia estar.

— Ai me Deus! — Continuou chorando.

Não consegui convencer Cathy a dormir. Fiz tudo o que podia, mas os hormônios dela não ajudavam, então fiquei deitado com ela em meus braços, na sala aberta, o cobertor grosso nos envolvendo enquanto o sol nascia no horizonte.

— Thomas — sussurrou quando pensei que já havia adormecido.

— Hum!

— O filho não é do Roger. — Sua voz rouca, baixa e sofrida me fez abraçá-la com ternura.

— Eu sei.

— Sabe?

— Hum hum. — Beijei o topo da sua cabeça. — Não pense mais nisso. O sol está nascendo.

— Como você pode saber? — Levantou a cabeça buscando meus olhos.

— Porque seu corpo é fiel a mim. — Sorri acariciando sua barriga. — E sua palavra basta. — Cathy sorriu pela primeira vez desde que Lauren apareceu. — Eu te amo!

— Eu te amo mais.

— Será?

— Sim, eu amo por dois.

— Você venceu.

Beijei uma Cathy mais restabelecida, amorosa, forte, decidida. Bom, se os hormônios dela faziam com que agisse de maneira estranha, eu agradecia por isso. Minha esposa se aninhou em meu corpo, manhosa, cheia de vontade.

— Vamos para o quarto — ronronou deixando para trás o sofrimento pela história de Lauren. Eu me agarrei a toda a sua vontade para mantê-la assim.

— Vamos. Veja, o sol nasceu.

— E daí?

— E daí... — Levantei com Cathy em meus braços. — E daí que hoje você é minha escrava.

— Thomas!

Ela riu e me vali do seu esquecimento momentâneo para fazê-la mais feliz.

As pessoas tendem a não acreditar em contos de fadas. Costumam se apegar as dificuldades e a prolongar o sofrimento quando algo não sai como o esperado. O que posso dizer é que com Cathy minha vida nunca seria um roteiro pré-estabelecido, mas depois de tudo o que passamos eu tinha uma certeza: nós venceríamos sempre, porque o amor nos tornava fortes.

E eu amava Cathy com todo o meu corpo, com toda a minha alma, como toda a minha capacidade de viver e sobreviver. Nós estávamos juntos e viveríamos aquele conto de fadas nem que para isso eu tivesse que arrancar alguns páginas do livro. Afinal de contas um bom romance sempre está recheado de dramas.

INFORMAÇÕES SOBRE NOSSAS PUBLICAÇÕES
E ÚLTIMOS LANÇAMENTOS

FACEBOOK.COM/EDITORAPANDORGA

TWITTER.COM/EDITORAPANDORGA

WWW.EDITORAPANDORGA.COM.BR

PandorgA